U0461763

乾嘉关陇作家群研究丛书

本书受湖南省哲学社会科学基金一般项目（编号:22YBA215）及怀化学院科研启动经费资助

杨齐 著

乾嘉关陇作家吴镇研究

WUHAN UNIVERSITY PRESS
武汉大学出版社

图书在版编目(CIP)数据

乾嘉关陇作家吴镇研究 / 杨齐著 . -- 武汉：武汉大学出版社，2024. 11. -- 乾嘉关陇作家群研究丛书. -- ISBN 978-7-307-24630-0

Ⅰ. Ⅰ209.94

中国国家版本馆 CIP 数据核字第 20241FH467 号

责任编辑:龙子珮　　　责任校对:鄢春梅　　　版式设计:马　佳

出版发行:**武汉大学出版社**　　（430072　武昌　珞珈山）
（电子邮箱: cbs22@ whu.edu.cn　网址: www.wdp. com.cn）
印刷:武汉邮科印务有限公司
开本:720×1000　　1/16　　印张:21.25　　字数:306 千字　　插页:1
版次:2024 年 11 月第 1 版　　2024 年 11 月第 1 次印刷
ISBN 978-7-307-24630-0　　定价:99. 00 元

乾嘉关陇作家群研究丛书编委会

目　录

绪　　论

乾嘉时期，文学走向全面繁盛。乾嘉文学以群体的方式展现，诗有以沈德潜为代表的格调派、以袁枚为代表的性灵派、以翁方纲为代表的肌理派以及以厉鹗为代表的浙派等，文有以"桐城三祖"为代表的桐城派、以戴震为代表的汉学派、以章学诚为代表的浙东派、以阮元为代表的骈文派等，词则有常州词派、阳羡词派等，他们竞相展示各自的理论旨趣，相互之间展开批评，创作艺术在论争中走向总结和完善。文学流派的出现又往往和地域密切相关，促进了地域文学的快速发展。在这样的背景下，关陇文学也再次走向繁荣。清初顺康年间，以"关中三李"（李颙、李因笃、李柏）为代表的诗人崛起于关陇。乾嘉时期，以"关中四杰"（吴镇、刘绍攽、杨鸾、胡釴）为代表的作家群又再次涌现，形成了乾嘉关陇文学的繁荣局面。吴镇是乾嘉时期关陇作家群体中的领袖人物，在关陇文学走向繁荣的过程中发挥了核心作用。

一、吴镇与清中期关陇文学的繁荣

吴镇（1721—1797），原名昌，字信辰，一字士安，号松厓，别号松花道人，又号髯道人、空空老人，室名松花庵，甘肃临洮人。吴镇一生酷爱文学，著述有三十多种，有《松花庵全集》存世。吴镇在诗、词、文的创作和诗学理论上取得了较大成就，曾得到清代著名作家袁枚、王鸣盛、杨芳灿、况周颐等人的高度评价。袁枚《松花庵诗集序》评其诗云："深奥奇博，妙万物而为言，于唐宋诸家不名一体，可谓集大成矣。"① 王鸣盛在《戒亭诗序》中说："予宦

---

① 吴镇：《松花庵全集》卷首，嘉庆刻本，甘肃省图书馆藏。后文注释中《松花庵全集》均为嘉庆刻本，不再另外说明。

游南北，于洮阳得吴子信辰诗，叹其绝伦。"①徐世昌《晚晴簃诗汇》："关中诗人盛于国初，而陇外较逊。至乾隆间，松厓崛起，与秦安胡静庵钺，并执骚坛牛耳。静庵诗尚朴健，名位未显。松厓则才格并高，研求声律，故其诗音节尤胜。归林下后，掌教兰山书院，裁成后进，颇有继起者。当为西州诗学之大宗。"②

吴镇是关陇作家群体中的核心成员，是推动乾嘉时期关陇文学走向繁荣的重要人物。乾嘉时期，关陇"以诗名世者，秦安胡静庵、狄道吴信辰，与潼关杨子安而三。三子者学极博，备体诸家，就其所至，静庵似少陵，信辰似太白，子安屡变而益工。"③"（吴镇）自少与三原刘九畹、潼关杨子安、秦安胡静庵三先生，人称'关中四杰'。"④乾隆后期，吴镇自湖南沅州知府任上回乡，重结洮阳诗社，讲学兰山书院，与门生诗友品诗论文。同时，其他三杰纷纷去世以后，吴镇以关陇文坛领袖的身份，与乾嘉著名文人袁枚、王鸣盛等诗文唱和，和杨芳灿、王曾翼、姚颐、张翔等诗人相互评诗论文，培养出了刘壬、王光晟、李华春、秦维岳、李苞、郭楷等文学后辈，在他的推动之下，关陇文学走向繁荣。吴镇对关陇地域文学的发展作出了较大贡献，也丰富了清代地域文学版图，使关陇文学在乾嘉文坛占据一席之地。因而，对吴镇展开系统深入的研究，特别是把他放在乾嘉文学中加以关注，对于促进关陇文学发展，挖掘关陇地域文学传统，拓深清代文学研究领域，展现清代文学繁荣局面，甚至推进清代文学研究的学术进程都具有重要价值。

清代关陇文学远承《诗经》中的《秦风》，《秦风》质朴刚健的风格奠定了关陇文学传统的基本特征。汉唐建都长安，关陇成为全国

---

① 吴镇：《松厓文稿》，《松花庵全集》。

② 徐世昌：《晚晴簃诗汇》卷九十四，中国书店出版社，1988 年影印本。

③ 刘绍攽：《杨子安诗集序》，《九畹古文续集》卷二，清代诗文集汇编本。

④ 杨芳灿：《皇清诰授朝议大夫湖南沅州知府显考松厓府君行略》，清嘉庆刻本，甘肃省图书馆藏。后文简称《松厓府君行略》。

的政治文化中心，人文荟萃，作家辈出。唐后，随着全国的政治经济中心向东南转移，关陇文学也走向衰落。李东阳《麓堂诗话》说："文章固关气运，亦系于习尚。周、召二南，王、豳、曹、卫诸风，商、周、鲁三颂，皆北方之诗，汉魏西晋亦然。唐之盛时，称作家在选列者，大抵多秦晋之人也。盖周以诗教民，而唐以诗取士。畿甸之地，王化所先，文轨车书所聚，虽欲其不能，不可得也。荆楚之音，圣人不录，实以要荒之故。六朝所制，则出于偏安僭据之域，君子固有讥焉。然则东南之以文著者，亦鲜矣。本朝定都北方，乃为一统之盛，历百又余年之久。然文章多出东南，能诗之士莫越若者，而西北顾鲜其人，何哉？"①和东南文学相比，唐以后的关陇文学确实落后，但也有过几次繁荣。如明朝中期，李梦阳、康海、王九思、胡缵宗等关陇作家群体振起，提倡"文必秦汉，诗必盛唐"，作诗多取法杜甫，作文必学《史记》，关陇文风风靡全国，盛行一时。

　　清代关陇文学近承李梦阳等明中期作家，在清初和清中期产生了两个作家群体，极一时之盛。清初，被称为"关中三李"的李颙、李因笃、李柏等人享誉诗坛，王弘撰、张晋、康乃心、王心敬、孙枝蔚等关陇诗人活跃于诗坛。乾嘉时期，以吴镇为代表的关陇作家群继起，"三秦诗派，国朝称胜，如李天生、王幼华、王山史、孙豹人，盖未易更仆数矣。予宦游南北，于洮阳得吴子信辰诗，叹其绝伦。归田后复得刘子源深诗，益知三秦诗派之盛也。"②乾嘉时期的关陇文学再次以群体的方式走向繁荣，"清代乾嘉年间，关中诗坛又出现了以刘绍攽、杨鸾、胡釴、吴镇等'关中四杰'为代表的诗人群体，他们是清代中期关中诗坛的著名人物，其中以吴镇年辈较晚，他晚年在兰山书院讲学之时，团结了大批的秦陇诗人，兴起

---

　　① 李东阳：《麓堂诗话》，丁福保：《历代诗话续编》（下册），中华书局，1983年，第1377页。

　　② 刘壬：《戒亭诗草》卷首，乾隆刻本，国家图书馆藏。

了秦陇诗坛创作的又一个热潮。"①在这个群体中，吴镇作为核心作家甚至是文坛领袖，为清代关陇文学走向繁荣作出了巨大贡献。

二、吴镇研究现状述评

由于清代大多数诗人身处具体的文学流派和群体当中，而文学流派和作家群体又都与地域文化密切相关，因而，近年来的研究多从地域文化的角度探讨地域作家群体的构成和创作特色。乾嘉关陇作家群的研究在这样的学术研究走势下也逐渐展开：马宽厚先生的《陕西文学史稿》②、聂大受、霍志军合著的《陇右文学概论》③等综述性教材对部分作家进行了介绍，惠尚学《"三秦诗派"略析》④一文是较早关注清代关陇作家群的一篇文章，张兵先生《清初关中遗民诗群的构成与王弘撰、李柏的诗歌创作》⑤对清初关陇诗人群体作了勾勒，冉耀斌的博士论文《清代三秦诗人群体研究》⑥则对清代前中期的关陇诗人群体进行了较详细专题研究，是近年来研究关陇作家群的一篇力作。乾嘉关陇代表作家杨鸾、胡釴、吴镇、牛运震、杨芳灿、王曾翼等的个案研究也产生了一些成果，如宋彩凤《王曾翼的〈回疆杂咏〉与南北文化融合》⑦、王公望《简论胡釴及其〈静庵诗钞〉》⑧、杜运威的硕士论文《杨芳灿及其诗词研究》⑨等，

① 冉耀斌：《清代三秦诗人群体研究》，南京师范大学博士论文，2012年，第44页。

② 马宽厚：《陕西文学史稿》，中国文学出版社，2003年。

③ 聂大受、霍志军：《陇右文学概论》，兰州大学出版社，2007年。

④ 惠尚学：《"三秦诗派"略析》，《甘肃文史》1981年第9期。

⑤ 张兵：《清初关中遗民诗群的构成与王弘撰、李柏的诗歌创作》，《兰州大学学报》2000年第3期。

⑥ 冉耀斌：《清代三秦诗人群体研究》，南京师范大学博士论文，2012年。

⑦ 宋彩凤：《王曾翼的〈回疆杂咏〉与南北文化融合》，《甘肃联合大学学报(社会科学版)》2010年第5期。

⑧ 王公望：《简论胡釴及其〈静庵诗钞〉》，《甘肃社会科学》1991年第5期。

⑨ 杜运威：《杨芳灿及其诗词研究》，宁夏大学硕士论文，2014年。

这些成果为进一步深入系统地开展吴镇研究奠定了良好基础。

作为乾嘉关陇作家群核心代表的吴镇,在这种大的学术研究背景下,受到的关注也比较多,已经逐渐成为关陇作家研究中的一个重点和热点。整体上看,吴镇研究取得了一定的成就。在基础文献的著录出版和学术研究上,都有一些成果出现,为深入展开综合研究奠定了一定的基础。

在基础文献方面,吴镇生前已经刊印了一些作品集,并结集为《松花庵全集》,于乾隆年间陆续刊刻,嘉庆年间由其子吴承禧再行刊刻。嘉庆年间,吴镇的学生李苞也主持刊印了剩余的几部作品集。赵越先生较早对吴镇诗词进行注释,有《吴镇诗词选注》①和《松花庵诗余注释》②两本书。吴镇著作的整理出版近年来取得了较好的成绩:笔者和曹艳华合作对吴镇的三卷散文作品集和诗话进行了专门整理,出版了《松厓文稿校注》③和《松花庵诗话笺注》④两本书;张军和冉耀斌分别对《松花庵全集》进行了整理,出版了《松花庵全集》⑤和《吴镇集汇校辑评》⑥。

从嘉庆年间开始,一些大型丛书、目录类著作等开始关注到吴镇,或选录其作品,或著录其作品集。如李元春《关中两朝文钞》、况周颐《蕙风词话》、徐世昌主编的《晚晴簃诗汇》、南开大学古籍与文化研究所编的《清文海》等都选有其作品;《四库全书辑佚丛书》《西北文献丛书》《故宫珍本丛刊》《清代诗文集汇编》等大型丛书都收有《松花庵全集》;许多目录著作,如孙殿起《贩书偶记》、钱仲联先生等主编的《中国文学大辞典》、上海图书馆编的《中国丛书综录》、张维《陇右著作录》、郭杰三《陇右文献录》、柯愈春先生编著的《清人诗文集总目提要》、李灵年先生等主编的《清人别集总

---

① 赵越注释:《吴镇诗词选注》,甘肃人民出版社,1992年。
② 赵越注释:《松花庵诗余注释》,定西教育学院印内部资料,1985年。
③ 曹艳华、杨齐:《松厓文稿校注》,武汉大学出版社,2016年。
④ 杨齐、曹艳华:《松花庵诗话笺注》,武汉大学出版社,2019年。
⑤ 张军校释:《松花庵全集》,敦煌文艺出版社,2021年。
⑥ 冉耀斌:《吴镇集汇校辑评》,人民文学出版社,2023年。

目》、蒋寅先生的《清诗话考》等，对《松花庵全集》或其中部分作品
进行了著录与介绍。

　　学术研究上，主要集中在吴镇生平、交游、诗词与诗学理论研
究方面。民国以来，甘肃的一些学者们开始认识到吴镇在甘肃文学
史和清代文学史上的地位。民国时期，魏郁的《吴松厓和袁简
斋》①，开吴镇研究先河。王文焕编的《吴松厓年谱》②是一部全面
反映吴镇生平交游的著作，奠定了吴镇研究的基础。中华人民共和
国成立以后，较早对吴镇进行研究的是元鸿仁，他的《甘肃清代诗
人吴镇》③一文对吴镇生平进行了介绍，惠尚学先生《吴镇与袁
枚》④一文继魏郁之后再次关注吴镇和袁枚的交往。甘肃古代文学、
文化、历史等相关著作对吴镇也有许多介绍，如甘肃社科院编写的
《甘肃历代文学概览》⑤、李鼎文先生的《甘肃古代作家》⑥、聂大
受和霍志军合著的《陇右文学概论》⑦都对吴镇做了重点介绍。

　　冉耀斌博士发表的一系列吴镇研究的学术论文展现了较高的学
术水平。他把吴镇放在关陇诗人群的视野中，重点关注了吴镇的交
游、诗词艺术、诗学理论等方面的内容，把吴镇研究推向了一个新
的高度。如其硕士论文《吴镇诗词研究》⑧关注了吴镇的生平、著
述和交游，勾勒了三秦诗人群体的组成，探讨了吴镇诗词的内容和
艺术风格。另有《吴镇散文初探》⑨和《吴镇诗学思想初探》⑩等文

---

① 魏郁：《吴松厓和袁简斋》，《西北文化》1947 年创刊号。

② 王文焕：《吴松厓年谱》，《民国丛书》（第四编），上海书店出版社，
1989 年。

③ 元鸿仁：《甘肃清代诗人吴镇》，《社会科学》1981 年第 1 期。

④ 惠尚学：《吴镇与袁枚》，《西北师大学报（社会科学版）》1984 年第 2
期。

⑤ 甘肃社科院编：《甘肃历代文学概览》，敦煌文艺出版社，1999 年。

⑥ 李鼎文：《甘肃古代作家》，甘肃人民出版社，1984 年。

⑦ 聂大受、霍志军：《陇右文学概论》，兰州大学出版社，2007 年。

⑧ 冉耀斌：《吴镇诗词研究》，西北师范大学硕士论文，2004 年。

⑨ 冉耀斌：《吴镇散文初探》，《语文知识》2009 年第 1 期。

⑩ 冉耀斌：《吴镇诗学思想初探》，《西北师大学报（社会科学版）》2004
年第 5 期。

对吴镇的散文文体构成、诗学理论进行了概述性研究，但他没有收集到记载吴镇生平的《松厓府君行略》和《吴氏家谱》等资料，研究还需要完善。

除了西北地区的学者对吴镇的研究热情较高之外，学术界一些知名学者对吴镇也有所关注。如，著名的文学批评研究专家郭绍虞先生《国故概要甲辑文学理论之部》①在考察清代声律说时，对吴镇的《八病说》给予了关注。蒋寅先生的《清诗话考》②对吴镇的《声调谱》《八病说》和《松花庵诗话》进行了著录介绍。严迪昌先生的《清词史》③对吴镇的词进行了专题介绍，认为吴镇是西北第一位词人，奠定了吴镇在西北词坛的地位。这些研究无疑极具价值，但类似的关注还太少。

从总体上看，吴镇研究取得了一些成绩，但和吴镇丰富的存世作品以及他在关陇文学甚至是清代文学史上的地位和影响来看，这些研究在广度和深度上还远远不够。主要表现在：

1. 关于吴镇的基本文献资料挖掘和作品集的整理还不够。当前对吴镇的研究主要依据乾隆刻本《松花庵全集》中的作品，较少关注到收录作品更全的嘉庆刻本。吴镇的作品虽然有影印出版，但点校整理出版还不足。

2. 对吴镇生平交游等基础研究的成果还非常少。限于资料等因素，吴镇生平研究主要依靠王文焕的《吴松厓年谱》，但这部年谱主要依据乾隆刻本《松花庵全集》编成，资料收集范围相对较窄，对吴镇与袁枚、王鸣盛、杨芳灿等诗友和门生后学的交游研究也还没有完全展开。

3. 吴镇的创作类型丰富，在诗、词、文、诗学理论、对联、制艺文等方面都有著作存世，当下对吴镇的研究主要局限在诗词，系统性的整体综合研究还不够，对影响吴镇成长的文学活动、交游等相关因素的关注还很少。

---

① 郭绍虞编：《国故概要甲辑文学理论之部》，燕京大学国文学系本。
② 蒋寅：《清诗话考》，中华书局，2005 年。
③ 严迪昌：《清词史》，江苏古籍出版社，1999 年。

4. 吴镇是清代乾嘉时期关陇作家群后期的核心人物，在他的影响之下，在他周围主要由朋友和门生形成了一个作家群，当下对吴镇的研究大多没有将其放置到这个大背景上去看，对吴镇周边的诗友和门生关注也还不够，对吴镇在形成这个作家群体方面的贡献估计不足，对其在关陇文学甚至是清代文学史上的地位评价也就存在不足。

随着"四库"系列、清人诗文别集等大型文献资料和《中国方志丛书》《中国西北文献丛书》等地方文献资料的整理出版，年轻研究者的不断成长，特别是地域文化和文学研究的不断升温，使得吴镇和乾嘉关陇作家群的研究都得到越来越多的关注。本书正是在这样的趋势下，在资料的发现和整理基础上，编撰吴镇年谱、整理吴镇的作品集，全面展开关于吴镇生平、著述、交游以及文学作品的综合、系统研究。

三、吴镇研究思路

本书在全面掌握作品和传记等资料的基础上，抓住吴镇的生平、著述、交游三个最基本的问题，奠定吴镇研究的基础。展现以他为中心的乾嘉关陇文坛的文学活动，讨论吴镇与乾嘉主流诗坛的关系，突出吴镇在关陇作家群中的核心作用和影响力。然后对吴镇的诗歌和散文展开专题研究，探讨他的艺术成就，以确立他在关陇文学史以及清代文学史中的地位。

（一）研究方法

本书在掌握大量文献资料的基础上对作家的代表作品展开文本细读，综合运用文化生态学、社会学、文化人类学等学科理论知识，关注文学与教育、思想学术、地域文化的互动关系，注重分析作家成长和创作风格的形成以及转变，关注文学发展的外部因素和内部规律。在研究过程中，具体采用：

1. 文献整理和文本解读相结合。编订年谱，整理作品，研读作品，把研究建立在扎实的文献梳理和作品研读基础上。

2. 专题研究与综合研究相结合。鉴于吴镇的研究现状，对吴镇的生平、著述、交游和文学创作进行综合性研究，在此基础上，也对吴镇的集句诗、叙事散文创作等方面的突出特征进行专题研究，以期对吴镇的文学成就有更全面的认识。

3. 采用对比研究方法，对比研究《松花庵全集》的乾隆、宣统和嘉庆三个版本；结合清中期文学发展状况，把吴镇的诗文等作品放置在清中期文学发展中进行考察，与一些重要作家进行对比研究。

（二）重点和难点

1. 吴镇研究在生平著述等资料方面不够完善，因此，对吴镇生平、著述资料的全面收集整理非常重要，尤其是笔者新发现了嘉庆刻本《松花庵全集》、汇刻吴镇诗歌的《松厓诗录》、杨芳灿代作的《松厓府君行略》以及《吴氏家谱》等资料之后，对新材料的梳理和辨析工作，是本文的重点之一。

2. 作为"关中四杰"之一，吴镇最突出的贡献是影响和推动了清代乾嘉关陇文学的繁荣，因此，挖掘以吴镇为中心的关陇文学活动，对吴镇的交游进行梳理，突出吴镇在关陇作家群中的核心地位和作用，也是本书的重点之一。

3. 吴镇是一位地域作家，在乾嘉文坛的影响力主要在关陇地区，但他和一些主流作家也有交往，探讨他和乾嘉文坛的关系，如何把他的诗文放置于乾嘉文坛进行研究，合理定位他的价值意义是研究的重点之一，也是研究中最大的难点。

（三）创新之处

1. 新材料的发现和研究。笔者在甘肃省图书馆新发现多出《松厓文稿三编》《松花庵诗话》等六种作品的嘉庆刻本《松花庵全集》，以及在定西市安定区图书馆发现了《松厓诗录》，这些著作少有著录和研究，本书对这些著作进行了整理和介绍，并结合《松厓府君行略》和《吴氏家谱》对吴镇的生平事迹进行了重新梳理，厘清了一些此前不详或错置的事件，如求学兰山书院的情况、八次参加会试的时间等，为研究吴镇的交游和创作奠定了良好的基础。

2. 对吴镇文学活动和交游的细致梳理和研究，明确了吴镇在乾嘉关陇文坛的地位和作用。梳理了吴镇在主持洮阳诗社和主讲兰山书院期间的文学活动，梳理了吴镇和三十多位作家的交游状况，对吴镇的交游进行了全面研究，并分为吴镇受到的影响、吴镇赠答的诗友、吴镇对文学后辈产生的影响三个层面进行了深入讨论，明确了吴镇在关陇文坛的领袖地位，及其在推动关陇文学繁荣中的核心作用。

3. 对吴镇的集句诗进行了开创性研究。学界对清代集句诗的研究至今重视不够，吴镇的集句诗研究还是学术空白。本书对吴镇的集句诗进行了全面介绍，重点对他创立的新体式律古和专题集句进行了重点研究，并把吴镇的集句诗与清中期集句诗的繁荣局面结合起来，认为吴镇是清中期集句诗的代表诗人之一，推动了清代集句诗走向繁荣。

4. 对吴镇的诗文作品进行了深入探讨。侧重从诗风转变的角度，结合当时诗坛风气转变，对吴镇前中后期的诗歌创作进行了深入探讨。对吴镇的散文理论主张和散文创作实践进行了全面探讨，对散文的抒情艺术和叙事艺术进行了深入分析，提炼出吴镇诗人之文的典型艺术特征。

第一章　吴镇家世与生平

作家的成长首先离不开家庭环境的熏陶，吴镇祖上以诗书传家，吴镇的祖父、父亲以及叔父都爱好诗歌，有作品存世。吴镇也继承了祖上诗书传家的传统，非常注重培养兄弟子侄的诗学才能，故临洮吴氏一家多诗人。吴镇从小好诗，后来先后入临洮府学、兰山书院学习，师从牛运震等老师，诗学日进。中年远宦陕西、山东、湖北、湖南，长期担任教职，八次科举不第，正当仕途上升时又突遇罢官，坎坷的遭遇却促成了他诗歌的成就。晚年讲学兰山书院，与诗友唱和，奖掖后进，领导关陇文坛活动，成为关陇文坛领袖。

目前，吴镇的生平研究资料主要有王文焕的《吴松厓年谱》、李华春撰写的《皇清诰授朝议大夫湖南沅州知府吴松厓先生传略》(后文简称《吴松厓先生传略》)、杨芳灿撰写的《皇清诰授朝议大夫湖南沅州知府吴松厓神道碑铭》(后文简称《吴松厓先生神道碑铭》)以及乾隆刻本《松花庵全集》。笔者在甘肃省图书馆查阅嘉庆刻本《松花庵全集》时，新发现了比现行乾隆刻本《松花庵全集》多出的六种作品集，查阅到了杨芳灿代作的嘉庆刊本《松厓府君行略》，从吴镇六世孙吴世维处寻访到手抄本《吴氏家谱》。本章根据新发现资料，增补了一些《吴松厓年谱》未记载的事件，也对一些年份不详或错置的事件进行了考证，对吴镇的生平事迹作了大量的补充。

第一节　吴镇若干生平事迹考述

《吴松厓年谱》对吴镇生平事迹记载比较简略，王文焕在编撰

《吴松厓年谱》时主要取材于乾隆刻本《松花庵全集》，而且写作时间不长，其《导言》说："由友人处得到一部《松花庵全集》，发现先生许许多多事迹，遂开始撰这年谱的工作，经三月而始成。"①《吴松厓年谱》对吴镇生平事迹的考订不甚详细，而且还有一些错漏之处，对吴镇研究产生了一些误导。本章凭借新发现的《松厓府君行略》《吴氏家谱》《松厓文稿三编》《松花庵诗话》等资料，对吴镇的生平事迹一一进行考证，以补王文焕《吴松厓年谱》之不足。

一、吴镇两次求学兰山书院情况考

吴镇曾经两次进入兰山书院学习，中间曾离开书院赴平番（今甘肃永登）师从牛运震，《吴松厓年谱》仅记载他于乾隆七年（1742）入兰山书院，乾隆十二年（1747）师从主讲兰山书院的牛运震，②且对这段学习经历语焉不详，师从牛运震的时间也有错误。第二次是牛运震被罢官后主讲兰山书院，吴镇随师再次入书院。

吴镇第一次入兰山书院读书是在被选为拔贡后。乾隆七年，二十二岁的吴镇进入兰山书院读书，得到时任兰山书院讲席的常熟盛仲奎先生指导。"乾隆壬戌之岁，予从常熟盛仲奎先师，肄业兰山书院。"③兰山书院于雍正十三年（1735）由甘肃巡抚许容奉旨建立，为西北最高学府。吴镇在兰山书院读书四年，在这期间成长为书院非常优秀的学生。

乾隆十一年（1746），二十六岁的吴镇听闻山左著名学者牛运震从秦安调任至平番（今甘肃永登县）任知县，他离开兰山书院拜入牛运震门下。《松厓府君行略》记载："（吴镇）虚心善下，匹马寻师，不惮千里。闻平番尹牛真谷先生，山左名宿也，遂往从游。"④

---

① 王文焕：《吴松厓年谱》，《民国丛书》（第四编），上海书店出版社，1989 年，第 19 页。

② 王文焕：《吴松厓年谱》，《民国丛书》（第四编），上海书店出版社，1989 年，第 24~25 页。

③ 吴镇：《风骚补编序》，《松厓文稿》，《松花庵全集》。

④ 杨芳灿：《松厓府君行略》，清嘉庆刻本，甘肃省图书馆藏。

"牛运震留之署中,学业益进。"①第二年秋天,吴镇曾参加乡试,"予丁卯出闱,与同人偕车泾阳,时阴雨连旬,夜不能寐"②。归来后,吴镇继续从学于牛运震。

乾隆十四年(1749),牛运震受聘为兰山书院主讲,吴镇再入兰山书院师从牛运震学习。牛运震主讲兰山书院,一时才俊云集,从游者有七十四人,"乾隆十四年,余自平番罢官,主书院讲政,维时从游肄业者七十有四人。其第则选贡诸生及应童子试者,其籍则东至空同,西极流沙,凡八府三州之人士,咸在焉。其年则少者自成童以上,长者年疑其师也"③。吴镇再入兰山书院学习,学业上进步非常明显,陕甘学使官清溪先生案临兰棚,三百人参加岁试,松厓名列第一。"乾隆己巳夏,学使官清溪先生案临兰棚,予适肄业书院,因复与考。时先生合六属生童及书院秀异者约三百人,扃门而试。其命题则有《皋兰山赋》《积石歌》《候马亭歌》《鸟鼠同穴辨》《泄湖峡铭》《双忠赞》《红泥岩宝志遗迹记》《红药当阶翻》五排,共八首。其全作完卷者,惟予及皋兰刘渭卿二人而已。案发,予第一,刘次之,余皆以乙等发落。"④吴镇在文学上取得的成就更大。牛运震主讲书院,督课之余,颇为重视文学。吴镇与老师牛运震、诸多同学以及在兰名士梁彬、阎介年等人诗文唱和,文学水平也得到很大的提升。吴镇第一部诗集《玉芝亭诗草》,于乾隆十四年十月刊刻于兰山书院,老师牛运震为该诗集作序。

二、吴镇八次参加会试的时间及情况考

吴镇在乾隆十五年(1750)中举之后,"先后赴礼闱者八,而六荐未售。"⑤关于吴镇八次参加会试的时间和具体情况,《吴松厓年

---

① 王钟翰点校:《文苑传》,《清史列传》卷七十一,中华书局,1987年。

② 吴镇:《松花庵诗话》卷一,《松花庵全集》。

③ 牛运震:《皋兰书院同学录序》,《空山堂文集》卷三,清代诗文集汇编本。后文注释中《空山堂文集》均为清代诗文集汇编本,后不再另外说明。

④ 吴镇:《鸟鼠同穴辨》附《自记》,《松厓文稿》,《松花庵全集》。

⑤ 杨芳灿:《松厓府君行略》,清嘉庆刻本,甘肃省图书馆藏。

谱》记载不全。从吴镇在乾隆十五年(1750)中举开始，至他在乾隆三十七年(1772)担任山东陵县知县这二十一年间，会试共举行了十一次，分别是：乾隆十六年(1751)、乾隆十七年(1752)恩科、乾隆十九年(1754)、乾隆二十二年(1757)、乾隆二十五年(1760)、乾隆二十六年(1761)恩科、乾隆二十八年(1763)、乾隆三十一年(1766)、乾隆三十四年(1769)、乾隆三十六年(1771)恩科、乾隆三十七年(1772)。

按清朝定制，会试四次不第，可参加朝廷的大挑，吴镇于乾隆二十五年参加大挑，则乾隆十六年到乾隆二十五年的五次会试只参加了四次。乾隆十九年和二十二年，吴镇有诗作显示其在京城，则吴镇没有参加乾隆十七年的恩科会试。乾隆二十八年秋，吴镇丁母忧，丁忧时间为三年，而会试考试在该年春，吴镇能够参加乾隆二十八年的会试，但不可能参加乾隆三十一年的会试。乾隆三十七年，吴镇被毕沅推荐到吏部选任知县，应该也没有参加当年的会试。

如此，则吴镇参加八次会试的时间分别是乾隆十六年、十九年、二十二年、二十五年、二十六年、二十八年、三十四年、三十六年。

乾隆十六年(1751)，吴镇第一次参加会试。落第回乡后重结洮阳诗社。

乾隆十九年(1754)，吴镇第二次赴京参加会试，"余甫甲戌岁，以公车赴都。"①该次会试落第回乡途中，吴镇曾赴山西拜会主讲晋阳书院的老师牛运震，在《空山堂师远寄长歌敬和一首以代短札》中说："甲戌之岁历古晋，狐突台畔还相求。社燕春鸿暂相值，金乌玉兔谁能留？"②

乾隆二十二年(1757)，第三次参加会试的吴镇再次落第归临洮乡居。

乾隆二十五年(1760)，已经四十岁的吴镇第四次参加会试，

① 吴镇：《松花庵诗话》卷三，《松花庵全集》。
② 吴镇：《松花庵逸草》，《松花庵全集》。

再次不第，吴镇不久因大挑列二等，以教职用。

乾隆二十六年（1761），因皇太后七旬大庆，开恩科会试，吴镇再次前往。吴镇年轻时认识的好友吴坛于该年也参加科举考试，两人过从甚密，"辛巳春，予与信兄，同试礼闱，朝夕倡和，纵谈千古。"①

乾隆二十八年（1763），吴镇第六次参加会试，再次落第。

乾隆三十四年（1769），吴镇第七次入京会试，曾与老师李友棠见面，李友棠《松花庵集唐诗序》说："（吴镇）乙丑北来，见余《侯鲭集》，好之甚笃。"②

乾隆三十六年（1771）恩科会试，吴镇第八次参加，常在张翔官邸一起饮酒论诗，吴镇《雪舫诗钞序》曾回忆当时情景："武威张桐圃者，予之忘年友也。……忆二十年前，予数上公车，时桐圃已官民部，每花朝月夕，邀予饮酒邸中，娓娓谈诗，浃旬不倦。"③张翔为乾隆三十四年进士，选授户部主事，吴镇于乾隆三十七年（1772）升任山东陵县知县，此间只有乾隆三十六年恩科。《雪舫诗钞序》写于乾隆五十八年（1793），序中说"二十年前"也指出两人在京城交往的时间在乾隆三十六年。

三、其他生平事迹丛考

1. 吴镇父亲吴秉元去世时间考。关于吴秉元去世时间，王文焕《吴松厓年谱》暂系于雍正六年（1728）④，实际上应在雍正五年（1727）。据《吴氏家谱》记载，"秉元有隽才，病酒（应为'久'）卒。子吴镇方幼，氏年二十八，矢志柏舟教子，为知名士，事姑亢氏，尤以孝闻，后年六十四卒。"⑤"氏"指吴镇母亲魏氏。《吴松厓年

<hr/>

① 吴坛：《松花庵诗草》卷首，吴镇：《松花庵全集》。
② 吴镇：《松花庵集唐》卷首，《松花庵全集》。
③ 吴镇：《松厓文稿次编》，《松花庵全集》。
④ 王文焕：《吴松厓年谱》，《民国丛书》（第四编），上海书店出版社，1989 年，第 19 页。
⑤ 《吴氏家谱》，家藏手抄本。

谱》"乾隆二十八年"条记载："秋，先生丁母魏太恭人忧。"①魏氏享年六十四岁，吴秉元去世时魏氏年二十八岁，中间相隔三十六年，魏氏去世于乾隆二十八年(1763)秋天，上推三十六年为雍正五年(1727)。由此可知，吴秉元去世于雍正五年。

2. 吴镇担任耀州学正的时间考。吴镇于乾隆二十五年(1760)大挑，但实际授予耀州学正的时间并非当年，而是在乾隆二十七年(1762)。王文焕《吴松崖年谱》依《吴松崖先生传略》："庚辰，由大挑授陕西耀州学正"②，记在"乾隆二十五年"。③ 但是，据《续耀州志》第五卷《官师志》"乾隆学正"条载："吴镇，字信辰，号松花(为崖字误)，狄道举人，乾隆二十七年至。"④吴镇《北五台山赋·序》自述也说："予以乾隆壬午夏，司铎华原。会州牧汪公，编次州志将成。阅艺文类，他作皆备，而赋独缺焉，公因嘱予为《北五台山赋》。"⑤由此可见，吴镇担任耀州学正的时间应在乾隆二十七年(1762)。如果吴镇在乾隆二十五年担任耀州学正，则该年夏天不可能有江汉漫游之行和坐馆的经历，"庚辰夏，予南游太和，馆均州"⑥。太和即今安徽太和县，均州即今湖北丹江口市，从太和到丹江口，吴镇沿汉水西行，后来在均州教授士子。《松崖府君行略》也记载："庚辰赴都大挑，列名二等，遂南游江汉。而归后，授陕西耀州学正，樽酒论文，待生徒如子弟。"⑦明确说是在南游江汉之后才授耀州学正。

在耀州学正任上，吴镇参与了《续耀州志》的参编工作。《续耀

---

① 王文焕：《吴松崖年谱》，《民国丛书》(第四编)，上海书店出版社，1989年，第42页。

② 李华春：《吴松崖先生传略》，吴镇：《松花庵全集》卷首。

③ 王文焕：《吴松崖年谱》，《民国丛书》(第四编)，上海书店出版社，1989年，第39页。

④ 汪灏主修，钟研斋纂：《续耀州志》卷五《官师志》，乾隆二十七年刊本。

⑤ 吴镇：《松崖文稿三编》，《松花庵全集》。

⑥ 吴镇：《松花庵诗话》卷三，《松花庵全集》。

⑦ 杨芳灿：《松崖府君行略》，清嘉庆刻本，甘肃省图书馆藏。

州志》由时任耀州知州的汪灏主修，钟研斋纂。吴镇于乾隆二十七年（1762）夏天任耀州学正，时《续耀州志》将成，吴镇参加了后期编写工作。《吴氏家谱》记载吴镇著述时说："《续耀州志》《狄道州志》，已梓行。"①《续耀州志》卷九"艺文志"载有吴镇以当地历史风光为题材的散文《北五台山赋》和《刺史汪公重修东岳庙记》两篇。

3. 吴镇入毕沅早期幕府考。乾隆三十六年（1771）正月，毕沅补授陕西按察使，五月署理布政使事，十月补授布政使。毕沅于该年开始组建自己的幕府，吴镇得入毕沅幕，常相往来。正是在毕沅的推荐下，吴镇才得以出任山东陵县知县。十二月十九日，从京城回来的吴镇参加了毕沅组织的苏东坡生辰祭祀赋诗活动，毕沅咏七古一首，参加活动的十四人均有和诗。若干年后，吴镇罢官回乡，读毕沅诗，有感而作《和毕秋帆中丞苏文忠公寿宴诗》回忆当年盛况："春兰秋菊纷满堂，初度称觞庆览揆。遏云音绕鹤南飞，此老至今原不死。迢迢岐下亭，活活东湖水。座中题诗十四人，宾主略尽东南美。"②

4. 吴镇被聘为兰山书院山长的情况考。《吴松厓年谱》仅记载为吴镇受福康安聘，关于福康安为何聘请吴镇等情况，并未交代。《松厓府君行略》介绍比较详细："乙巳，使相福公，开府甘肃，聘主兰山书院。盖府君品学，素为观察王芍坡先生所重。观察言之使相，故以礼币招延。时使相位望隆赫，府君以师道自处，每见独长揖，然使相亦因此愈加礼焉。"③福康安知道吴镇，是由其幕僚王曾翼推荐。但需要说明的是，王曾翼在推荐吴镇给福康安之前，与吴镇并不认识，王曾翼说："曩在京师，耳熟洮阳吴信辰先生之名。戊戌来甘，始得《松花庵诗草》而读之，乃叹名下洵无虚士。越岁乙巳，节相福公聘主兰山讲席，因得挹先生之议论丰采。"④王曾翼

---

① 《吴氏家谱》，家藏手抄本。
② 吴镇：《松花庵游草》，《松花庵全集》。
③ 杨芳灿：《松厓府君行略》，清嘉庆刻本，甘肃省图书馆藏。
④ 王曾翼：《松厓诗录序》，吴镇：《松厓诗录》卷首，乾隆五十七年刻本，甘肃省定西市安定区图书馆藏。后文注释中的《松厓诗录》均为乾隆五十七年刻本，后不再另外说明。

到甘肃后，读到吴镇诗作，为吴镇才学倾倒，才将吴镇推荐给福康安担任书院山长。

5. 吴镇因病从兰山书院回到临洮后的活动考。《吴松厓年谱》《吴氏家谱》等均未记载吴镇回到临洮的活动。吴镇在家养病期间，仍然继续从事创作，"吟咏不废，所著有《伏枕草》"①。乾隆六十年（1795）三月，吴镇的儿子吴承禧代父写诗祝袁枚八十大寿。五月，在病情好转后，七十五岁的吴镇前往金陵，两次拜访袁枚于随园，遂平生所愿。据《袁枚日记》记载，乾隆六十年五月初八，"见吴松厓，饮蒋莘家，极肴馔之美，有出意外。"②七天后的五月十五日，吴镇再次拜访袁枚，袁枚烹猪头待客。《袁枚日记》记载："不出门，烹猪头享客。春圃、松厓、云谷、又恺在座。"③两位高龄老人，一为乾嘉文坛领袖，一为西北文坛盟主，相隔万里，相见交谈，这在文学史上是绝无仅有的。

另外，还有一些《吴松厓年谱》未明原因的事迹，如因经济困难，吴镇在丁母忧期间还曾到海城（今宁夏海原县）就馆课士，《松厓府君行略》明确说："嗣因家贫，就馆海城。"④吴镇有诗《海城客馆疏理小畦漫赋》，即写在海城的住所。

第二节　吴镇家世与生平概述

一、吴镇的家世

吴镇祖籍为甘肃会宁，始祖吴君爱于明朝万历九年（1581）迁

---

① 杨芳灿：《松厓府君行略》，清嘉庆刻本，甘肃省图书馆藏。

② 袁枚著，王英志整理：《袁枚日记（十三）》，《古典文学知识》2011年第 1 期，第 160 页。

③ 袁枚著，王英志整理：《袁枚日记（十四）》，《古典文学知识》2011年第 3 期，第 158 页。

④ 杨芳灿：《松厓府君行略》，清嘉庆刻本，甘肃省图书馆藏。

居临洮，定居于城北街菊巷。"先世甘肃会宁人，于万历九年始迁狄道。"①二世祖和三世祖名讳不详，"一世至三世俱世业诗书，因家谱板被焚，其讳字功名，记忆不得，故缺之。"②

吴镇祖父吴伯裔，为吴氏四世祖，字次侯，郡增生。家贫而矢志于学，家中一切靠其弟吴伯袭经商支撑。"吴伯裔，字次侯，郡增生，与伯袭相友善，伯裔家贫力学，而伯袭复贾以赡其兄，晨夕不离，至于没齿，乡里以为难。"③吴伯裔有子二人：一为吴秉元，一为吴秉谦。吴秉元即吴镇父亲。吴镇祖母亢氏，获赠恭人。

吴伯裔能诗，李苞《洮阳诗集》卷二选其诗 22 首，其中有 8 首为吴镇刊刻于《玉芝亭诗草》中的早年诗作，实际存诗仅 14 首。吴伯裔的诗以咏物、怀古为主，风格豪放，如《金城怀古》："金城虎踞万山中，独上高楼恨不穷。帝子石留鹃泣月，将军泉在马嘶风。岩关地控三边壮，幕府兵连八郡雄。回首长河落日暮，秋怀遥指玉门东。"④该诗风格豪放雄壮，对仗工稳，是一篇怀古佳作。

吴镇父亲吴秉元，字乾一，郡廪生，生年不详，病卒于雍正五年(1727)。吴秉元能诗，李苞《洮阳诗集》卷二选其诗 15 首，其中有吴镇早期诗作 4 首错置于此，实际存诗 11 首。吴秉元的诗多咏物和赠答，如《题友人明湖泛舟图》："一里烟波一苇航，流天素月影茫茫。伊人宛在蒹葭水，白露沾衣也无妨。"⑤该诗化用《诗经》中的《卫风·河广》和《秦风·蒹葭》中的诗意，痕迹比较明显，风格清丽。

吴镇母亲魏氏，赠恭人。在吴镇父亲去世以后，教子课读，奉养公婆，一生勤俭孝顺，年六十四卒。吴镇老师牛运震有《吴儒人寿序》祝寿："余所以知镇者，又不专以诗。镇少孤，赖其母夫人节苦鞠养成人。镇亦事母孝，内行修也。任真尚义，与人坦夷，无

---

① 《吴氏家谱》，家藏手抄本。
② 《吴氏家谱》，家藏手抄本。
③ 《吴氏家谱》，家藏手抄本。
④ 李苞：《洮阳诗集》卷二，嘉庆四年刻本，国家图书馆藏。
⑤ 李苞：《洮阳诗集》卷二，嘉庆四年刻本，国家图书馆藏。

城府。"①

　　吴镇叔父吴秉谦，字子益，州庠生。性情刚直，慷慨好施舍，在乡里富有威望。《吴氏家谱》记载："吴秉谦，字子益，童年入庠，非义理之书不读，其性刚直而好施，乡人多敬之。尝有无赖而酗酒者，狠斗不可解，闻秉谦至，则惶愧而退，其感人类如此。"②秉谦亦能诗，李苞《洮阳诗集》卷二选其诗三首，均为赠别类，情感真挚，如《送客东游》："东游君揽辔，送别感风尘。山路云随马，江村月照人。夜寒灯烛尽，秋杪引杯频。作客怜萍迹，他乡倍忆亲。"③

　　吴秉元有子三人：吴镇、吴锭、吴钢。吴镇二弟吴锭，字握之，号梅斋，别号耳山道人。业医而嗜诗，著有《草舍吟集唐》《梅斋律古》《耳山道人诗草》梓行。姚颐曾评价其诗："五言出入王孟，七言亦颉颃许浑、杜牧间。"吴镇有《草舍吟》诗鼓励，诗前序中说："弟锭诗，同人拟之绳枢草舍。予谓绳枢草舍，亦岂得于吾家耶。因作诗以砺之。"④诗曰："尔腹空如洗，吟诗苦不休。江山宁有助，花鸟信无愁。日丽三珠树，云深五凤楼。萧然琴酒在，草舍亦风流。"⑤吴镇与吴锭兄弟二人也常唱和，由于他们都喜欢集句，因而唱和诗也多集句，如《临川阁和握之弟》等。吴镇三弟吴刚，十二岁夭折："过目成诵，有神童之目，年十二殇。"⑥

　　吴镇有子三人：承祖、承福、承禧，皆为诗人，能继承父志。

二、吴镇的求学生涯(1721—1750)

　　康熙六十年(1721)四月二十二日，吴镇出生于甘肃狄道(今临洮)菊巷旧第。吴镇出生前，其母梦得夜明珠，出生后颖异，故其父取名为昌。"康熙辛丑，生先生于菊巷旧第。将诞之夕，母梦浚

---

① 牛运震：《吴孺人寿序》，《空山堂文集》卷四。
② 《吴氏家谱》，家藏手抄本。
③ 李苞：《洮阳诗集》卷二，嘉庆四年刻本，国家图书馆藏。
④ 吴镇：《松花庵诗草》，《松花庵全集》。
⑤ 吴镇：《松花庵诗草》，《松花庵全集》。
⑥ 《吴氏家谱》，家藏手抄本。

井，得明珠一枚，拭之，光辉满室，以告其父，父曰：'昌吾宗者，其此子乎?'故先生初名昌。"①吴镇出生时也有异象，"府君生而颖异，丰颐广颡，两腋下有朱砂痣数十。"②

后吴镇因仰慕元人吴镇，改名为镇。元人吴镇（1280—1354），字仲圭，号梅花道人，浙江嘉兴人。终其一生闭门隐居，未入仕途。精研儒学，旁通佛道，喜与僧道为友，以诗文、书画自娱。与黄公望、王蒙、倪瓒并称为元代四大画家，今存有《梅花庵稿》。吴镇有《松花庵歌》，表明其对元代吴镇的崇敬心迹："元代嘉兴有吴镇，其庵自署以梅花。梅花道人妙易理，岂止画苑雄三家。我去道人五百载，姓同仍愧锡名嘉。"③吴镇还仿其室名，名己室为松花庵，仿其号，自号为松花道人。

雍正五年（1727），吴镇七岁，正要开始读书的时候，父亲不幸病逝，母亲魏氏亲自为他口授经义，并延师课读。"天禀英绝，幼失怙，赖母魏恭人口授经义，并延师课读，得不废学。"④"先生幼秉异姿，弱遭偏露，未承过庭之训，空留凿楹之书。魏太恭人育而教之，燃糠照读，截蒲作编。"⑤雍正十年（1732），吴镇十二岁，于此年解声律，开始作诗，在乡里有神童之称。"年十二，解声律，读书五行齐下，党塾有神童之目。"⑥乾隆二年丁巳（1737），吴镇十七岁，才得以入临洮府学读书，师从学使周雨甘先生。"予年十七，蒙学使周雨甘先生，岁入郡庠。"⑦三年以后，学使嵩茂永先生主持岁科考试，二十岁的吴镇获得第一名，充拔贡。按照清朝科举制度，每府学二名，州、县学各一名，由各省学政从生员中考选，保送入京，称为拔贡。经过朝考合格，可以充任京官、知县或教职。清初为六年一次，乾隆七年（1742）改为十二年一次。吴镇

① 杨芳灿：《松厓府君行略》，清嘉庆刻本，甘肃省图书馆藏。
② 杨芳灿：《松厓府君行略》，清嘉庆刻本，甘肃省图书馆藏。
③ 吴镇：《松花庵诗草》，《松花庵全集》。
④ 李华春：《吴松厓先生传略》，吴镇：《松花庵全集》卷首。
⑤ 杨芳灿：《吴松厓先生神道碑铭》，清嘉庆刻本，甘肃省图书馆藏。
⑥ 李华春：《吴松厓先生传略》，吴镇：《松花庵全集》卷首。
⑦ 吴镇：《松厓文稿·鸟鼠同穴辨》附《自记》，《松花庵全集》。

充拔贡后欲以明经调选，但在沈青崖的规劝下主动放弃这次机会。

选拔贡后，吴镇于乾隆七年（1742）进入兰山书院读书。吴镇在西北名声渐起，每次岁试都能拿到冠军，得到前后两任陕甘总督陈宏谋、尹继善以及名士沈青崖等人的赞赏和推扬。"其后，学使每试兰郡，古学必冠军，由是名誉日起。如陈榕门中丞、尹望山宫保、沈寓舟副使，莫不待以国士，期之远大。"①并与三原刘绍攽、潼关杨鸾、秦安胡钺被合称为"关中四杰"。"自少与三原刘九畹、潼关杨子安、秦安胡静庵三先生，人称'关中四杰'。"②乾隆十一年（1746），二十六岁的吴镇前往平番师从任知县的牛运震。乾隆十四年（1749），牛运震受聘为兰山书院主讲，吴镇因此再入兰山书院。吴镇再入兰山书院学习，在学业和文学上都取得较大的成绩，第一部诗集《玉芝亭诗草》于当年刊刻，老师牛运震为之删改并作序。

乾隆十五年（1750），三十岁的吴镇在西安举行的乡试中中举，在举业上实现了一次重大的突破。当时榜师为著名集句诗人李友棠，他在《松花庵集唐序》中回忆道："余庚午典秦试，举吴子信辰，榜发，即知为关陇名下士。"③座师为汤稼堂，他还引见吴镇拜访了著名学者毕谊。吴镇《拟五君咏·毕娄村（谊）副使》："座主汤稼堂，娄村之弟子。巨觥递属余，云此衣钵是。"④吴镇在诗中自注："余初谒娄村翁，翁即以巨觥见属，云：'昔余见座师，首饮此觥，后尔师稼堂，见余亦然，今与尔为三矣。'"⑤

该年六月，吴镇的老师牛运震东归山东，当时吴镇正和同学在西安考试，曾迎送牛运震东归。但牛运震自西安离开时，吴镇独自在灞桥等候未至，遂投诗相赠，牛运震也有《灞桥留别门人吴镇》回赠。因老师牛运震已经离开甘肃，自己也中了举，吴镇便正式结

---

① 李华春：《吴松崖先生传略》，吴镇：《松花庵全集》卷首。
② 杨芳灿：《吴松崖先生神道碑铭》，清嘉庆刻本，甘肃省图书馆藏。
③ 吴镇：《松花庵集唐》卷首，《松花庵全集》。
④ 吴镇：《松花庵游草》，《松花庵全集》。
⑤ 吴镇：《松花庵游草》，《松花庵全集》。

束了在兰山书院的学习，求学生涯至此结束。

三、八试礼闱与教职经历（1751—1771）

在中举之后，吴镇开始了长达二十多年的会试生涯。乾隆十六年（1751），三十一岁的吴镇第一次参加会试，落第后回到家乡，一边准备下一次的考试，一边与乡人重联洮阳诗社，乡人爱好风雅者纷纷加入，他们经常集会饮酒，赋诗赠答，一时临洮诗风极盛。

乾隆十九年（1754），吴镇再次赴京参加会试，与襄陵徐储、钱塘孙珠、应城程大中、临潼刘升常为文酒之会，"（徐储）与予及钱塘孙龙光（珠）、应城程拳时（大中）、临潼刘云阶（升）为文酒之会，日夕过从。"①落第回乡途中，吴镇路过山西，专门拜会主讲晋阳书院的老师牛运震。回乡后的吴镇仍一边准备下一次的考试，一边与同学友朋赠诗往来，领导洮阳诗社的集会活动。

乾隆二十二年（1757），第三次参加会试的吴镇落第而归。是年前后，元配史氏亡故。第二年正月二十二日，恩师牛运震去世。直到该年五月，吴镇才得到讯息，有组诗哭师。《哭牛真谷师》（其一）："五月闻凶信，传言竟不诬。才名悬白日，诗骨葬黄垆。怪鹏当庭止，哀猿彻夜呼。修文追子夏，泪眼莫同枯。（师先丧子）"②

乾隆二十五年（1760），已经四十岁的吴镇第四次参加会试，与毕沅相识。毕沅于该年会试得中状元。四次会试不第，吴镇依例赴都大挑，列为二等，以教职选用。此时，吴镇心里稍微得到一些安慰，于该年夏天有江汉漫游之行，后来曾在均州短暂坐馆，教授士子。

乾隆二十六年（1761），吴镇再次赴京应考，下榻皋兰同学梁济潆寓所，有诗《梁静峰郎中下榻夜作》。其间，梁济潆为其作《松花庵杂稿四书六韵序》。此次在京，吴镇与年轻时认识的吴坛相逢，两人都参加了此次科举考试，期间过从甚密，"辛巳春，予与

---

① 吴镇：《松花庵诗话》卷三，《松花庵全集》。
② 吴镇：《松花庵逸草》，《松花庵全集》。

信兄，同试礼闱，朝夕倡和，纵谈千古。"①吴坛于该年中进士，吴镇再次落第。

　　乾隆二十七年（1762）夏天，吴镇被任命为陕西耀州学正，开始了长达十年的教职生涯。在耀州学正任上，吴镇常与朋友学生诗酒集会，赋诗论文。杨芳灿《松厓府君行略》："庚辰，赴都大挑，列名二等，遂南游江汉。而归后，授陕西耀州学正，樽酒论文，待生徒如子弟。"②吴镇曾作诗回忆当年的教职生涯，如《梦至耀州生徒宴集欢甚》："不饮华原水，于今已数年。五台秋自爽，三石梦相牵。树老新归鹤，堂空旧置鹳。惟馀问奇者，载酒尚依然。"③可见当时诗酒集会盛况。在此期间，吴镇编成《四书六韵诗》，作为教导学生学诗的启蒙教材，"初学规摹试帖，尚以此为权舆哉"④。吴镇还参与了《续耀州志》的参编工作。

　　做了耀州学正的吴镇并没有放弃科考，乾隆二十八年（1763），吴镇第六次参加会试，再次落第。归后继续担任耀州学正，常与主讲兰山书院的刘绍攽诗文往来，聚会唱和。刘绍攽为其《松花庵诗草》作跋语："近世称西州骚坛执牛耳者二人，其一为秦安胡子静庵，其一则洮阳吴子信辰。或以朴老胜，或以隽雅胜，异曲同工也。秦安道远，不获时时过从。洮阳密迩兰山，近复为华原博士，距余家不百里，每读新作，不觉喟然而叹。使先生以不羁之才，珥笔承明，岂不知其声以鸣国家之盛耶？"⑤

　　该年秋天，因母亲魏氏去世，吴镇丁忧回乡。在守孝期间，时任狄道知州的呼延华国聘其修纂《狄道州志》，该志刊刻于乾隆二十八年（1763），后来被推为陇右名志。"旋丁魏太恭人忧，扶榇归里。时州牧呼延公请修州志若干卷，条理秩如，甘省推为名志。"⑥

---

①　吴坛：《松花庵诗草》卷首，吴镇：《松花庵全集》。
②　杨芳灿：《松厓府君行略》，清嘉庆刻本，甘肃省图书馆藏。
③　吴镇：《松花庵诗草》，《松花庵全集》。
④　梁济瀿：《松花庵杂稿四书六韵序》，吴镇：《松花庵杂稿四书六韵》卷首，《松花庵全集》。
⑤　刘绍攽：《松花庵诗草跋》，《松花庵全集》。
⑥　李华春：《吴松厓先生传略》，吴镇：《松花庵全集》卷首。

因经济困难，吴镇中间还曾到海城就馆课士。

乾隆三十一年（1766），吴镇服阙，补韩城教谕。"服阙，补铨韩城教谕。其循循善诱，亦如在耀州时。故两邑人谓：'自府君秉铎以来，士习文风蒸蒸日上。'"①刘绍攽在《寄吴士安》一诗中注："门下学诗八十人。"②在韩城教谕任上，学使吴绥诏对吴镇极为赏识，逢人就推荐。

乾隆三十四年（1769），吴镇第七次入京会试。吴镇仍落第，回到韩城，诗文不断，在当地颇有影响，"信辰诗每出，人争传诵。是编成，及门将付梓，以代手抄"③。受到榜师李友棠的影响，回到韩城任上的吴镇大力写作集句诗。该年十一月，《松花庵律古》一书脱稿，韩城名士卫晞骏为之作序。两年后，五言《律古》一卷和七言《集唐》一卷，又相继完稿。

乾隆三十六年（1771），吴镇第八次参加会试，再次落榜，但吴镇在该年终于获得了另外的机会。在韩城任满后，在勒尔谨和毕沅联合推荐下，吴镇出任山东陵县知县。参加了八次会试均以失败告终的吴镇，从此正式步入仕途，结束了其辛酸的科考历程。

四、南北十年地方官生涯（1772—1780）

乾隆三十七年（1772）是吴镇仕途生涯中非常重要的一年，已经五十二岁的吴镇在陕甘总督勒尔谨和陕西布政使毕沅的联合保举下，升任山东济南府陵县（今山东德州市陵城区）知县。《松厓府君行略》记载："壬辰俸满，蒙制府文公、中丞勒公、方伯毕公以品行端方，堪膺民社，保举送部引见，升授山东济南府陵县知县。"④该年七月，吴镇入京等待召见，住韩城会馆。此次入京，吴镇与李友棠、吴坛等师友得以相见，吴镇以《松花庵集唐诗》示，二人均为之作序。吴镇在年底赴陵县任知县，"乾隆壬辰腊月，予由教

---

① 杨芳灿：《松厓府君行略》，清嘉庆刻本，甘肃省图书馆藏。
② 刘绍攽：《经余集》卷二，清代诗文集汇编本。
③ 卫晞骏：《松花庵律古序》，吴镇：《松花庵律古》，《松花庵全集》。
④ 杨芳灿：《松厓府君行略》，清嘉庆刻本，甘肃省图书馆藏。

职笏仕山左陵县"①。吴镇在陵县任上，居官处事，恪守儒教，以仁慈为主，士奉为师。"解巾赴郡，露冕班春。种桑百株，拔薤一本。撤唐邑之簿，替群吏唱名；税颜斐之薪，为诸生炙砚。竿牍稍闲，不忘缃素；抚绥有术，尤爱文儒。下教而子远踵门，侧席而龙邱备录。民依若母，士奉为师。"②

乾隆三十九年（1774）八月，兖州府寿张县人王伦"以清水邪教运气治病，教拳勇，往来山东，号召无赖亡命，党徒日众……寿张知县沈齐义捕之，贼遂于八月二十有八日夜袭城，戕吏。贼先言破城日当有风雨，及期适应，众益信。承平久，官民皆不习兵，贼连陷堂邑，陷阳谷，皆劫掠弃城遁。分趋临清、东昌，图阻运道，众数千"③。陵县在临清、东昌东北方向，相距不远，面对起义军的迅猛发展，一些人提心吊胆，而吴镇神情镇定，"时贼氛尚炽，人情汹惧。先生神色夷然，每夜辄秉烛吟诗，吊死事诸公。已而就寝，鼻息如雷，共服为仁者之勇"④。但吴镇非常关心战事，有《哀沈寿沈齐义》《哀陈堂邑枚及其弟武举元梁》《哀刘丞希寿》《哀方尉光祀及其侄义》《哀吴训导琛及其侄文秀仆王忠》《寿张贼警喜官兵至》《槛军行》等诗悼念死难诸人，兼纪乱事，可补史实。

起义军在多路清军的围剿之下失败，吴镇悯念百姓苦难，联络同僚劝说上司不要牵连无辜，经过审理勘察，解救被胁迫的百姓三百多人。"甲午，寿张王伦作乱，良民多被迫胁株累。大府值军务倥偬，凡所俘获，遽令在营诸州县，抉断其筋。府君因解马至夏津，亦预其事，恻然谓诸公曰：'此辈蚩愚，其中岂无冤抑？'因细加诘问，果有良民被胁者。府君约诸公同白大府，咸有难色，遂独抗词申请，大府亦为之动容，一时所活，约三百余人。"⑤

吴镇在任上重视社会环境的整治，因捕获邻境大盗有功，得山

①　吴镇：《松花庵游草序》，《松花庵游草》卷首，《松花庵全集》。
②　杨芳灿：《吴松厓先生神道碑铭》，清嘉庆刻本，甘肃省图书馆藏。
③　魏源：《乾隆临清靖贼记》，《圣武记》卷八，中华书局，1984年。
④　李华春：《吴松厓先生传略》，吴镇：《松花庵全集》卷首。
⑤　杨芳灿：《松厓府君行略》，清嘉庆刻本，甘肃省图书馆藏。

东巡抚徐绩上奏朝廷，朝廷命其回任，同知题补。在陵县，吴镇还曾充任乡试同考官，深得主试官的尊重，解元赵东周等出其门下："是秋，充乡试同考官，得解元赵东周诸名士。吉渭厓、费道峰两主试，谓府君为词坛老宿，深相推挹焉。"①政事之余，吴镇并未放弃诗歌写作和对诗集的整理，写于韩城教谕任上的《松花庵韵史》在此期间付梓，时任东昌知府的胡德琳为其作《松花庵韵史序》。

乾隆四十年（1775）闰十月，朝廷特旨升任吴镇为湖北兴国州（今湖北阳新县）知州。吴镇于第二年春天赴任兴国州，六月始抵兴国。吴镇《松花庵游草序》说："丙申六月，始抵任。"②吴镇在兴国任上，勤于政事。他剖断狱讼，整治水利，重视教育，表彰先哲，敦励后学，士风渐变。政事之余，吴镇也不忘吟诗。"兴国接壤江右，民情健讼，又因前牧于公事多旷废，遂致积牍尘封。府君振刷精神，应机剖断，绝无留滞。即遇大谳，惟善气虚衷，务得其实，不轻事敲扑。后皆感府君之德，其习顿改。公余尤加意学校，培养士风，为前朝吴明乡先生建立石坊，表扬先哲，即以敦励后学云。"③吴镇为民申冤，断临封沉冤，惩治豪强，深得百姓拥护："先是，临封有年久未结之疑狱，冤民之子屡控上官，终莫能雪。后复上控，上官委府君往鞫。府君蒸骨检验，立得其情，盖为乡豪所杀，以自缢立案者。事白后，其子感府君之公直，割股肉焚香泣送百余里始返。"④

乾隆四十二年（1777）六月，吴镇解饷赴京面圣，十月回到兴国。受政事影响，吴镇的诗歌创作较任教职时明显减少，在兴国任上，稍有增加，并辑成《松花庵游草》。自序中对其创作轨迹记录比较清楚："乾隆壬辰腊月，予由教职筮仕山左陵县。既莅事，遂不复能诗。癸巳春后，始稍稍有诗来，然可存者无几矣。乙未又十月，荷蒙圣恩，升牧楚北之兴国，丙申六月始抵任。此州案牍，十

---

① 杨芳灿：《松厓府君行略》，清嘉庆刻本，甘肃省图书馆藏。

② 吴镇：《松花庵游草》卷首，《松花庵全集》。

③ 杨芳灿：《松厓府君行略》，吴镇：《松花庵全集》。

④ 杨芳灿：《松厓府君行略》，吴镇：《松花庵全集》。

倍陵邑，而勘渠履亩，得诗较齐鲁为多，抑亦江山之助也。今年六月，因解饷赴京，十月旋署，又得诗数十首。综前后作吏之诗，尚不及作广文时一月之数，且格调卑弱，多不称意，于以见民社之难胜，而才力之易尽也。楚北人士，多喜观予诗，因删存一帙，名之曰《松花庵游草》。"①

因在兴国州的卓越政绩，乾隆四十三年（1778）闰六月，五十八岁的吴镇再次得特旨升任湖南沅州府知府。"戊戌闰六月，奉旨以知府特用，奏补沅州。"②吴镇两次升任，均为特旨提拔，七年间，由知县升为知府，速度是非常快的。吴镇感谢圣恩高厚，一心为百姓，并无个人清苦之忧。八月，吴镇暂居武昌，辑成《松花庵集唐》。至秋天，吴镇自武昌启程赴沅州，府治芷江（今湖南芷江县）。第二年一月，吴镇抵任沅州。

吴镇在沅州任上政简刑轻，百姓安居。乾隆四十五年（1780）春，吴镇因刚直，在属芷江县讳盗一案中受到牵连，被时任湖南巡抚的李湖参奏，遭罢官。李华春《吴松厓先生传略》记载："庚子，因属县讳盗事挂误被劾，盖湖南某中丞凤嫉先生刚直故耳。"③罢官以后，吴镇虽有惆怅，却也自适，友人他劝委蛇其道以复职，但他拒绝打点上官，志归乡里。"然在官素风力，每以公事与大史龃龉。庚子春，因属芷江县讳盗为窃知府失察一案被劾。府君曰：'吾性本迂疏，久思田里。今得以微罪行为幸。'"④吴镇对于罢官一事，非常坦然，因其志本不在仕途，而在文章，《送江乙帆归南康序》曾述其心迹："宦游不遂，人皆惜之，而余独为乙帆喜。盖乙帆工文嗜学，虽在客邸，手不离书，凡问奇者，皆应接不倦，以此作吏，似若枘凿不相入。唯一毡萧散，乃可淬砺其文章，以致不朽耳。"⑤此序既是对好友江乙帆改授教职、仕途不顺的安慰，也是

① 吴镇：《松花庵游草》卷首，《松花庵全集》。
② 杨芳灿：《松厓府君行略》，清嘉庆刻本，甘肃省图书馆藏。
③ 李华春：《吴松厓先生传略》，吴镇《松花庵全集》卷首。
④ 杨芳灿：《松厓府君行略》，清嘉庆刻本，甘肃省图书馆藏。
⑤ 吴镇：《松厓文稿》，《松花庵全集》。

自己在为官与为文选择中的心志表达。故此次罢官，吴镇并未悲愁，而是以之为幸事。事实上，对志在诗文著述、以文章为不朽的吴镇来说，从种种拘束和应酬的官场中解脱，确实是一件幸运的事情。

得洞庭山水熏陶，吴镇在沅州的诗歌创作成果较多，并整理成诗集。吴镇在沅州与时任训导的丁甡等人经常集会赋诗："松厓吴郡伯自临沅郡，百废具兴。尝于署中池畔构狎鸥之亭，公余啸咏。"①在此期间，得《沅州杂咏》和《潇湘八景集句》集古诗各一卷。

吴镇为官清廉，罢官后竟无资费还乡，曾长期寄居民房，境况极为窘促。其《苦热寄丁鹿友》一诗展现了当时的境况："索居桐月又荷月，遥望秦山空楚山。此处无钱三十块，何人有屋千万间。（时僦民房）天中赵盾尔相逼，林下陶潜他自闲。差喜风流丁学博，新诗能代老夫删。"②在这一时期，吴镇经常得到友人、芷江县令张荷塘的帮助："解组后，贫不能归，赖芷江新令张君荷塘，及沅属绅士，俱感府君仁厚，醵钱资助。"③直到冬天，吴镇才在友人资助下，启程归里。携家眷乘舟历沅水而上，舟中仅有书画数卷，沅石数方。"解组时，不名一钱。殆归，惟携书画数卷、沅石数方而已。"④回乡途中，吴镇仍靠友人一路接待和资助，路上有《归舟抵中坊，潘澹庵广文邀饮其家，逾时始别》《舟次黔阳，袁广文率诸生醵钱送行，赋诗志盛》等诗作纪行。在汉口，有同乡商人欲凑千金为吴镇捐复官职，吴镇以精力不支力辞。沿汉口西上，至襄樊时，沅州士人遣人追到襄樊请题无水亭额。途经华阴，遇兰山书院同学江得符，曾与其诗酒盘桓数日。十二月，吴镇回到临洮，仕途正式结束。

五、晚年家居与讲学兰山书院（1781—1797）

归居临洮的吴镇，重结洮阳诗社，经常与乡友饮酒谈诗，遇春

---

①　丁甡：《松花庵潇湘八景诗跋》，吴镇：《松花庵全集》。
②　吴镇：《松花庵游草》，《松花庵全集》。
③　杨芳灿：《松厓府君行略》，清嘉庆刻本，甘肃省图书馆藏。
④　李华春：《吴松厓先生传略》，吴镇：《松花庵全集》卷首。

秋佳日，则四处游山玩水，自得其乐。"归田后，看花饮酒，益得享林泉之乐。每春秋佳日，与故人邀游山水，苍颜虬髯，角巾野服，天怀开朗，举止真率。人亦忘其曾典大郡也。"①乾隆四十六年（1781），吴镇在前往兰州时，与杨芳灿相识，两人定为忘年交。杨芳灿《胡静庵诗文集序》："余自辛丑岁，识吴松厓先生于兰山，定忘年交，每过从，必论诗。"②吴镇诸多诗文集也均由杨芳灿编选评点。乾隆四十七年（1782），寄籍山西的皋兰诗人王光晟回到兰州，慕名来访，请吴镇为其点定诗稿，并奉吴镇为师。

乾隆四十六年（1781）三月，循化回民苏四十三起义，吴镇率乡勇协助守城，"逆回苏四十三为寇，闻率乡勇守埠者兼旬"③。部选南郑训导的河州友人杜采殉难，吴镇作《殉难训导杜凤山碑》一文悼念。乾隆四十九年（1784）四月，甘肃伏羌县发生了回民田五等起义，起义军据石峰堡，扰及通渭、伏羌、静宁等地。福康安被授参赞大臣，随从将军阿桂，镇压回民起义军，不久授为陕甘总督。友人杨芳灿时为伏羌知县，曾带领军民英勇抗击，使起义军攻城数日不能克。杨芳灿受到朝廷嘉奖，入京朝觐，吴镇有诗相送。

在乡居临洮四年之后，乾隆五十年（1785），在王曾翼的推荐下，已经六十五岁的吴镇被陕甘总督福康安聘为兰山书院山长，开始了八年的任教生涯。在兰山书院，吴镇教育士子，以实学为重，学生多成才，较为著名的有进士秦维岳、周泰元、郭楷，举人李苞、李华春等人。"其教人也，务崇实学，士多成立。如醭使秦觐东维岳、主政周得初泰元、刺史李元方苞、进士郭仲仪楷，其犹著者也。"④任教兰山书院期间，在培养学生的同时，吴镇醉心于文学活动，结识各地作家，评诗论文。在他的带动之下，关陇作家群走向高峰时期，关陇文学也迎来了又一次繁盛。

---

① 杨芳灿：《松厓府君行略》，清嘉庆刻本，甘肃省图书馆藏。

② 杨芳灿：《胡静庵诗文集序》，郭汉儒：《陇右文献录》，甘肃文化出版社，2014年，第421页。

③ 张五典：《吴信辰太守》题注，《荷塘诗集》卷十一，清代诗文集汇编本。

④ 李华春：《吴松厓先生传略》，吴镇：《松花庵全集》卷首。

乾隆五十一年（1786），在主讲兰山书院的第二个年头，吴镇闲暇之余整理了自己的诗文集。三月，辑成《松花庵杂稿》。六月，杨芳灿帮忙选评的《松花庵逸草》成书。七月，又辑成《松花庵诗余》，杨芳灿为之作《松花庵诗余》跋。秋天，辑成《松花庵文稿》，杨芳灿为之作序。吴镇也积极为好友诗集作序。在湖南沅州知府任上认识的姚颐于乾隆五十一年任甘肃观察使，两人时常来往，吴镇为其诗集作序。好友王曾翼随福康安视察新疆，集入甘以来诗歌为《吟鞭胜稿》，吴镇为之作序。

乾隆五十三年（1788），吴镇与乾嘉诗坛领袖袁枚相知。该年春天，吴镇的学生王光晟赴江宁任典史，到江宁后拜访袁枚，获袁枚赏识。经王光晟介绍，袁枚得读吴镇诗作，评价颇高，并采诗数十首入《随园诗话》。冬天，好友姚颐去世，吴镇非常悲痛，写了《代祭姚雪门观察文》，又写诗《挽姚雪门先生》，把姚颐的去世喻为失去左右手。

乾隆五十四年（1789），六十九岁的吴镇诗作渐少，但精神颇佳。在时任甘肃观察使周眉亭的支持下，由丁珠参与校订的《风骚补编》得以刊刻。四月，辑成《松花庵律古续稿》，吴镇自为序言。冬天，收到学生王柏厓寄来的袁枚《随园诗话》，知道自己诗作被收入袁枚《随园诗话》中，吴镇心情非常激动，第二年春天致信给袁枚，感谢袁枚采其诗入《随园诗话》，并向袁枚推荐乡先贤张晋、张谦及许钞的诗歌，正式与袁枚交往。三月中旬，吴镇把在兰山书院讲学期间的诗编成《兰山诗草》，杨芳灿从灵州来兰州，为其作诗序。吴镇对学生的培养在此年也取得很大成绩，皋兰学生秦维岳进士及第。

乾隆五十六年（1791）二月，吴镇编成《松花庵文稿次编》，王曾翼为之作序。三月，吴镇接到袁枚信件并作《答袁简斋先生书》回信一封，兼作和袁枚《除夕告存诗》十首。五月，张翙为吴镇《律古续稿》作序。吴镇为杨芳灿文稿作序，杨芳灿亦为吴镇诗集作序。夏天，吴镇患脚气欲回到临洮，在新任陕甘总督勒保的恳切挽留下留任兰山书院院长。冬天，福康安征卫藏，杨芳灿二弟杨揆作为幕僚同行，吴镇赋诗《送杨荔裳中书揆从军》一首送别。

乾隆五十七年（1792），在学生刘壬的介绍下，著名乾嘉史学家、格调派代表王鸣盛读到吴镇的诗集，大为惊叹，写信给吴镇。吴镇在一月份收到王鸣盛的书信，随即回信，两人交往，并请王鸣盛为诗集作序。冬天，袁枚和王鸣盛这两位乾嘉著名作家都为吴镇诗集作序。第二年秋天，七十三岁的吴镇得风痹疾，辞归临洮养病。"逮至癸丑秋，脚气复作，兼患风痰，遂归里调养。"①吴镇任兰山书院院长达八年，教授门生无数，成就颇高者不下数十人。"在院八年，教人各因其材，初不拘一格，故诸生成就最多。如编修秦君维岳、进士郭君楷、主政周君泰元辈，不下数十人，俱以文艺蜚声坛苑，皆府君提倡之力也。"②

吴镇在家养病期间，仍然从事创作。乾隆六十年（1795），还曾不远万里，去江南两次拜访袁枚于随园。嘉庆二年（1797）正月十二日，吴镇病重，召集儿子于床前，总结一生，并交代请好友杨芳灿撰写墓志。"府君易箦前一日，呼（不孝）等于卧榻前，诏之曰：'吾生平居官立身，虽无瑰意琦行，而仁恕二字，未敢顷刻或忘。今全受全归，从先人于地下，幸矣。'又云：'一生无他嗜好，惟诗古文辞，结习所存，自少壮以至笃老，矻矻穷年不自知，其至犹未也。悬车以来，知交落落，惟灵州牧蓉裳杨公为文字至契，所有著撰，皆共商榷。吾殁，若求墓志，非斯人不可。'"③正月十三日，吴镇病卒，一代文杰撒手西去，享年七十七岁，门人私谥"文惠"先生。同年，与吴镇有知音之交的袁枚和王鸣盛，也一并去世。嘉庆二年，实为乾嘉文坛的不幸之年。三月初八日，吴镇葬于北郊五里铺祖坟。好友杨芳灿代作《松厓府君行略》，撰《吴松厓先生神道碑铭》，学生李华春撰写《吴松厓先生传略》，对吴镇一生行迹进行了总结和评价。杨芳灿作《松厓先生像赞》："苍苍松古，落落霞高。不修威仪，神骨自超。晚辞簪绂，独解天韬。菲枕坟典，抗希风骚。孤鹤盘空，长鲸喷涛。出入百家，郁为诗豪。成风斫

---

① 杨芳灿：《松厓府君行略》，清嘉庆刻本，甘肃省图书馆藏。
② 杨芳灿：《松厓府君行略》，清嘉庆刻本，甘肃省图书馆藏。
③ 杨芳灿：《松厓府君行略》，清嘉庆刻本，甘肃省图书馆藏。

郸，忘机观濠。千秋哲匠，我思临洮。"①把吴镇誉为"诗豪"和"千秋哲匠"，评价颇高。吴镇生平事迹入《清史列传·文苑传》。

对吴镇一生的性情与爱好，以及文学和书法等方面的成就，杨芳灿总结得最为恰当："府君仁孝性成，虽年逾古稀，每忆及先大父母，辄追慕嘘唏如孩提。然历宦一十八年，从未增置田宅，惟以赈贫济困，为生平大欲所存。故虽晚主兰山，每岁暮还家，必出修脯所余，以赡亲友之穷乏者，甚至解衣推食，必周之而心始安。与人交，和平乐易，不施戟级，脱略苛礼，人谓有渊明、东坡之风范云。性嗜读书，家藏万卷，皆手加丹黄。……府君居心谨厚，于文字中，从不喜苛论古今人，尤爱表彰前贤遗集，如安定令许铁堂诗，丹徒令张戒庵兄弟诗，皆手为订定，镌以行世，其抄辑而藏弆者，尚有十余家。盖乐善不倦，天性然也。其以右学倡导后进也，剀切详明，故陇右骚坛，日启一时。海内耆硕，如袁简斋、王西沚、姚雪门诸公，皆订千秋诗文之契。"②

综观吴镇一生，年少成才，但举业不顺，仕途坎坷。五十二岁才担任知县，虽然在七年时间内由知县升至知府，但在知府任上又很快被罢官。从另一个角度来看，不顺的人生却造就了一位关陇著名诗人。吴镇喜欢文学创作，求学期间开始刊刻自己的诗集，担任教职期间，常与朋友学生集会赋诗。在担任地方官期间，忙于政务，诗作有所减少；罢官回乡后，主讲兰山书院，一边授徒，一边以文坛领袖的身份组织文学活动，推动关陇文学走向繁荣，对关陇文学发展作出了较大贡献。

---

① 吴镇：《松花庵全集》卷首。
② 杨芳灿：《松厓府君行略》，清嘉庆刻本，甘肃省图书馆藏。

第二章　吴镇著述考辨

　　吴镇一生勤于著述，作品颇多，共编成作品集三十二种，除《古唐诗选》《伏枕草》等几种遗失外，大多汇集于《松花庵全集》存世。《松花庵全集》刊印过多次，版本比较多，收录作品也有差别，最重要的有乾隆刻本、宣统重印本和嘉庆刻本。乾隆刻本由吴镇自己整理刊刻，校订质量较高。宣统重印本据乾隆刻本重印，由于收录在《中国西北文献丛书》中于 1999 年影印出版，学术界使用较多。嘉庆刻本流传较少，存世不多，笔者在甘肃省图书馆查阅到该版本。嘉庆刻本由原单行本汇刻，增加了《松厓文稿三编》《松花庵诗话》等六种没有刊刻过的著作，具有很高的文献价值。

　　吴镇的作品流传较广，影响也较大，许多目录类著作对《松花庵全集》都有著录，但也有许多错讹之处需要进行辨析。吴镇的影响还体现在他的著作被各种丛书和作品选集收录，如《四库未收书辑刊》《故宫珍本丛刊》《中国西北文献丛书》《清代诗文集汇编》等多种大型丛书对吴镇的诗文集进行了收录。除了作品集被整体收录之外，吴镇的单篇作品也大量被收录于各类作品选集。这在关陇文学的接受史上是少见的，显示了吴镇在关陇文学史上的地位和影响力。

第一节　新发现的嘉庆刻本《松花庵全集》
等著作的文献价值

　　吴镇一生勤于著述，所留作品数量比较多。对吴镇著作的保存情况，王文焕的《吴松厓年谱》在提到以大多数作品汇刻成宣统刻本《松花庵全集》后说："又有《制义》《试贴》《稗珠》《诗话》《古唐诗选》诸稿，藏于家，今皆散失。"①此说被广泛采用，冉耀斌的博士论文《清代三秦诗人群体研究》即认为："吴镇一生著作丰富，传世的有《松花庵诗草》……收入《松花庵全集》，还有《制艺》《试帖》《稗珠》《松花庵诗话》《古唐诗选》诸稿，大多已散佚。"②但事实并非如此，笔者发现《松花庵诗话》《制义》《试帖》《稗珠》以及没有提到的《松厓对联》《松厓文稿三编》并未散佚，而是由马士俊和李苞于嘉庆二十四年（1819）至二十五年（1820）刻成《松花庵续集》，并作为嘉庆刻本《松花庵全集》第二部分存在。嘉庆刊刻的《松花庵续集》的六种作品与第一部分的十九种作品一起，使嘉庆刻本《松花庵全集》成为收录吴镇作品最完备的全集，新发现的这几种著作对更全面地了解吴镇的文学创作，深入开展吴镇研究，客观衡量吴镇的文学成就和地位，都具有重大意义。因此，嘉庆刻本《松花庵全集》具有较高的文献价值。

另外，吴镇在辞去兰山书院教职之前，杨芳灿曾从其所有诗作中选出部分诗作编成《松厓诗录》上下卷，对吴镇一生诗作进行了总结，还附有诸家评点，也具有较高的价值。

一、新发现的嘉庆刻本《松花庵全集》概况

嘉庆刻本《松花庵全集》流传不广，少为学界所知。笔者在甘肃省图书馆查阅《松花庵全集》时，发现存有一套嘉庆年间刊刻的《松花庵全集》。该刻本四周双边，白口，单鱼尾，15.5 厘米×11.5 厘米。因为是原单行本的重印，各册封页、扉页、序跋皆为原单行本样式，因此各册字体字号、行数皆不同。该刻本共 17 册，主要分为两部分，前 12 册为第一部分，后 5 册为第二部分，两部分并不刻于一时，均不分卷。第一部分第一册前依次由牛运震、陈鸿宝、吴坛、袁枚、王鸣盛五人所作序。序后是吴镇画像和杨芳灿

---

① 王文焕：《吴松厓年谱》，《民国丛书》（第四编），第 125 页。
② 冉耀斌：《清代三秦诗人群体研究》，南京师范大学博士论文，2012 年，第 314 页。

所作像赞，接下来是"松花庵诗集总目"：《松花庵诗草》、《游草》、《逸草》(《词》附)、《兰山诗草》、《松花庵律古》、《律古续古》(应为《律古续稿》)、《松花庵集唐》、《四书诗》、《沅州杂咏集句》、《潇湘八景集句》、《韵史》、《声调谱》、《八病说》、《松厓文稿》、《文稿次编》，目录后有"嘉庆癸酉春三月，第三子承禧谨编次"字样，可知前12册约刻于嘉庆十八年(1813)。

嘉庆刻本的文献价值主要体现在第二部分中的5册作品中，这5册6种作品均为吴镇遗著，是第一次刊刻，对更全面地展现吴镇的文学成就有着重大意义。第二部分为《松花庵全集》的续集，最后一册《稗珠》前有"松花庵续集总目"：《稗珠》《文稿三编》《对联》《诗话》《制义》《制义次编》《试帖》。目录后有"嘉庆庚辰春二月，男承禧谨编次"字样，可知刊刻于嘉庆二十五年(1820)。对比各册内容，缺《制义》一种，第13册为《松厓文稿三编》；第14册为《松花庵诗话》，有"嘉庆乙卯镌""松石轩藏版"字样，前有嘉庆二十五年李苞序，最后有嘉庆二十四年(1819)三月马士俊写的跋和嘉庆二十五年(1820)仲秋李华春写的跋；第15册为《松厓对联》，正文前有"临洮吴镇信辰著，梁溪杨芳灿蓉裳选，同里受业李苞元方校刊，男吴承禧小松编辑"字样，最后有李苞写的跋和吴承禧的识语；第16册为《制义次编》和《松厓试帖》，《制义次编》目录有两页，第一页缺失，正文各篇有牛运震等人评语。《松厓试帖》正文前有"临洮吴镇信辰著，梁溪杨芳灿蓉裳选"字样；第17册为《稗珠》，最后有吴承禧的识语。此《松花庵全集》前12册刻于嘉庆十八年(1813)，后5册刻于嘉庆二十五年(1820)，合称嘉庆刻本。笔者还在国家图书馆查到另一种附有文国干《竹屿诗草》和《竹屿文稿》共一卷的嘉庆刻本。文国干是吴镇的学生，或参加了嘉庆刻本《松花庵全集》的刊刻，也可能是文国干在嘉庆刻本刊刻以后又曾加以重刻。

二、《松厓文稿三编》的发现及其文献价值

1.《松厓文稿三编》的发现

笔者在查阅嘉庆刻本《松花庵全集》时，发现了李苞曾提到的

第三个散文作品选编本《松厓文稿三编》一册。该册在第 11 册《松厓文稿》和第 12 册《松厓文稿次编》之后，为第 13 册。首页居中题为"松厓文稿三编"，右上署有"嘉庆乙卯仲夏镌"，左下署有"松花庵藏版"，前有郭楷写的序，次为目录，正文前有"狄道吴镇信辰著，金匮杨芳灿蓉裳选，同里受业李苞元方校刊，男吴承禧小松编辑"字样，首篇为《北五台山赋》(并序)，各篇均有圈点。

《松厓文稿三编》的刊刻时间、版本等相关信息相对全面，但也有一些错讹。首先，《松厓文稿三编》目录为 33 篇，但正文却多出《元廉访使集斋陈公像赞》《乡饮陈子机像赞》《宋育山明经夫妇合葬墓志铭》《宋母卢孺人墓志铭》《宋育山明经像赞》《皋兰宋氏墓碑铭》《复王柏厓少府书》等共 7 篇，实际存文 40 篇。其次，目录中有 3 篇文章的标题与正文中的标题有出入，正文中的标题信息更全面。目录中的《孙桐轩传略》，在正文中为《孙桐轩文学传略》，多了"文学"二字；《李如玉传略》在正文中为《李处士如玉行略》，增加了李如玉的处士身份；《代祭吴古余侍读文》在正文中为《代王兰江工部祭吴古余侍读文》，则点明了代谁作祭文。另外，目录中的《答张佩青太史书》与《答马雪峤宫詹书》二文在正文中的顺序相反。

2.《松厓文稿三编》的编选和作品写作时间

《松厓文稿三编》是吴镇散文作品的第三个选刻本，其编选时间在王文焕《吴松厓年谱》等资料里未见记载，时间难以确考。从所选文章的写作时间看，作于乾隆五十九年(1794)的《余子杰小传》是时间最晚的作品，《松厓文稿三编》的编成时间应在乾隆五十九年或之后。嘉庆五年(1800)，杨芳灿离开甘肃到京城任户部员外郎，再未到过甘肃。因而，杨芳灿选编《松厓文稿三编》的时间在乾隆五十九年(1794)到嘉庆五年(1800)之间。《松厓文稿三编》还经过吴镇第三子吴承禧的补充。郭楷《松厓文稿三编序》说："先生文行世已久，兹三编续刻乃先生少子小松所补辑。小松学古文一如先生，亦庶几乎能为古人者。"①由《皋兰山赋》一文吴承禧的识

---

① 　吴镇：《松厓文稿三编》，《松花庵全集》。

语："此稿从佚，偶从友人处得之，因敬刊，以为模楷云"①也可知，吴承禧确实对《松厓文稿三编》进行过补充编辑。

《松厓文稿三编》所收作品主要为乾隆五十六年（1791）及以后所写，也收集了一些吴镇早年所写文章。乾隆五十六年，吴镇七十岁，我们在表一中以该年为界限对所收文章进行了统计。

表一　　　　吴镇《松厓文稿三编》作品写作时间统计表

写作时间	篇　　名	数量
乾隆五十六年以前	《北五台山赋》《皋兰山赋》《重修耀州东岳庙记》《集古诗序》《许铁堂先生后集跋》《寿王西园刺史序》《西谷金石印谱跋》《答张佩青太史书》《代谢蠲免钱粮表》《请河州于刺史启》《募修奎星阁疏》《雨墨山房跋》	12
乾隆五十六年及以后	《板屋吟小序》《芙蓉山馆诗钞序》《泠痴集跋》《余子杰小传》《孙桐轩传略》《答马雪峤宫詹书》《答王西沚先生书》《答袁简斋先生书》《代谢颁赐钦定诗经乐谱表》《复福嘉勇公中堂启》《宋育山明经夫妇合葬墓志铭》《宋母卢孺人墓志铭》《宋育山明经像赞》《复王柏厓少府书》	14
或在乾隆五十六年及以后	《秦中览古草序》《杨氏家谱序》《李剑堂书课跋》《李如玉传略》《皋兰孔氏家庙文录小引》《孝行编诗文小引》《代祭吴古余侍读文》《元廉访使集斋陈公像赞》《乡饮陈子机像赞》《皋兰宋氏墓碑铭》	10
待定	《竹庐年谱跋》《方竹杖铭》《炉铭》《重修五泉文昌宫募疏》	4

写于乾隆五十六年以前的文章有 12 篇，写于乾隆五十六年及以后的文章有 14 篇。从写作内容、评点等情况综合推断，还有 10

---

① 吴镇：《松厓文稿三编》，《松花庵全集》。

篇应该写在乾隆五十六年（1791）及以后，另外有 4 篇的写作时间无法确定。《松厓文稿》刊刻于乾隆五十五年（1790）秋，《松厓文稿次编》刊刻于乾隆五十六年春，两编所收文章均为吴镇七十岁以前作品，而《松厓文稿三编》中保存的文章有一半以上是吴镇七十岁以后的作品。因此，《松厓文稿三编》对探讨吴镇晚年的生活、创作和交游活动有着重要参考价值。

3.《松厓文稿三编》文体及交游研究的价值

和前两编一样，《松厓文稿三编》的文体类型也很丰富，涉及论辩、序跋、奏议、书说、赠序、传状、碑志、杂记、箴铭、颂赞、辞赋、哀祭等多种类型，但也略有不同，各体数量也有增减，对文体类型作了很好的补充。序跋类作品仍然数量最多，有 13 篇，约占整个篇数的三分之一。奏议和募疏类在《松厓文稿》和《松厓文稿次编》中一篇都没有，此编中分别有 2 篇，补充了这两种文体的空白。吴镇赋作很少，此编中的《北五台山赋》和《皋兰山赋》两篇早年的赋作展现了吴镇的辞赋创作情况。与《松厓文稿》的 1 篇和《松厓文稿次编》的 2 篇相比，书说类数量大为增加，达到 7 篇，涉及吴镇晚年和袁枚、王鸣盛、福康安、王柏厓等重要人物的交往，是文体中价值较大的部分。其他各类文体数量与前两编相比，变化不是很大。

《松厓文稿三编》保存的书信等为深入讨论吴镇晚年的文学活动和交游提供了非常珍贵的资料。吴镇虽大部分时间偏居西北，但好交友，早年为官四方，晚年讲学兰山书院，诗友众多，但作为探讨交游主要资料的书信却保存极少，《松厓文稿》和《松厓文稿次编》仅存 3 篇。庆幸的是，《松厓文稿三编》中保存了 7 篇书信，特别是保存了吴镇和袁枚、王鸣盛之间交往的书信以及节录的王鸣盛写给吴镇的书信，对于深入探讨吴镇与乾嘉主流文坛的交流，具有很高的价值。

袁枚与吴镇书信往来，赠诗唱和。但在乾隆五十七年（1792），袁枚给吴镇写作诗序之后，再也看不到两人交往的资料。事实上，吴镇的答谢书信《答袁简斋先生书》保存在《松厓文稿三编》中，由书信内容可知，吴镇与袁枚在张晋和许珌的诗作是否选入《随园诗话》和对生死观的理解两件事情上产生分歧，他们之间发生了一场由诗学理论和思想信仰不同而产生的论争，这场论争影响了他们之间的融洽关系，两人暂时中断了交往。王鸣盛是另一位和吴镇万里相交的乾嘉著名作家和学者。王鸣盛与吴镇相知较早，后来在刘壬的介绍下建立交往，关于两人交往的过程，学界一直不清楚，《松厓文稿三编》中保存的《答王西沚先生书》和该书信后附录的《西沚札》给我们提供了许多交往细节。关于吴镇与袁枚、王鸣盛的交往，后文还将专题讨论，此处从略。

《松厓文稿三编》增加了吴镇的散文作品数量，对更全面地了解吴镇散文创作具有重要价值。吴镇的散文作品主要见于乾隆刻本和宣统刻本《松花庵全集》中的《松厓文稿》和《松厓文稿次编》两卷。《松厓文稿》存文 44 篇，《松厓文稿次编》存文 41 篇，两编合计 85 篇，学界对吴镇散文的介绍多以此为基础。《松厓文稿三编》的发现，把吴镇的散文作品增加到了 125 篇，虽然这仍不是吴镇的全部散文作品，但基本上能反映吴镇散文创作的整体面貌。

总之，《松厓文稿三编》不仅保存了吴镇晚年所写的大量散文作品，反映了吴镇晚年的文学创作活动和交游情况，为我们了解吴镇晚年的创作和生活状况提供了珍贵资料，而且还补充了前两编漏选的一些作品，增加了吴镇散文作品数量，基本上反映了吴镇散文创作的整体面貌。几篇吴镇和袁枚、王鸣盛等乾嘉著名文人交游的重要书信，也给我们考察吴镇交游，了解清代乾嘉文坛实际状况提供了诸多材料。《松厓文稿三编》具有重要的文献价值，应该得到学界重视。

三、《松花庵诗话》及其他新发现的著述

在嘉庆刻本《松花庵全集》中，除了《松厓文稿三编》以外，还有不见于他本的《松花庵诗话》《松厓试帖》《松厓对联》《制义次编》《稗珠》五种作品集。这几种作品集中，《松花庵诗话》比较珍贵。《松花庵诗话》三卷，由马士俊刊刻于嘉庆二十五年（1820），有"嘉庆乙卯镌""松石轩藏版"字样，前有嘉庆二十五年李苞序，后有嘉庆二十四年（1819）三月马士俊写的跋和嘉庆二十五年仲秋李华春

写的跋。

《松花庵诗话》不著写作时间，观其内容，写作时间应该比较早。卷三才有杨芳灿诗的评点，并称杨芳灿为刺史，杨芳灿任刺史时在乾隆五十二年(1787)。《松花庵诗话》中多处提到沈德潜论诗语，但却没有提到与吴镇晚年有交往的袁枚。因而，《松花庵诗话》最终写成时间应该在乾隆五十二年到乾隆五十四年(1789)得读袁枚著作之前。《松花庵诗话》评点的诗人诗作主要是唐代诗人以及与吴镇交往的各地诗人，以关陇诗人为主，评点主要以格律是否工整为标准，在评点形式上主要采用摘句式批评，也涉及一些诗坛掌故，其论诗常有新解。如评李白《听蜀僧濬弹琴》："太白诗'蜀僧抱绿绮，西下峨嵋峰。为我一挥手，如听万壑松。'讽诵之久，觉有松声飞来几案。或谓'万壑松'乃唐琴，名白玉轸足，宋宣和御府有之。予谓既言绿绮，不应重见琴名，当是白诗既传，而斫琴者乃有'万壑松'之号耳。"①

关于《松花庵诗话》，一些学者以为已经丢失，如王克生《吴镇生平与创作探微——兼及关于本土作家的研究》一文说："吴镇对诗学的见解，推想当集中在其《稗珠诗话》中，惜其书未刊，藏于家而湮没。残存于诗集的自序和为他人所作序言中的片语只言，至今不掩其高识。"②《稗珠诗话》应为《稗珠》和《诗话》。冉耀斌《吴镇诗学思想初探》一文也说："吴镇的《稗珠诗话》今已不存，论诗之作散见于其诗文序跋之中，多为即兴发表的文字，显得缺乏系统性，因此难窥其诗学思想之全豹，这不能不说是一种遗憾。"③蒋寅先生《清诗话考》于"见存书目"类著录："《松花庵诗话》3卷，乾隆间刊《松花庵全集》本。"④乾隆本《松花庵全集》并无《松花庵诗话》，蒋寅先生列于见存书目，并未得读该书。张寅彭先生在《新

① 吴镇：《松花庵诗话》卷一，《松花庵全集》。
② 王克生：《吴镇生平与创作探微——兼及关于本土作家的研究》，《甘肃理论学刊》2005年第6期，第98~101页。
③ 冉耀斌：《吴镇诗学思想初探》，《西北师大学报(社会科学版)》2004年第9期，第23页。
④ 蒋寅：《清诗话考》，中华书局，2005年，第9页。

订清人诗学书目》中介绍吴镇的《声调谱》和《八病说》时提出质疑：
"又各家书目有著录吴镇《松花庵全集》载《诗话》三卷者，今检全集
未见。"①《松花庵诗话》的发现，对于深入讨论吴镇的诗学理论，
推进清代诗学的研究进程，都有重要的价值意义。

　　《松花庵诗话》选录了大量与吴镇有交游的诗人及其诗作，吴
镇在《松花庵诗话》中提到了 100 余人，与吴镇有交往的关陇诗人
有 33 人，其中，临洮诗人有 13 人，关陇之外的诗人有 15 人，吴
镇不仅评论其诗作，还对作者有所介绍，因此，《松花庵诗话》补
充了许多吴镇的交游资料。诗话的写作是形成文学圈的一种重要方
式，袁枚依靠编撰《随园诗话》与大量诗人交往，对自己的乾嘉文
坛领袖地位的奠定和诗学理论的传播起到了很大的作用。吴镇的
《松花庵诗话》也是他建构自己文学圈的重要方式。通过《松花庵诗
话》，可以看见吴镇对他周围作家的评价和产生的影响力。从年轻
时在兰山书院求学开始，吴镇每在一地（京城除外），他基本上都
是这个地方文学活动的中心，在他身边围绕着一群作家，特别是晚
年罢官回到甘肃以后，更是成为关陇文坛的领袖，与他交往密切的
作家基本上在《松花庵诗话》中都有著录。因此，《松花庵诗话》对
深入研究吴镇的交游以及展现吴镇的核心地位有着非常重要的
意义。

　　诗话的写作还是诗人建构文学传统的重要方式，特别是如《松
花庵诗话》这样的地域性诗话，对地方文学的发展起到的作用是非
常大的。吴镇以关陇文坛领袖的身份，在诗话中对地域作家的评价
会这一地域形成长久的影响力，甚至作为标准，成为新的文学传
统。如吴镇在《松花庵诗话》对马绍融的介绍："马绍融，栉工也，
性酷好诗句，如'江上枫疏人欲散'，'篱边菊冷雁将归'，'嵇琴待
月横砚香。'皆有风致。"②李苞《洮阳诗集》转引了该语，在选诗时
也侧重选吴镇认可的诗作。再如评张逢壬："位北曾以诗受太守许

---

　　①　张寅彭：《新订清人诗学书目》，上海古籍出版社，2003 年，第 61
页。

　　②　吴镇：《松花庵诗话》卷一，《松花庵全集》。

公圣朝之知。殁后五十年，余选其诗集，得二十八首。序而刻之，句如'一竿秋钓月，双屐晓耕烟。''芳树留云宿，闲阶许月侵。''竹风回紫燕，花雨啭黄鹂。''青锦嶂开千佛洞，碧莲花绽五台云。''忽看花雨飞金刹，顿觉松风冷石床。''风急疏钟来邃谷，月明清梵过横桥。'皆有中晚唐风味。予尤喜其《题莲花山一绝》云：'千岩万壑尽苍松，天削莲台又几重。界破洮泯青一片，花龛涌出妙高峰。'"①《洮阳诗集》全部引述，并选入吴镇评价的诗作。吴镇在诗话中用唐诗风致来衡量诗人诗作，对临洮作家学唐诗也有较大的引导作用，临洮诗人好唐诗，喜欢唐诗集句即是吴镇影响下的结果，后文将有专论，此不赘述。另外，吴镇在诗话中对唐代作家和身边作家的评点以及一些论诗话语是吴镇诗学理论的直接展示，探讨《松花庵诗话》还有助于加深对吴镇诗歌艺术的理解。

《松厓试帖》，由李苞刊刻于嘉庆二十四年（1819）。该集为吴镇试帖诗集，存诗 44 首，杨芳灿编选，正文前有"临洮吴镇信辰著，梁溪杨芳灿蓉裳选"字样。试帖诗本始于唐，在北宋熙宁年间，随王安石变法改诗赋取士为经义取士而终止，清乾隆二十二年（1757）再次恢复。"自宋熙宁后以至于明，科举场中不试诗赋，清初尚然。至乾隆二十二年，于乡、会试增五言八韵诗一首，自后童试用五言六韵，生员岁考科考及考试贡生与复试朝考等，均用五言八韵，官韵只限一字，为得某字，取用平声，诗内不许重字，遂为定制。"②从乾隆二十二年到乾隆三十六年（1771），吴镇共参加了六次会试，其试帖诗应写于此间。因此，《松厓试帖》对了解清代恢复试帖诗考试时的体制等相关情况，有一定的参考价值。

《松厓对联》，由李苞刊刻于嘉庆二十四年，由杨芳灿选编，正文前有"临洮吴镇信辰著，梁溪杨芳灿蓉裳选，同里受业李苞元方校刊，男吴承禧小松编辑"字样，最后有李苞写的跋和吴承禧的识语。

《制义次编》，由李苞刊刻于嘉庆二十四年。目录仅存一页，

---

① 吴镇：《松花庵诗话》卷三，《松花庵全集》。

② 商衍鎏：《清代科举考试述录》，故宫出版社，2014 年，第 277 页。

存应试文章 15 篇，正文各篇有牛运震等人的评语。目录中题为
《制义》，或《制义》原本两编，第一编已佚失，此为第二编。

《稗珠》，由李苞刊刻于嘉庆二十四年（1819），后有吴承禧的
识语。从识语可知，该集为吴镇讲学兰山书院时所撰写。与《韵
史》以三言为诗不同，该集为四言，且不从正史取材，多以稗史、
玄怪小说和笔记中的人物或事件为题，题下注有小说笔记书名，部
分作品页眉有自注。

吴镇藏在家中的著作也有散佚的，如《古唐诗选》和诗集《伏枕
草》，甚为可惜。据《吴氏家谱》记载："又有《古唐诗选》诸稿，藏
于家待梓。被城陷焚毁。"①《吴氏家谱》记载，吴镇孙吴生兰"卒于
同治二年八月二十七日，因城破殉难于家"②。《古唐诗选》因城陷
被焚，应为此时。据吴镇后人回忆，一起被焚的还有吴镇从兰山书
院回临洮后创作的诗集《伏枕草》。

四、《松厓诗录》的学术价值

吴镇还有一部在所有诗作基础上的选编本《松厓诗录》，但一
直被学术界忽视，对其进行的著录不多，也未见相关研究。笔者阅
读甘肃省定西市安定区图书馆馆藏的《松厓诗录》之后，发现其具
有较高的学术价值。《松厓诗录》上下两卷，刊刻于乾隆五十七年
（1792），为吴镇离开兰山书院之前，杨芳灿编选的诗歌选本。《松
厓诗录》的编选由来，吴镇在《复王柏厓少府书》中说："金城诸友，
恐仆秋来辞馆，而诗板亦俱还家，央请杨蓉裳刺史，选刻《松厓诗
录》二大本。前载诸序，而后缀诸跋，卷下之末，附以诗余。金城
本属通衢，此诗留作书院公书，可以垂久。"③

《松厓诗录》卷首有王曾翼、袁枚、王鸣盛、杨芳灿序，均题
为《松厓诗录序》，袁枚和王鸣盛序亦在《松花庵全集》中，而王曾
翼和杨芳灿序不载于《松花庵全集》。诸序之后附有六篇序，依次

---

① 《吴氏家谱》，家藏手抄本。
② 《吴氏家谱》，家藏手抄本。
③ 吴镇：《松厓文稿三编》，《松花庵全集》。

为牛运震、陈鸿宝《松花庵诗草序》，吴坛《松花庵游草序》，吴镇《松花庵逸草序》，杨芳灿《兰山诗草序》，张世法《松花庵诗余序》。序后为依次为目录、杨芳灿撰《吴松厓先生神道碑》、李华春撰《吴松厓先生传略》，其后为松厓画像和杨芳灿撰写的像赞。正文页眉有姚颐、杨芳灿、王曾翼等多人评点，正文后依次录刘绍攽《松花庵诗草跋》、吴镇《松花庵游草跋》、杨芳灿《松花庵逸草跋》、杨芳灿《松花庵诗余跋》、李芮《松厓诗录跋》、艾恒豫《松厓诗录跋》等，跋语后为诸人题跋节录。最后附校订及锓梓人士张翔、李苞、刘壬、秦维岳等诗友和学生 132 人。

《松厓诗录》反映出吴镇晚年的交游群体非常庞大，体现出吴镇在关陇一带的影响力，也揭示出吴镇晚年的文学活动非常活跃。《松厓诗录》存有袁枚等人的 4 篇诗序，汇录了诗集序 6 篇，跋 6 篇，还有题跋节录 11 条，最后附参与校订的朋友和学生 132 人，共涉及与吴镇交往的朋友以及学生共 150 多人。如果加上具体诗作的评点，《松厓诗录》基本上囊括了吴镇的交游对象。

《松厓诗录》保存了杨芳灿、姚颐、王曾翼等朋友和学生的 277 条评点，对吴镇的各个时期创作的诗歌进行了评价。在乾隆、嘉庆和宣统刻本《松花庵全集》中，刊刻于乾隆五十年（1785）之后的《逸草》和《兰山诗草》有评点存在，而之前已经刊刻的《松花庵诗草》和《游草》则没有评点，让人怀疑吴镇罢官以前的诗歌本来就没有评点。考察《松厓诗录》的评点，发现罢官之前的诗歌也有评点，这些评点多为吴镇求学、游宦时期结识的朋友所作，这些评点不仅反映了吴镇求学和游宦时期的交游，也展示了吴镇诗歌的影响和接受情况，弥足珍贵。

《松厓诗录》是从《松花庵诗草》《游草》《逸草》和《兰山诗草》四部诗集中精选出来的，王曾翼在序中说："近复于旧刻诸草中选存十之五六，汇刊为《松厓诗录》，殆如百炼之金，千狐之腋，游山阴则岩壑争奇，入园圃则琳琅盈目。在先生自谓惬心贵当，而读者转恨其割爱过多。然是编特撷诸刊之菁华耳。"①作为吴镇诗作的精

---

① 　王曾翼：《松厓诗录序》，吴镇：《松厓诗录》卷首。

选本，《松厓诗录》是杨芳灿对吴镇诗歌创作活动和成就的总结。《松厓诗录》虽主要为杨芳灿编选，但吴镇本人亦参与其中，也是吴镇对自己一生诗歌创作的总结。因此，研究吴镇的诗歌不能忽视《松厓诗录》。

第二节　《松花庵全集》的版本及著录辨误

吴镇生前，曾汇刻自己的大部分诗文作品为《松花庵全集》。在吴镇去世以后，《松花庵全集》被其门生和后学在嘉庆、同治、宣统、民国年间多次刊刻或重印，形成了《松花庵全集》的多种版本。除了前面介绍的嘉庆刻本外，重要的还有乾隆和宣统版本。

一、乾隆刻本和宣统重印本《松花庵全集》概述

乾隆刻本流传较广，甘肃省图书馆有藏，四周双边，白口，单鱼尾，15.5 厘米×11.5 厘米。《沅州杂咏》《声调谱》及《潇湘八景》绝句为楷体字，其他皆为宋体字。除《声调谱》《八病说》《韵史》外，其余皆 9 行 17 字。全集共十二册，第一册为《松花庵诗草》，从前到后依次出现的是牛运震、吴坛所作《松花庵诗草序》，陈鸿宝、王鸣盛、袁枚三人的《松花庵诗集序》，然后是李华春撰写的《吴松厓先生传略》，接着是《松花庵全集总目》。后面各册依次为《松花庵诗草》《松花庵游草》《松花庵逸草》（附《松花庵诗余》）、《兰山诗草》《松花庵律古》《律古续稿》《集古古诗》《集古绝句》《松花庵集唐》《集唐绝句》《松花庵杂稿》（包括《四书六韵诗》《沅州杂咏》和《潇湘八景》）、《韵史》《声调谱》《八病说》（与《声调谱》合为一册）、《松厓文稿》《松厓文稿次编》，各册均别为一卷，共十二卷，计收作品 19 种。

乾隆刻本是在乾隆年间陆续刊刻的各种作品基础上汇合成的全集，由吴镇生前亲自刊刻，校订质量最佳，遗憾的是收录作品不全。乾隆刻本在乾隆末年又有重新刊印，甘肃省图书馆有另藏的乾隆刻本，共十二册，各册按地支之子、丑、寅、卯、辰、巳、午、

未、申、酉、戌、亥分为十二集，半叶 10 行 24 字，宋体字，全集版式一致，为统一刊刻印刷。该集刊印质量一般，收录作品有部分脱落，如《松厓文稿次编》最后一篇为《二杨翁合传略》，少了目录中的《会宁吴达叔诗序》《孔母王孺人墓志铭》《雪舫诗钞序》《答袁简斋先生书(节录)》(附简斋札)、《石田诗钞序》《杨蓉裳荔裳合刻诗序》6 篇文章。

宣统二年(1910)，临洮后学据乾隆刻本重印《松花庵全集》，称为宣统重印本。该版本在甘肃省图书馆有藏，四周双边，白口，单鱼尾，17 厘米×12.2 厘米，半叶 10 行 24 字，宋体字。卷十二末页有"宣统二年(1910)岁次，庚戌蒲月，狄道后学等重梓，板藏文社"字样，可知该刻本由狄道后学刊刻于宣统二年。与乾隆刻本不同的是，宣统刻本在《吴松厓先生传略》后没有《松花庵全集总目》，却补有松厓先生画像，旁边注有"嘉庆辛未(1811)桐月补刊，世愚侄宋良冶沐手敬摹"字样，像后有杨芳灿写的像赞，此为后人把乾隆刻本的目录篡改成了画像和像赞。宣统刻本《松花庵全集》收入《中国西北文献丛书》第六辑的《西北文学文献》，于 1990 年影印出版，由于该版本是乾隆刻本的重印，学术界中使用比较多。

二、《松花庵全集》的著录及辨误

各种目录类著作和资料对《松花庵全集》的著录，多为乾隆刻本或者宣统刻本，而且著录信息比较混乱。著名版本目录学家孙殿起先生的《贩书偶记》为其贩书数十年的亲历记录，影响极大，其著录的《松花庵全集》为乾隆间刊，但卷数和内容却比乾隆本多。"《松花庵全集》三十一卷，临洮吴镇撰。附《竹屿诗草》一卷，《文稿》一卷，临洮文国干撰。乾隆间刊。即《松花庵诗草》二卷……《诗话》三卷，《稗珠》一卷，《松厓对联》一卷，《松厓文稿》一卷，《次编》一卷。"①《贩书偶记》的著录与吴镇学生李华春撰写的《吴松厓先生传略》有矛盾，《吴松厓先生传略》在介绍了已经刊刻的《松

---

① 孙殿起：《贩书偶记》，上海古籍出版社，1999 年，第 396 页。

花庵诗草》等作品后说:"又有《稗珠》《诗话》《古唐诗选》诸稿藏于家。"①按李华春所说,《诗话》和《稗珠》在乾隆年间并未刊刻行世。李华春为吴镇得意门生,所说应当可靠。李苞在《松花庵诗话序》中也提到:"松厓先师旧刻《松花庵诗草》《游草》《逸草》《兰山诗草》《律古》《集唐》《杂稿》《韵史》《声病谱说》《文稿》《诗余》共十二册,学者久奉为圭臬。苞年来添刻《稗珠》《对联》《制义》《试帖》暨《文稿三编》为续集,而同里马君子千复将《诗话》梓行,何其与予有同心耶!"②李苞是吴镇的内侄,又从吴镇求学于兰山书院,对吴镇作品刻印情况应该非常清楚。此序写于嘉庆二十五年(1820),证明《诗话》《稗珠》和《松厓对联》不可能是乾隆年间刻成。同时,查今存于甘肃省图书馆馆藏乾隆刻本《松花庵全集》,没有《诗话》《稗珠》和《松厓对联》,也没有文国干的作品。故孙殿起所见《松花庵全集》不是乾隆间刊刻本,著录有误。据其内容推断,应该是嘉庆刻本,或由文国干刻印,故附录自己的诗文。孙殿起的《贩书偶记》影响很大,后来的许多著作在著录和介绍《松花庵全集》时,都采用了《贩书偶记》著录。如钱仲联先生等主编的《中国文学大辞典》对《松花庵全集》的介绍来源于《贩书偶记》,只有个别字词不同。③

柯愈春先生《清人诗文集总目提要》著录清代作者一万九千七百余人,存世作品四万余种,对清代作品集收集较完备,在学术界影响较大,但对吴镇《松花庵全集》的著录也有一些疑点。"《松花庵集》,无卷数,乾嘉间陆续付梓……内分诸集,计有:《松花庵诗草》《松花庵游草》《松花庵韵草》《松花庵逸草》《松花庵诗余》《兰山诗草》《集唐》《松花庵杂稿》《松花庵韵史》《松花庵律古》《松花庵律古续稿》《集古古诗》《沅州杂咏五律》《沅州杂咏七律》《松厓文稿》《松厓文稿次编》《声病谱说》(即《声调谱》和《八病说》)等。宣

---

① 吴镇:《松花庵全集》卷首。

② 吴镇:《松花庵诗话》卷首,《松花庵全集》。

③ 钱仲联等:《中国文学大辞典》,上海辞书出版社,2007年,第1362页。

统间刻《松花庵全集》较此为少。"①此处有几个地方需要说明：首先，此乾嘉间本《松花庵集》没有李苞等在嘉庆年间续刻的几种著作，实为乾隆刻本《松花庵全集》；其次，检乾隆刻本和宣统刻本《松花庵全集》以及吴镇著述，并没有《松花庵韵草》一种，疑误；再次，除了疑误的《韵草》外，所著录的各种均在宣统刻本中，"宣统间刻《松花庵全集》较此为少"亦不确。另一部由李灵年、杨忠主编的目录著作《清人别集总目》对吴镇的诗集著录比较详细，著录《松花庵全集》十二卷，有嘉庆十六年（1811）刻本。② 需要注意的是，此嘉庆十六年刻本《松花庵全集》十二卷并不包含《松花庵续集》六种在内，不是完整的嘉庆刻本。

其他重要资料，如《中国丛书综录》第一册"汇编""独撰类"则仅著录宣统二年（1910）刻本《松花庵全集》，共十二卷十六种③，未录乾隆和嘉庆刻本。王绍曾主编《清史稿艺文志拾遗》著录"《松花庵全集》十三种十二卷，吴镇撰，乾隆间刊本，宣统二年狄道后学刻本"④。著录的版本也不全。王文焕《吴松厓年谱》列举吴镇《松花庵诗草》等著作后说："以上诸书，清宣统二年狄道后学汇为一卷，重刊，题签曰《松花庵全集》。"⑤著录亦不全。一些甘肃地方文史研究著作也普遍认为《松花庵全集》只有十二卷，提到的版本也只有乾隆或宣统刻本，如李鼎文、林家英、颜廷亮《甘肃古代作家》认为："《松花庵全集》（共十二卷），是吴镇全部著作的汇集。"⑥这

①　柯愈春：《清人诗文集总目提要》上册，北京古籍出版社，2002 年，第 676 页。

②　李灵年、杨忠主编：《清人别集总目》上卷，安徽教育出版社，2000 年，第 861 页。

③　上海图书馆编：《中国丛书综录》第一册，上海古籍出版社，1982 年，第 520 页。

④　王绍曾主编：《清史稿艺文志拾遗》，中华书局，2000 年，第 2525 页。

⑤　王文焕：《吴松厓年谱》，《民国丛书》（第四编），上海书店出版社，1989 年，第 125 页。

⑥　李鼎文、林家英、颜廷亮：《甘肃古代作家》，甘肃人民出版社，1984 年，第 278 页。

并不符合实际情况。《甘肃历代文学概览》也说："其刊世著作有《松花庵全集》十二卷，其中辑入《松花庵诗草》……十四种。"①

大多数的著录都是乾隆刻本和宣统刻本，但对嘉庆刻本《松花庵全集》的著录也并非完全缺失，如民国时期临洮学者张维的《陇右著作录》即著录了《松花庵续集》："《松花庵续集》，《稗珠》一卷，《制义》《试贴》《对联》若干卷，《文稿三编》一卷。《稗珠》吴镇著，李苞序刻，《稗珠》《制义》《试贴》《对联》暨《文稿三编》为《松花庵续集》。"②而孙殿起的《贩书偶记》所记《松花庵全集》实际上也是嘉庆刻本。遗憾的是，这些信息并没有引起大家注意。

第三节　吴镇作品的收录及其影响

作品的收录情况是一个作家影响力的直接显现。吴镇偏居西北，但其名声在外，作品集在当时和后世具有广泛的影响力。《松花庵全集》刊刻以后，在当时流传颇广，甚至被清廷皇室收藏。《故宫珍本丛刊》《四库未收书辑刊》《清代诗文集汇编》和《中国西北文献丛书》等大型丛书对吴镇作品集的收录，对扩大吴镇的影响力起到了巨大的作用，也为我们从事吴镇研究提供了便利条件。另外，吴镇的诗文作品也被当时和后世的诗文选集等多种著作大量收录，展现着他的影响力和较高的文学成就。

一、《故宫珍本丛刊》等对吴镇作品集的收录

1.《故宫珍本丛刊》收录《松花庵诗集》十一卷

《故宫珍本丛刊》为故宫博物院从故宫珍藏的古籍中选出的

---

① 甘肃社会科学院文学所：《甘肃历代文学概览》，敦煌文艺出版社，1994 年，第 26 页。

② 张维：《陇右著作录》，《中国西北文献丛书·史地文献》第一册，兰州古籍出版社，1990 年，第 209 页。

1100 余种珍本图书和 1600 余种剧本与档案，编成约 700 余册，由海南出版社于 2000 年出版。第五九一册存《松花庵诗集》十一卷，影印本。

该《松花庵诗集》在《故宫珍本丛刊》的总目题显示为清乾隆三十七年（1772）刻本，而在此年，吴镇的大部分作品并未刊刻，误。据总目后的"嘉庆癸酉春三月第三子承禧谨编次"字样，知该集刊刻于嘉庆十八年（1813），为嘉庆刻本《松花庵全集》的第一部分。收入《松花庵诗草》《游草》《逸草》《诗余》《兰山诗草》《律古》《律古续稿》《集古古诗》《集古绝句》《集唐》《集唐绝句》《四书六韵诗》《沅州杂咏》《潇湘八景集句》《韵史》《声调谱》和《八病说》，共十七种作品，合为十一卷。

2.《四库未收书辑刊》收录《松花庵诗集》十一卷

《四库未收书辑刊》是继《续修四库全书》《四库全书存目丛书》《四库禁毁书丛刊》之后的又一部大型丛书，由北京出版社于 2000 年出版。共十辑 301 册（含索引 1 册），收书 1328 种，其中，集部 513 种。共收录《松花庵诗集》十一卷。

《四库未收书辑刊》的第十辑二十四册收录的吴镇作品集主要是吴镇的诗文集，版本信息署为清乾隆刻增修本。卷首题为《松花道人诗草》，依次有牛运震、陈鸿宝、吴坛、袁枚、王鸣盛五人诗序，李华春撰写的传略、松厓画像和杨芳灿写的像赞，后面即为《松花庵诗草》两卷，《游草》一卷、《逸草》一卷、《诗余》一卷、《韵史》一卷、《兰山诗草》一卷、《松厓文稿次编》一卷。该辑二十六册收录三卷集句诗，分别是《律古续稿》一卷、《集古古诗》一卷、《集古绝句》一卷。《四库未收书辑刊》采用的是乾隆刻本，但与之相比，少收《松花庵杂稿》（包括《四书六韵诗》《沅州杂咏》和《潇湘八景》三种）、《声调谱》、《八病说》、《松厓文稿》四部作品，留下颇多遗憾。

3.《清代诗文集汇编》收录《松花庵集》十八卷

《清代诗文集汇编》是由国家清史编撰委员会编撰的一部大型丛书，由上海古籍出版社在 2010 年出版。全书 800 册，收录作家

3400 余名、诗文作品集 4000 余种。《清代诗文集汇编》共收入《松花庵集》十八卷。

《松花庵集》没有注明影印原本，据总目页署"嘉庆癸酉春三月第三子吴承禧谨编次"字样，可知为嘉庆十八年刻本，观其形制，亦与嘉庆刻本第一部分相同。收录作品十七种：《松花庵诗草》《松花庵游草》《松花庵逸草》《松花庵诗余》《兰山诗草》《松花庵律古》《律古续稿》《集古古诗》《集古绝句》《松花庵集唐》《集唐绝句》《四书六韵》《沅州杂咏》《潇湘八景》《韵史》《松厓文稿》《松厓文稿次编》，除《松花庵诗草》为两卷外，其他各种皆为一卷，合计十八卷。因《声调谱》《八病说》为声律著作，不是诗文创作，故不录。此《松花庵集》各种均有圈点，空白处多有阅读时的注解题跋，但大多数题写的是韩愈的诗文作品，与吴镇作品无关。观"总目"处有"刘甲第"三字，部分题写有同治三年字样，或为同治年间收藏者刘甲第所题写。

4.《中国西北文献丛书》收录《松花庵全集》十二卷

《西北文献丛书》主要分为西北稀见方志、稀见丛书、史地、民俗、少数民族文字、文学、考古和敦煌学等八项，共八辑两百卷，1990 年由学苑出版社出版。其第六辑《西北文学文献》收入《松花庵全集》十二卷，该《松花庵全集》为宣统刻本的影印本，有作品十九种，是吴镇部分作品的汇集，虽不太清晰，但由于该书出版时间较早，流传比较广，收录作品相对比较多，且依据的是乾隆刻本，因而影响比较大，为学术界常用。

5.《全清词》收录《松花庵诗余》一卷

《全清词》为有清一代词的大型总集，分"顺康卷""雍乾卷""嘉道卷""咸同卷""光宣卷"。南京大学组成了《全清词》编撰室，原由程千帆先生主持，署名南京大学中国语言文学系《全清词》编纂研究室编的 2002 年"顺康卷"由中华书局出版。2012 年，由张宏生主编的《全清词》"雍乾卷"由南京大学出版社出版。《全清词》雍乾卷第二册收吴镇词作 43 首，前有吴镇小传，数量与顺序和辑在《松花庵全集》中的《松花庵诗余》一致，但未收序跋，原词后有杨芳灿、王曾翼等多人评点，此处也未收入。后附录《松花庵诗话》中辑出的词1首《玉蝴蝶》(题张顽峰广文小照)。

6. 郭绍虞《国故概要甲辑文学理论之部》收录《八病说》全文

《国故概要甲辑文学理论之部》为著名文学批评家郭绍虞先生编辑的"国故概要教材选辑"之一种，由燕京大学国文学系出版，共分六讲，分别为文学之定义、文学之分类、文学之体制(上)、文学之体制(下)、文学之音节(上)、文学之音节(下)。文学之音节(上)第六篇题为《吴镇梅圣俞续金针诗格八病说考订》，收录《八病说》全文。

以上丛书对吴镇作品集的收录主要依据流传比较广的乾隆刻本，收录作品主要是吴镇创作的古近体诗、集句诗、文稿以及声律类作品集，内容也基本一致，对吴镇及其作品的传播起到了巨大的作用。遗憾的是都没有嘉庆刻本中的《松厓文稿三编》《松花庵诗话》《松厓对联》《制义次编》《松厓试帖》《稗珠》等几种作品。

二、袁枚《随园诗话》等对吴镇诗文作品的选录和评价

除了作品集被大型丛书收录之外，一些理论著作和诗文选集也收入吴镇的大量作品。理论著作如袁枚的《随园诗话》、况周颐的《惠风词话》，诗文选集如徐世昌的《晚晴簃诗汇》、刘绍攽的《二南遗音》、李苞的《洮阳诗集》、李元春的《关陇两朝诗钞》和《文钞》等，都选入吴镇的诗文作品。从具体选入作品的数量来看，吴镇在乾嘉时期的关陇文学作家中具有绝对的优势，显示了吴镇在关陇文坛的地位以及乾嘉文坛的影响力。

1. 袁枚《随园诗话》选吴镇诗十首

吴镇学生王柏厓赴江宁任典史，拜访袁枚时，把吴镇及其诗作介绍给了袁枚。袁枚在阅读了吴镇的诗集以后，甚为高兴，采入诗作《随园诗话》十一首：

> 近日十三省诗人佳句，余多采录《诗话》中。惟甘肃一省，路远朋稀，无从搜辑。戊申春，忽江宁典史王柏厓光晟见访，贻五律四首，一气呵成，中无杂句。余洒然异之，问所由来。

云：“幼讲诗于吴信辰进士。”吴诗奇警。①

然后引《咏蜡梅》《榆钱曲》《午梦》《木兰女》《答杨山夫病予存诗太多》《答刘九畹惜予存诗太少》《咏风筝》《咏怀》《过马嵬》《韩城行》《咏虞美人花》等十首诗。袁枚重视性灵抒发，讲究谐趣，这十首诗与温柔敦厚的诗教之旨关系不大，都是抒写性灵之作，符合其选诗标准，体现出吴镇诗歌亲近性灵的一面。袁枚把前面几首诗歌评价为奇警，体现出吴镇诗歌不拘一格、想象奇特的特点，后面几首体现出更多的趣味性。

2. 况周颐《蕙风词话》收录吴镇词作五首

况周颐(1859—1926)，字夔笙，别号玉梅词人，广西临桂(今桂林)人。一生致力于词，尤其精于词论。与王鹏运、朱孝臧、郑文焯并称为“清末四大家”。著有《蕙风词》《蕙风词话》。其《蕙风词话》是近代词坛上一部影响较大的词学著作。其卷五第二九条专论吴镇：

> 甘肃人词流传绝少，狄道吴信辰先生(镇)《松厓诗录》附词一卷。先生由举人官至湖南沅州知府，主讲兰山书院。早岁诗学，为牛空山入室弟子，其集多名人序跋，如袁简斋、王西庄诸先生，并推许甚至。杨蓉裳跋其词云：“叶脱而孤花明，云净而峭峰出。”余评之曰：“铿丽沉至，是能融五代入南宋者。”②

列举其词作四首《点绛唇·天台》《玉蝴蝶·赤壁怀古》《意难忘·别人》《忆少年·题梧阴倚石图》，并加以评点。况周颐《蕙风词话续编》卷一又引《竹香子·咏斑竹烟管》一首。况周颐以吴镇为甘肃词人代表，所选五首词作皆为精品，其评价吴镇词风为“铿丽沉至”，确实抓住了其词的特色。吴镇词名也因况周颐而入词坛，

----

① 袁枚：《随园诗话》卷十六，人民文学出版社，1982年。
② 况周颐：《蕙风词话》卷五，人民文学出版社，1998年。

著名学者严迪昌先生《清词史》称吴镇为西北词家之始，并认为"终清一代陕甘地区诗人尚有高手，词则无有能超逾吴镇的"①。

3. 刘绍攽《二南遗音》收吴镇诗三十七首

《二南遗音》以及《续集》为乾嘉时期关陇著名学者作家刘绍攽所编，刘绍攽（1707—1778），为"关中四杰"之一，与吴镇友善。是编以《诗经》之"二南"（《周南》和《召南》）命名，选清初至乾隆中期关陇地区即"二南"之地诗人一百四十名，是反映乾隆前期西北诗歌整体面貌的地域诗歌总集。

《二南遗音》选诗偏重当朝，关陇清初著名作家李因笃、孙枝蔚、王宏撰、张晋等人，选诗不多，如孙枝蔚选 12 首，李因笃 11 首。乾隆朝诗人选诗数量居前四者为胡釴 83 首，屈复 30 首，杨鸾 29 首，吴镇 28 首，均远超清初作家。《续集》又增选了吴镇诗作 9 首，共计达到 37 首，在乾隆时期的西北作家中，数量仅次于胡釴。屈复、胡釴、杨鸾、吴镇均为乾嘉关陇作家群核心人物，其中，屈复年辈最早，卒于乾隆十年（1745），胡釴于乾隆三十六年（1771）去世，刘绍攽、杨鸾于乾隆四十三年（1778）去世，吴镇晚至嘉庆二年（1797）方去世，在前三人去世后，他独掌西北文坛二十余年。

《二南遗音》编选于刘绍攽主讲兰山书院时，后来又有增补，《续集》的成书时间在乾隆三十九年（1774）。此时，吴镇的创作还没有达到高峰期，大多数诗集也没有整理刊刻，《二南遗音》能选入吴镇诗作 37 首，更能见出吴镇在当时的诗名和成就。

4. 李苞《洮阳诗集》录吴镇诗四百一十三首

《洮阳诗集》（嘉庆刻本，国家图书馆藏）专集清代临洮诗人诗作，嘉庆四年由李苞刊印。《洮阳诗集》共十卷，附录两卷。卷三、卷四和卷五为吴镇诗歌专集，按年编选，李苞《洮阳诗集·凡例》："松厓先师诗，当时随便付梓，未定次序，兹就全集及行述细加考证，略为编年，虽不能履历尽符，亦可得十之七八。"②卷三选吴镇于乾隆六年（1741）到乾隆二十六年（1761）二十年间的诗作 109 首，

---

①　严迪昌：《清词史》，江苏古籍出版社，1999 年，第 414 页。

②　李苞：《洮阳诗集》卷首，嘉庆刻本，国家图书馆藏。

卷四选乾隆二十七年（1762）到乾隆四十二年（1777）的诗作 158 首，卷五选乾隆四十三年（1778）到乾隆五十八年（1793）的诗作 146 首，三卷合计选诗 413 首，略占吴镇《松花庵全集》所存诗作一半。另外，《洮阳诗集》还附录吴镇集句诗一卷。

《洮阳诗集》为吴镇学生李苞在嘉庆三年（1798）编辑，吴镇三子吴承禧、侄子吴简默、学生文国干、潘性敏、武安邦等参与校阅，所以，其对吴镇诗作的编年和校订都相当可信。吴镇现存最晚的诗集为《兰山诗草》，虽然刻印于乾隆五十四年（1789），但后来又陆续补入一些作品，《洮阳诗集》卷五所选作品直到乾隆五十八年，考所选诗作，有八首不在《兰山诗草》中。因而，《洮阳诗集》的选诗对深入研究吴镇具有重要意义。

5. 李元春《关中两朝诗钞》与《文钞》收吴镇诗六十三首

《关中两朝诗钞》为嘉庆道光时期关陇著名作家、理学家李元春所选。李元春（1769—1854），陕西朝邑（今大荔县）人，字仲仁，号时斋，嘉庆三年（1798）中举，任大理寺评事，后主讲于潼川、华原等书院，专事教授著述，称桐阁先生。为清代中后期关学的代表人物之一，著作丰富，有《桐阁文集》《桐阁诗集》《关中道脉四种书》等著作数百卷。

《关中两朝诗钞》共十二卷补四卷又补一卷，选明清两朝诗，各占六卷，清朝诗人选诗在 50 首以上的为李锴 123 首，孙枝蔚 61 首，王宏撰 57 首，王又旦 56 首，杨端本 81 首，李因笃 205 首，李柏 57 首，屈复 300 首，吴镇 63 首，杨鸾 159 首。吴镇选诗 63 首，居第五位。该《诗钞》侧重选清前期诗作，乾隆时期诗人仅吴镇、杨鸾等寥寥几人，甚至胡釴都没有入选。

李元春《关中两朝诗钞》自序中说："国朝先后李天生、屈悔翁、吴信辰为最。"①把李因笃、屈复和吴镇三人并称为关陇文学的代表，对吴镇的评价定位是比较高的。李因笃生于明崇祯五年（1632），卒于清康熙三十一年（1692），是清初关陇诗坛代表。屈复生于康熙七年（1668），去世于乾隆十年（1745），雍正和乾隆前

---

① 李元春：《关中两朝诗钞》卷首，道光十二年壬辰守朴堂藏版。

期关陇诗坛代表。吴镇生于康熙六十年（1721），去世于嘉庆二年（1797），为乾隆后期关陇诗坛领袖。嘉庆道光时期，关陇文学则再次走入低谷。李元春以三人为清朝前中期文学代表，甚为恰当。

6. 徐世昌《晚晴簃诗汇》录吴镇诗二十二首

《晚晴簃诗汇》二百卷，徐世昌等编。徐世昌（1855—1939），字卜五，号菊人，天津人。光绪十二年（1886）进士，官至体仁阁大学士，入民国后，曾任大总统。《晚晴簃诗汇》由其幕僚协助编成，收清代诗人6100余家，诗作27400余首，称为清代诗歌总集。入选作者均有小传，多附诗话评论，为研究清诗重要资料。

《晚晴簃诗汇》卷九十四录吴镇，前有小传，录牛运震、袁枚、王鸣盛三人评论话语，后有一段诗话："关中诗人盛于国初，而陇外较逊。至乾隆间，松厓崛起，与秦安胡静庵钺，并执骚坛牛耳。静庵诗尚朴健，名位未显。松厓则才格并高，研求声律，故其诗音节尤胜。归林下后，掌教兰山书院，裁成后进，颇有继起者，当为西州诗学之大宗。"①《晚晴簃诗汇》选吴镇诗作22首，分别为《葛衣公祠》《题哥舒翰纪功碑》《候马亭歌》《范烈女歌》《昭陵怀古》《华岳》《鞠歌行》（二首）、《黄金台》《反招隐》《太元洞怀古赠张孝廉南峰》《哀陈堂邑（枚）及其弟（元梁）》《黄鹤楼》《三闾祠》《武昌杂诗将之沅州任作》（三首）、《杜鹃》《解组》（二首）、《送杨荔裳中书（揆）从军》（二首）。《晚晴簃诗汇》所选吴镇诗古体和近体兼备，内容多怀古之作，风格苍凉雄健，格律工整，基本上能反映吴镇诗歌风格和成就。

据李美乐《〈晚晴簃诗汇〉之乾嘉诗卷研究》统计，《晚晴簃诗汇》收录乾嘉诗人1776家，录诗在20首及以上的诗人有41家，这41家基本上都是乾嘉著名诗人，而录吴镇诗22首，属41家之列。② 在《晚晴簃诗汇》编者的眼里，吴镇为"西州诗学之大宗"，

① 徐世昌：《晚晴簃诗汇》卷九十四，中国书店出版社，1988年影印本。

② 李美乐：《〈晚晴簃诗汇〉之乾嘉诗卷研究》，上海大学博士论文，2014年，第44页。

应为乾嘉著名作家之一。

7. 钱仲联主编《清诗纪事》(乾隆朝卷)收吴镇诗两首

《清诗纪事》为著名学者钱仲联先生主编的一套大型清代诗歌纪事文献，共22册，1989年由江苏古籍出版社出版。收录7000多位清代诗人的作品，所录诗人附有小传，诗作后汇集各家诗评。

《清诗纪事》乾隆朝卷录吴镇诗，前有小传，后引袁枚、王鸣盛等人评论吴镇的话语，并选录吴镇诗作《范烈女歌》《落花亭集古曲》两首，《落花亭集古曲》后引有海纳川在《冷禅室诗话》中的评论。

8. 赵越《吴镇诗词选注》和《松花庵诗余注释》注释吴镇诗词二百零四首

赵越的《吴镇诗词选注》仅选《松花庵诗草》《游草》《逸草》和《兰山诗草》以及《松花庵诗余》五部诗集中的作品204首，其中，《诗草》选诗59首，《游草》选诗41首，《逸草》选诗43首，《兰山诗草》选诗31首，《诗余》选词30首，约占吴镇诗作的四分之一。作品后有说明和注释，后附录了李华春撰写的《吴松厓先生传略》，诗坛名家的序跋、诗话、词话和一些诗人学者的评论。

《松花庵诗余注释》对吴镇存世的43首词作进行了说明和注释，其中有30首已经在《吴镇诗词选注》所选，说明和注释文字也基本相同，只是在说明后增加了杨芳灿、王曾翼等人的原评。

9. 陇右地方选编的作品集对吴镇作品的收录

作为清代陇右最著名的文学家，地方上在选编作品集时对吴镇的作品均无法回避，收录的数量也比较多。如何国栋、王金寿主编的《甘肃古代文学作品选》①选入吴镇诗作22首，词作2首，在明清作家中数量第一。相比而言，李梦阳仅选11首，胡缵宗选6首，金銮选诗7首、曲6首，张澍诗8首，均远少于吴镇。赵越、崔振

---

① 何国栋、王金寿主编：《甘肃古代文学作品选》，甘肃人民出版社，1994年，第296~314页。

邦选注的《历代陇中诗词选》①选陇中古代诗人 60 人，精选诗作 194 篇，吴镇有 7 首，居全书所有诗人之首。

其他一些清诗选集，对吴镇作品也有选入，如，由丁力选注、乔斯补注的《清诗选》②选吴镇诗《韩城行》一首。由陈友琴选注的《千首清人绝句》③选吴镇五言绝句《杜鹃》一首。由王筱云、韦风娟等主编的《中国古典文学名著分类集成·诗歌卷》④有吴镇小传，选吴镇《反招隐》《鞠歌行》诗（二首），诗后有分析评论。由林东海、宋红编辑的《万首论诗绝句(1—4)》⑤选录吴镇《戏跋唐人绝句》五首。

诗词之外，吴镇存散文作品集三种，作品一百多篇，自成一家，成就颇高，深得杨芳灿等人赞誉。由于吴镇诗名太大，以至于文名不显，传播不广，但也有一些著作对其文进行选录。如由南开大学古籍与文化研究所编辑的《清文海》⑥，收入清代作者 1576 人，文章 18383 篇，共 106 册(索引 1 册)，内容丰富，清代比较重要的文学家均有收录，是清代散文研究的重要资料。《清文海》第四十三册选录吴镇，前附有传记，选其《养蜂说题吴紫堂传后》和《秦王川石青洞记》文两篇，有圈点，无评点，并署明选自乾隆五十五年(1790)《松花庵集》中的《松厓文稿次编》。

李元春还编有《关中两朝文钞》二十卷，选吴镇散文作品一篇《打虎任四传》。《关中两朝文钞》前有人物考略，于吴镇有小传介

---

① 赵越、崔振邦选注：《历代陇中诗词选》，甘肃人民出版社，2001 年，第 51~60 页。

② 丁力选注，乔斯补注：《清诗选》，人民出版社，1985 年，第 383 页。

③ 陈友琴选注：《千首清人绝句》，浙江古籍出版社，1988 年，第 142~143 页。

④ 王筱云等主编：《中国古典文学名著分类集成·诗歌卷》，百花文艺出版社，1994 年，第 388~391 页。

⑤ 郭绍虞、钱仲联、王蘧常编：《万首论诗绝句(1—4)》，人民文学出版社，1991 年，第 571~572 页。

⑥ 南开大学古籍与文化所编：《清文海》，国家图书馆出版社，2010 年，第 97~102 页。

绍。文钞选作品如诗钞一样，仍偏重清朝前期，乾隆时期仅选入刘绍攽、吴镇、杨鸾、胡釴等几人作品，刘绍攽 30 篇，吴镇 1 篇，杨鸾 9 篇，胡釴 8 篇。观李元春为吴镇所作小传："吴镇，字信辰，临洮人，由举人仕至知府，有《松厓诗录》行世。"①李元春仅介绍吴镇有《松厓诗录》，或未见《松花庵全集》，未得全读吴镇散文作品集，仅选一篇也在情理之中。《打虎任四传》被民国王葆心选入《虞初支志》②中，并附有按语叙历史上的打虎故事。

---

① 李元春：《关中两朝文钞》，道光十六年丙申守朴堂藏版。
② 王葆心：《虞初支志·甲编》卷二，商务印书馆，1926 年，第 10~11页。

第三章　以吴镇为中心的关陇文学活动

乾嘉时期，关陇文坛的文学活动离不开吴镇的参与甚至是主导。吴镇以其深厚的诗学功底、广泛的交往，在关陇作家群体中处于核心和领导作用。乾嘉关陇文学的发展可以分成两个阶段：第一个阶段从乾隆元年（1736）前后到乾隆四十二年（1777），牛运震到关陇一带任职并主讲兰山书院，培育起了西北的诗学之风，"关中四杰"杨鸾、刘绍攽、胡釴和吴镇等人在这个时间段成长起来，他们互相赠诗唱和，推动了关陇文学的发展。吴镇在乾隆六年（1741）充拔贡后诗名渐起，走上关陇文坛。在乾隆十四年（1749）刊刻第一部诗集，与兰州知府梁彬等人唱和，成为关陇著名诗人。吴镇中举后在家乡重结洮阳诗社，在担任陕西耀州学正、韩城教谕期间，与刘绍攽、胡釴往来论诗，与杨鸾文字相交，指导刘绍攽之子刘壬学诗，还和陕西作家薛宁廷、卫晞骏等论诗，成为关陇文坛最活跃的作家之一。

第二阶段从乾隆四十三年（1778）到嘉庆二年（1797），刘绍攽、杨鸾于乾隆四十三年去世，吴镇两年后罢官回乡，主持洮阳诗社，主讲兰山书院，成为关陇诗坛领袖。吴镇晚年与袁枚、王鸣盛等文坛巨擘往来论诗，又与杨芳灿、姚颐、王曾翼、张世法等游宦关陇的作家以及张翔、吴栻等本地作家品诗论文，并积极培养刘壬、王光晟、李苞、李华春、郭楷、秦维岳等文学后辈，促成了作家群体的鼎盛时期到来。嘉庆二年，吴镇去世以后，其学生和家人继起关陇文坛，勉力支撑，随后，关陇文坛走向沉寂。

清初的关陇文学代表作家多是陕西人，陇右只有张晋等寥寥几人，到了乾嘉年间，甘肃的胡釴和吴镇成长起来，两地比较均衡。到乾隆中后期，吴镇崛起，关陇文学的重心逐渐向陇右转移，特别是乾隆四十二年刘绍攽和杨鸾去世以后，关中没有继起的作家，吴镇成为关陇文学的领袖。需要说明的是，在关中的毕沅幕府虽然也有著名作家，但他们与本地作家关联不多，对关陇文学的发展推动意义不大。晚年的吴镇重结洮阳诗社，讲学兰山书院，关陇本地作家和游宦作家纷纷围绕在他的周围，除了诗歌唱和活动之外，他们相互之间还经常撰写序跋、编选刊刻诗文集、评点诗文作品，文学风气极为浓郁，在吴镇的组织和领导之下，关陇文学又一次趋向繁荣。

第一节　吴镇与兰山书院的文学活动

兰山书院创办于雍正十三年(1735)。清初，由于明末书院讲学结社、议论时政、从事反清斗争，政府曾一度禁止开设。康熙雍正年间，随着清政府的政权逐渐巩固，社会逐渐安定，书院的建设也逐渐从禁止走向默许和提倡。雍正十一年(1733)，朝廷发布上谕，令各地督抚在各省会设立书院，并提供一千两白银作为营建书院的专门经费，因此兴办书院成为一时风气。在这种背景下，雍正十三年，甘肃巡抚许容奉旨创建了省立兰山书院。

乾隆曾多次颁布谕令，鼓励书院发展，要求书院不能仅仅教授举业，更应培养人才。陕甘总督署内立有"乾隆皇帝谕书院之制"碑，此碑为乾隆朝书院建设纲领："……书院，即古侯国之学也，居讲习者固宜老成宿望，而从游之士亦必立品勤学，争自濯磨，俾相观而善。则人才成就，足备朝廷任，使不负教育之意。若仅攻举业，已为儒者末务，况籍为声气之资、游扬之具。内无益于身心，外无补于民物，即降而求文章成名，足希古人之立言者亦不多得，宁养士之初指耶！该部即行文各省督抚学政，凡书院之长，以选经明、行修足为多士模范者，以礼聘请。负笈生徒必择乡里秀异、沉潜学问者肄业其中，其恃才放诞、佻达不羁之士，不得滥入书院中。酌仿朱子白鹿洞规条立之仪节，以检束其身心；仿分年读书法

62

予之程课，使贯通乎经史。"①此碑原来立在陕甘总督署内，尤见其重要。在此纲领的要求和鼓励下，兰山书院并不以科举为业，书院的教育活动以培养人才为标准，也没有限制在四书五经上，而是加入了文学教育等内容。兰山书院建立以后，历任山长都比较重视文学，特别是牛运震和吴镇，更是时常与学生论诗评文，书院的文学活动非常频繁。

一、吴镇求学兰山书院时参与的文学活动

乾隆七年（1742），吴镇进入兰山书院求学，不仅在学习上成为佼佼者，在文学上也非常突出，其才华得到时任关陇的重要官员诗人陈宏谋、尹继善、沈青崖的赞誉。乾隆十四年（1749），罢官后的牛运震主讲兰山书院，远近学子，纷纷负笈求学，吴镇随师再入兰山书院，再次成为书院文学活动的重要成员。

牛运震一直重视文教，也喜好诗文。在任秦安知县时，牛运震创办陇川书院，在《创置书院详文》中明确指出书院的教学内容："辟除草昧，明示轨途。庄诵六经，阐圣贤之奥奥；备陈诸史，观古今之纷繁。李杜诗篇，韩欧文字，莫不条加指示，缕为敷陈。"②牛运震认为，书院不仅要教以六经、诸史，还要讲文学，兴文艺。在牛运震的指导下，胡釴、吴墱、路植椿等人，学问与文艺精进。

牛运震在兰山书院讲学时，更加重视指点门人学诗。在他的带动之下，书院常举行师生雅集，作诗论诗，牛运震在《答野石梁公》一文中有所叙述："初夏遂馆书院，每与一二名士及诸弟子辈，登高览胜，把酒论文。"③由此，兰州诗学风气极盛，吴镇《三馀斋诗序》云："乾隆戊辰，山左牛真谷师主讲兰山书院，一时才俊云集，而皋兰人文尤盛。其能诗者，黄西圃（建中）孝廉而外，群推

---

① 薛仰敬主编：《兰州古今碑刻》，兰州大学出版社，2002年，第114页。

② 牛运震：《创置书院详文》，《空山堂文集》卷十二。

③ 牛运震：《答野石梁公》，《空山堂文集》卷二。

'两江'。'两江'者，一为幼则（为式），一即右章（得符）也。"①吴镇《寿宋南坡序》云："乾隆十有三年，予从山左牛真谷先师肄业兰山书院。时两河才俊云集，讲贯切磋。与予缔交殆遍，而相视莫逆者，则推宋二南坡。"②牛运震要求自己的学生从事文学创作，对不喜欢诗歌的吴璲，有劝诫诗《偶为四绝句，示吴生璲兼责其不肯为诗》四首。对于喜欢诗歌的吴镇，牛运震非常欣赏，指导也非常多："镇为诗不自从余始，而自从余，诗益工，其所以论诗者日益进。"③

在书院的文学活动中，牛运震是导师，而吴镇是同学中的佼佼者。"半载以来，熟复经、传、史册，益复有得，识解才思都进于前。环侍请业者三四十人，吴子学诗，江生绩文。此外，苦心精诣者，尚有数子。虽未升堂入室，殆骎骎乎窥空山之门矣。"④吴子即为吴镇，江生为江得符。吴镇的文学才能得到同学们的认可，在同学们的鼓励之下，乾隆十四年（1749），吴镇刊刻了自己的第一部诗集《玉芝亭诗草》，该诗集由牛运震删改，"今之存者，皆镇所自焚及余为焚之之余也。刻既成，镇又有请欲焚者，余姑命留以俟后世之人"⑤。

二、吴镇主讲兰山书院时的文学活动

乾隆五十年（1785），吴镇主讲兰山书院，除了教诸生课读之外，还积极组织文学活动，引导学生和杨芳灿、姚颐、王曾翼等诗人交游，培养了李苞、秦维岳、郭楷、李华春等一批优秀的文学才士，继牛运震之后，又一次形成了兰州的诗学风潮。陆芝田《世德堂诗草序》指出："《蒹葭》《车辚》，秦诗也。《豳风》、周《雅》《颂》，其诗亦多秦地。汉苏、李为五言诗祖，携手河梁之篇，实

---

① 吴镇：《松厓文稿》，《松花庵全集》。
② 吴镇：《寿宋南坡序》，《松厓文稿次编》，《松花庵全集》。
③ 牛运震：《松花庵诗序》，吴镇：《松花庵全集》卷首。
④ 牛运震：《答野石梁公》，《空山堂文集》卷二。
⑤ 牛运震：《松花庵诗序》，吴镇：《松花庵全集》卷首。

在兰州。王粲为秦公子，迨唐李、杜诸贤，无虑皆秦诗。延陵季子，以秦诗为夏声，谓'大之至'也旨哉！言乎近世，吴松厓太守，得诗传于山左牛真谷，解组后，以诗授弟子，主讲兰山十有余年，故兰州诸君子率工诗。"①

吴镇在兰山书院讲学时的文学活动比较丰富，吴镇常在书院组织诗酒之会，杨芳灿说："适松厓先生为主讲，余时方需次省垣，冠盖之卫，车马如云，日数十辈杯酒论文。"②可见其盛况。吴镇还常组织游玩赋诗，临近书院的五泉山是他们经常去的地方。如吴镇《后五泉偕杨复庵、周裕堂、李汇川、李濯清、苟毅斋、胡辑五、李诚斋、王锦如、李允之、武盘若、赵海如及庞柏亭羽士、妙彻上人同游作》③，吴镇所偕诸人多为其诗友和学生。吴镇好酒，与门生故交集会赋诗也是经常的活动，如《介休张赋翁招饮莲花池作示座中李允之存中、王荣山蹀、南谷允中诸友》："座中诸英少，才兼画与诗。"④座中几人，李存中好诗，王蹀、王允中善画。另外，还有评点诗文、互作序跋、校刊诗集等文学活动，后文于此有专门讨论，形成了西北文学活动的高潮。

在牛运震、吴镇等人的主持下，兰山书院重视文学活动的理念也传播到各地，如杨芳灿在任灵州知州时，即积极组织书院的文学活动。乾隆五十六年(1791)，杨芳灿先后聘请吴镇的学生秦维岳、郭楷主讲灵州奎文书院，开展唱和活动，并编有唱和诗集，"凡书院诸生，每月课文二次。时官闲无事，余偕雪庄(郭楷)及侯生士骧、周生为汉、陆生芝田、儿子夔生，逢诸生课期，即至书院，分题作诗，俱编入唱和集中。"⑤

---

① 郭汉儒：《陇右文献录》，甘肃文化出版社，2014年，第496页。
② 杨芳灿：《敏斋诗草序》，李苞：《敏斋诗草》，续修四库全书本。
③ 吴镇：《兰山诗草》，《松花庵全集》。
④ 吴镇：《兰山诗草》，《松花庵全集》。
⑤ 杨芳灿：《芙蓉山馆年谱》，北京图书馆藏珍本年谱丛刊第120册，北京图书馆出版社，1999年，第60页。

第二节　吴镇与洮阳诗社

文人结社在明朝非常普遍，风气影响到西北，在甘肃临洮产生了洮阳诗社。洮阳诗社为地域诗社，诗人主要是临洮作家。洮阳为古地名，《资治通鉴》卷七十八记载："元帝景元三年，冬十月，（姜）维入寇洮阳。"胡三省注："洮阳，洮水之阳也。"①后周曾于此置洮阳郡，唐为临洮郡治所。宋欧阳忞《舆地广记》记载"洮州"条："古诸羌之地，后为吐谷浑所据。至后周武帝逐吐谷浑，置洮阳郡，兼置洮州。隋开皇初郡废，大业初州废，置临洮郡。唐武德二年置洮州偶，天宝元年曰临洮郡。"②北宋沿袭称临洮郡，金改为临洮府，元明沿袭，清迁临洮府治至兰州，改置狄道州。故洮阳即指临洮，洮阳诗社实为临洮地方诗社。

洮阳诗社成立的时间今已不可考，李玉栓《明代文人结社考》辑考明代文人结社930家③，但未收录洮阳诗社。明末杨继盛到临洮任狄道典史，曾与当地诗人结社赋诗。杨继盛（1516—1554），字仲芳，号椒山，河北省容城人，嘉靖二十六年（1547）进士，嘉靖三十年（1551）三月因谏仇鸾等开马市议和被贬为狄道典史，先后在临洮创办了超然书院和椒山书院，并亲自讲学，临洮读书兴学之风兴起。杨继盛在临洮讲学之余，与张万纪等临洮诗人唱和，临洮诗风自此兴盛。第二年十月，杨继盛起用为兵部员外郎，离开临洮。由此可知，洮阳诗社至少在嘉靖三十年到嘉靖三十一年（1552）间已经存在。

由明至清，洮阳诗社兴衰起伏，但唱和者从未断绝。杨继盛离开临洮以后，张万纪等人继续倡导诗学风气。清初顺治年间，张晋和张谦先后走上诗坛，洮阳诗社活动再次频繁。在张晋、张谦的推

---

① 司马光著，胡三省注：《资治通鉴》卷七十八，中华书局，1956年。
② 欧阳忞：《舆地广记》，四川大学出版社，2003年，第458页。
③ 李玉栓：《明代文人结社考》导言，中华书局，2013年，第1页。

动之下，临洮诗风大盛。其后，临洮诗人亢英才、王缓、张翥等人继续结社赋诗，"（亢英才）与王缓、张翥诸人联洮阳诗社"①。临洮诗风得以延续。亢英才，字鸿儒，岁贡生，少工帖括，晚年好诗，著有《东园诗草》。李苞《洮阳诗集》卷二录诗两首《卧龙山》和《超然台》。王缓，生平事迹不详。张翥，字翰斋，号柏堂，岁贡生，曾官高陵训导，卒于官。年少好诗，著有《柏堂诗草》，李苞《洮阳诗集》卷二录诗《超然台》一首。

一、吴镇主持下的洮阳诗社与洮阳诗风的兴盛

到清中期，洮阳诗社又培育出了一位著名的诗人吴镇。吴镇从小受到洮阳诗社的熏陶，年少即崭露头角，诗名在外。乾隆十六年（1751）中举后的吴镇回到临洮，与临洮好诗者重结洮阳诗社。从乾隆十六年到乾隆二十七年（1762）任耀州学正的十余年间，吴镇担任洮阳诗社领袖，积极组织诗社活动，推动洮阳诗社走向顶峰，临洮诗学风气也再次兴盛。李苞《洮阳诗集序》说："洮阳诗学，自汉唐以来，代不乏人，而本朝称尤盛焉。国初张康侯、牧公提倡于前。约数十年，而又有先师吴松厓先生集其大成，且宏奖士类，善诱后学，故迩来吾洮阳人士，研究声律，著为辞章，往往有可观者。"②胡鈇《怀吴信辰》："白社同前侣，青莲有后身。药沪吾老病，豪翰尔清新。"③赞扬吴镇在家乡重结诗社的盛事。

从乾隆十六年到乾隆二十七年前后十余年时间，除参加应试之外，吴镇的主要文学活动就是结社赋诗。吴镇主持下的诗社活动非常频繁，他们在一些重要节日固定集会，如毛济美《九日诗社初集》写重阳节社集："初社重阳金菊开，茱萸对饮兴悠哉。题糕新友喜先至，送酒故人嗔后来。浪说鸣鸡升上界，何须戏马起高台。东篱胜是龙山会，石上题诗扫绿苔。"④在吴镇的主持下，洮阳诗社

---

① 郭汉儒：《陇右文献录》，甘肃文化出版社，2014年，第426页。
② 李苞：《洮阳诗集》卷首，嘉庆刻本，国家图书馆藏。
③ 胡鈇：《胡静庵诗钞》，嘉庆八年刻本。
④ 李苞：《洮阳诗集》卷二，嘉庆刻本，国家图书馆藏。

在乾隆年间成为最繁盛的时期。"忆三十年前，予与诸同人重联诗社，一州才俊，翕然趋风。"①此时期的诗社以吴镇为中心，汇聚了一大批临洮作家，比较著名的有张逢壬、马绍融、张克念、潘清溪、史联及、张竹斋、毛启凤以及吴镇的二弟吴锭等人。

张逢壬，生卒年不详，字位北，乾隆时狄道诸生，有《世耕堂诗集》一卷，吴镇作序并刊刻。吴镇《松花庵诗话》著录："临洮张逢壬，字位北，曾以诗受太守许公圣朝之知。殁后五十年，予选其《世耕堂诗草》，得二十八首，序而刻之。"②

马绍融（1731—1791），字绳武，布衣终老，曾与吴镇论诗，苦学成才，著有《偷闲吟》一卷，录诗39首，由其子马士俊刊刻于嘉庆十九年（1814）。吴镇作序并题诗二首，其一："市井劳劳六千秋，衔杯雅趣亦风流。百钱裁足惟哦咏，乐志真同古少游。"其二："抔土茫茫夜月寒，伯牙古调为谁弹。惟余一卷《偷闲草》，留与儿孙世世看。"③另有嘉庆十八年（1813）宋冕序、同年李华春序、同年吴承禧跋。吴镇《松花庵诗话》著录："马绳武（绍融），狄道布衣也，性酷好诗。……绳武卒后，子士杰士俊求定其遗稿，予题二绝。"④

史联及，大约生于雍正末年，去世于乾隆四十年（1775）到乾隆四十五年（1780）间，待考。号萝月，狄道廪生，著有《萝月山房诗稿》。吴镇《萝月山房诗序》："联及聪颖好学，游泮后，即以高等食饩。然于举子业，初不经意，顾独好诗，而落笔尤敏捷，每拈题分韵，其诗先成，同社之人皆重之。后以中年嗜酒，未竟其业，并所作亦多散失。今所存《萝月山房稿》，仅二十余首耳，然此足不朽矣。联及年逾半百而卒，予时远宦湖湘，讣音初至，即札其家人，搜求遗草。今所存诗，盖其子纬世、纶世得于家中破篚者。……萝月诗虽无多，然诸体粗备，予略为评点而序以流传，是

---

① 吴镇：《萝月山房诗稿序》，《松厓文稿》，《松花庵全集》。
② 吴镇：《松花庵诗话》卷一，《松花庵全集》。
③ 吴镇：《兰山诗草》，《松花庵全集》。
④ 吴镇：《松花庵诗话》卷一，《松花庵全集》。

非徒一家之言，而实吾洮诗社之光也。知音者其共赏之。"①

张竹斋，生卒年不详，乾隆五十年前后仍在世，著有《竹斋集句》。吴镇《竹斋集句序》："竹斋少而颖敏，博览群书，计其一生心血，大半耗于帖括，然屡科落解。晚乃留意风骚，以自怡悦。今所存竹斋集句，盖其闲暇时消遣之作。而季子若星，缮写成帙，求予为序，意良美哉。……今翁年已七十矣，犹能涉猎汉魏六代三唐，推敲不倦。意者闭门觅句，其即摄养之良方欤。"②

毛启凤，生卒年不详，字鸣周，著有《爱菊堂诗稿》，吴镇作序。"老友毛子鸣周，恢奇古怪人也。生平率意径行，落落寡偶。游泮后，舍举业而学诗。仁兴成章，诗复毁弃。"③徐世昌《晚晴簃诗汇》录其诗一首《春日》："梅梢月上影重重，春暖贪眠意更慵。倚枕不知天渐晓，忽闻山寺数声钟。"④吴镇任教兰山书院时，还常怀念老朋友毛启凤，《怀毛鸣周文学》："久与高朋别，幽明两不知。传闻君属纩，犹待我题诗。河朔豪尊远，山阳短笛悲。哪堪回首处，宿草正离离。"⑤

潘清溪，生卒年不详，岁贡生，"家贫而嗜诗"⑥。著有《敦古集句》，吴镇有序。吴镇《松花庵游草》有《赠潘清溪(性敏)》一首。

诗社成员的喜好和诗风选择也受到吴镇很大的影响。吴镇好集句诗，诗社成员的集句诗创作也蔚然成风，以上提到的成员中有集句诗集的就有张克念、潘清溪、吴锭、张竹斋等人，集句诗成为洮阳诗社的一大特色。对于洮阳诗社成员从事集句诗写作，吴镇给予了很大的鼓励，"夫集句，肇于古而盛于今，仿效者几遍天下。而吾洮人士，尤喜好之，虽方家视为小巧，然此中有旨趣焉，浅尝者

---

① 吴镇：《松厓文稿》，《松花庵全集》。
② 吴镇：《松厓文稿》，《松花庵全集》。
③ 吴镇：《爱菊堂诗草序》，《松厓文稿续编》，《松花庵全集》。
④ 徐世昌：《晚晴簃诗汇》卷八十七，中国书店出版社，1988 年影印本。
⑤ 吴镇：《兰山诗草》，《松花庵全集》。
⑥ 吴镇：《敦古堂集句序》，《松厓文稿》，《松花庵全集》。

不得而知也。"①另外，吴镇还积极为集句诗撰写序跋推扬，对他们的集句诗给予高度的肯定。

二、吴镇对诗社后辈成员的大力培养

乾隆四十六年(1781)，罢官回乡以后的吴镇，再次参与到诗社活动中。此时，曾与他一起联社的诗人多已去世，仅存史联及、张竹斋等人，诗社成员变成了李华春、李苞等年轻后辈，诗社变成了吴镇培养后辈的阵地。郭汉儒《陇右文献录》卷十七记载李华春曾"与吴松厓、张位北、张竹斋联诗社"②。郭汉儒《陇右文献录》卷十七载李苞"性好诗，在籍与史联及、李实之诸名士，联社会诗。后出仕，公余仍多吟咏。"③吴镇任教兰山书院以后，一方面整理刊刻诗社成员的诗集，一方面来往于兰州与临洮之间，把年轻后辈推向关陇诗坛，培养了侄儿吴简默、内侄李苞、学生李华春、马士俊、文国干、武安邦、儿子吴承福和吴承禧等一大批文学后进。吴镇以领袖身份推动洮阳诗社从临洮走向关陇，走进全国诗人的视野，一些诗社成员得到袁枚、王鸣盛、杨芳灿等人的关注和肯定，如袁枚认为吴承禧诗："清新俊逸，雅有唐音。"④王鸣盛说："令弟握之，犹子洵可诗，皆有兴趣。"⑤杨芳灿则为他们写了许多序跋，他们的出现促成了乾嘉之际洮阳诗社的最后辉煌。

吴镇去世以后，李苞、吴承禧、李华春等人继续领导洮阳诗社，嘉庆年间的诗社活动也比较频繁。马士俊《让溪诗草》跋："余性好静，每思先严未学而能诗，怡情山水，日与同里李坦庵、吴耳山诸人，载酒联吟，洵足乐也。"⑥音得正《让溪诗草序》也称："(马士俊)尝从李垣庵、敏斋、吴桧亭、小松诸君游，日承指授，

① 吴镇：《竹斋集句序》，《松厓文稿》，《松花庵全集》。
② 郭汉儒：《陇右文献录》，甘肃文化出版社，2014年，第476页。
③ 郭汉儒：《陇右文献录》，甘肃文化出版社，2014年，第488页。
④ 转引自李苞：《洮阳诗集》卷十，嘉庆刻本。
⑤ 王鸣盛：《松花庵诗集序》，《松花庵全集》卷首。
⑥ 马士俊：《让溪诗草跋》，郭汉儒：《陇右文献录》，甘肃文化出版社，2014年，第487页。

故所诣益进，足副乃翁贻谋之善。"①李苞在外为官，后回到临洮，则继续与临洮诗人们联社吟诗，并把诗集命名为《诗社吟》，"两次旋里，则有《待松吟》《诗社吟》。"②另有《次吴桧亭宜园赏菊韵》诗后自注："是日会社友。"③嘉庆三年，李苞、吴承禧等人将诗社成员的作品汇编为《洮阳诗集》，是对诗社成果的一次总结。

这一时期的诗社成员，除了以上提到的李苞、吴承禧、李华春等家人和学生以外，还有张克念和马士俊两人，他们都是洮阳诗社成员的后代，他们虽然没有直接从学于吴镇，但对吴镇非常仰慕，受到的影响也非常大，能积极参与诗社活动，传承洮阳诗风。张克念，生卒年不详，字善作，号玉厓，张逢壬之孙，"藏书之富，为邑中第一。"④著有《玉厓集句》，吴镇有序："洮阳积书之家，旧推唐泉张氏。至位北先生名逢壬者，尤好聚古人诗，故其诗多可传。今文孙玉厓，又以工集句，焜耀词坛，猗欤盛哉！……玉厓，寒士也，守先人之破簏，颇能荟萃诸家而成一家之言，故凡汉魏六朝唐宋之佳句，靡不渔猎，今其所集，媲黄俪白，若出天然；写景言情，悉如自作，何其得心而应手乎！以此自娱，良足豪矣。"⑤

马士俊，生卒年不详，字子千，马绳武之子，著有《让溪诗草》一卷。宋冕《让溪诗草序》称其："质实好学，以府掾而嗜诗。公余，辄与二三同志樽酒论文。"⑥音得正《让溪诗草序》："素耽经史，尤酷嗜诗，且性爱恬静，不妄订交，余固已洒然异之。"⑦马士

---

① 马士俊：《让溪诗草跋》，郭汉儒：《陇右文献录》，甘肃文化出版社，2014 年。

② 李苞：《敏斋诗草自序》，《敏斋诗草》，嘉庆二十二年刻本，续修四库全书本。

③ 李苞：《敏斋诗草》，嘉庆二十二年刻本，续修四库全书本。

④ 郭汉儒：《陇右文献录》卷十七，甘肃文化出版社，2014 年，第 482 页。

⑤ 吴镇：《松厓文稿》，《松花庵全集》。

⑥ 郭汉儒：《陇右文献录》，甘肃文化出版社，2014 年，第 484 页。

⑦ 马士俊：《让溪诗草跋》，郭汉儒：《陇右文献录》，甘肃文化出版社，2014 年，第 487 页。

俊《让溪诗草》自作跋述其经历："余蒙先庇荫，学儒八载，未卒业，庭椿已下世矣。因事媚婶，甘旨为艰，遂从事萧曹，得尽菽水之欢。暇则陶情诗酒，以养天和，凡遇高人韵士，倾心领教。登名山，游古刹，瞩眺间吟，乐其乐出，未计之工拙也。"①马士俊对吴镇极为尊敬，自称后学，并曾于嘉庆二十五年（1820）刊刻吴镇《松花庵诗话》。

洮阳诗社出现于西北偏远之地，但"一州才俊，翕然趋风。"②入社诗人之多，风气之浓郁，存在时间之长远，在西北诗坛甚至整个诗坛都极为罕见。成长于洮阳诗社的吴镇以诗社领袖的身份长期致力于诗社活动，在他的推动之下，临洮诗风极盛，人文蔚起，作家辈出。

第三节 诗文作品评点活动

文学评点是在汉人注经的基础上发展起来的。③ 从现有资料看，作为一种文学批评方式，文学评点产生于南宋吕祖谦的《古文关键》，随后扩展到诗歌、小说、戏曲、科举时文等领域，并成为明清时期最活跃的文学批评方式之一。属于边远之地的西北，评点之风也非常盛行。吴镇的老师、同学、朋友和学生对他的诗文作品进行了大量评点，吴镇也对其朋友和学生的作品进行评点，形成了西北评诗论文的热潮。探讨乾嘉时期关陇地区的诗文作品评点活动，既能展示围绕在吴镇周边作家们的活跃程度以及吴镇的影响力，也能显示出清代乾嘉时期关陇文学活动的繁荣程度。

---

① 马士俊：《让溪诗草跋》，郭汉儒：《陇右文献录》，甘肃文化出版社，2014 年，第 487 页。

② 吴镇：《萝月山房诗稿序》，《松厓文稿》，《松花庵全集》。

③ 吴承学：《评点之兴——文学评点的形成和南宋的诗文评点》，《文学评论》1995 年第 1 期，第 24 页。

一、对吴镇作品的评点

对吴镇作品的评点主要集中在《逸草》《兰山诗草》《松厓诗录》《松厓文稿》《松厓文稿次编》《松厓文稿三编》以及《松花庵诗余》七部诗文词作品中，具体情况见表二。

表二　　　　　　　　　　　吴镇作品的评点情况统计表

序号	评点者	评点者籍贯	与吴镇关系	逸草	兰山诗草	松厓诗录	重复统计	诗评总数	松厓文稿	文稿续编	文稿三编	文评总数	诗余	评点总数
1	牛运震	山东滋阳	老师	—	—	3	—	3	—	—	—	—	—	3
2	官献瑶	福建安溪	老师	1	—	2	—	3	1	—	1	2	—	5
3	杨芳灿	江苏金匮	诗友	47	47	92	42	144	4	2	2	8	4	156
4	丁珠	安徽潜山	诗友	15	6	12	4	29	5	—	—	5	—	34
5	王曾翼	江苏吴江	诗友	—	4	2	2	4	2	1	1	4	23	31
6	张翔	甘肃武威	诗友	—	5	12	3	14	6	5	2	13	—	27
7	姚颐	江西泰和	诗友	—	2	7	2	7	13	2	1	16	—	23
8	吴森	江西南丰	诗友	—	—	14	—	14	—	—	—	—	1	15
9	丁竝	湖南清泉	诗友	—	—	11	—	11	—	—	—	—	1	12
10	薛宁廷	陕西商洛	诗友	—	—	11	—	11	—	—	—	—	—	11

续表

序号	评点者	评点者籍贯	与吴镇关系	逸草	兰山诗草	松厓诗录	重复统计	诗评总数	松厓文稿	文稿续编	文稿三编	文评总数	诗余	评点总数
11	张世法	湖南湘潭	诗友	—	—	—	—	—	9	1	—	10	—	10
12	李德举	河北武邑	诗友	1	—	9	—	10	—	—	—	—	—	10
13	周湘泉	湖南长沙	诗友	2	4	8	6	8	2	—	—	2	1	11
14	王兰江	江苏吴江	诗友	—	4	4	4	4	2	1	1	4	1	9
15	杨维栋	山西襄陵	诗友	—	—	5	—	5	—	—	—	—	—	5
16	宋弼	山东德州	诗友	—	—	5	—	5	—	—	—	—	—	5
17	刘绍攽	陕西三原	诗友	1	—	4	—	5	—	—	—	—	—	5
18	艾恒豫	陕西米脂	诗友	—	1	—	—	1	1	3	—	4	—	5
19	梁彬	山西垣曲	诗友	—	—	3	—	3	—	—	—	—	—	3
20	张五典	陕西泾阳	诗友	—	—	3	—	3	—	—	—	—	—	3
21	潘清溪	甘肃狄道	诗友	—	1	3	1	3	—	—	—	—	—	3
22	李法	陕西大荔	诗友	1	—	2	—	3	—	—	—	—	—	3
23	吕萧堂	甘肃狄道	诗友	—	1	2	—	3	—	—	—	—	—	3

续表

序号	评点者	评点者籍贯	与吴镇关系	逸草	兰山诗草	松厓诗录	重复统计	诗评总数	松厓文稿	文稿续编	文稿三编	文评总数	诗余	评点总数
24	王锡均	陕西神木	诗友	—	1	1	—	2	—	1	—	1	—	3
25	胡天游	浙江绍兴	诗友	—	—	2	—	2	—	—	—	—	—	2
26	特通阿	山东蒲州	诗友	—	1	1	1	1	—	1	—	1	—	2
27	李韶九	—	诗友	1	—	1	—	2	—	—	—	—	—	2
28	张菊坡	山西浮山	诗友	1	—	1	—	2	—	—	—	—	—	2
29	李南晖	甘肃通渭	诗友	1	—	1	—	2	—	—	—	—	—	2
30	贾文召	甘肃甘谷	诗友	2	—	2	2	2	—	—	—	—	—	2
31	陶廷珍	浙江会稽	诗友	—	2	2	2	2	—	—	—	—	—	2
32	王骥	甘肃皋兰	诗友	—	1	—	—	1	—	1	—	1	—	2
33	顾墨园	江南人	诗友	—	—	2	—	2	—	—	—	—	—	2
34	吴丰山	—	诗友	—	—	2	—	2	—	—	—	—	—	2
35	云耀斋	—	诗友	—	—	2	—	2	—	—	—	—	—	2
36	钟麟书	浙江海宁	诗友	—	—	1	—	1	—	—	1	1	—	2
37	刘时轩	—	诗友	—	—	—	—	—	—	—	—	—	1	1
38	贾恒岩	河北武强	诗友	—	1	—	—	1	—	—	—	—	—	1
39	高竹园	—	诗友	—	—	—	—	—	1	—	—	1	—	1

续表

序号	评点者	评点者籍贯	与吴镇关系	逸草	兰山诗草	松厓诗录	重复统计	诗评总数	松厓文稿	文稿续编	文稿三编	文评总数	诗余	评点总数
40	江炯	江西南康	诗友	—	—	—	—	—	1	—	—	1	—	1
41	江汝辑	—	诗友	—	1	—	—	1	—	—	—	—	—	1
42	袁适堂	—	诗友	—	1	1	1	1	—	—	—	—	—	1
43	石渠	上海松江	诗友	—	1	—	—	1	—	—	—	—	—	1
44	郑慎岩	—	诗友	—	—	—	—	—	—	1	—	1	—	1
45	伊江阿	满洲旗人	诗友	—	—	—	—	—	—	1	—	1	—	1
46	陆静岩	—	诗友	—	1	—	—	1	—	—	—	—	—	1
47	卫晞骏	陕西韩城	诗友	—	—	1	—	1	—	—	—	—	—	1
48	张温如	—	诗友	—	—	1	—	1	—	—	—	—	—	1
49	何西岚	贵州开阳	诗友	—	—	1	—	1	—	—	—	—	—	1
50	侯鹤洲	江苏江阴	诗友	—	—	1	—	1	—	—	—	—	—	1
51	龚悟生	—	诗友	—	—	1	—	1	—	—	—	—	—	1
52	王宸	江苏太仓	诗友	—	—	1	—	1	—	—	—	—	—	1
53	吴绶诏	安徽歙县	诗友	—	—	1	—	1	—	—	—	—	—	1
54	江秋厓	甘肃皋兰	诗友	—	—	1	—	1	—	—	—	—	—	1
55	李松村	—	诗友	—	—	1	—	1	—	—	—	—	—	1

续表

序号	评点者	评点者籍贯	与吴镇关系	逸草	兰山诗草	松厓诗录	重复统计	诗评总数	松厓文稿	文稿续编	文稿三编	文评总数	诗余	评点总数
56	储铁闲	—	诗友	—	—	1	—	1	—	—	—	—	—	1
57	年海筹	陕西西安	诗友	—	—	3	—	3	—	—	—	—	—	3
58	□兰泉	—	诗友	—	—	1	—	1	—	—	—	—	—	1
59	陆震	江苏兴化	诗友	—	—	1	—	1	—	—	—	—	—	1
60	许承苍	江苏武进	诗友	—	—	1	—	1	—	—	—	—	—	1
61	曹云澜	安徽贵池	诗友	—	—	1	—	1	—	—	—	—	—	1
62	方立经	湖北兴国	诗友	—	—	1	—	1	—	—	—	—	—	1
63	陈鸿宝	浙江仁和	诗友	—	—	1	—	1	—	—	—	—	—	1
64	周学山	河北丰润	诗友	—	—	1	—	1	—	—	—	—	—	1
65	马启泰	陕西泾阳	诗友	—	—	1	—	1	—	—	—	—	—	1
66	潘淡厓	—	诗友	—	—	1	—	1	—	—	—	—	—	1
67	王嵩高	江苏宝应	诗友	—	—	1	—	1	—	—	—	—	—	1
68	王宽	江苏金匮	诗友	—	—	1	—	1	—	—	—	—	—	1
69	吴栻	青海乐都	诗友	—	1	—	—	1	—	—	—	—	—	1

续表

序号	评点者	评点者籍贯	与吴镇关系	逸草	兰山诗草	松厓诗录	重复统计	诗评总数	松厓文稿	文稿续编	文稿三编	文评总数	诗余	评点总数
70	梁济瀍	甘肃皋兰	同学	1	—	1	—	2	—	—	—	—	—	2
71	孙侚	甘肃武威	同学	—	—	1	—	1	—	—	—	—	—	1
72	刘渭卿	甘肃皋兰	同学	—	—	1	—	1	—	—	—	—	—	1
73	江得符	甘肃皋兰	同学	—	—	1	—	1	—	—	—	—	—	1
74	黄建中	甘肃皋兰	同学	—	—	1	—	1	—	—	—	—	—	1
75	李存中	甘肃皋兰	门生	—	4	5	1	8	1	11	—	12	1	21
76	李华春	甘肃狄道	门生	5	3	2	2	8	1	2	2	5	—	13
77	武安邦	甘肃狄道	门生	—	2	1	1	2	2	4	—	6	—	8
78	秦维岳	甘肃皋兰	门生	—	—	1	—	1	1	—	2	3	—	4
79	王光晟	甘肃皋兰	门生	—	—	1	—	1	—	—	1	1	—	2
80	郭楷	甘肃武威	门生	—	—	—	—	—	—	—	2	2	—	2
81	李兆甲	甘肃伏羌	门生	—	—	—	—	—	1	1	—	2	—	2
82	王泽鸿	甘肃	门生	—	—	—	—	—	—	2	—	2	—	2

续表

序号	评点者	评点者籍贯	与吴镇关系	逸草	兰山诗草	松厓诗录	重复统计	诗评总数	松厓文稿	文稿续编	文稿三编	文评总数	诗余	评点总数
83	安维岱	甘肃安定	门生	—	—	—	—	—	—	—	1	1	—	1
84	王廷珥	甘肃甘州	门生	—	—	—	—	—	—	1	—	1	—	1
85	俞衡文	甘肃皋兰	门生	—	—	—	—	—	—	1	—	1	—	1
86	周泰元	甘肃武威	门生	—	—	—	—	—	—	—	1	1	—	1
87	徐贞元	甘肃皋兰	门生	—	—	—	—	—	—	1	—	1	—	1
88	吴与谦	甘肃会宁	门生	—	—	—	—	—	—	1	—	1	—	1
89	宋榆英	甘肃皋兰	门生	—	—	—	—	—	—	1	—	1	—	1
90	宋朝槑	甘肃皋兰	门生	—	—	—	—	—	—	1	—	1	—	1
91	魏公翼	甘肃武威	门生	—	—	—	—	—	—	1	—	1	—	1
92	李生华	甘肃狄道	门生	—	—	—	—	—	—	1	—	1	—	1
93	王廷璆	甘肃甘州	门生	—	—	—	—	—	—	1	—	1	—	1
94	李苞	甘肃狄道	内侄	—	2	4	—	6	—	—	14	14	1	21
95	李芮	甘肃狄道	内侄	—	—	—	—	—	—	1	—	1	—	1

续表

序号	评点者	评点者籍贯	与吴镇关系	逸草	兰山诗草	松厓诗录	重复统计	诗评总数	松厓文稿	文稿续编	文稿三编	文评总数	诗余	评点总数
96	吴承禧	甘肃狄道	三子	—	—	—	—	—	—	—	1	1	—	1
97	南济汉	甘肃狄道	年侄	—	—	—	—	—	—	—	1	1	—	1
98	龚景瀚	福建闽县	年侄	—	—	—	—	—	—	—	1	1	—	1
99	陈含贞	甘肃狄道	后学	—	1	—	—	1	—	—	1	1	—	2
100	马士俊	甘肃狄道	后学	—	—	—	—	—	—	—	1	1	—	1
101	吴震	甘肃狄道	后学	—	—	—	—	—	1	—	—	1	—	1
—	合计	—	—	79	97	277	74	379	54	49	38	141	34	558

据表二统计，对吴镇作品进行评点的有 101 人，基本上包含了与吴镇有交往的人，可以分为老师、朋友、同学、门生、家人和后学几种。评点数量也是比较多的，《逸草》评点 79 条，《兰山诗草》评点 97 条，而《松厓诗录》评点达到 277 条，《松厓文稿》评点 54 条，《松厓文稿次编》评点 49 条，《松厓文稿三编》评点 38 条，《松花庵诗余》评点 34 条，共计 628 条，除去《松厓诗录》中与《逸草》以及《兰山诗草》重复统计的 74 条，仍然还有 558 条。

从评点者和吴镇的关系来看（见表三），分布比较广，但却不平衡，诗友的评点比较多，尤其是晚年与之关系密切的杨芳灿、丁珠、王曾翼、姚颐等朋友的评点比较多。

表三 评点者与吴镇关系统计表

序号	关系	人数	百分比	评点条数	百分比	评点10条以上
1	老师	2	1.9%	8	1.5%	—
2	诗友	70	67.3%	446	80.5%	杨芳灿、丁珠、王曾翼、张翙、姚颐、吴森、丁甡、薛宁廷、张世法
3	同学	5	4.8%	6	1.1%	—
4	家人	5	4.8%	25	4.5%	李苞
5	门生	19	18.3%	65	11.7%	李存中、李华春
6	后学	3	2.9%	4	0.7%	—
—	总计	104	—	554	—	12人

由表二和表三可知：诗友的评论是最多的，达到70人，占67.3%，评点条数有446条，占80.5%，是评点的绝对主体，最多的是晚年密友杨芳灿，达到了156条。10条以上的还有丁珠34条、王曾翼31条、张翙27条、姚颐23条、吴森15条、丁甡12条、薛宁廷11条、张世法10条；评点人数和条数均为第二的是学生19人，评点条数65条。其中数量最多的是李存中21条，其次是李华春13条、武安邦8条、秦维岳4条。然后是家人5人，评点条数25条，其中内侄李苞就占了21条。在兰山书院上学的同学、本籍后学以及还有求学时的老师也参加了评点。

结合前面的表二可以看出，对吴镇作品的评点主要集中在其晚年主讲兰山书院时。对吴镇评点10条以上的12名作家中，薛宁廷、吴森、丁甡3人分别是吴镇任陕西教职、湖北兴国知州和湖南沅州知府时交往频繁的诗人，而剩余的9人是吴镇晚年交往的朋友和学生，杨芳灿、丁珠、王曾翼、张翙、姚颐、张世法是吴镇晚年在兰山书院讲学时交往最密的诗人，李苞、李华春和李存中是吴镇晚年培养的优秀文学后辈。

从评点者的籍贯看(见表四),评点者的地域分布比较广泛,以关陇为主,另外涉及江浙、山西、湖南等地,关陇地区又主要集中在兰州和临洮两地。

表四 评点者地域分布表

地域	籍贯	人数	合计人数	涵盖区域
关陇地区	皋兰	13	49	今兰州
	狄道	13		今临洮
	甘肃	14		青海、宁夏(清朝时均属甘肃)
	陕西	9		—
关陇之外	北方	9	38(曾为官关陇的至少18人)	山西、山东、河北、河南等
	东南	24		江苏、浙江、江西、安徽等
	中南	5		湖北、湖南、贵州、广东等
—	其他	14	14	籍贯不明

据表四可知,关陇地区有49人,其中,皋兰和狄道比较集中;关陇以外有38人,至少有18人曾在甘肃做官;不明籍贯的有14人。参与吴镇作品评点的作家地域分布基本上和吴镇的生活经历相对应,反映了吴镇的交游情况。皋兰(今兰州)是吴镇早年学习和晚年讲学的地方,朋友、同学和门生众多。狄道(今临洮)是吴镇的家乡,家人和学生比较多。吴镇曾为官陕西十余年,后来任职山东、湖北和湖南等地,也和一些作家有交往。吴镇晚年回到甘肃,任教兰山书院八年,与游宦兰州的各地诗人(主要是江浙一带)交流非常频繁。

另外还有一个比较突出的现象,对吴镇的诗词进行评点的绝对主体是诗友,而学生仅有5人共计21条,评点最多的是李华春和李存中,也才8条。但这种情况在散文的评点中却发生了变化(见表五),诗友、学生和家人变成了评点的主体。

表五　　　　　　　　　　散文评点情况统计表

	评点总数	诗友人数	评点数	学生、家人人数	评点数
松厓文稿	53	12	47	5	6
松厓文稿次编	49	12	20	14	29
松厓文稿三编	36	7	9	12	27
合　计	138	31	76	31	62

虽然诗友和学生家人人数相当，论评点数诗友还多 14 条，但是，结合三种作品集的评点来看，学生和家人的比重增加明显，而诗友的评点在明显减少。《松厓文稿》的评点者主要是吴镇的诗友，在共计 53 条总评点中占了 47 条，学生和家人仅有 5 人 6 条。《松厓文稿次编》中诗友人数没变，但评点数量下降为 20 条。学生和家人的评点数量上升到 29 条，人数也从 5 人增加到 14 人，超过了诗友的 12 人。《松厓文稿三编》的评点主要变成了学生和家人，共有 12 人，诗友只有 7 人，在总共 36 条评点中，学生和家人占了 27 条，朋友只有 10 条。

这种变化趋势和三个选编本的编选刊刻以及文章的写作时间相关，《松厓文稿》编选于乾隆五十一年（1786），刊刻时虽有增补，但所选文章大部分是乾隆五十一年之前的，在他身边的作家主要是朋友，朋友成为评点的主力；《松厓文稿次编》编选刊刻于乾隆五十六年（1791），文章多是乾隆五十一年到五十六年所写，围绕在他身边的主要是朋友和学生，因而，朋友和学生成为主要评点者；《松厓文稿三编》作品大多是乾隆五十六年之后所写，姚颐、王曾翼等人先后去世，学生和家人成为了主要评点者。

探讨对吴镇散文的评点变化，可以看出吴镇的散文影响对象逐渐从朋友变成了学生、家人等后辈，影响时限不断加长，影响面积也不断扩大。同时，我们也能看出，诗歌的创作和品评是主要的文学活动，散文的创作和品评也是重要的文学活动内容。

二、吴镇对他人作品的评点

在乾隆时期西北的诗文评点热潮中，吴镇也喜欢对诗友和学生的作品进行评点。由于资料缺失，今天能见到的资料相对比较少（见表六）。

序号	评点对象	关系	评点作品集	评点条数	其他评点者
1	杨芳灿	诗友	芙蓉山馆诗钞	40	袁枚、洪稚存、黄仲则、张桐圃、丁星树、李苞、王柏厓、路微之等
2	杨芳灿	诗友	芙蓉山馆文钞	37	张桐圃、路微之等
3	刘绍攽	诗友	经余集	28	胡釴、吴澹人、郑天锦、郑方城等
4	江得符	同学	三余斋文稿	4	薛宁廷、江炯、卜凝子、范泰恒等
5	文国干	学生	竹屿诗草	4	杨芳灿、李华春、李苞、武安邦、吴简默、吴承禧、丁元嗣、赵竹窓、田梦九、孙庆庵、张海如等

表六　　　　吴镇评点他人作品情况统计表

在吴镇评点的4人5种作品集中，既有诗友，也有同学和学生，既有3部诗集，也有2部文集，基本上代表了吴镇对他人作品的评点情况。和杨芳灿对吴镇的评点最多一样，吴镇对杨芳灿的评点也是最多的，可见两人相互认可程度和友谊之深。

另外，从吴镇评点的5种作品集来看，除了吴镇以外，每种都还有其他的评点者，其中的一些评点者也是吴镇的好友和作品的评点者，如参加杨芳灿诗文集评点的张翔、丁珠、李苞、王光晟，参加江得符文集评点的薛宁廷、江炯，参加文国干诗集评点的杨芳灿、李华春、李苞、武安邦、吴简默、吴承禧，这也从另一个方面展示了以吴镇为中心的西北诗文评点活动的频繁。

第四节　序跋撰写和作品刊刻等文学活动

作为一种文学活动和批评方式，序跋既能指出作家的写作艺术，也能展现出撰写者的文学观念，还是推介作品的一种最佳方式，历来为作家们所重视，是作品集不可缺少的组成部分。作家们在把自己的作品编成集后，往往请求名家、前辈、老师或与自己交往密切的朋友撰写序跋。乾嘉西北文学活动的活跃，序跋这种写作活动也是其重要的组成部分。

一、吴镇的序跋写作

吴镇一生致力于诗歌写作，对诗学理论也有着深刻的研究，在乾嘉西北作家中无人能望其项背。吴镇罢官回乡后不久又主讲兰山书院，被称为诗坛老宿，游宦陇右的作家和本地作家都纷纷请他撰写序跋。吴镇喜欢评诗论文，除了为自己的作品集写了很多序跋外，还为他人撰写了大量序跋(见表七)。

表七　　　　　　吴镇所撰诗文集序跋情况统计表

序号	序跋	撰写对象	籍贯	撰写时间	收录	关系
1	草舍吟集句序	吴锭	甘肃临洮	任韩城教谕时	松厓文稿	兄弟
2	刘戒亭诗序	刘壬	陕西三原	乾隆三十二年(1767)	松厓文稿	门生
3	杨山夫诗序	杨维栋	山西襄陵	乾隆四十二年(1777)前	松厓文稿	诗友
4	竹斋集句序	张竹斋	甘肃临洮	罢官回乡后	松厓文稿	诗友
5	萝月山房诗序	史联及	甘肃临洮	乾隆四十六年(1781)	松厓文稿	诗友

续表

序号	序跋	撰写对象	籍贯	撰写时间	收录	关系
6	晚翠轩诗序	王光晟	山西辽州	乾隆四十七年（1782）	松厓文稿	门生
7	三余斋诗序	江得符	甘肃皋兰	乾隆四十八年（1783）	松厓文稿	同学
8	王芍坡先生丑辰纪事诗序	王曾翼	江苏吴江	乾隆五十一年（1786）	松厓文稿	诗友
9	张鹤泉古文序	张世法	湖南湘潭	乾隆五十一年	松厓文稿	诗友
10	许铁堂先生后集跋	许琰	福建侯官	乾隆五十一年	松厓文稿三编	前辈
11	雨春轩诗序	姚颐	江西泰和	乾隆五十二年（1787）	松厓文稿	诗友
12	石田诗钞序	石午桥	上海松江	乾隆五十二年后	松厓文稿续编	诗友
13	马让洲诗序	马让洲	浙江会稽	乾隆五十三年（1788）后	松厓文稿续编	诗友
14	吴敬亭诗序	吴栻	青海乐都	乾隆五十四年（1789）	松厓文稿续编	诗友
15	王芍坡先生吟鞭剩稿序	王曾翼	江苏吴江	乾隆五十五年（1790）	松厓文稿	诗友
16	三余斋诗跋	江得符	甘肃皋兰	乾隆五十六年（1791）	三余斋诗草	同学
17	牵丝草序	李苞	甘肃临洮	乾隆五十六年	松厓文稿	内侄
18	芙蓉山馆文钞序	杨芳灿	江苏金匮	乾隆五十六年	松厓文稿	诗友

续表

序号	序跋	撰写对象	籍贯	撰写时间	收录	关系
19	杨蓉裳荔裳合刻诗序	杨芳灿 杨揆	江苏金匮	乾隆五十七年（1792）	松厓文稿续编	诗友
20	雪舫诗钞序	张翔	甘肃武威	乾隆五十七年	松厓文稿续编	诗友
21	会宁吴达叔诗序	吴中相	甘肃会宁	乾隆五十七年	松厓文稿续编	诗友
22	偷闲吟诗序	马绍融	甘肃临洮	乾隆五十七年	兰山诗草	诗友
23	泠痴集跋	张印周	陕西泾阳	乾隆五十七年	松厓文稿三编	同年
24	板屋吟小序	吴简默	甘肃临洮	乾隆五十七年	松厓文稿三编	侄子
25	芙蓉山馆诗钞序	杨芳灿	江苏金匮	乾隆五十八年（1793）	松厓文稿三编	诗友
26	爱菊堂诗序	毛鸣周	甘肃临洮	主讲兰山书院时	松厓文稿	诗友
27	敦古堂集句序	潘清溪	甘肃临洮	主讲兰山书院时	松厓文稿	诗友
28	张玉厓集句序	张玉厓	甘肃临洮	主讲兰山书院时	松厓文稿	诗友
29	李坦庵诗序	李华春	甘肃临洮	主讲兰山书院时	松厓文稿	门生
30	陆杏村诗草跋	陆杏村	陕西人	主讲兰山书院时	松厓文稿	诗友
31	秦中览古草序	贺懋堂	陕西西安	主讲兰山书院时	松厓文稿三编	诗友

由表七统计可知，吴镇撰写的序跋有31篇，撰写对象共28

人,有诗友、同学、学生和家人等,杨芳灿、王曾翼、江得符分别为 2 篇,其余每人 1 篇。吴镇的序跋写作活动主要在晚年,尤其在乾隆五十年主讲兰山书院以后,序跋就有 24 篇,之前仅写了 7 篇。从地域分布看,属于关陇地域的有 18 人,仅临洮一地就有 10 人,外地的 10 人也都是游宦关陇的作家。这份 28 人的名单,基本上包含了此时间段生活在关陇地区的本地或外地的核心作家,而吴镇无疑是这群作家中的核心人物。

吴镇通过序跋写作,以文坛盟主的身份,推扬同学、朋友以及学生等人的作品,传播其文学观念,交流文学写作技艺,推动着作家群的形成。吴镇本人的作品集数量比较多,这些作品集中的序跋一些是自己写的,更多是别人写的。探讨他人为吴镇撰写的序跋情况(见表八),也能看出吴镇的文学成就和影响力。

表八　　　　　　　他人为吴镇撰写序跋情况统计表

序号	撰写者	籍贯	序跋名称	撰写时间	关系	收录情况
1	牛运震	山东滋阳	松花庵诗草序	乾隆十四年(1749)	老师	松花庵全集、松厓诗录、空山堂文集
2	李友棠	江西临川	松花庵集唐诗序	乾隆三十七年(1772)	老师	全集
3	梁济瀍	甘肃皋兰	松花庵杂稿四书六韵序	乾隆二十六年(1761)	同学	全集、诗录
4	刘绍攽	陕西三原	松花庵诗草跋	乾隆二十八年(1763)	诗友	全集、诗录、九畹古文续集
5	刘绍攽	陕西三原	吴信辰诗集序	任韩城教谕时	诗友	九畹古文续集

续表

序号	撰写者	籍贯	序跋名称	撰写时间	关系	收录情况
6	卫晞骏	陕西韩城	松花庵律古序	乾隆三十四年（1769）	诗友	全集
7	吴 坛	广东海丰	松花庵诗草序	乾隆三十七年（1772）	诗友	全集、诗录
8	陈鸿宝	浙江仁和	松花庵诗集序	乾隆三十七年	诗友	全集、诗录
9	李德举	河北武邑	松花庵律古诗跋	乾隆三十七年	诗友	全集
10	胡德琳	广西临桂	松花庵韵史序	乾隆三十八年（1773）	诗友	全集
11	江 炯	江西南康	沅州杂咏序	乾隆四十四年（1779）	诗友	全集
12	江 炯	江西南康	潇湘八景集句序	乾隆四十四年	诗友	全集
13	丁 甡	湖南清泉	潇湘八景诗跋	乾隆四十四年	诗友	全集
14	吴 森	江西南丰	松花庵律古诗跋	乾隆五十年（1785）	诗友	全集
15	周大澍	湖南长沙	松花庵杂稿诗跋	乾隆五十一年（1786）	诗友	全集
16	杨芳灿	江苏金匮	松花庵逸草跋	乾隆五十一年	诗友	诗录
17	杨芳灿	江苏金匮	松花庵诗余跋	乾隆五十一年	诗友	全集、诗录

续表

序号	撰写者	籍贯	序跋名称	撰写时间	关系	收录情况
18	杨芳灿	江苏金匮	松花庵文稿序	乾隆五十一年（1786）	诗友	全集
19	杨芳灿	江苏金匮	兰山诗草序	乾隆五十五年（1790）	诗友	全集、诗录
20	杨芳灿	江苏金匮	集古古诗跋	乾隆五十六年（1791）	诗友	全集
21	杨芳灿	江苏金匮	松厓诗录序	乾隆五十七年（1792）	诗友	诗录、芙蓉山馆文钞
22	张世法	湖南湘潭	松花庵诗余序	乾隆五十二年（1787）	诗友	全集、诗录
23	张　翔	甘肃武威	律古续稿及古诗绝句序	乾隆五十六年	诗友	全集
24	王曾翼	江苏吴江	松厓文稿次编序	乾隆五十六年	诗友	全集
25	王曾翼	江苏吴江	松厓诗录序	乾隆五十七年	诗友	诗录
26	袁　枚	浙江杭州	松花庵诗集序	乾隆五十七年	诗友	全集、诗录、小仓山房文集
27	王鸣盛	江苏嘉定	松花庵诗集序	乾隆五十七年	诗友	全集、诗录
28	李华春	甘肃临洮	松花庵八病说跋	乾隆五十三年（1788）	学生	全集
29	李　芮	甘肃临洮	松厓诗录跋	乾隆五十七年	学生	诗录

续表

序号	撰写者	籍贯	序跋名称	撰写时间	关系	收录情况
30	艾恒豫	陕西米脂	松厓诗录跋	乾隆五十七年（1792）	学生	诗录
31	李华春	甘肃临洮	松花庵诗话跋	嘉庆二十五年（1820）	学生	全集
32	郭 楷	甘肃武威	松厓文稿三编序	嘉庆二十五年	学生	全集（仅嘉庆本）
33	李 苞	甘肃临洮	松花庵诗话序	嘉庆二十五年	学生	全集（仅嘉庆本）
34	李 苞	甘肃临洮	松厓对联跋	嘉庆二十五年	学生	全集（仅嘉庆本）
35	马士俊	甘肃临洮	松花庵诗话跋	嘉庆二十四年（1819）	后学	全集（仅嘉庆本）
36	吴承禧	甘肃临洮	松厓对联跋	嘉庆二十五年	儿子	全集（仅嘉庆本）
37	吴承禧	甘肃临洮	松花庵稗珠跋	嘉庆二十五年	儿子	全集（仅嘉庆本）

据表八统计，他人为吴镇的作品集所撰序跋今存37篇，撰写的作家共26人，主要是吴镇的诗友（16人），另外还有老师（2人）、同学（1人）、学生（4人）和家人（3人），撰写最多的仍然是与吴镇晚年关系最密切的朋友杨芳灿，有6篇。

从时间上看，这些序跋的撰写可以分成三个时期：乾隆五十年（1785）之前，吴镇主要在求学、参加科举考试和做官，编成了一些作品集，撰写序跋的主要是老师、同学和任职各地时结识的诗友（官员），共撰写了序跋13篇，约占1/3；乾隆五十年到乾隆五十八年（1793），吴镇主讲兰山书院，开始全面整理刊刻

91

作品集,此时撰写序跋的主要是晚年结交的诗友和教授的学生,共撰写序跋 17 篇,约占 1/2;嘉庆年间,吴镇于嘉庆二年(1797)去世以后,学生和家人继续整理刊刻他的作品集,他们撰写的序跋共 7 篇。

从地域看,关陇作家相对比较少,仅 11 人,外地作家更多一些,有 15 人,这和吴镇撰写序跋地域分布情况刚好相反。吴镇交游比较广泛,与外地作家的交流扩大了关陇作家在外地的影响,特别是和乾嘉名家如袁枚、王鸣盛等人的交往,扩大了西北文学的影响范围,向主流文坛展现了西北文学的水平和实力,营造了对作家群的成长非常需要的外部环境。

二、作品集的刊刻、校订

吴镇的作品集共三十余种,一部分是自己编选刊刻,一部分是老师、朋友和学生编选刊刻(见表九)。吴镇最早的诗集刊刻于求学兰山书院时,由老师牛运震删选刊刻。为官四方时刊刻的作品集都是自己删选刊刻,晚年主讲兰山书院,教授了大量的学生,也结识了本地和在甘为官的大量诗人,他们在吴镇晚年的作品集的编选、整理、校订和刊刻中起到了巨大的作用。

表九　　　　　　　　**吴镇作品的刊刻、校订情况表**

序号	作品集	编选、刊刻者	刊刻时间	备注
1	玉芝亭诗草	牛运震删选、刊刻	乾隆十四年(1749)	——
2	松花庵逸草	杨芳灿编选	乾隆五十一年(1786)	有评点
3	松花庵诗余	杨芳灿编选	乾隆五十一年	有评点
4	兰山诗草	杨芳灿编选	乾隆五十五年(1790)	有评点
5	松厓文稿	杨芳灿编选	乾隆五十五年	有评点

续表

序号	作品集	编选、刊刻者	刊刻时间	备注
6	松厓文稿次编	张翔编选	乾隆五十六年（1791）	有评点
7	松厓文稿三编	杨芳灿选、吴承禧编、李苞刊	嘉庆二十四年（1819）	有评点
8	松花庵诗话	马士俊刊	嘉庆二十五年（1820）	—
9	松厓对联	杨芳灿选、吴承禧编、李苞刊	嘉庆二十四年	—
10	制义次编	李苞刊	嘉庆二十四年	有评点
11	松厓试帖	杨芳灿选、李苞刊	嘉庆二十四年	—
12	稗珠	李苞刊	嘉庆二十四年	—
13	松厓诗录	杨芳灿选	乾隆五十七年（1792）	有评点

　　任教兰山书院后，吴镇开始对自己的作品集进行了陆续整理刊刻，这一时期的诗文集主要由杨芳灿编选，如《松花庵逸草》《松花庵诗余》《兰山诗草》《松厓文稿》《松厓文稿三编》以及《对联》和《试帖》，杨芳灿还从吴镇的诗集中编选了《松厓诗录》两卷，对吴镇一生的诗歌进行了总结。好友张翔也编选了《松厓文稿续编》。在其去世以后，内侄李苞和后学马士俊主持刊刻了待刊的六种作品，儿子吴承禧参加了编辑。

　　吴镇的作品刊刻时，朋友特别是学生积极承担了大量的校订工作，一些作品附录了校订名单，如《松厓文稿》附录校订人数达 30人，《兰山诗草》附录校订人数达到了 132 人，主要是自己的学生和部分在兰朋友。除去重复的 17 人，参加两部作品校订的人数共计有 145 人之多，考察其籍贯分布，发现他们主要属于关陇地区（见表十）。

表十　　　《松厓文稿》和《兰山诗草》校订者籍贯分布表

序号	籍贯	姓　　名	人数
1	甘肃皋兰（今兰州）	秦维岳、李存中、俞衡文、王骥、徐贞元、宋朝橺、黄起纮、黄在中、陈元善、李长发、宋抢英、赵尔聪、司廷伯、杨春和、苟敏、蔺士敏、孔良琮、徐惠增、徐懋增、陈海、张文衡、吕熙敬、邢镛、刘尚志、刘乃皋、徐珽、吴琳、范进桂、党希尹、王峤、王嵘、李映西、耿栋、赵积福、闫登芝、李守中、赵祚绵、基成凤、雍琇、张浚、胡镜、于振颙、吴继伯、徐世臣、姚应田、孟俊、耿梅、窦学训、邱兴云、吕熙简、巫景咸、田维栗、张赐麟、朱鳞、石沆、姚士煜、孙志仁、王从中、颜芳祖、孙映兰、王蕙	61
2	甘肃狄道（今临洮）	李华春、李苞、潘性敏、吴简默、吴锭、吴槐、文国干、武安邦、陆芝田、孙孝增、阎修德、阎树德、陆度、张守曾、李荐、王元英、马显中、许绍容、姜仲吉、马福海、史俨、王丕烈、刘步元、姜位东、文铭、萧墀、萧兰、何锦塘、张懋、田锡龄、郭度、陈含贞、张开界、刘其朴、李芮、李芬、张若星、任桂燕、文亨邦、沈峄孟、萧声和、刘佯向、魏肇文、何熙、张友瑞	45
3	甘肃武威	张翙、郭楷、李昌龄、李鉴涵、魏公翼、张翘、刘奇蓴、	7
4	甘肃会宁	李瞻云、吴与谦、吴联奎	3
5	甘肃靖远	张志睿、张思睿、吴国士	3
6	甘肃伏羌（今甘谷）	李兆甲、李庆韶	2
7	甘肃甘州（今张掖）	王挺琛、王廷珽	2

续表

序号	籍贯	姓　名	人数
8	甘肃渭源	朱福绵、侯瑞	2
9	甘肃陇西	尚恺、胡振	2
10	甘肃古浪	张毓瑞	1
11	甘肃河州（今临夏）	段福绥	1
12	甘肃安定	安维岱	1
13	青海西宁	张志远	1
14	陕西省	富平杨致杰，三原刘壬、崔兑西，神木王锡均，米脂艾恒豫，绛州朱贻逵、朱贻造，泾阳权允中	8
15	其他省	辽宁金县王梦魁、山西蒲州特通阿	2
16	其　他	羽士白云鹤、白玉峰、庞来秀，释子妙彻	4
—	合计	—	145

由表十可知，参加校订的朋友和学生基本上都是关陇地区的，甘肃(乾隆时期青海属甘肃)的人数多达131人，主要是在兰山书院求学的学生，陕西有9人，关陇之外有2人，这11人除了刘壬外，应该都是吴镇的朋友。由于吴镇晚年好佛，与僧道交往较多，校订人士中还有4位是佛道中人。和参与评点吴镇作品的作家地域分布一样，皋兰和狄道是人数最多的地方，分别达到了51人和45人，基本上涵盖了这两个地方的知识分子。

吴镇在刊刻自己的作品同时，还积极整理刊刻乡贤、朋友等人的作品集，据相关资料统计，吴镇至少主持刊刻了5部乡贤和朋友的诗文集，删选的至少也有5部，时间主要在兰山书院讲学期间，特别是离开兰山书院的前三年(见表十一)。

表十一　　　　吴镇编选刊刻他人作品情况统计表

序号	刊刻作品	作者	时间	备注
1	康侯诗草	张 晋	乾隆五十五年	整理刊刻
2	得树斋诗草	张 谦	乾隆五十五年	整理刊刻
3	铁堂诗草	许 珌	乾隆五十五年	抄录整理刊刻
4	芙蓉山馆文钞	杨芳灿	乾隆五十六年	删选、评点、刊刻
5	芙蓉山馆诗钞	杨芳灿	乾隆五十八年	删选、评点、刊刻
6	晚翠轩诗	王光晟	乾隆四十七年	删选校订
7	爱菊堂诗草	毛鸣周	主讲兰山书院时	删选校订
8	板屋吟	吴简默	乾隆五十七年	删选
9	泠痴集跋	张印周	乾隆五十七年	删选
10	绿云吟舫倡和草	李华春	乾隆五十七年	删选

通过对关陇地区书院、诗社、作品集评点、序跋撰写、作品集编选刊刻等文学活动的统计和分析，我们发现乾嘉时期以关陇特别是兰州为中心的文学活动极为频繁，这些活动构成了一个以吴镇为中心的文学活动圈，也展示了一个活跃的关陇作家群的存在。乾嘉关陇作家群以吴镇为中心和领袖，以刘绍攽、杨鸾、胡釴、张五典、卫晞骏、薛宁廷、李南晖、张翔、吴栻、刘壬、王光晟等本地作家以及牛运震、梁彬、杨芳灿、王曾翼、姚颐、张世法、丁珠、江炯等游宦作家为主体，以洮阳诗社成员史联及、马绍融、张竹斋以及吴镇兰山书院的同学梁济潏、江得符等人为补充，以吴镇的学生刘壬、王光晟、李华春、郭楷、秦维岳、李兆甲、文国干等人以及李苞、吴承禧等家人为后劲。他们爱好诗文，相互之间评点诗文，相互欣赏赞誉，相互编选刊刻作品集，共同营造了乾嘉时期关陇文学的繁荣局面。

第四章　吴镇的师长与其文学成长

吴镇从小受家学的影响比较深，其祖上以诗书传家，祖父、父亲和叔父也都爱好诗歌。虽然父亲去世得比较早，但吴镇继承了他们对诗歌创作的爱好和才能，在十二岁时已经能写作诗歌。临洮虽然偏居西北，但历史悠久，文化积淀比较丰厚，明末杨继盛在临洮兴学重教，和本地诗人张万纪等人结社赋诗，形成了良好的诗歌传统。清初天才诗人张晋和流寓临洮的福建闽侯诗人许珌，他们在临洮的文学活动和诗歌创作，也对吴镇产生了重要的影响。吴镇生活在一个诗风浓郁、诗社活动活跃的地方，从小受到熏染，年少成才，在临洮被称为神童。二十岁被选为拔贡，不久进入兰山书院，在西北声名鹊起。与已经成名的杨鸾、胡釴和刘绍攽并称为"关中四杰"，成长为关陇作家群的核心作家，在乾隆后期执掌关陇文坛之牛耳，位列西北名家之列。

在吴镇的成长历程中，牛运震和李友棠两位老师对他的影响非常重要。牛运震是乾隆前期山东著名学者，擅长研究经学和历史，也工于诗文。论诗继承李梦阳的观点，主风雅格调。吴镇师从牛运震五年，主要随其学诗，诗学宗尚受其影响甚深。李友棠是乾隆时期著名的集句诗人，在李友棠的鼓励下，吴镇走上集句诗写作道路，创作了大量的集句诗，成为乾嘉时期成就比较高的集句诗人。另外，游宦关陇的一些著名诗人如沈青崖、阎介年、梁彬、吴绥诏，以及陕甘总督陈宏谋和尹继善，对年轻的吴镇给予的赞誉和指点，对吴镇坚持走文学道路、扩大声誉也产生了一定的影响，同样是考察吴镇的文学成长不应该忽视的人物。

第一节　牛运震对吴镇文学成长的影响

牛运震(1706—1758)，字阶平，号真谷，世称空山先生，山东滋阳(今兖州)人，雍正十一年(1733)进士，乾隆三年(1738)授秦安知县，乾隆六年(1741)，兼任徽县知县。乾隆八年(1743)，兼摄两当县。乾隆十年(1745)，调任平番(今甘肃永登县)知县，兼摄古浪、平古两县，所治皆有政声。乾隆十三年(1748)因事罢官。先后主讲兰山书院、晋阳书院、河东书院等。性好金石，博涉群书，精于经史之学，入徐世昌等编《清儒学案》第一百九十六卷《诸儒学案》。工诗善文，著述颇丰，有《空山堂诗文集》《空山堂史记评注》《读史纠谬》《空山堂易解》《春秋传》《金石经眼录》《论语随笔》《孟子论文》等传世，《清史列传·循吏传》有传。

牛运震一生为官十年，均在甘肃一省。虽仅任四地知县，但政绩卓著，称为"循吏"。慕寿祺《甘宁青史略正编》评价："前清一代，甘肃州县以牛运震为第一。"①牛运震每治一县，皆随地设教，兴办教育，培养人才，倡导学术，奖掖文学，以振兴当地文教，因此陇右士风振起，文学由此兴盛。牛运震在任秦安知县时，创办了陇川书院。"故官(牛运震)宰秦安时，兵燹之余，人文夐陋。秦安又僻处万山中，士不知书，近二十年无登乡榜者。故官首葺学宫，创立陇川书院于县署东侧，奖提后进。七年之中，英俊翘楚，腾声誉，掇科名，骎骎乎人文之盛，称'陇右邹鲁'。所造就若吴进士镫、胡贡士鈇、孝廉路植亭、张辉谱、张梦熊，类皆邃于左学，穿插经史，出入秦汉；或蔚为文章，发为德业，卓然一时，名声半天下。"②牛运震兼任徽县知县时，又创立了徽山书院。任职平番知县时，于署衙教授学生，吴镇于时拜入其门下学习。牛运震罢官后，又主讲于兰山书院，远近学子，纷纷负笈求学，在他的影响之下，

---

① 慕寿祺:《甘宁青史略正编》，民国二十六年(1937)铅印本。
② 慕寿祺:《甘宁青史略正编》，民国二十六年(1937)铅印本。

兰山书院形成了重视文学的教育传统，对关陇文学发展产生了深远的影响。

一、吴镇与牛运震的师生情谊

乾隆十一年（1746），牛运震任职平番知县，二十六岁的吴镇闻名前往平番求学，拜入牛运震门下。杨芳灿《吴松厓先生神道碑》记载："时山左名宿牛真谷先生，作令平番，因从游焉。传细席之言，授礼堂之简。"①牛运震《松花庵诗草序》也提到："年二十六，学于余。"②乾隆十三年（1748），牛运震主讲于兰山书院，吴镇随师再入兰山书院学习。乾隆十五年（1750），牛运震东归山东至西安，正在西安参加乡试的吴镇等弟子闻讯前来陪伴。牛运震《兰省东归记》载："乾隆庚午六月二十日，余由兰州东归。书院门人多赴西安应试，王健等十余人，饯送华林寺……度渭，抵西安。皋兰书院门人孙俌等三十余人，迎至西关。吴镇等十人来店，同饮食，伴夜，颇不寂寞。"③牛运震从西安离开时，吴镇独自在城东灞桥久候不到，投诗一首，牛运震于马上作诗回赠，《灞桥别门人吴镇》其一："青门归路怅风沙，秋野何人立暮霞。一骑飞来千古调，佽亭今日有侯芭。"④其二："旗亭樽酒更无人，官道青青柳色匀。如子岂非天下士，秋风相送灞桥津。"⑤可见其师生情谊。牛运震东归以后，吴镇也离开兰山书院回到临洮，并在临洮重联洮阳诗社，正式走上关陇诗坛。

乾隆十九年（1754）吴镇入京参加会试，途经山西，专程拜访了时任山西晋阳书院院长的老师牛运震。牛运震写下《七言古歌赠门人吴信辰》：

---

① 杨芳灿：《吴松厓先生神道碑铭》，清嘉庆刻本，甘肃省图书馆藏。
② 吴镇：《松花庵全集》。
③ 牛运震：《空山堂文集》卷五。
④ 牛运震：《空山堂诗集》卷六，清代诗文集汇编本。
⑤ 牛运震：《空山堂诗集》卷六，清代诗文集汇编本。

堂上忽然山岳生，吴生新诗气不平。
江猿长啸野鹤鸣，缠绵哀怨乱纵横。
阴房魑魅潜悲泣，衰原骐骥嘶骄狞。
翻思前夜风云怒，(乃是)诗魄霸气郁峥嵘。
五年别我灞桥西，东山怪子来何迟。
忆昨相逢长安道，残照芦沟挂酒旗。
中原莽荡无知己，匹马寻师更有谁？
……

洮水畔，陇山头，吴生吴生归去休。
旷代才人三数公，努力当为第一流。
苍茫冥搜海天秋，鬼神焉得测其由。
他日诗成重相访，与予把袖问浮邱。①

　　牛运震对吴镇的诗作给予了较高的评价，鼓励吴镇在诗歌创作上"努力当为第一流"，吴镇回赠诗作《空山堂师远寄长歌敬和一首以代短札》：

……
嗟嗟我夫子，何以为我谋？
为我谋鼎与钟，我已一盐一虀忘珍羞。
为我谋簪与缨，我又一邱一壑身自由。
我不知天下事，坐花醉月自唱酬。
我不论古之人，素丝岐路从悠悠。
丈夫四十不卿相，何如云水随浮邱！
即如我夫子，才力无匹俦。
文章似秦汉，诗句追曹刘，居然不免四方走。
何况小子朝吟暮喈，有如燕雀声啾啾。
已焉哉，请为夫子及我谋。
勿为踾曲之辕驹，勿为文绣之庙牛。

---

① 吴镇：《松花庵逸草》，《松花庵全集》。

勿为辛苦之书蠹，勿为狡狯之棘猴。

五岳三山迹可遍，指日当为汗漫游。

天风海涛生足下，拊手一笑三千秋！①

牛运震在诗中安慰吴镇的怀才不遇，吴镇在回赠诗作中更多的是向恩师倾诉内心的苦闷。吴镇几次参加会试落第，而牛运震也是仕途坎坷，中年因收百姓万名衣被罢官，后来四方奔走，讲学书院。师生二人对怀才不遇的体验相似、声气相通。乾隆二十三年（1758），牛运震因病去世，吴镇有《哭牛真谷诗》："五月闻凶信，传言竟不误。才名悬白日，诗骨葬黄垆。怪鹏当庭止，哀猿彻夜呼。修文追子夏，泪眼莫同枯。"②牛运震去世以后，吴镇还经常怀念恩师，《梦真谷师作》："愁云一片我寻师，碧落黄泉两不知。何意今宵残梦里，空山堂上更题诗。"③《拟五君咏》："真谷古之人，非予阿所好。授徒空山堂，负笈四方到。方修岱宗志，遽赴东岳召。大梦不可寻，天风吹海峤。"④可见其师生情深。

二、牛运震对吴镇文学创作的影响

吴镇从学于牛运震五年，这五年是吴镇学业和文学创作进步最快的五年。牛运震对吴镇的学业多有指导，如吴镇的《制义次编》中，就存有牛运震对吴镇的制艺文的多条点评。吴镇《松厓文稿·鸟鼠同穴辨》一文后附《自记》曾说到自己在兰山书院的学业："乾隆己巳夏，学使官清溪先生案临兰棚，予适肄业书院，因复与考，时先生合六属生童及书院秀异者约三百人，扃门而试，其命题则有《皋兰山赋》《积石歌》《候马亭歌》《鸟鼠同穴辨》《泄湖峡铭》《双忠赞》《红泥岩宝志遗迹记》《红药当阶翻》五排，共八首，其全作完卷者惟予及皋兰刘渭卿二人而已。案发，予第一，刘次之，余皆以乙

---

①　吴镇：《松花庵逸草》，《松花庵全集》。

②　吴镇：《松花庵逸草》，《松花庵全集》。

③　吴镇：《松花庵诗草》，《松花庵全集》。

④　吴镇：《松花庵游草》，《松花庵全集》。

等发落。"①此次考核之后的第二年，吴镇考中举人。

在这五年中，牛运震对吴镇一生影响较大的是诗歌创作。牛运震学问深厚，喜诗爱文，课士之余，敦促门生作诗文，成一时风气。在牛运震的秦陇门生中，吴镇以诗出名，在兰山书院时就已经崭露头角。师从牛运震的五年时间里，牛运震对吴镇的推扬和指导颇多，如吴镇的《春愁》："客中不觉又春衣，踏遍东风尚未归。最是玉人愁绝处，梨花千树雨霏霏。"②牛运震对该作呈现的意境给予了肯定，认为其"韵味绝远"③。再如《灞桥歌送真谷先生旋里》："灞桥水，流浩浩，送别离，无昏晓。昔年王粲从此征，况有李白题诗好。清湍下白凫，疏柳啼黄鸟。行人立马夕阳中，万古离情散秋草。"④牛运震对用字和结构进行了指点："'散'字好，李太白'独散万古意'与此同，结有远韵。"⑤除了对具体作品进行指导外，牛运震还鼓励吴镇从事诗歌写作，乾隆十四年（1749），牛运震为吴镇诗集作序，对吴镇诗作大加赞赏，认为吴镇是秦陇学生最能得其诗真传之人："余宦西陲十年，从余游者，一时材隽，百数十人。其学为时文而庶乎至吾之所至者，秦安吴瓒一人而已，顾不肯为诗。其为诗而能学吾之所学者，则于临洮吴镇，又得一人焉。镇为诗不自余始，而自从余，诗益工，其所以论诗者日益进。"⑥牛运震认为吴镇在学诗上已经登堂入室："半载以来，熟复经、传、史册，益复有得，识解才思都进于前。环侍请业者三四十人，吴子学诗，江生绩文。此外，苦心精诣者，尚有数子。虽未升堂入室，殆骎骎乎，窥空山之门矣。"⑦吴镇一生致力于诗学，于举业和仕途用力不够，与牛运震对其诗才的鼓励有很大关系。潘挹奎《梦雪草堂诗稿序》说："先生（郭楷）学经义于同乡孙俌仲山，学

① 吴镇：《松厓文稿》，《松花庵全集》。
② 吴镇：《松厓诗录》卷上。
③ 吴镇：《松厓诗录》卷上。
④ 吴镇：《松花庵诗草》，《松花庵全集》。
⑤ 吴镇：《松厓诗录》卷上。
⑥ 牛运震：《松花庵诗序》，吴镇：《松花庵全集》。
⑦ 牛运震：《答野石梁公》，《空山堂文集》卷二。

诗、古文于狄道吴镇信辰。孙、吴，故滋阳牛运震木斋弟子，传授渊源，其来有自。顾《空山堂集》，以崇壮沉郁为宗，《松厓诗录》承之，不敢稍有出入。"①

牛运震对诗集刻印要求非常严格，对时下流行刻集、滥作诗序的情况非常痛恨："古诗无集，诗多逸失，而存者无一篇不佳。今诗有集，诗尽完善而徒为繁乱，汩没以失其真。"②牛运震认为，序不易作："夫诗之难言久矣，序尤不易作且所贵乎？序者不谓其能言作者之意而载诗以行邪？诗莫大于《三百篇》，序莫重于大小序。然自有序以来，而然疑百出，好议者努努随其后。然则序之无益于诗也亦明矣。"③但是，牛运震却欣然为吴镇诗集写序，序中提到，此集为吴镇删改厘定之后的作品："今之存者，皆镇所自焚及余为焚之之余也。刻既成，镇又有请欲焚者，余姑命留以俟后之人。"④受牛运震的影响，吴镇对待自己的诗作也非常严谨，经常删掉不满意的作品，致使其诗作存者不到一半。杨芳灿曾挑出前期部分作品编为《松花庵逸草》，诗作均可观。

三、吴镇对牛运震诗学理论的继承和发展

牛运震是著名的儒家学者，也喜欢诗歌写作和评论，其论诗主张与沈德潜格调诗学理论一致，继承了儒家诗教观，重格调风雅，主汉魏盛唐，诗学杜甫。但牛运震论诗又有自己的特色，既重性情，又重声律，把诗教传统与性情结合起来。在牛运震看来，诗歌是有感而发的作品，其根本在于性情，性情发而外则需辅以声律，因而诗歌在内则为性情，在外则求声律之精工。《惺斋诗稿序》曰："诗有性情，有声律。惺斋诗声律不足绳也，乃于性情可谓有其质者矣。"⑤《颜清谷诗集序》曰："诗之行于天下也，岂不难哉！诗

① 潘挹奎：《梦雪草堂诗稿序》，郭汉儒：《陇右文献录》，甘肃文化出版社，2014年，第515页。
② 牛运震：《燕石草诗集序》，《空山堂文集》卷三。
③ 牛运震：《袁舍人雨樵诗集序》，《空山堂文集》卷三。
④ 牛运震：《松花庵诗序》，吴镇：《松花庵全集》。
⑤ 牛运震：《空山堂文集》卷三。

者，情之讬于言与声之精者也。"①牛运震对性情的重视影响了吴镇的诗学观，为吴镇不排斥性灵诗学，融合格调和性灵打下了基础。

牛运震主张诗抒发性情，其性情主张与性灵诗学领袖袁枚的性情主张不同，与秉承儒家诗教观的清中期著名诗学家王士禛、叶燮、沈德潜相似。事实上，诗歌抒情言志的本质自汉唐以来已为广大诗人所接受，明清的性情之争只是对性情内涵的阐释不同，一方主张诗歌无拘无束地抒发情感，不必有关教化，侧重抒写个人性灵；而另一方则强调诗歌有限度地抒发情感，侧重抒写家国风俗，主张抒发性情应关系人伦教化。袁枚的性灵诗学属于前者，而牛运震偏向于后者，这从牛运震特别称赏纪行诗就可以看出。牛运震《张有涧泛槎吟诗集序》认为："古人游而后有诗，诗不厌游也"，"古诗人之纪行者，如杜工部之蜀道诗，苏子瞻之岭南诸咏，后人诵之，谓可系一国之事，形四方之风。"②牛运震称赏游览之作，不仅因游览之作是有感而发，更重要的是这类诗往往有所寄托，是诗道合于儒家诗教观的体现。

牛运震重视格律工整，在他看来，抒发性情和格律工整是诗之两面，缺一不可。牛运震不仅自己作诗重视格律，评论他人诗作时也坚持这样的标准，如《焦园集序》曰："自纪恩、应制、咏怀、赋物，以及怀人、送别之章，体裁略备，该博典雅。宛转顿挫，善于流水属对，点窜成句，如自己出。"③《惺斋诗稿序》曰："世之工声调，务华采，而以为诗者，吾政不知于惺斋诗何似也，又不得托饰自然口实。惺斋废格律为诗体，病惺斋诗亦皆近体。予为删辑之，凡四百首。期与世知诗者共正焉。"④由此，牛运震择诗极为严格，好焚诗，自己诗作存者十分之一，今《空山堂诗集》仅存诗六卷，计三百五十余首。第一卷《焚余诗草》集前自序说："幼好吟咏，笔墨随费。自辛丑至辛亥，得诗若干首，悉焚之，存者什一，以志少

① 牛运震：《空山堂文集》卷三。
② 牛运震：《空山堂文集》卷三。
③ 牛运震：《空山堂文集》卷三。
④ 牛运震：《空山堂文集》卷三。

年之所感,辑《焚余诗草》"。① 牛运震也帮助吴镇焚烧删改诗作,《松花庵诗集序》"今之存者,皆镇所自焚及余为焚之之余也。刻既成,镇又有请欲焚者,余姑命留以俟后世之人"②。

牛运震诗学杜甫,年少时写有《感杜》一首,表达了学杜甫的愿望:"汉魏以来无师友,落落天地我与尔。"③牛运震学杜甫,一是学其关心现实,重视诗教的风雅精神,改革诗风,"安得与公借得尼山笔,删却碌碌文选体。温柔小心灵澹性,三百五篇诗人同。"④二是学习杜甫的律诗,重视声律,《庚午除夜同宝啬斋殿下说杜诗感怀有作》其四:"草堂声律亦吾师,樽酒论文可自怡。"⑤就说到从杜甫处学声律。

吴镇的诗学理论主要源于其师牛运震。在牛运震的引导之下,吴镇论诗远主汉魏近体盛唐。"镇为诗不自从余始,而自从余,诗益工,其所以论诗者日益进。镇之言曰:'古期汉魏,近体期盛唐,合而衷诸三百篇,师其意不师其体,唐以后蔑如也。'镇诚其狂者哉!然其用意亦健矣。镇为诗常薄近代诗人为不足学,而犹知肩随其师,即余于此亦为之三十余年矣,抑不自知其至乎未也。"⑥

吴镇对牛运震的诗学观,在继承中又有所发展。吴镇继承了其师牛运震论诗重诗教的传统,好杜诗,关心社会人生。如写于前期的《集古诗序》:"诗可以兴,可以观,则拳拳服膺。"⑦《杨山夫诗序》:"山夫之诗清刻而坚瘦,荆圃之诗爽朗而高华,其格调不同,而其近风雅则同。"⑧《王芍坡先生吟鞭胜稿序》:"先生独开生面,至新疆回部之诗,则古所未有者,而今忽有之,以采民风,以宣圣

---

① 牛运震:《空山堂诗集》卷一,清代诗文集汇编本。
② 牛运震:《松花庵诗序》,吴镇:《松花庵全集》卷首。
③ 牛运震:《松花庵诗序》,吴镇:《松花庵全集》卷首。
④ 牛运震:《感杜》,《空山堂诗集》卷一,清代诗文集汇编本。
⑤ 牛运震:《空山堂诗集》卷六。
⑥ 牛运震:《松花庵诗序》,吴镇:《松花庵全集》卷首。
⑦ 吴镇:《松厓文稿三编》,《松花庵全集》。
⑧ 吴镇:《松厓文稿》,《松花庵全集》。

化，是非徒雨雪杨柳，感行道之迟迟也。"①

吴镇对格律更为重视，并以格律为其诗学理论的核心。集中体现其格律诗学理论的有《声调谱》和《八病说》两部专门著作。《声调谱》写成于乾隆二十九年（1764），《八病说》未著写成时间，观其内容，似写于任职兰山书院以前，二书刊刻于乾隆五十三年（1788）。其自序说明了写作缘由："赵秋谷先生有《声调谱》，然乃古诗之声调，非律诗之声调也。律诗声调最宜知，而初学多茫然，则此《谱》不得不作矣。东阳八病，初亦论古诗耳，今专以绳律，使之声调和谐，讵不妙哉！至于宛陵所注，洵为后学之指南，而其说尚简略，予引而伸之，兼忝以臆见，是耶？非耶？安得起休文、圣俞而细论之。"②《声调谱》受到赵执信的《声调谱》影响而作，以教授弟子，主要探讨了五律、五绝、五排、七律、七绝等诗体平仄押韵要求，并举唐人王维、杜甫、李白等诗人作品为例进行了详细分析，后附例言总结五言、七言声律规则，如其论拗体："五言拗体如'风暖鸟声碎，日高花影重'，'一径入溪色，数家连竹阴'之类，对待工整，尚可用于场屋；其他如'山光悦鸟性，潭影空人心'，'草木岁月晚，关河霜雪清'之类，则不衫不履，断不可用于试帖矣。然亦有自然之音节，不可不知。至七言拗体，则神明变化，不一其格，学者须熟读老杜及山谷之诗，自有悟入。"③强调律诗要尊声律，但也认为诗有自然音节，观念还是比较通达的。赵氏《声调谱》专论古诗，吴镇则专论律诗，其对声律规则的要求和认识，对律诗的写作有较大帮助。《八病说》是对托名梅尧臣的《续金针诗格》的阐释，末尾附录了朱彝尊的《查德尹编修书》和李渔的《笠翁诗韵例言一则》两文。吴镇并没有局限于前人观点，而是用八病来探讨律诗的写作经验，旨在另立新说，如："大韵为专叠相犯也，如五言诗以新字为韵者，九字内更署津字人字等，为大韵也。……

① 吴镇：《松厓文稿》，《松花庵全集》。
② 吴镇：《松花庵声调谱及八病说序》，《松花庵全集》。
③ 吴镇：《声调谱》，《松花庵全集》。

作者谓此病在古无妨，在律诗最为紧要。"①《声调谱》和《八病说》是吴镇重视声律的体现："其中议论，多前人所未发，衣被骚坛，功不在宛陵之下也。"②吴镇平时读诗论诗之作《松花庵诗话》也体现出了其对格律的重视，论诗主要以格律是否工整为标准，如"宁夏一幕客有'九秋篷上下，三户杵高低'之句，人多称之。予谓'上下'即'高低'也，若易为'篷断续'，则其语顿工"③。评孟津王子陶"作诗好为古险奇谲之体，而实不能工"④。

第二节　盛元珍、沈青崖、李友棠等老师对吴镇文学成长的影响

　　除了牛运震以外，在吴镇的成长中还有几位比较重要的老师。吴镇的父亲去世较早，从小由母亲启蒙教授经义，并延师课读，但早年塾师已经不可考。吴镇十七岁入临洮府学读书，师从周雨甘。在周雨甘的培养下，吴镇在府学中成绩优异。"二十岁，蒙学使嵩茂永先生，岁科俱考第一，获充拔贡。嗣是，凡学使考古，予必兴焉。而试卷悉无落者。"⑤中拔贡后，吴镇入兰山书院读书，师从盛元珍，四年后又师从牛运震。求学兰山书院期间，吴镇还曾向沈青崖问业。乾隆十五年，吴镇乡试中举，老师有汤稼堂、李友棠、沈逢舜，其中汤稼堂为主考官、李友棠为副考官、沈逢舜为房师。在这些老师中，盛元珍、沈青崖、李友棠对吴镇的文学影响较大。盛元珍曾多次鼓励吴镇从事文学创作，李友棠对吴镇的集句诗创作有很大的影响，而沈青崖对吴镇的文学道路也有一定的引导作用。

---

①　吴镇：《八病说》，《松花庵全集》。
②　李华春：《八病说跋》，吴镇：《松花庵全集》。
③　吴镇：《松花庵诗话》卷一，《松花庵全集》。
④　吴镇：《松花庵诗话》卷二，《松花庵全集》。
⑤　吴镇：《鸟鼠同穴辨》附《自记》，《松厓文稿》，《松花庵全集》。

一、盛元珍和沈青崖对吴镇从事文学创作的鼓励

盛元珍，生卒年不详，字仲奎，江苏常熟人，一生从事教职，乾隆七年（1742）前后任兰山书院山长，后曾任蒙城训导。吴镇第一次入学兰山书院学习，盛元珍时任山长。盛元珍对吴镇的学业指导很大，对其从事文学创作也进行了很多鼓励。

盛元珍任兰山书院山长时曾编书院教材《经训约编》，还欲增补《诗赋续编》，直接影响了吴镇晚年编撰《风骚补编》。"乾隆壬戌之岁，予从常熟盛仲奎先师，肄业兰山书院。时课业读本，有元中丞所刻《经训约编》《诗赋约编》共十八册。其《经训约编》，系师手自勘定，而《诗赋约编》，则中丞馆友叶生之所选也。叶自负其高，凡所去取，遗珠颇多，师尝欲增补成编，然卒未果。岁月如流，今去师五十年矣。适予亦谬以非才，主讲兰山，每读前编，终嫌缺略。夫《楚辞》，诗赋之渊源也，而前编不载。至汉魏六朝及唐人之名篇，则漏遗者尤难枚举。"①吴镇《风骚补编》主要选《楚辞》《诗赋约编》未选的古诗和唐诗，吴镇完成了老师盛元珍的心愿，在选诗和评点上继承了重视诗教的传统，如评辛延年的《羽林郎》："发乎情，止乎礼义，然言皆委婉，非劝百而讽一也。"②

吴镇在师从盛元珍四年时间，成长非常迅速。盛元珍对吴镇的诗才极为赞赏，常赞誉其诗作，鼓励其文学创作："拟古诸作，风神骀荡，词气便娟，香若楚兰，色如燕玉，灵心慧质，将来可做名家，对此欣赏无限，即遍传有识，定相拍案叫绝也。"③吴镇对盛元珍的培养非常感激，后来还有诗《漫兴》专门怀念盛元珍："盛公白发已垂肩，偃蹇还如老郑虔。万里不辞磨镜去，只愁客至典青毡。"④

---

① 吴镇：《风骚补编序》，《松厓文稿》，《松花庵全集》。
② 吴镇：《风骚补编》，乾隆五十四年刻本，甘肃省定西市安定区图书馆藏。
③ 吴镇：《松厓诗录》。
④ 吴镇：《松花庵逸草》，《松花庵全集》。

沈青崖，生卒年不详，字艮思，号寓舟，浙江嘉兴人。清雍正七年(1729)以西安粮监道管军需库务驻肃州，乾隆元年(1736)，改授延绥道。乾隆六年(1741)左右在甘肃任职。沈青崖博学多识，以史地知识名于当世。沈青崖曾主持修撰有《重修肃州新志》，参修《陕西通志》等，后来曾参与《四库全书》校阅。沈青崖还擅长写诗，著有《寓舟诗集》。徐世昌《晚晴簃诗汇》选录其诗三首，沈德潜《清诗别裁集》对其事迹也有著录："雍正癸卯举人，官至开归道。家艮思以监司任军储，有掎摭之者，系狱几数年。上知其冤，释之，仍官监司，以议论正直为大吏弹劾，复去官，始终以不善诣曲被祸者也。在狱时，著有《五经明辨录》《纲目尚论编》，多前人未发及正前人缺略者。"①并录其《钱博士登俊赠西域地图》诗一首。

吴镇曾向沈青崖请教学业，拜入门下。"沈寓舟先生(青厓)深于经术，诗尤清婉，寓皋兰日，予具束修问业。"②吴镇弱冠充拔贡，按例入京经过朝考合格，可以充任京官、知县或教职，但是吴镇放弃了这次难得的机会。吴镇没有参加朝考与沈青崖的规劝有一定的关系，沈青崖《古诗一首赠吴信辰兼以勖之》："君能揖颜谢，更上溯苏李。朴茂兼温文，吟深自得旨。毋求声调谐，勿畏俗眼鄙。心镜既澄明，笔端定清泚。昔贤说项斯，祇为桂枝耳。即奉贾岛佛，亦缘场屋伎。吾今与子期，不徒霄汉诣。袖拂衡岳云，醉骑沧海鲤。饭颗总瘦生，瓣香必炷此。拍肩建安人，俯视大历子。诗境本高坚，才竭应卓尔。"③在这首赠诗中，沈青崖对吴镇的诗歌才华进行了肯定，劝吴镇坚持从事诗歌创作，并寄以极高的期望，希望吴镇能"拍肩建安人，俯视大历子。"吴镇对沈青崖感激颇深，其《拟五君咏·沈寓舟副使》："寓舟善治经，六籍皆明辨。邂逅古金城，规予破万卷。(信辰自注："公寓皋兰日，予时弱冠，方以明经谒选，公曰：'子不读书万卷，而遽求一官乎？'予幡然作传世

---

① 沈德潜：《清诗别裁集》卷二七，乾隆二十五年教忠堂刊本。

② 吴镇：《松花庵诗话》卷一，《松花庵全集》。

③ 转引自赵越：《吴镇诗词选注》，甘肃人民出版社，1992年，第205页。

想。)苏门及秀水,魂魄应游衍。(公籍大兴,而买田于辉县秀水,殁后悉荡然矣。)四库校遗书,斯人嗟已鲜。"①正是在沈青崖的规劝下,吴镇看淡仕途,勤奋读书,在文学创作道路上有了更大的成就。

二、李友棠对吴镇集句诗创作的影响

对吴镇文学创作影响比较大的老师还有李友棠。李友棠是清中期诗人,著名的集句诗人,在李友棠的影响下,吴镇开始从事集句诗写作,并一发不可收拾,成为清中期成就较高的集句诗人。

李友棠(1720—1798),字召伯,号适园,别号西华,江西临川人。乾隆十年(1745)进士,改庶吉士,散馆后授翰林院编修。曾任广西桂平知县、广东和平知县、福建道监察御史、福建学政、工部右侍郎等官职,并多次担任科考官员,曾充陕西乡试副考官、顺天乡试同考官、贵州乡试副考官和会试同考官等。还曾担任《三礼义疏》《续文献通考》两馆纂修官,又任《四库全书》副总裁。李友棠好诗,著有《恬养集》,尤其擅长写集句诗,著有《侯鲭集》。《侯鲭集》共有集句诗1212首,分为集古诗64首、集律诗841首和绝句307首,在当时与黄之隽的《香屑集》齐名。

李友棠为吴镇乾隆十五年中举时老师:"余庚午典秦试,举吴子信辰,榜发,即知为关陇名下士。及晋谒,以诗一册为贽,格高趣远,非竞秀摘华者比。"②之后,吴镇与李友棠保持着长期的师生友谊。吴镇有集句诗《送李适园师奉命祭告川陕岳渎》两首赠李友棠,乾隆二十五年(1760),李友棠曾受命巡视台湾,吴镇有《台湾赏番图曲》(十二首)题下自注:"为座主李适园先生作"③。

吴镇对集句诗极为喜好,著有集句诗集《松花庵律古》《律古续稿》《集古古诗》《集古绝句》《松花庵集唐》《集唐绝句》《沅州杂咏集句》《潇湘八景集句》等8种,共存集句诗579首,另外还有2首集

---

① 吴镇:《松花庵游草》,《松花庵全集》。
② 李友棠:《松花庵集唐诗序》,吴镇:《松花庵全集》。
③ 吴镇:《集古绝句》,《松花庵全集》。

句词。吴镇的集句诗创作是在李友棠的直接启发下开始的。李友棠说："（吴镇）已丑北来，偶见余《侯鲭集》，好之甚笃。归才数月，尺素遥将，则律古诗在焉。盖集汉魏六朝人句为近体，整雅流丽，前此未之有也。"①由此可见，吴镇是在阅读了李友棠的集句诗之后，受其影响而开始创作集句诗的。吴镇对李友棠的集唐诗非常推崇，《敦古堂集句序》中说："以予所见，如黄瘠堂之《香屑》，李适园之《侯鲭》，最为杰出。"②李友棠对吴镇的集句诗创作也给予了肯定和鼓励。乾隆三十七年(1772)，吴镇赴都待选知县，曾以《集唐诗》就正于李友棠。李友棠对吴镇的集句诗赞赏不已，并为之作《集唐诗序》："今岁膺荐剡入都，又出其集唐七言诗就正，欲余序而行之。余自弱冠为此，积三十年之久，近始稍加别择，屡易其稿，仅存十卷，聊志用力之勤。而吴子寒坐无毡，耽吟不辍，二三年间即能选词俪句各成一编，信手拈来，殆如素习。甚矣，吴子之嗜学也。抑集唐之作，代不乏人，其对属工巧者，前人多先得之。故《侯鲭集》兼采宋元人句，以避雷同。吴子所集止此，亦怵他人之我先耳。夫管中窥豹，仅见一斑，他日傥尽出所作，公诸海内，炳焉蔚焉，照耀寰宇，则兹编特其嚆矢云。"③吴镇还有几首集句诗专论集句，也是在老师李友棠的影响下写的，李友棠有《题侯鲭集后八首》，吴镇在其《律古续稿》和《集唐绝句》中也有《自题律古诗后》两首和《戏跋集唐绝句》五首，如《戏跋集唐绝句》五首：

晚节渐于诗律细，欲邀同赏意如何。万言不值一杯水，二十八言犹太多。

黄河远上白云间，数百新诗到荜关。借问娇歌凡几转，好风吹缀绿云鬟。

数篇今见古人诗，字字清新句句奇。采得百花成蜜后，一生吟苦竟谁知？

---

① 李友棠：《松花庵集唐诗序》，吴镇：《松花庵全集》。
② 吴镇：《松厓文稿》，《松花庵全集》。
③ 吴镇：《松花庵集唐》卷首，《松花庵全集》。

　　春花秋月入诗篇，一一鹤声飞上天。若是晓珠明又定，不劳诗句咏贪泉。

　　自得隋珠觉夜明，凌云健笔意纵横。黄金买酒邀诗客，看取神仙簿上名。

　　这五首集句诗专论集句诗的写作要求、集句诗的价值和写作方法等，吴承学先生曾加以肯定："清人吴镇有《戏跋集唐绝句》五首，以集句论诗，可谓别出心裁。虽为戏笔，却可视为二十八字的集句论。"①

第三节　宦游陇右著名官员作家对吴镇的影响

　　对吴镇影响较大的，还有一批著名的宦游陇右官员作家，他们对吴镇的快速成长也起到了很大的作用。曾担任陕甘总督的陈宏谋、尹继善对吴镇颇为赏识，宦陇官员作家兰州知府阎介年、梁彬和学使吴绶诏等与吴镇唱和赠答，他们对吴镇的鼓励、赞誉和推扬对年轻时的吴镇坚持文学创作、提高文学水平、扩大文学声誉起到了重要作用。另外，毕沅把吴镇纳入其文学圈子，并推荐长期担任教职的吴镇担任山东陵县知县，福康安礼聘吴镇为兰山书院山长八年，并对吴镇恩遇有加，都对吴镇的文学创作产生了重要影响。

一、陕甘总督陈宏谋、尹继善对吴镇的赏识

　　陈宏谋(1696—1771)，字汝咨，号榕门，广西临桂(今桂林)人。雍正元年(1723)进士，历任翰林院检讨、扬州知府、云南布政司、甘肃巡抚、陕甘总督、吏部尚书、东阁大学士等职。陈宏谋是清代著名的理学名臣，学宗二程、朱熹，强调明体达用、知行合一。著述甚多，主要有《培远堂偶存稿》《培远堂文集》《手札节要》

---

① 　吴承学：《集句论》，《文学遗产》1993 年第 4 期，第 20 页。

《培远堂文录》等，另辑有《五种遗规》《吕子节录》《司马文公年谱》等，曾汇为《培远堂全集》刊刻。

陈宏谋对吴镇甚为关爱，曾引荐他给达官认识。对此，吴镇在《赠齐军门养浩》（二首）附录自记说道："齐阅兵至临洮，邀予饮于僧舍。醉后为赋四诗，今只存其二矣。齐之知予，盖由陈榕门中丞为之说项也。"①齐养浩即齐大勇，字养浩，号风岩，河北昌黎人。年轻时弃文从武，于雍正八年（1730 年）考中武状元。历任乾清门头等侍卫、湖广襄阳镇总兵、湖广提督、甘肃提督等职。齐大勇虽然是著名武将，但喜欢文艺。吴镇于陈宏谋的赏识推荐之恩时时未忘，如《漫兴》："漂泊真同绕树鸟，畏人不向府中趋。怜才却叹榕门老，偏遇公卿说酒徒。"②吴镇中年科举不顺，自感漂泊无依，无人引荐，时时想起陈宏谋的知遇之恩，感慨万千。

尹继善（1695—1771），姓章佳氏，字符长，号望山，满洲镶黄旗人，东阁大学士兼兵部尚书尹泰之子。雍正元年（1723）进士，历官编修、户部即中、江苏巡抚、川陕总督、陕甘总督、文华殿大学士、翰林院掌院学士等职。著有《尹文端公诗集》十卷等。尹继善喜欢奖掖文人，与袁枚、蒋士铨等交往较多，袁枚诗文集中收集尹氏父子的诗文多达两百余篇。

尹继善三任陕甘总督，前后在西北任职八年。吴镇就读于兰山书院时，文才为尹继善赞赏。吴镇感念尹继善的恩情，有诗《拜别尹制台宫保》："远别龙门一啸歌，渭川烟水送渔蓑。藏书已向中郎得，悬榻遥留孺子过。陇首云飞秋易老，吴江枫冷句难多。拟将东阁招贤意，归去深山告薜萝。"③此诗写于秋天，或是吴镇于乾隆十五年入京参加会试时拜别尹继善所作，诗中以蔡邕赠书王粲喻尹继善对自己的关爱和鼓励。

---

① 吴镇：《松花庵逸草》，《松花庵全集》。
② 吴镇：《松花庵逸草》，《松花庵全集》。
③ 吴镇：《松花庵诗草》，《松花庵全集》。

　　二、宦陇官员作家阎介年、梁彬、吴绥诏、王太岳对吴镇的推扬

　　阎介年(1695—?)，字葆和，号静斋，别号九宫山人，直隶蔚州(今河北蔚县)人。雍正十一年(1733)进士，乾隆元年(1736)举博学宏词科。历官会宁、永济、陇西、皋兰知县，阶州(今甘肃武都)知州，任兰州知府。乾隆十八年(1753)八月，任分巡甘肃兵备道。第二年三月，迁陕西驿盐道，后裁缺归乡，不复出。著有《汲古堂文集》(《蔚州志》载已佚)、《九宫山人诗钞》四卷。

　　阎介年与牛运震为同年进士，又同在甘肃为官，唱和颇多。乾隆十一年(1746)，阎介年调任皋兰(今兰州)知县，乾隆十四年(1749)前后任兰州知府，至乾隆十八年(1753)调任分巡甘肃兵备道，在兰州为官近十年。在牛运震的介绍下，吴镇与阎介年赠诗唱和，为忘年之交。"蔚州阎葆和太守(介年)老而好诗，与予唱和颇多，如'春花花如春，秋花花如秋。'亦称独造也。"①吴镇诗集中有多首诗写给阎介年，如《寄九宫山人》："归来抱素琴，三径绿沉沉。独坐还相忆，桃花暮雨深。"②化用李白诗《赠汪伦》："桃花潭水深千尺，不及汪伦送我情。"喻与阎介年的深情。再如《和阎静翁题真谷诗后》："草堂嫩绿为谁生，花鸟应知杜老名。此日最怜严仆射，冷猿秋雁不胜情。"③

　　阎介年的《九宫山人诗选》由牛运震、吴镇参与校订，卷二为《金城草》，存诗一百二十八首，其中保存了几首与吴镇的赠答诗作，《答吴信辰》："凉风吹木末，白露照清池。边地秋来早，山城月上迟。感时怜旧雨，把酒诵新诗。白社今寥落，宗风谁与持。"④白社，洛阳里名，在今洛阳东，此处用董京事，后代指隐士居所。阎介年此处写自己在边地做官，述其归隐之志。《奉和吴信辰见怀

---

①　吴镇：《松花庵诗草》，《松花庵全集》。

②　吴镇：《松花庵诗草》，《松花庵全集》。

③　阎介年：《九宫山人诗选》卷二，清代诗文集汇编本。

④　阎介年：《九宫山人诗选》卷二，清代诗文集汇编本。

元韵》两首，其一有"似子宁非天下士，相思慰我眼中人"①句赠吴镇。《奉答吴信辰雨中看桃花见怀之作》两首，其二："令狐老去交游少，更向春风恋玉溪。"②"令狐"指令狐楚，唐后期著名政治家、诗人。"玉溪"指李商隐，晚唐著名诗人。李商隐为令狐楚幕僚，令狐楚临终前，让李商隐代写遗表，两人关系非常亲密。阎介年此处用此典故比喻他和吴镇的关系。乾隆十八年，阎介年调到酒泉为分巡甘肃兵备道，吴镇相送，阎介年有《移官酒泉留别吴信辰》相赠："指日阳关道，何人并马行。云山真万里，风雨梦三更。顾宠惊衰老，筹边讬圣明。休唱渭城曲，霜月酒泉清。"③

　　吴镇得到许秘诗集后，曾请阎介年帮忙参订，阎介年欣然应允，并为序一篇，序中说明原委："予友洮阳吴信辰能诗好古，手一编示予，纸腐败不可申展，行间点窜已多不可辨，曰：'此铁堂老人诗草之半也。'予受而读之，参补其缺剥者，正其伪讹者，得诗自八卷至二十卷。"④

　　梁彬(1702—?)，字野石，山西垣曲县人。博览群书，工诗及古文词。据秦国经主编《清代官员履历档案全编》记载：雍正九年(1731)，梁彬以荫生选授刑部湖广司员外郎，雍正十一年(1733)升广东司郎中。乾隆二年(1737)，时三十六岁，任山东济南府知府，则可知梁彬出生于康熙四十一年(1702)。⑤梁彬在乾隆初曾先后任甘肃凉州、兰州知府等职，著有《无染稗记》等。

　　梁彬任兰州知府时，对年少的吴镇颇为赏识："东垣梁野石先生(彬)。守兰州，日与友人江幼则(为式)处，见予《吊任将军歌》，击节叹赏。"⑥梁彬认为吴镇极具文学才华，应专事文学创

---

　　① 阎介年：《九宫山人诗选》卷二，清代诗文集汇编本。
　　② 阎介年：《九宫山人诗选》卷二，清代诗文集汇编本。
　　③ 阎介年：《九宫山人诗选》卷二，清代诗文集汇编本。
　　④ 阎介年：《铁堂诗草序》，李成业校注：《铁堂诗草》，敦煌文艺出版社，2003年，第28页。
　　⑤ 秦国经主编：《中国第一历史档案馆藏·清代官员履历档案全编》第15册，华东师范大学出版社，1997年，第604页。
　　⑥ 吴镇：《松花庵诗话》卷一，《松花庵全集》。

作。吴镇《拟五君咏·梁野石太守彬》:"野翁相国孙,作郡略迎送。遍阅秦陇诗,谓予如麟凤,悠悠陆剑南,笑谢山阴梦。(翁梦陆放翁邀过其家而不果,后升守绍兴,遂以疾归。)三叹药石言,过车堪腹痛。(翁每戒予勿作县令,今抚字力殚,时生感愧,故人之知我深矣。)"①梁彬赴湟中,吴镇有《送梁野翁由允吾之任湟中》相送。

吴绥诏,生卒年不详,字澹人,号青纤、韦斋、菊如,安徽歙县人。乾隆十三年(1748)进士,改庶吉士,后授翰林院编修。乾隆二十三年(1758)任山东道御史,乾隆二十七年(1762)典陕西乡试,后转工科给事中。乾隆三十年(1765)任陕甘学政。后历任光禄寺卿、顺天府尹等职。著有《石林诗集》六卷,《赋钞》一卷。

吴绥诏典陕西乡试时,吴镇正在耀州学正任上,两人得以相识。吴绥诏后来任陕甘学政,吴镇任韩城教谕,交往颇多。吴绥诏对吴镇极为赏识,其《松花庵韵史跋》四首绝句,其二:"松花庵里静忘机,束笋诗多信手挥。巧簇天孙云锦段,未须惆怅织弓衣。"②吴绥诏常逢人推扬吴镇:"丙戌初夏,戊子春时。冯翊左辅,校士之期。王丹不拜,鲍照贡诗。逢人说项,余何人斯?"③吴镇对吴绥诏的推扬非常感激,称其为宗师,吴镇《四言呈吴澹人学使》其二:"不遇卞和,识玉者谁?不遇风胡,识剑者谁?天都莲花,灵秀所滋。中林兰蕙,厥惟宗师。"其三:"宗师之来,温文尔雅。花点袖袍,风随骢马。俯仰三秦,谁为作者?空同而后,曲高和寡。"④吴绥诏于乾隆三十七年(1772)赴京任光禄寺卿,吴镇有《送吴澹人学使》二首相赠,其一:"藉甚皇华使,言归届杪冬。探钱投八水,拄笏别三峰。风送神羊影,云迷野鹤踪。即看吹暖律,枯草亦春容。"⑤

---

① 吴镇:《松花庵游草》,《松花庵全集》。
② 吴镇:《松花庵韵史》,《松花庵全集》。
③ 吴镇:《四言呈吴澹人学使》,《松花庵诗草》,《松花庵全集》。
④ 吴镇:《松花庵诗草》,《松花庵全集》。
⑤ 吴镇:《松花庵诗草》,《松花庵全集》。

王太岳(1721—1785)，字基平，号芥子，直隶定兴人。乾隆七年(1742)进士，改翰林院庶吉士，历充会试同考官。后补甘肃平庆道，调西安督粮道，皆有惠政。后迁云南按察使、布政使。乾隆四十二年(1777)，为《四库全书》馆总纂官。数迁至国子监司业，卒于官。王太岳的诗淡泊高古，著有《清虚山房集》《芥子先生集》，徐世昌的《晚晴簃诗汇》录诗十五首。

王太岳到西北任职，对吴镇颇为欣赏，两人常赠诗唱和。吴镇有《上王观察介子》诗(四首)，其三："风吹画戟散清香，铃阁裁诗日正常。八水烟花罗几案，五陵裘马望门墙。人依玉麈皆生色，客醉金罍半恕狂。潦倒不堪频说项，渔洋犹自重连洋。"其四："携剑囊琴访故知，五原春色正迟迟。花前笑我真无赖，醉后闻公亦大奇。百二屏藩劳借箸，十三陵寝待扪碑。何由并坐青门月，细论西城小筑诗。"①吴镇入京，曾居住王太岳家，相与论诗，有集唐《过王芥子方伯山斋宿》记载此事。

三、毕沅、福康安对吴镇的知遇之恩

毕沅(1730—1797)，字纕蘅，又字秋帆，号灵岩山人，江苏镇江(今太仓)人。乾隆二十五年(1760)状元，授翰林院修撰。乾隆三十一年(1766)任甘肃巩秦阶道，后历任陕西按察使、陕西布政使、陕西巡抚、河南巡抚、湖广总督等职，在陕甘为官近二十年。毕沅好诗，曾师从于格调派领袖沈德潜，"公少孤，资性颖悟，十五岁能诗。从沈宗伯德潜、惠征君栋游，学业益邃。"②有《灵岩山人诗文集》三十二卷存世。"毕沅以文学起，爱才下士。"③在陕西布政使任上即开始延聘文人才士建立幕府，许多著名诗人、学者如洪亮吉、黄景仁、孙星衍、章学诚等纷纷入幕，毕沅幕府与卢见曾、曾燠、阮元等幕府并称为清中期著名幕府。

---

① 吴镇：《松花庵逸草》，《松花庵全集》。

② 王昶：《兵部尚书都察院右都御使湖广总督赠太子太保毕公神道碑》，《春融堂集》卷五十二。

③ 赵尔巽等：《清史稿·毕沅传》卷三百三十二，中华书局，1977年。

吴镇与毕沅较早就有交集，毕沅于乾隆二十五年（1760）中进士，吴镇也于该年参加进士考试。乾隆三十一年（1766），毕沅授甘肃巩秦阶道，吴镇时任陕西韩城教谕。乾隆三十六年（1771），毕沅升任陕西按察使，吴镇任韩城教谕，常往来于西安。乾隆三十七年（1772），毕沅任布政使，吴镇曾入其幕。在毕沅的保荐下，吴镇得授山东陵县知县，"既乃幕府交推，剡章特荐。谓先生才足以膺□望，德足以抚华离。引见授山东陵县知县。"①杨芳灿论及吴镇曾入毕沅幕府，杨芳灿为吴镇好友，又曾是毕沅幕府中人，与毕沅有师生之谊，其记载当可信。另，据毕沅幕僚史善长编的《弇山毕公年谱》记载，毕沅于乾隆三十七年已经开始组建自己的幕府："公以苏东坡先生曾任凤翔道通判，故于十二月十九日生辰设祀，招宾客赋诗，始于是年。公先成七古一篇，和者十有四人。自此岁以为常，凡知名之士来幕中者，皆续咏焉。"②吴镇参加了这次活动，晚年还有诗《和毕秋帆中丞苏文忠公寿筵诗》回忆当年参加集会的景况，诗云："玉局髯仙千古喜，标榜欲从何处起。欣逢韵事继商邱，坡老后身毕公是。春兰秋菊纷满堂，初度称觞庆览揆。遏云音绕鹤南飞，此老至今原不死。迢迢岐下亭，活活东湖水。座中题诗十四人，宾主略尽东南美。……"③活动之后，吴镇即赴山东陵县任知县，正式成为地方官。

福康安（1754—1796），姓富察氏，字瑶林，号敬斋，满洲镶黄旗人，大学士傅恒之子。历任吉林、盛京将军，云贵、四川、陕甘、闽浙、两广总督，武英殿大学士、户部尚书、军机大臣等要职。福康安骁勇善战，功勋卓著，先后平定甘肃回民石峰堡田五起义、台湾林爽文起义、廓尔喀入侵、苗疆起义等重大事件，封一等嘉勇忠锐公。

乾隆四十九年（1784），甘肃回民田五等聚集石峰堡发动起义。

---

① 杨芳灿：《吴松厓先生神道碑》，清嘉庆刻木，甘肃省图书馆藏。

② 史善长：《弇山毕公年谱》，北京图书馆藏珍本年谱丛刊第 106 册，第 142 页。

③ 吴镇：《松花庵游草》，《松花庵全集》。

福康安授参赞大臣，随从将军阿桂镇压回民起义军，不久授为陕甘总督。乾隆五十年（1785），福康安到兰州以后，整顿吏治，兴学重教，在王曾翼的推荐下聘请吴镇主讲兰山书院，对吴镇礼遇有加。杨芳灿《松厓府君行略》："乙巳，使相福公，开府甘肃，聘主兰山书院。盖府君品学，素为观察王芍坡先生所重。观察言之使相，故以礼币招延。时使相位望隆赫，府君以师道自处，每见独长揖，然使相亦因此愈加礼焉。"①对于福康安聘请吴镇担任兰山书院山长，吴镇内心非常激动，有诗《福制府聘主讲书院造次言怀》："书院传经处，萧闲称老儒。若云通请谒，何以训生徒？冰雪文虽少，山林兴不孤。威名能下士，或反重王符。"②但吴镇与福康安交往，以师道自处，不卑不亢，靠才学和品行得到福康安敬重。

吴镇对福康安的延聘之恩深为感激，对福康安平定战乱的功绩也甚为钦佩。福康安征西藏，吴镇有《送福中堂入觐四首》相送，其一云："黄河夹岸马频嘶，父老攀辕怅解携。坐镇严公方玉垒，趋朝郭令已沙堤。金汤百二归陶冶，桃李三千待品题。此地谁为天一柱，还应紫气入关西。"③乾隆五十二年（1787），台湾林爽文起义，福康安被调往台湾剿灭农民起义，吴镇有集句诗《台湾平定喜而有作》赠福康安，歌颂福康安的功绩。福康安收到贺诗以后，曾有信札给吴镇，信中说道："台湾平定集古诗，格律精严，天衣无缝，觉白狼朱鹭，逊此裔皇。第思弟微劳曷重，亦蒙韵语揄扬，殊增颜汗。计明岁春融，可以捧兰襟而抒积愫也。"④在福康安的礼遇之下，吴镇晚年主讲兰山书院，获得了非常好的文学环境，成就了其关陇文坛领袖的地位。

---

① 杨芳灿：《松厓府君行略》，清嘉庆刻本，甘肃省图书馆藏。
② 吴镇：《兰山诗草》，《松花庵全集》。
③ 吴镇：《兰山诗草》，《松花庵全集》。
④ 吴镇：《律古续稿》附《福嘉勇公札（节录）》，《松花庵全集》。

第五章　吴镇与乾嘉主流作家的交往

　　乾嘉时期，诗坛流派纷呈，有以沈德潜为代表的格调派、袁枚为代表的性灵派、以翁方纲为代表的肌理派以及以厉鹗为代表的浙诗派，还有秀水派、高密诗派等一些地域诗派，各派竞相申说其诗学旨趣，甚至相互攻击，论争非常激烈。在这些论争之中，格调、性灵、肌理三家影响最大，代表诗坛主流，"乾嘉之际，海内诗人相望，其标宗旨，树坛坫，争雄于一时者，有沈德潜、袁枚、翁方纲三家。"①伴随着乾嘉主流诗坛论争的是诗学理论的不断创新以及时代诗学思潮的转向，"乾隆三十年以前，归愚宗伯主盟坛坫，其诗专尚格律，取清丽温雅，近大历十才子者为多。自小仓山房出而专主性灵，以能道俗情、善言名理者为胜，风格一变。"②乾隆前期，沈德潜以格调为号召，主持诗坛三十余年，乾隆后期，其弟子王鸣盛、王昶等人在沈德潜去世后继续坚守格调。与此同时，袁枚标举性灵，广交南北各地诗人，在沈德潜去世以后接掌诗坛，性灵诗潮风行全国。

　　吴镇虽然生长于西北边地，但也曾在外游宦二十余年。作为西北诗坛的领袖，他交游广泛，不但与性灵诗学领袖袁枚结为好友，与格调派代表王鸣盛成为知音，还与既先是袁枚学生后又拜入王昶门下的杨芳灿为至交。吴镇前期受到格调诗学影响比较大，论诗主风雅格调，重视格律，被格调派代表王鸣盛引为知音，但后期在认识性灵诗人杨芳灿特别是性灵诗学领袖袁枚以后，论诗更加重视性灵。吴镇在乾嘉诗学思潮的转型中，主动顺应时代思潮发展，吸收

---

① 　徐珂：《清稗类钞》第八册，中华书局，1984 年，第 3900 页。

② 　孙原湘：《籁鸣诗草序》，《天真阁集》，续修四库全书本。

两种诗学理论的合理观点，走向融合格调和性灵的诗学观，他的这种诗学选择，正是嘉道诗学的发展方向。

第一节　吴镇与性灵派领袖袁枚之间的交往

吴镇与袁枚的交往以乾隆五十八年(1793)为界分成前后两期：前期从乾隆五十三年(1788)两人相知到乾隆五十七年(1792)袁枚给吴镇写诗序止，后期从乾隆五十八年到嘉庆二年(1797)两人去世结束。前期，两人关系甚为融洽，书信往来，汇寄作品，赠诗唱和，称为万里神交。后期，两人在张晋和许玱两位诗人是否应该入选《随园诗话》和如何对待生死两个问题上出现了观点分歧，并由此引发了一场事关乾嘉时期诗学理论和文人儒佛信仰的论争，这场论争影响了他们的融洽关系。直到乾隆六十年(1795)三月袁枚八十大寿，吴镇的儿子吴承禧代作祝寿诗相赠，两人恢复交往。两个月后，吴镇前往江南拜访袁枚，两人交谈甚欢，尽释前嫌。

一、吴镇与袁枚前期交往再考

吴镇对执掌乾嘉诗坛的袁枚向来仰慕，但因宦海奔波，无缘相识。乾隆五十三年(1788)，吴镇的学生王光晟前往江宁做典史，他在拜访袁枚时把老师吴镇介绍给了袁枚。袁枚读到吴镇的诗作后大加赞赏，选吴镇十首诗歌作为甘肃文学的代表，收入《随园诗话》，并评为"奇警"，"近日十三省诗人佳句，余多采录《诗话》中。惟甘肃一省，路远朋稀，无从搜辑。戊申春，忽江宁典史王柏厓光晟见访，贻五律四首，一气呵成，中无杂句。余洒然异之，问所由来。云：'幼讲诗于吴信辰进士。'吴诗奇警。"[①]王光晟把此事告诉了老师吴镇，并寄来袁枚的《随园诗话》。

得知袁枚把自己的诗作选入《随园诗话》后，吴镇于乾隆五十五年(1790)春写《与袁简斋先生书》给袁枚表示感谢，信中说："久

---

① 袁枚：《随园诗话》卷十六，续修四库全书本。

耳高名，有如山斗，只缘南北途遥，未能把晤，计私心抱憾者五十年矣。昨王柏厓使来，获读《随园诗话》，始知老先生凌踔千古，犹能采及蒭菲。何幸如之，何感如之。谢谢！惟是诗中讹字颇多，尚须改正。……今将拙作汇呈，望高明指点，速有以化我也。仆又接柏厓书，言老先生年已七十六七，而仆年亦七十一矣。吴越之游，今生恐不能卜，意者蓟子训铜驼陌上，或握手一笑耳。然《随园全集》，要不可以不读，祈遥颁一部足矣。方春，莺飞草长，江南处处，争迓神仙，惟颐养安恬，是所翘企。再，狄道先辈，有张康侯牧公，及前安定县令许铁堂者，皆真正诗人也。……"①吴镇随信寄去了自己的诗集，还寄去了张晋、张谦和许秘的诗集，表达了求书的愿望。

袁枚接到来信后，写了回信《寄吴松厓书》："文人之生于世也，天必媒之使相悦，介之使相通，亦不知其所以然而然也。仆与先生，年俱老矣，相隔之路亦甚远矣，以常情测之，无几相见，无信可通，此必然之势也。……柏厓近又以尊札及全集见示，如饥十日而得太牢，穷昼夜餔啜之而不能即休焉。……又大集中见星树、蓉裳两弟子，具得厕名其后，诚何幸也。但未知蓉裳现官何方，有信一函，望为交付。又，尊作有《送星树旋里》诗，何至今犹未归来耶？便中并希示知。"②并随信寄来《随园全集》和写给杨芳灿的信件。吴镇接到信后随即回信给袁枚，信中说："暮春之杪，忽接瑶函，万里神交，恍如觏面。再披柏厓手札，知杖履优游，兴复不浅，益为之欣慰也。承惠骈体古文，及游山尺牍各种，随风咳唾，皆成珠玉，讽诵之余，觉云气花香，飞来纸上，佩服！佩服！……"③随后说到和袁枚《除夕告存》事，介绍了杨芳灿和丁珠的情况。

吴镇与袁枚两人书信往来，相互寄送著作，赠诗唱和，关系甚为融洽。《兰山诗草》有写给袁枚的诗歌数首，如袁枚年轻时相士

① 吴镇：《松厓文稿》，《松花庵全集》。

② 吴镇：《松厓文稿次编》，《松花庵全集》。

③ 吴镇：《松厓文稿次编》，《松花庵全集》。

胡文炳说他只能活到七十六岁，但直到除夕，袁枚仍然活着，他喜而作《除夕告存诗》(十一首)，并四处寄友求和诗，吴镇收到后有《和袁简斋先生除夕告存戏作》十首唱和，其一："珠老生蚌故迟迟，共说唐生相法奇。不是龙虬偏贷汝，梅花犹欠次年诗。"①吴镇给袁枚寄去和诗后，写诗给学生王光晟探听袁枚反应，有"借问随园叟，观诗笑我不?"②《上袁简斋先生兼寄王伯厓少府》："子才才子近无伦，漫说中郎有后身。桔老不踰京口化，梅寒曾寄陇头春。音传鱼雁情何极，梦想湖山景未真。却羡江宁王少府，随园犹得望清尘。"③表达了想拜访袁枚而不得的心情。《和袁简斋代刘霞裳拟赋绿珠》(四首)，其二："袁老才名类八叉，偶然假手示侯芭。珊瑚且架春风笔，留作琼枝梦里花。"④对袁枚极尽赞美。

乾隆五十七年(1792)，《松厓诗录》稿成，吴镇请一直担任两人交往中介的王柏厓向袁枚求序，吴镇《复王柏厓少府书》说："金城诸友，恐仆秋来辞馆，而诗板亦俱还家，央请杨蓉裳刺史，选刻《松厓诗录》二大本，前载诸序，而后缀诸跋，卷下之末，附以诗余。金城本属通衢，此诗留作书院公书，可以垂久。更烦求简斋，用全力作一散行佳序，或可附骥以传耳。"⑤袁枚应吴镇请求，于乾隆五十七年寄来诗序，序载《松花庵全集》卷首和《松厓诗录》卷首，序中说吴镇的诗"深奥奇博，妙万物而为言，于唐宋诸家不名一体，可谓集大成矣"⑥。给予了其非常高的评价，序末署"乾隆壬子秋日，随园老人钱塘袁枚序"，但由于路途遥远，序传到吴镇手里已经是乾隆五十八年(1793)三月。

---

① 吴镇：《兰山诗草》，《松花庵全集》。

② 吴镇：《贺王柏厓生子兼柬袁简斋先生》，《兰山诗草》，《松花庵全集》。

③ 吴镇：《兰山诗草》，《松花庵全集》。

④ 吴镇：《兰山诗草》，《松花庵全集》。

⑤ 吴镇：《松厓文稿三编》，《松花庵全集》。

⑥ 吴镇：《松花庵全集》卷首。

二、吴镇与袁枚后期交往新考

乾隆五十八年，袁枚和吴镇的关系发生了转折。吴镇在收到诗序后，写了《答袁简斋先生书》以示答谢，正是这封感谢信影响了两人的关系。该信现保存于《松花庵全集》嘉庆刻本第十三册《松厓文稿三编》中：

> 今春三月望后，江南解缎官来，获接老先生手书，鱼雁迢迢，经年始达。再三捧读，宛晤高人矣。承赐诗序，情真格老，足为葑菲增光，但揄扬稍过，非所敢望，留俟千秋，或当有定论耳。感谢！感谢！寄来尊作全集，略观大半，目为之昏，才高学富，洵不朽之大业也。佩服！佩服！张、许诸前辈诗，刻入诗话，似亦无难。老杜云"不薄今人爱古人"，斯言久矣，祈再思之，勿如"文人之相轻"也。更闻老先生重游天台、四明等处，济胜之具，老而弥强，尤堪健羡。若仆囊处穷边，今年亦七十有三矣，尝戏题门联云："不愿作官求饱饭，懒言名世望长生。"人皆笑之，然昼夜之道，本难猝知，先生固大有见解，而彭尺木进士之言，未可尽非。若彼此或有不测，先死者当报生人也。蓉裳现未上省，回书随后即来。胡稚威四六之刻，宜若可行，此奉复，兼候金安不一。①

该信内容十分丰富，在短短三百余字的书信中，除了表达吴镇的感谢和阅读《随园全集》的感受，提到了杨芳灿给袁枚的回信和胡天游的四六文刊刻事宜，还涉及了诗学和思想论争。吴镇认为"张、许诸前辈诗，刻入诗话，似亦无难"，并劝袁枚不要文人相轻。"张"指临洮诗人张晋、张谦，"许"指福建侯官诗人许秘，他们在甘肃有着较大的影响，吴镇为表彰先贤，曾刊刻三人诗集。吴镇希望袁枚把三人诗作收入《随园诗话》，而袁枚并未选入，吴镇在此信中再次提出了建议。这封书信引起了袁枚的极大不满。袁枚

---

① 吴镇：《松厓文稿三编》，《松花庵全集》。

接到吴镇来信后，随即写了《答吴松厓太守书》，对《随园诗话》为何不选张晋、张谦和许㻏的诗作进行了解释，并反驳了吴镇文人相轻之责，坚持不收三人诗作。

从张晋、张谦和许㻏的诗作本身来看，他们的诗与袁枚的性灵诗学理论是有距离的。张晋（1629—1659），字康侯，号戒庵，顺治九年（1652）进士，曾任丹徒知县，任江南乡试同考官时受舞弊案牵连死于狱中，与魏象枢、施闰章、宋琬等友善，有《张康侯诗草》行世。张谦为张晋弟，有诗名，著有《得树斋诗草》。许㻏（1614—1672），字天玉，号铁堂，福建侯官人，明末举人，康熙四年（1665）曾任甘肃安定知县，后客卒于陇上，与王士禛、施闰章等相交甚深，有《铁堂诗草》存世。三人的诗歌创作在甘肃有着很大的影响，吴镇为表彰先贤，晚年曾刊刻他们的诗集。张晋、张谦和许㻏都生活于清前期顺治康熙年间，因明清易代的时代触动，加上个人不平遭遇，又受西北秦地风俗习惯的深刻影响，他们的诗歌都具有沉雄豪放、悲壮苍凉的风格，杨芳灿《张康侯诗草识》评价张晋诗："康侯先生诗，天才横逸，不可一世，寄思无端，忽仙忽鬼，殆古所云诗豪者耶。使天假以年，则未见其止也。"[1]王士禛评价许㻏诗"读铁堂诗，沉雄孤峭。愚兄弟私叹之百余年来，未见此手。"[2]张晋、张谦和许㻏的诗作关心社会疾苦，格高调老，是风雅之作，更符合格调诗学观，与袁枚更喜欢的抒发性灵和灵活风趣诗风不同。而且，张晋、张谦和许㻏的诗格律工整，但模拟唐人，创新不足。《四库全书总目》评张晋："其诗颇学李白，兼及李贺之体"。[3] 许㻏的诗模仿痕迹更重，《铁堂诗草自序》："余每手一诗，便呼杜生来，杜生曰：'此为骚，此为苏李，此为曹刘，此为鲍

---

① 张晋、赵逵夫校点：《张康侯诗草》，兰州大学出版社，1989 年，第108 页。

② 许铁堂、李成业校注：《铁堂诗草》，敦煌文艺出版社，2003 年，第30 页。

③ 纪昀等：《四库全书总目（整理本）》，中华书局，1997 年，第 2534页。

谢，此为初唐，此为盛为中为晚，此为弘正七子，此为嘉隆七子。'"①许珌此语虽自负诗才，但也显示了他的诗创新不足的缺陷。

从吴镇和袁枚对张晋、张谦和许珌诗作的态度可以看出，在对待诗歌格律和诗教等问题上，吴镇和袁枚是有分歧的。吴镇的诗学观更具有包容性，他在接触性灵诗学以后，虽然更重视性灵，但也没有完全放弃格调，如《陆杏村诗草跋》："古体格高，近体韵胜，而足迹所经，凡怀人吊古之作，下笔如云蒸泉涌哉！"②《马让洲诗序》："盖让洲古诗坚卓，近体清研，骨以格高。"③袁枚对格律是持批评态度的，他对流传诗坛的《声调谱》颇有批评："近有《声调谱》之传，以为得自阮亭，作七古者，奉为秘本。余览之，不觉失笑。夫诗为天地元音，有定而无定，到恰好处，自成音节。此中微妙，口不能言。"④袁枚也因不重视声律和诗教而遭到很多批评，姚门四杰之一的方东树更是把风雅之道丢失的原因归结到袁枚身上，他说："如近人某某，随口率意，荡灭典则，风行流传，使风雅之道几于断绝。"⑤

吴镇在接到袁枚的书信后选择了回避争论，没有再次回信。遍检两人诗文集等相关资料，没有见到从乾隆五十八年(1793)秋到乾隆六十年(1795)三月之间的两人交往材料，两人之间的关系应该是暂时中断了。直到乾隆六十年三月，袁枚八十大寿，两人才再次开启了交往。袁枚《随园八十寿言》存吴承禧祝寿诗一首，诗云："儒林循吏一身兼，圣水仙山取次探。元亮风怀谁得似？季真高致复何惭！娱亲端合归来早，知足犹疑著述贪。杖履烟霞殊健在，空

---

① 许铁堂、李成业校注：《铁堂诗草》，敦煌文艺出版社，2003年，第30页。
② 吴镇：《松厓文稿次编》，《松花庵全集》。
③ 吴镇：《松厓文稿次编》，《松花庵全集》。
④ 袁枚：《随园诗话》卷四，续修四库全书本。
⑤ 方东树：《昭昧詹言》，人民文学出版社，1961年，第17页。

教海外筑仙山。"①袁枚八十大寿，写了《自寿诗》十章，并广寄诗友邀求和者："一时和者如云。子才择其佳者，刻《随园八十寿言》六卷。"②法式善《寄祝简斋姻伯八十寿(并序)》序言："简斋前辈以乾隆乙卯八十寿，征海内能者以诗文献。善鄙陋既甚，复以寿诗为难，寿先生为尤难，屡起草辄止。先生遹次致书敦迫。"③作为袁枚的学生、吴镇的晚年挚友，正在甘肃担任灵州知州的杨芳灿有《祝简斋前辈诗》八首，祝寿的贺札提到："闰二月八日，接奉谕函，并《诗话》《尺牍》《同人集》各一部。"④杨芳灿自订《杨蓉裳先生年谱》也记载："随园师八旬寿辰。书来示以《自寿诗》十章，余如数和之寄江宁。"⑤由此可知，袁枚应该给吴镇也寄了《自寿诗》十章。袁枚写了《除夕告存》诗后，就曾给吴镇等许多人寄过，吴镇有《和简斋先生〈除夕告存〉诗》十首，今具载《兰山诗草》中，袁枚《续同人集》选载了其中的四首。

乾隆六十年(1795)五月八日，在袁枚八十大寿两个月后，吴镇前往随园拜访了袁枚，两人交谈甚欢。王英志先生新近发现的《袁枚日记》中，存有袁枚和吴镇相见的几条珍贵信息。该日记是王英志从袁枚第八代孙中得到的手抄本，为袁枚自记，还有删改补充痕迹，王英志整理后分十五篇发表在《古典文学知识》。据《袁枚日记》(十三)记载，乾隆六十年五月初八："粥后出门，与止原谈瞿邬亭家，极言湖南苗事。拜长、元二令，因迎督未见。见吴松厓，饮蒋莘家，极肴馔之美，有出意外。晚饮鸣銮家，周兰珍在

---

① 袁枚：《随园八十寿言》，王英志校点：《袁枚全集》，江苏古籍出版社，1993年，第39页。

② 郑幸：《袁枚年谱新编》，复旦大学博士论文，2009年，第415页。

③ 袁枚：《随园八十寿言》，王英志校点：《袁枚全集》，江苏古籍出版社，1993年，第63页。

④ 袁枚：《随园八十寿言》，王英志校点：《袁枚全集》，江苏古籍出版社，1993年，第116页。

⑤ 杨芳灿：《芙蓉山馆年谱》，北京图书馆藏珍本年谱丛刊第120册，北京图书馆出版社，1999年，第60页。

坐，与松云一乐。"①七天后的五月十五日，吴镇再次拜访袁枚，袁枚烹猪头待客。《袁枚日记》（十四）记载："不出门，烹猪头享客。春圃、松厓、云谷、又恺在座。"②由日记可知，袁枚的心情不错，对吴镇的万里来访非常高兴，第二次专门烹猪头待客，还请了其堂弟袁鉴（字春圃）及袁廷祷（号又恺）等好友作陪。张宏生先生主编的《全清词》录有杨芳灿词作《买陂塘·送吴松厓赴金陵》，词云："渐春深，飘烟碎雨，韶光陌上初暖。朝来露井香桃瘦，减了红情一半。肠已断，那更送、行人又到离亭畔。垂杨花岸。听一两三声，阳关怨曲，珠泪已成穿。　香醪满，且酌碧螺春碗。莫言离绪长短。软风帖帖移帆影，一抹碧波天远。寻废院，把金粉、前朝写人生花管。邮筒想便，有杂体新诗，回文小札，频寄与侬看。"③该词即写于杨芳灿送吴镇前往金陵拜访袁枚之时。另外，《袁枚日记》（六）记载，乾隆六十年（1795）闰二月二十四日，袁枚"晚归往拜韩复堂，茶话良久而别。五世兄送至舟中，口诵吴松厓《咏芭蕉》：'看取风前舒又卷，方知心里又藏心。'吴峻云：'当年过买秋花种，到晓还将夜月吟。'曼叔工言情，《无题八首》工妙之至，皆有所托。"④此条资料显示，三个月前的袁枚还在口诵吴镇的《咏芭蕉》，日记中所记录的吴镇来访一事不误。七十四岁的吴镇不远万里拜访八十岁高龄的袁枚，两位相互仰慕的老人终于相见，这样的佳事在文学史上绝无仅有。袁枚是乾隆中后期诗坛重要人物，天下诗人纷纷投赠拜访，吴镇当然也不例外。吴镇在之前的几封书信里就曾表达过拜访袁枚的愿望，当吴镇于乾隆五十八年（1793）卸去兰山书院院长之职归养临洮，在病养好后专程前去

①　袁枚著，王英志整理：《袁枚日记（十三）》，《古典文学知识》2011年第1期，第160页。

②　袁枚著，王英志整理：《袁枚日记（十四）》，《古典文学知识》2011年第3期，第158页。

③　张宏生主编：《全清词》第十三册，南京大学出版社，2012年，第7444页。

④　袁枚著，王英志整理：《袁枚日记（六）》，《古典文学知识》2011年第6期，第150页。

江浙拜访袁枚，也就在情理之中了。可惜《袁枚日记》记载简略，没有两人谈话内容，两人诗文集中也不见相关记载，见面的具体情况不得而知。

第二节　吴镇与格调派代表王鸣盛的交往

吴镇与格调派代表王鸣盛也因诗结交。在整个诗坛受性灵诗风影响，而格调式微的境况下，格调派代表、沈德潜的学生王鸣盛在读到吴镇的诗作之后，惊叹西北还有写格调诗的吴镇，遂主动与吴镇交往，两人互相引为知音。

一、吴镇与王鸣盛的交往之始

王鸣盛(1722—1797)，字凤喈，一字礼堂，别字西庄，晚号西沚，江苏嘉定(今上海市)人。乾隆十九年(1754)进士，历任翰林院编修、侍读学士、内阁学士兼礼部侍郎、光禄寺卿等职，后辞官专事学术研究，师从著名乾嘉学者惠栋问经义，其史学以汉学考证方法治史，与钱大昕、赵翼并称为"乾嘉史学三大家"，撰有《十七史商榷》一百卷。王鸣盛早年好诗，曾师从沈德潜学诗，为格调派中坚，被沈德潜列为"吴中七子"之首。其诗宗"盛唐"，独爱李义山，吟咏甚富，著有《西庄始存稿》《西沚居士集》等。晚年仿顾炎武《日知录》著有《蛾术篇》百卷，实际刊刻八十二卷。

王鸣盛知道吴镇其人其诗，时间在乾隆三十八年(1773)以前。王鸣盛在给刘壬诗集写的序中曾提到吴镇："三秦诗派，本朝称盛，如李天生、王幼华、王山史、孙豹人，盖未易更仆数矣。予宦游南北，于洮阳得吴子信辰诗，叹其绝伦，归田后复得刘子源深诗，益知三秦诗派之盛也。"①吴镇把这段话附录在《刘戒亭诗序》后面，并感叹："西庄素未识予而倾倒如是，洵神交之李邕、王翰

---

① 　吴镇：《松厓文稿》，《松花庵全集》。

也。因录之以志感。"①由此可知，吴镇与王鸣盛知道对方时间很早，但一直没有机会相交。刘壬是吴镇好友刘绍攽之子，曾拜入吴镇门下学诗，后来又拜入王鸣盛门下。该序写于乾隆三十八年，此时的吴镇五十三岁，正任山东陵县知县，而王鸣盛五十一岁，已经辞官居家十余年。

吴镇和王鸣盛之间开始书信往来，正是由于刘壬的介绍。乾隆五十五年（1790），因王鸣盛在给刘壬的序中提到过吴镇，吴镇的诗集刊刻以后，刘壬邮寄给王鸣盛，但是王鸣盛因目疾未读。乾隆五十七年（1792），王鸣盛目疾痊愈，得读吴镇诗集，并为其诗所惊服。"年六十八，两目皆瞽，三原刘壬邮其师吴松厓诗，不能读矣。年七十，瞽得开，发函读之，大惊叹，以为异乎人人之为之者。"②随后，王鸣盛写信给吴镇，两人开始书信往来。关于吴镇与王鸣盛的交往，冉耀斌曾作过探讨，但以未见两人书信为憾。③ 该书信不见于王鸣盛诗文集，但却被吴镇节录，附在自己的文后，存于《松厓文稿三编》，王鸣盛说："久耳芳名，未由接晤。幸从三原刘戒亭处，得读佳章，惊才风逸，壮志烟高。祇觉咳唾九天，皆成珠玉，足以蔑后凌前，洵推才子之最也。拙作卷帙繁多，先寄诗笺十幅，以博一粲。老先生汲古有素，想不止长于诗，即以诗论，拔出辈流，奚翅霄壤，特寄此札，以致相慕之诚。弟字凤喈，号礼堂，别号西庄，现届七十，复改西沚。沚者，止水，取其不动也。弟王鸣盛顿首。辛亥腊月。"④从信中可看出，王鸣盛对吴镇诗作的惊叹是发自肺腑的，交往的愿望是诚恳的。他还以弟自称，并"寄诗笺十幅"，有与吴镇论诗的期望。

二、吴镇与王鸣盛的诗书交往

收到王鸣盛的来信，吴镇大喜过望，于第二年春回信给王鸣

---

① 吴镇：《松厓文稿》，《松花庵全集》。

② 王鸣盛：《松花庵诗集序》，吴镇：《松花庵全集》卷首。

③ 冉耀斌：《吴镇诗词研究》，西北师范大学硕士论文，2004 年，第 17 页。

④ 吴镇：《松厓文稿三编》，《松花庵全集》。

盛，二人正式建交。吴镇《答王西沚先生书》曰：

> 四十年前，即读老先生之制义，虽以分隔云泥，未获把晤，然仰止之心，未尝忘也。昨蒙惠示手书，真如五色朵云，从天而降。再读诗笺，清新婉丽，足媲唐贤。惟晚岁失珠，为之怃然不乐，未知跨灶文孙，尚有几人，兼能慰晚景否也？所喜文昌之目，暗而复明，天殆佑护，老先生以留为东南之灵光乎？仆于诗道亦颇留心，祇缘僻处边方，未与海内高人，时相倡和。今蒙老先生印正提撕，觉衰气为之一振，或能晚进，亦未可知。拙刻数种，在敝省虽争刷印，但甘肃窎远，终不若南方书贾，便于风行也。老先生闻望甲于东南，足以嘘张才俊，今寄来二张（自注：康侯、牧公）诗三册，许铁堂诗二册，此系仆为刊刻者，并祈鉴定。倘笔墨之暇，与仆诗录中锡以华序，则更叨荣多矣。边方无他土物，附呈姑绒雨缨，聊表献芹之敬。伏冀哂存，顺候近安不尽。①

吴镇在信中写到早闻名而不得结交的遗憾，附信寄了自己的《松厓诗录》和吴镇刊刻的张晋、张谦、许珌的诗集，请王鸣盛为《松厓诗录》写序。

乾隆五十七年（1792），应吴镇要求，王鸣盛欣然给吴镇《松厓诗录》作序，该序从季札称秦风为夏声开始，历论关陇诗歌的发展，又赞誉吴镇的诗歌创作与文学成就，曰："今松厓复崛起西陲，骨骼才情，直欲上薄汉魏，下规盛唐，不特比肩空同，而可泉、浚谷并超乘过之矣。松厓由乙科起家，官兴国州牧，进沅州守。盖不但钟情秦陇之灵毓，西倾诸山，河、汧诸水之秀，得其高厚峻拔之气，以振厉毫楮，抑且纵览三湘七泽，挹沣兰沅芷之芳馨，取楚骚之壮烈以为助，故诗益摆脱羁束，酣嬉淋漓，如有芒角光怪，歘射纸上，而不可逼视焉，吁亦奇矣。自解组归，用古学倡导西州后进，而我东南人亦闻风景慕，虽名位稍逊胡、赵，要其进

① 吴镇：《松厓文稿三编》，《松花庵全集》。

退优闲，正复过彼，夫又奚憾耶。"①王鸣盛指出吴镇诗得南北文化
和自然山水之助，是非常到位的。王鸣盛认为，吴镇的成就与李梦
阳并列，超过明朝关陇著名作家胡缵宗和赵时春。

　　王鸣盛的诗序写于乾隆五十七年（1792）十一月，从江南到西
北信件传达需要约三个月，吴镇收到诗序的时间大概在第二年，即
乾隆五十八年（1793）春。此时，吴镇仍然在兰州担任兰山书院山
长，应该写有感谢信给王鸣盛，但两人文集皆不载。该年秋天，吴
镇因"脚气复作，兼患风痰，遂归里调养"②。三年后的嘉庆二年
（1797），两位惺惺相惜的老人在同一年里相继去世。

第三节　吴镇与乾嘉著名作家杨芳灿的交往

　　吴镇与游宦关陇作家的交往中，关系最好、论诗最多、交往时
间最长的是杨芳灿。杨芳灿（1753—1815），字才叔，号蓉裳，江
苏金匮（今无锡）人。乾隆四十四年（1779）以拔贡任甘肃伏羌知县，
历官灵州知州、平凉知府、户部员外郎等职。辞官后曾主讲衢杭书
院、关中书院、锦江书院等地。年轻时与洪稚存、顾立方、孙星衍
等齐名，晚年入京师后与乾嘉著名作家张问陶、陈文述、法式善、
李鼎元等唱和往来，名声更盛，成为乾嘉著名作家。杨芳灿为袁枚
及门弟子，工于诗文，有《芙蓉山馆全集》等著作存世。吴镇年长
杨芳灿三十余岁，但两人相识以后很快成为忘年交。杨芳灿对吴镇
极为尊敬，常以后学自称，吴镇对杨芳灿也非常信任，他的许多作
品都交由杨芳灿选编整理。吴镇去世以后，杨芳灿代写了吴镇的行
状，撰写了墓碑和像赞，对吴镇一生给予了较高的评价。

一、吴镇与杨芳灿的交往始末考

　　杨芳灿自乾隆四十四年（1779）任甘肃伏羌县令，嘉庆五年

---

①　吴镇：《松厓诗录》卷首。
②　杨芳灿：《松厓府君行略》，清嘉庆刻本，甘肃省图书馆藏。

（1800）由平凉知府调任户部员外郎，在甘肃做官二十多年，与吴镇相交近二十年，两人关系非常亲密，亦师亦友。吴镇与杨芳灿相识于乾隆四十六年（1781），时任伏羌知县的杨芳灿前往兰州，与正在兰州的吴镇相识订交："余自辛丑岁，识吴松厓先生于兰山，定忘年交。"①之后，两人常往来论诗，交往日渐密切。乾隆四十九年（1784），回民田五等领导回民起义，围攻伏羌县城，杨芳灿率军民死守抗击，后因功得到乾隆召见，吴镇有《送杨蓉裳明府入觐》集句诗相送，对其守城功绩非常赞赏。乾隆五十年（1785），吴镇主讲兰山书院。两年后，杨芳灿升任宁夏府灵州知州，来兰州的次数更多，两人的交往更加密切。杨芳灿对吴镇以先生相称，以后学自居，杨芳灿在给吴镇写的神道碑中说到两人的交往："芳灿早谒李膺，蒙呼小友；久钦萧奋，颇受专经。十载陪游，曾荷牛心；割炙九原，怀旧难忘。"②

吴镇的诗文集作品多由杨芳灿选择和撰写序跋，吴镇也给杨芳灿编选诗文集，撰写序跋。乾隆五十七年（1792），吴镇辞书院讲席回临洮，杨芳灿编选刊刻吴镇诗集为《松厓诗录》，对其一生诗歌创作进行了总结，其序曰："近复讲艺龙门，谈经鹿洞。相从问字，每多好事之车；促坐论诗，大有入神之作。新情藻拔，逸气霄飞。林嘻水宴，追摩诘之高吟；海立云垂，耽少陵之佳句。连晨接夕，照轸充箱。古有身老而才壮，齿宿而意新者，其先生之谓乎？兹延更选名篇，传为别录。综群言而取隽，奄众妙以称珍。"③

嘉庆二年（1797），吴镇病重之时，嘱托儿子请杨芳灿写墓碑："一生无他嗜好，惟诗、古文辞，结习所存，自少壮以至笃老，矻穷年不自知，其至犹未也。悬车以来，知交落落，惟灵州牧蓉裳杨公为文字至契，所有著撰，皆共商榷。吾殁，若求墓志，非斯人不

---

① 杨芳灿：《胡静庵诗文集序》，郭汉儒：《陇右文献录》，甘肃文化出版社，2014年，第421页。

② 杨芳灿：《吴松厓先生神道碑铭》，清嘉庆刻本，甘肃省图书馆藏。

③ 杨芳灿：《松厓诗录序》，吴镇：《松厓诗录》卷首。

可。"①吴镇去世后，杨芳灿为其写了行状、像赞、神道碑。《像赞》曰："苍苍松古，落落霞高。不修威仪，神骨自超。晚辞簪级，独解天韬。菲枕坟典，抗希风骚。孤鹤盘空，长鲸喷涛，出入百家，郁为诗豪。成风斫郢，忘机观濠。千秋哲匠，我思临洮。"②《神道碑铭》曰："夫惠能及物者，方金石而弥寿；文足传后者，比桂椒而信芳。有鸾凤之采性，自异于鹰鹯；具骚雅之才识，早远乎刀笔。是以倪宽本经义而奏狱词，任延以儒术而饰吏治。文章政事，道本同原；循吏儒林，美能并擅。如我松厓先生者，斯其人矣。"③作为吴镇晚年论诗挚友，杨芳灿对亦师亦友的吴镇的一生进行了赞扬。

二、吴镇与杨芳灿之间的文学活动

吴镇与杨芳灿之间的文学活动非常多，主要是互相编选作品集，互相进行诗文的评点，赠诗唱和也非常多。吴镇曾为杨芳灿编选《芙蓉山馆文钞》和《芙蓉山馆诗钞》，并作序推扬。关于吴镇编选的杨芳灿诗文集价值，杨绪容、靳建明在点校本《杨芳灿集》的前言中说："他(杨芳灿)只有一个囊括诗文的选本，即吴镇在乾嘉之际编选的《芙蓉山馆文钞》及《续刻》一册、《芙蓉山馆诗钞》及《续刻》一册。其中《芙蓉山馆文钞》及其续刻本是杨氏最早的文集，也是他唯一的骈文选集。"④《芙蓉山馆文钞》刊刻于乾隆五十六年（1791），由吴镇编选刊刻，吴镇在序中说："梁溪杨子蓉裳不作今人之诗也，天才秀发，有如云蒸泉涌，而又以其余力，溢为排比之文。今《芙蓉山馆》，杂著是也。既兼徐庾之长，复运韩苏之气。春饶草树而山富烟霞，虽欲不传，其可得乎？第篇章浩瀚，采择良难，余因钞三十余通，付之剞劂。"⑤《芙蓉山馆诗钞》亦由吴镇编

---

① 杨芳灿：《松厓府君行略》，清嘉庆刻本，甘肃省图书馆藏。
② 吴镇：《松花庵全集》卷首。
③ 杨芳灿：《吴松厓先生神道碑铭》，清嘉庆刻本，甘肃省图书馆藏。
④ 杨绪容、靳建明点校：《杨芳灿集》，人民文学出版社，2014年，第12页。
⑤ 吴镇：《松厓文稿》，《松花庵全集》。

选，并刊刻于乾隆五十八年（1793）。乾隆五十七年（1792），杨芳灿的幕僚石渠（字午桥）合刻杨芳灿和杨揆诗集，吴镇写有《杨蓉裳、荔裳合刻诗序》。

　　吴镇对杨芳灿非常赞赏和信任，晚年刊刻的诗文集大多交由杨芳灿编选并作序跋。杨芳灿共编选了吴镇的 8 部作品集，撰写了 6 篇序跋。乾隆五十一年（1786），杨芳灿辑吴镇自删的一些诗作为《松花庵逸草》："《松花庵逸草》者，予所自删而蓉裳杨明府复为选而评之之诗也。"①吴镇对自己的诗歌要求很严格，所作诗删存者十之三四，杨芳灿认为还有许多可读之作，遂从《松花庵诗草》和《游草》删除的作品中又辑出一部分编成《松花庵逸草》，并撰写跋语，该跋语存于《松厓诗录》附录，跋语说："其中卓然可传者盖十之五六焉……因亟劝先生登之，又以示潜山丁五星树，所见略同，独信固不如共信欤。"②杨芳灿编选的吴镇作品集还有《松花庵诗余》《松花庵文稿》《兰山诗草》《松厓文稿三编》《松花庵对联》《松厓试帖》和《松厓诗录》。

　　吴镇编选刊刻《芙蓉山馆文钞》和《芙蓉山馆诗钞》时，还对这 2 部作品进行了评点，《芙蓉山馆文钞》载吴镇评点 37 条，《芙蓉山馆诗钞》载吴镇评点 40 条。吴镇刊刻的杨芳灿作品集是现存唯一存有评点的集子，弥足珍贵。杨芳灿对吴镇诗文集的评点更多，据第三章第三节的表二统计，杨芳灿的评点主要是诗歌，评点《松花庵逸草》47 条，评点《兰山诗草》47 条，评点《松厓诗录》92 条，除去《松厓诗录》中与《松花庵逸草》和《兰山诗草》重复的 42 条，杨芳灿对吴镇的诗歌共作了 144 条评点。杨芳灿对吴镇的词评点不多，仅有 4 条，对散文的评点也不多，共有 8 条。各种作品集的评点共计 156 条，在所有评点中占近三分之一，比评点数居第二的丁珠多了 122 条。由此可看出两人关系之密切，交情之深厚，也可看出杨芳灿对吴镇诗文的肯定和学习。

　　吴镇与杨芳灿还常赠诗唱和，如杨芳灿《岁暮有怀吴松厓先

---

　　①　吴镇：《松花庵逸草序》，《松花庵全集》。
　　②　吴镇：《松厓诗录》。

生》："晏岁苦短暑，斜晖蔼微明。空烟淡欲无，新月霞外生。修夜群动息，冬心抱孤清。灯影耿虚室，霜气流前楹。林峦隔旅梦，薄领妨幽情。故人渺天末，相思闻雁声。"①吴镇与袁枚交往后，还帮助杨芳灿接续上了与其师袁枚中断了十多年的关系。杨芳灿给袁枚的赠诗中还赞誉吴镇，如《吴松厓先生见示〈随园诗话〉，因忆旧游，成转韵六十四句奉怀简斋师并寄松厓》："松花庵中老尊宿，示我随园书一轴。贝叶澜翻《千佛经》，天花飞舞《群真录》。收拾珠玑笔不停，孤寒攀附眼常青。名流谭燕耽风月，才子篇章主性灵。……松厓诗老才名重，风雨兰山一樽共。为言相慕只闻声，不觉倾襟已通梦。（自注：《松花庵诗》为人携至随园，已入《诗话》。）文采风流此一时，名山著作系人思。公真一代骚坛主，我愧千秋国士知。"②

　　杨芳灿不仅与吴镇往来论诗，还在吴镇的介绍下，和吴镇的得意门生郭楷、李苞、李华春、儿子吴承禧等保持着深厚的友谊，为他们的诗集撰写序跋。杨芳灿主政灵州后，曾先后聘请郭楷和李华春到灵州担任书院山长，经常唱和论诗。

　　① 杨绪容、靳建明点校：《杨芳灿集》，人民文学出版社，2014年，第159页。
　　② 杨绪容、靳建明点校：《杨芳灿集》，人民文学出版社，2014年，第140页。

第六章　吴镇与其他诗友的唱和赠答

　　吴镇自少爱好交游，除与乾嘉著名作家袁枚、王鸣盛、杨芳灿等人有交往之外，还与关陇本地作家、游宦关陇的作家以及为官各地时结识的作家有着广泛的交往。考察吴镇在各个时期的文学交往活动，他都是文学活动圈子中的重要人物。吴镇与诗友之间的赠答唱和，对振兴当地的文学风气，促进当地的文学发展有着较大的影响。

　　吴镇两次在兰山书院学习期间，与同学论诗评文，非常活跃，是兰山书院诗学活动中的核心人物。吴镇与并称为"关中四杰"的胡釴、刘绍攽关系极为密切，与杨鸾也有文字相交，"关中四杰"之间相互交往，赠答酬唱，论诗评文，诗风倾向一致，乾嘉关陇作家群的逐渐形成。吴镇在担任陕西耀州学正和韩城教谕、山东陵县知县、湖北兴国州知州、湖南沅州知府期间，在各地倡导甚至组织文学活动，发挥着核心甚至领导的作用。晚年罢官回乡主讲兰山书院，更是有意识地团结本地作家和游宦关陇的杨芳灿、姚颐、王曾翼等著名作家，组织和领导频繁的文学活动，形成关陇文学在乾隆后期的鼎盛局面，推动关陇文学在清初之后又一次走向繁荣。

第一节　吴镇与"关中四杰"其他三人的赠答唱和

　　吴镇和胡釴、刘绍攽、杨鸾并称为"关中四杰"，他们是乾嘉关陇作家群的核心代表。刘绍攽在《杨子安诗集序》中把吴镇、杨鸾和胡釴并称为"关中三诗人"："关中以诗名世者，秦安胡静庵、狄道吴信辰与潼关杨子安而三。"①"关中四杰"关系密切，刘绍攽、胡釪、杨鸾同出王兰生门下，而吴镇与胡釪又同出牛运震门下。吴镇与刘绍攽、胡釪相交甚深，与杨鸾虽然没有机会谋面，却相互钦慕，有诗歌酬答。刘绍攽在《杨子安诗集序》中曾叙述四人关系："静庵、信辰，欢然无所间。静庵、子安，金兰之雅，见于歌咏。信辰、子安不相识，独予得交于三子，且得其全集细绎而抉择之。"②

　　"关中四杰"继承关陇文学的秦风传统，吸收格调诗学理论，创作趋向一致，刘绍攽说："三子学极富，备体诸家，就其所至，静庵似少陵，信辰似太白，子安屡变而益工。"③"三子"即吴镇、杨鸾和胡釪，刘绍攽认为三人都兼备众体，善学各家，诗歌同中有异。事实上，吴镇古体诗有李白之风，但近体却学杜甫，杨鸾诗学自屈复，屈复诗学以屈原和杜甫为宗。刘绍攽擅长经学和古文，不以诗名，但其诗也重诗教传统，追求格律工整。在"关中四杰"的影响下，关陇文学形成学习唐诗风格为主、重教化和格律、以杜甫为宗的创作传统，这一传统又影响到后来的关陇文学发展。

一、吴镇与同门胡釪的诗歌赠答

　　吴镇与胡釪同为牛运震高足，两人遭际相似，皆年少知名，但举业不顺，仕途不畅，故惺惺相惜，交往非常密切。胡釪(1708—1770)，字鼎臣，号静庵，甘肃秦安人。胡釪出生于诗书世家，祖上"以诗古文辞相传"④。三世祖胡琏曾任河北南皮知县，五世祖为明中期著名的文学家胡缵宗，高祖胡多见曾官东昌通判，颇有文名，但到其父亲胡潘时，家道已经中落。雍正十二年(1734)得陕西督学王兰生推荐，胡釪被选为拔贡，但朝考不利。乾隆三年

---

①　刘绍攽：《九畹古文续集》卷二，清代诗文集汇编本。

②　刘绍攽：《九畹古文续集》卷二，清代诗文集汇编本。

③　刘绍攽：《杨子安诗集序》，《九畹古文续集》卷二，清代诗文集汇编本。

④　杨鸾：《乡贡胡先生墓志铭》，李元春：《关中两朝文钞》卷二十，道光十六年丙申守朴堂藏版。

（1738），牛运震任秦安知县，对胡釴极为赏识，招为门生。乾隆四年（1739），入陇川书院随牛运震读书。两年后被牛运震聘为陇川书院主讲，从此开始了一生的任教生涯。乾隆二十七年（1762）曾主讲于秦州书院。乾隆三十一年（1766）任甘肃高台县教谕，时已60岁。乾隆三十五年（1770）兼任肃州（今张掖）学正，同年以病辞归，不久去世。

胡釴以诗文著称，刻意工诗，写有诗作4000余首，散文100多篇，杨芳灿曾选刻其诗文集，刘绍攽也曾刻印为《静庵诗集》，均已散佚，今存光绪十九年（1893）邑人巨国桂重刻《静庵诗钞》五卷，后汇集为《静庵诗文集》二十卷，徐世昌《晚晴簃诗汇》卷八五录其诗作五首。刘绍攽《二南遗音》选录83首。吴镇《松花庵诗话》称："静庵高才博学，与合阳杨子安（鸾），人称'东杨西胡'"。① 胡釴与吴镇"颉颃于时"②，徐世昌《晚晴簃诗汇》誉其与吴镇"并执西州诗坛牛耳"③。胡釴的诗多写其遭际性情，杨鸾在其给胡釴写的墓志铭中称其诗"性情真挚"④，不事雕饰。董秉纯《静庵诗钞序》也有评论："诗清而腴，曲尽情事""自然流畅，如脱口出"⑤。

吴镇与胡釴诗歌赠答很多，胡釴在西安参加乡试失败后，吴镇有诗《送胡后溪归秦安》安慰："空堂有客感伊威，一曲骊歌兴已非。惆怅秋山黄叶路，潇潇微雨故人归。"⑥胡釴任高台训导后，吴镇有《寄胡静庵》赞誉："不见诗翁二十年，悬知老句更堪传。玉门杨柳春难绿，好向阴山赋雪莲。"⑦集句《寄胡静庵广文》称赞其诗：

---

① 吴镇：《松花庵诗话》卷一，《松花庵全集》。

② 巨国桂：《重刊胡静庵诗序》，胡釴：《静庵诗钞》卷首，嘉庆八年刻本。

③ 徐世昌：《晚晴簃诗汇》卷九十四，中国书店出版社，1988年影印本。

④ 杨鸾：《乡贡胡先生墓志铭》，李元春：《关中两朝文钞》卷二十，道光十六年丙申守朴堂藏版。

⑤ 胡釴：《静庵诗钞》，嘉庆八年刻本。

⑥ 吴镇：《松花庵逸草》，《松花庵全集》。

⑦ 吴镇：《松花庵诗草》，《松花庵全集》。

"玉门罢斥堠(虞羲)，声教烛冰天(江淹)。"①吴镇对胡釴的诗歌非常肯定，多论及其诗的成就。胡釴病卒后，吴镇有《挽胡静庵先生》二首，其一："拈毫先抵案，有句挽君难。白雁书空返，黄花泪不干。陇山秋寂寂，洮水夜漫漫。泉下逢词客，应登第一坛。"②对胡釴去世非常伤痛。胡釴去世不久，吴镇还想起挚友，有《夜半偶忆静庵呼灯就枕上作三首》，其一："故人奄忽弃人间，陇月秦云觉稍闲。百丈光芒生宿草，祗缘诗骨葬空山。"③

胡釴也有多首诗相赠，肯定吴镇的诗才和成就，如《寄信辰二首》(其一)："我昔少小足蓬心，亦谓功名在抵掌。忽过青春四十载，止少白发三千丈。"④胡釴深知吴镇，对吴镇诗歌评论颇为到位，如《怀吴信辰》其一："白社同前侣，青莲有后身。药沪吾老病，豪翰尔清新。"其二："吴郎笔底云波生，排空变现飒萧爽。雄词飘籭大河浪，盛风喷薄高峰岚。"⑤《读士安诗》："一笔挥成五色云，惊才狂态众传闻。不知后起谁绳武，可惜先生得广文。曾向明星窥剑气，也从清露接兰芬。头觑如许空相忆，餔啜皆佳有此君。"⑥胡釴认为吴镇的诗歌豪放与清新兼具，抓住了吴镇诗风特点。另有胡釴还有《对月有怀士安》《读倪云林题吴仲圭山水诗因怀士安》《有怀士安》等诗，也是赞誉和肯定吴镇的诗作。

二、吴镇与刘绍攽的文学交流

吴镇曾经在刘绍攽家乡附近长期担任教职，而刘绍攽也曾在兰山书院讲学，两人交往非常频繁。刘绍攽(1707—1778)，字继贡，又字瀛宾，号九畹，陕西三原人。雍正十一年(1733)，被王兰生赏识，选为拔贡。后举乾隆元年(1736)博学鸿词，选为四川什邡知县，乾隆七年(1742)调四川南充知县，后任山西解州知州，所

---

① 吴镇：《松花庵律古》，《松花庵全集》。
② 吴镇：《松花庵诗草》，《松花庵全集》。
③ 吴镇：《松花庵诗草》，《松花庵全集》。
④ 胡釴：《静庵诗钞》，清嘉庆刻本。
⑤ 胡釴：《静庵诗钞》，清嘉庆刻本。
⑥ 胡釴：《静庵诗钞》，清嘉庆刻本。

治皆有政绩。后以病告归，长期著述讲学，曾主讲兰山书院。刘绍攽博学多才，以经学著称，也工诗和古文，喜研讨古音韵及方程、勾股等算术之学，熟悉史事和典制，著述丰富，有《周易详说》十八卷、《春秋通论》六卷、《春秋笔削微旨》二十六卷、《四书凝道录》十九卷、《皇极经世书发明》十二卷、《卫道编》二卷、《经余集》六卷、《于迈草》二卷续草一卷、《九畹古文》十卷续集二卷等，另外还编有《二南遗音》四卷续集一卷，《三原县志》十八卷等。

吴镇与刘绍攽相识于何时不得而知，据刘绍攽为吴镇作的《松花庵诗草跋》记载："近世称西州骚坛执牛耳者二人，其一为秦安胡子静庵，其一则洮阳吴子信辰，或以朴老胜，或以隽雅胜，异曲同工也。秦安道远，不获时时过存。洮阳密迩兰山，近复为华原博士，距余家不百里，每读新作，不觉喟然而叹，使先生以不羁之才，珥笔承明，岂不知其声以鸣国家之盛耶。"①从该序可知，吴镇与刘绍攽关系很亲密，吴镇于乾隆二十七年（1762）担任耀州学正前，常往来兰州，与时任兰山书院山长的刘绍攽相识并交往。吴镇在担任耀州学正后，因耀州与刘绍攽家乡三原都在西安附近，且相距百余里，二人得以时相过从，交往日密，常相互评诗论文，其子刘壬还拜吴镇为师学诗。乾隆三十一年（1766），吴镇丁忧后补韩城教谕，刘绍攽家居，两人来往更多。陕甘学使吴绍绶也时常邀约二人相见于西安，对二人品题推扬，吴镇《四言呈吴澹人学使》（其七）有诗为证："我友九畹，著书鹿原。静庵离索，远官祁连。虽从隗始，敢在庐前。因公品题，滥竽两贤。"②吴镇于乾隆三十七年（1772）赴山东陵县任知县，两人交往渐少。乾隆四十三年（1778），刘绍攽去世，吴镇正赴沅州任知府，两人竟不复得见。

刘绍攽吴镇的赠诗唱和非常多，吴镇有《答刘九畹惜余存诗太少》："诗似朱门客，谁甘草具餐。三千随赵胜，选俊一毛难。"③《寄刘九畹》："褵襹高门客，优游懒性成。家贫添酒债，才尽减诗

---

① 吴镇：《松花庵诗草》卷首，《松花庵全集》。
② 吴镇：《松花庵诗草》，《松花庵全集》。
③ 吴镇：《松花庵诗草》，《松花庵全集》。

名。一榻寒山色，双棂落叶声。秋来多好梦，时绕鹿原行。"①《兰山书院别刘九畹先生》："十年林下脱朝衫，不话渔樵口便缄。对酒浑忘人冷热，论诗那问俗酸咸。龙吟风雨思双剑，蠹食神仙笑一函。转眼枝头红杏发，故园春燕已呢喃。"②刘绍攽也有许多写给吴镇的诗，如《寄吴士安》："故人昔赋磐玉山（在耀州），金石朗朗五音宣。故人今居司马里（在韩城），龙门波浪跃河鲤（门下学诗八十人）。"③《望吴士安书不至》："伊人只在溯回间，双鲤迢遥奕奕山。独依书窗听暮雨，落花飞尽鸟飞还。"④全诗写等信不到的淡淡失望情绪，尤见感情之深。另外还有《九日忆与王斗文、吴士安、陆中夫同登金城白塔》（《经余集》卷一）、《吴士安寄自订诗稿》（《经余集》卷一）、《读送徐无党南归序有感却寄吴士安杨山夫》（《经余集》卷二）、《秋日寄吴士安》（《经余集》卷四）等诗多首，尤见两人相交之勤密，关系之友好。

三、吴镇与杨鸾的文字之交

吴镇与"关中四杰"之一的杨鸾没有见过面，但有文字之交。杨鸾（1712—1778），字子安，号迂谷，陕西潼关人。乾隆四年（1739）进士。历官四川犍为、湖南醴陵、长沙、邵阳知县。后因事罢官，遍游江南名胜。与刘绍攽、胡釴等人交往密切，经常诗文唱和。杨鸾学诗于屈复，初仿西昆，晚益瑰丽苍坚，兼工古文。徐世昌《晚晴簃诗汇》称其诗："高亮明秀，不为亢厉之声。"⑤而《清史列传》认为其诗"晚益瑰丽苍坚，极中晚之胜"⑥。刘绍攽《二南遗音》评其诗："温柔敦厚，人亦如之，非枘凿不相入。"⑦著有《邀

---

① 吴镇：《松花庵诗草》，《松花庵全集》。
② 吴镇：《松花庵逸草》，《松花庵全集》。
③ 刘绍攽：《经余集》卷二，清代诗文集汇编本。
④ 刘绍攽：《经余集》卷六，清代诗文集汇编本。
⑤ 徐世昌：《晚晴簃诗汇》卷七十五，中国书店出版社，1988年影印本。
⑥ 《清史列传·文苑传》卷七十一，中华书局，1987年。
⑦ 刘绍攽：《二南遗音》卷四，清代诗文集汇编本。

云楼诗文集》。

　　吴镇并未与杨鸾见面订交，但吴镇对其钦慕已久。吴镇从武昌前往湖南任职，想起杨鸾曾作长沙令，有感而作："并世未相见，吾惭杨子安。遗诗人竟写，宿草月同寒。挂剑心徒切，鸣琴力竟殚。长沙先后事，鹏鸟又哀叹。"①吴镇在诗后自注："子安，华阴进士，曾令长沙，其诗多可传者。"吴镇与杨鸾有往来赠答诗，如吴镇《寄少华党古愚兼怀杨子安前辈》集句，诗中有"亭皋木叶下，黄鹄呼子安。逝者如可作，因君寄长叹。"②另有集唐诗《寄杨子安》一首。

第二节　吴镇与兰山书院同学的交往

　　吴镇两次求学于兰山书院，结识了许多同学，特别是第二次随牛运震再次入兰山书院，与江得符、江为式、孙俌、黄建中等人相识，一起论诗评文，营造了书院活跃的诗学氛围。在书院求学期间，吴镇充当着文学活动的核心角色；在离开兰山书院以后，吴镇逐渐成为关陇文学的核心甚至是领袖，但他仍然与一些同学保持着良好的关系，相互探讨诗文、赠诗唱和，共同推动关陇文学的发展。

一、吴镇的兰山书院同学考述

　　吴镇曾两次入兰山书院求学，乾隆七年（1742），二十二岁的吴镇第一次入兰山书院读书，直到乾隆十一年（1746），离开兰山书院拜牛运震为师。吴镇第一次在兰山书院学习四年，交好的有梁济瀗等人。牛运震罢官后主讲兰山书院，吴镇随师再次赴兰山书院学习。此次学习虽然时间不长，但同学甚多。当时，听闻牛运震主讲兰山书院，远近学子，纷纷负笈求学，吴镇《三余斋诗序》记载：

---

① 吴镇：《武昌杂诗》其七，《松花庵游草》，《松花庵全集》。
② 吴镇：《集古古诗》，《松花庵全集》。

"乾隆戊辰，山左牛真谷（运震）师主讲兰山书院，一时才俊云集。"①牛运震自己也说："余宦西陲十年，从余游者，一时材隽，百数十人。"②牛运震在东归之前，专门编了《皋兰书院同学录》一册，自序中说："时从肄业者七十有四人。其第则选贡诸生及应童子试；其籍则东至空同，西极流沙，凡八府三州之人士，咸在焉；其年则少者自成童以上，长者年疑其师也。"③可知，牛运震在兰山书院的门生有七十四人。

　　牛梦瑞给牛运震写的《行状》中对其教育甘肃士子的功绩多有叙述，提及诸多门人姓名："至是，上官聘主皋兰书院，甘、凉、陕之士俱来从学，成进士者：孙俌、赵思清。乡荐者：吴镇、刘楷、齐文淮、宋绍文、江为式。选拔者：贾希适、陆允恭、杨于棠、甘延年、李炳、许润、魏立十余人。他如：刘佩璜、黄建中、石纯音等皆名士，无不心悦诚服，谊同骨肉。"④此处提到牛运震主讲兰山书院时，比较优秀的门生十七人。

　　牛运震东归后有书信《示皋兰诸门人》一封，也提到了许多门生的姓名："去年接石纯音一札，甚惘惘，近日家况何似邪？王健家已分爨，读书之业，何似汝二人，若不废，都可上进。江为式别有字？齐文淮可在甘州邪？文字当益工。作时文，须靠见解，更以缠绵斐亹之笔，出之以干人，无不利者。即传后，何尝不在此。张绎武勤学，近有进。陈鹤龄闻丁父艰。此吾在兰时，后生之聪敏者，唯恐其来者不足畏也。江得符闻大得于奕文，业复何如？刘佩璜闻已卖药金城市矣，贫亦何尝不为病邪？黄建中屡踬场屋，志或未挫，才气颇高，期在自成一局，不当以得失为屑屑也。张桓、第五、颜凤来、李池塘、陆允恭等，都何如闻？刘士忠颇务浮华，陈鹤龄渐为所引。朋友有箴归之义，可持吾言戒之，亦千里惓惓之意

----

①　吴镇：《松厓文稿》，《松花庵全集》。
②　牛运震：《松花庵诗序》，吴镇：《松花庵全集》卷首。
③　牛运震：《皋兰书院同学录序》，《空山堂文集》卷三。
④　牛梦瑞：《行状》，蒋致中：《牛空山先生年谱》附录，《新编中国名人年谱集成》，台湾商务印书馆，1978年，第98页。

也。"①牛运震在这封书信中提到的门人除了和上文重复的六名外，还有九名：王健、张绎武、陈鹤龄、刘士忠、江得符、张桓、第五、颜凤来、李池塘。

另外，还有牛运震在《兰省东归记》②也提到的宋绍仁，《与刘苏村启》③提到的吴璒、路植椁，潘挹奎《武威耆旧传·孙韦西先生传》④提到的吴懋德，牛运震《示门人刘云阶》⑤提到的刘云阶。

由以上资料可知，吴镇前后两次求学兰山书院的同学大抵可考者有三十二人。在这些同学中，与吴镇关系较好而且在文学上交往比较多的主要有梁济瀍、江得符、江为式、孙俌、黄建中等人。

需要说明的是，胡釴不是吴镇兰山书院同学。王文焕《吴松厓年谱》认为胡釴为吴镇同学，胡釴庚午落第后，吴镇有雨中送别诗《送胡后溪归秦安》⑥。牛运震主讲兰山书院时，写有《怀胡静庵釴（六首）》，题下注"秦安选页"⑦，另有《读胡静庵诗率尔赋寄》，可知胡釴不在金城，并未入兰山书院学习。牛运震《札胡静庵》一文提到："秦安一士，独有胡静庵，七载相从。"⑧可知胡釴师从牛运震七年，从乾隆三年（1738）牛运震任秦安知县到乾隆十年（1745）牛运震调任平番知县，刚好七年，则知胡釴未入兰山书院。王文焕《吴松厓年谱》所记有误。

二、吴镇与同学梁济瀍、江得符的交往

梁济瀍，生卒年不详，字静峰，皋兰人，乾隆六年（1741）举人，乾隆十年（1745）进士，授翰林庶吉士，后授刑部主事，升云

---

① 牛运震：《空山堂文集》卷二。
② 牛运震：《空山堂文集》卷五。
③ 牛运震：《与刘苏村启》，《空山堂文集》卷二。
④ 潘挹奎：《武威耆旧传》，清代人物地方传记丛刊本，第445页。
⑤ 牛运震：《空山堂文集》卷二。
⑥ 王文焕：《吴松厓年谱》，《民国丛书》（第四编），上海书店出版社，1989年，第33页。
⑦ 牛运震：《空山堂诗集》卷五。
⑧ 牛运震：《空山堂文集》卷二。

南司郎中。梁济瀍长期在刑部任职，后辞官回兰州，曾任兰山书院山长。"济瀍在部二十年，处处不苟，翻过的冤枉案不少。后因年老，辞官回家，当兰山书院山长，教人专在品学上注意，录朱子白鹿洞的学规，刻成卧碑，安置在文仁堂中，教士子们都照着做学问。"①

乾隆七年（1742），吴镇充拔贡后即就读于兰山书院，梁济瀍亦在兰山书院求学。乾隆十年（1745），梁济瀍中进士后离开兰州入翰林院任庶吉士，后长期在刑部任职。吴镇在乾隆十五年（1750）中举后多次参加会试，与梁济瀍相见次数亦较多。乾隆二十七年（1762），吴镇入都参加会试，住在梁济瀍家中，有《梁静峰郎中下榻夜作》："帝京文物重华簪，倦鸟依依托茂林。万里星河寒夜梦，十年风雨故人心。伯通杵臼情何切，仲叔盘餐累亦深。坐久莫辞频剪烛，隔帘僮仆恋乡音。"②此间，梁济瀍为其《松花庵杂稿四书六韵》作序，序曰："洮阳吴子信辰，吾乡诗人也。公车来都，予叩其近作何似，因出所为《四书六韵诗》一卷。曰'此今日训蒙伎俩，真所谓雕虫者'。予读之数过，难其婉丽亲切，涉笔成趣，而命题于四书，尤便宜启发童蒙，遂略为评隲，付之梓以公同好。嗟乎，予与信辰交，忽忽二十余年矣。曩同学皋兰时，信辰甫弱冠，所作乐府古体，业已流播秦陇间。今偶为小品，亦复超诣如此。此非搏兔，亦用全力，殆才大则无所不宜耳。初学规摹试帖，尚以此为权舆哉。乾隆二十六年辛巳春三月上澣，同学弟皋兰梁济瀍序。"③吴镇与梁济瀍还有诗歌赠诗唱和，如吴镇的集句诗《梦与黄昭远兄同访梁静峰先生》。

江得符（1728—1782），字右章，号镜轩，皋兰（今兰州）人，祖籍抚州临川，明洪武年间来兰，遂世居皋兰。幼由父亲"口授以字韵，学稍长能文，出笔辄惊人。……笙簧乎经史，等逐乎百家，

①　刘尔炘：《皋兰乡贤事略》，清代地方人物传记丛刊本。
②　吴镇：《松花庵逸草》，《松花庵全集》。
③　吴镇：《松花庵全集》。

益用功力于制艺及诗古文，以法运才，悉能到家。"①乾隆十三年（1748）入兰山书院，师从牛运震。乾隆二十五年（1760）举人。乾隆三十四年（1769），任酒泉书院山长。乾隆三十七年（1772）补华阴县学训导。其间曾主讲潼川书院。乾隆四十七年（1782）三月，卒于华阴官舍。"平生著作颇多，不自衰辑。舟尝拾其遗文暨古律诗若干问序于予，予既为言以弁其端。"②江得符能诗善文，遗稿由其子江舟请江乙帆编选为《三馀斋文集》《三馀斋诗草》各一卷，由其弟子集资刊行。

江得符与吴镇在兰山书院关系很好，吴镇常有诗写给江得符，如集句诗《别江右章何消之二孝廉》《贺江右章挑选广文》等。吴镇于乾隆四十五年（1780）罢官回乡，经过华阴时，江得符"盛设酒馔，遍沾妻孥，酒酣耳热，谈及三十年前同学时事，其豪爽尤夫昔也"③。尤见同学深情。江得符卒于华阴后，吴镇有诗《挽江右章广文》（自注：华阴训导）哭之："江子修文竟不还，白云迢递阻河关。希夷蜕处留残奕，只合将身葬华山。"④江得符去世后，吴镇曾为江得符《三余斋诗集》做校订，并写有诗序。

三、吴镇与同学江为式、孙俑、黄建中的交往

江为式，生卒年不详，字幼则，江得符族兄，皋兰人，乾隆十五年（1750）举人，曾官武功教谕、邠州学正，著有《幼则诗草》二卷。吴镇《三余斋诗序》曾提到江为式："后真谷返鲁，右章及幼则皆由孝廉先后选广文。而右章司训华阴，幼则亦司训武功，后补邠州学正。"则知江为式曾官武功司训，后补邠州学正。江为式喜作诗，与江得符擅名于皋兰，著有《幼则诗草》二卷，《甘肃新通志》载："酷嗜吟咏，与得符齐名，称'皋兰二江'。既官邠州学正，以

---

① 江乙帆：《江右章司训传》，江得符：《三余斋文稿》卷首，天津图书馆珍藏清人别集善本丛刊本，第173~174页。

② 江乙帆：《江右章司训传》，江得符：《三余斋文稿》卷首，天津图书馆珍藏清人别集善本丛刊本，第176~177页。

③ 吴镇：《三余斋诗序》，《松厓文稿》，《松花庵全集》。

④ 吴镇：《兰山诗草》，《松花庵全集》。

诗寄得符云：'共知手笔无高下，却笑头衔亦弟兄'。"①

孙俌，生卒年不详，字仲山，别号韦西，凉州(武威)人，出生于书香世家，从小受家学熏陶。曾祖父孙文炳为秀才，祖父孙诏为翰林，曾官湖北布政使，父亲孙璘为举人。乾隆五年(1740)，孙俌充拔贡，但因劣于文而被乡人非议，遂发愤为学，"居母丧，庐墓三年，读书不辍。时山左牛运震宰平番，俌丧既除，往从之学。"②乾隆十五年(1750)中举人，十六年(1751)中进士，出任广东翁源知县。罢官后浪迹江湖数年，后回乡从事教学。牛运震有诗《秋夜诲门人孙仲山琴》，为指导孙俌学琴之感。孙俌颇有文名，特精于制艺文，牛运震曾评其制艺文："吴超溪气轻清而上浮，孙仲山气重浊而下凝，固皆奇士，而孙之品视吴为优。""吾乡言文，于乾隆间宗仲山先生。"③"至今陕以西，言理学必曰孙酉峰……而言文学，则曰孙仲山。"④牛运震任平番县令，孙俌与吴镇均慕名前往求学，两人相识于平番。后牛运震主讲兰山书院，两人又都继续跟随入兰山书院，交情非常深，吴镇《梦孙二仲山》："王孙别后草萋萋，梦里招寻上大堤。却恨相逢才一笑，满庭风雨四邻鸡。"⑤另有集唐诗《寄孙仲山》四首，诗中怀念同学深情，对仕途不顺的同学给予安慰。

黄建中，生卒年不详，字西圃，乾隆二十五年(1760)举人，甘肃皋兰(今兰州)人，未出仕，《甘肃新通志》卷六十六《人物志·群才》记载："一试礼部不第，遂闭户著书，不复作。"⑥著有《西圃诗文集》，修有《皋兰县志》二十卷。黄建中颇有文名，善诗，郭汉儒《陇右文献录》载黄建中："雅负文名，尝戏仿长州尤侗《西厢制

①　安维峻：《人物志·群才(一)》，《甘肃新通志》卷六十六，中国西北文献丛书本。

②　安维峻：《人物志·群才(四)》，《甘肃新通志》卷六十九，中国西北文献丛书本。

③　潘挹奎：《武威耆旧传·苏雪峰先生传》，清代人物地方传记丛刊本。

④　潘挹奎：《武威耆旧传·孙韦西先生传》，清代人物地方传记丛刊本。

⑤　吴镇：《松花庵诗草》，《松花庵全集》。

⑥　安维峻：《人物志·群才(一)》，《甘肃新通志》卷六十六。

义》，成数十首，才情几与相埒。著有《西圃诗文集》。兰州既改县，有州志而无县志，乃创为《皋兰县志》二十卷。"①吴镇《松花庵诗话》载："常熟盛仲奎先生主兰山书院日，适有西河之恸，诸门人劝酒节哀，兼以诗以慰之。皋兰黄西圃(建中)得句云：'饮泣吞千樯，含酸笑一声。'众皆搁笔。"②黄建中去世以后，吴镇有《哀黄西圃同年》："秦川花柳楚江枫，千里相寻只梦中。管子昔曾欺鲍叔，高恢今已诀梁鸿。雕盘木塔秋声远，驼碾冰桥岁律穷。生死知交惭我在，西华葛帔不禁风。"③

第三节　吴镇为官期间与各地作家的交往

吴镇自乾隆二十七年(1762)担任耀州学正开始，到乾隆四十五年(1780)罢官，在外做官近二十年，历陕西、山东、湖北、湖南四地，在各地为官期间，吴镇仍然从事文学创作，不仅以自己的创作带动当地的文学风气，而且还积极与当地作家交流，营造各地的文学创作氛围。特别是在为官沅州知府期间，吴镇还专门组织狎鸥亭集会活动，与为官当地的江炯、丁甡等人常赋诗赠答，兴起了沅州一地的诗学风气。

一、吴镇在陕西任教职期间与杨维栋、薛宁廷等人的交往

吴镇与山西诗人杨维栋的交往非常密切。杨维栋，字山夫，襄陵人，著有《在山吟》两卷，吴镇曾为之作序。徐世昌《晚晴簃诗汇》录其诗一首《深秋》："深秋白露垂，凉风砭余肌。布袍缝旋绽，游子待授衣。侧闻茅檐下，夜窗理残机。痴梦归乡郡，单身投柴

①　郭汉儒：《陇右文献录》，甘肃文化出版社，2014 年，第 458 页。
②　吴镇：《松花庵诗话》卷一，《松花庵全集》。
③　吴镇：《松花庵游草》，《松花庵全集》。

扉。饥寒呼父母，涕洟如婴儿。悲声惊梦觉，依稀有乌啼。"①在
《松花庵诗话》中，吴镇称颂杨维栋的七绝："杨山夫七绝甚为变
化。"②在《杨山夫诗序》评杨维栋的诗："山夫之诗，清刻而坚瘦，
荆圃之诗，爽朗而高华，其格调不同，而其近风雅则同。"③

吴镇与杨维栋认识较早。乾隆十九年（1754），吴镇前往山西
拜见老师牛运震，在游山西时与杨维栋交往，"往余薄游姑汾，获
交诗人襄陵杨山夫"④。两人交往密切，在任教陕西期间，吴镇与
杨山夫交往更多，两人酬唱赠答，互相勉励。如《姑汾道中寄杨山
夫》："绿草连天碧树秋，倦飞西鸟去悠悠。故人此日知闲甚，洗
耳河边自饮牛。"⑤杨山夫与吴镇同样怀才不遇，诗写杨山夫的闲
适，但愁绪不减。《怀杨山夫》："山夫琴酒客，陶寺诵弦村。水木
为庐舍，诗文作子孙。忆看姑射雪，曾到辟疆园。一别成千古，何
由更举樽？"⑥则赞扬杨山夫的诗文。另有《西岳高卧图同杨山夫》
《睡美人图同杨山夫》《山夫赠松石砚》《答杨山夫病予存诗太多》，
集句《大雪怀杨山夫》《戏题山夫书斋》《寄杨山夫》等多首或述友
情，或相互劝慰。

吴镇在陕西任教职时，与当地作家薛宁廷和卫晞骏等人交往较
多。薛宁廷（1718—1792），字退思，字补山，陕西雒南人，乾隆
二十二年（1757）进士，改庶吉士，授编修。著有《洛间山人诗》十
卷，《晚晴簃诗汇·卷八十八》存其诗。与李法（字维则，曾任临洮
训导，与吴镇也有交往，评点吴镇诗歌 3 首）俱师从孙景烈，二人
与孙俌、贾天禄、王杰、张洲有"关中六士"之称。《关中两朝文
钞》有薛宁廷小传，刘绍攽《二南遗音》卷四选录其诗 4 首。

吴镇和薛宁廷常评诗论文，薛宁廷非常喜欢吴镇的诗歌，给吴

---

① 徐世昌：《晚晴簃诗汇》卷八十七，中国书店出版社，1988 年影印
本。
② 吴镇：《松花庵诗话》卷三，《松花庵全集》。
③ 吴镇：《松厓文稿》，《松花庵全集》。
④ 吴镇：《杨山夫诗序》，《松厓文稿》，《松花庵全集》。
⑤ 吴镇：《松花庵诗草》，《松花庵全集》。
⑥ 吴镇：《松花庵逸草》，《松花庵全集》。

镇的诗歌作了很多评点，《松厓诗录》载有 11 条。两人也有赠诗唱和，如吴镇《赠薛太史补山》（二首）其一：“薛六古之任，才名动玉堂。谪仙宜下界，醉客任他乡。蟋蟀秋能语，芙蓉晚更芳。西风吹万里，谁念锦袍凉。”①另外还有集句诗《赠薛补山编修》等。

卫晞骏是吴镇在陕西做教职时结识的另外一位作家。卫晞骏，生卒年不详，字卓少，陕西韩城人，乾隆十九年（1754）进士，曾官仪征知县。卫晞骏工诗善文，古文学自方苞门生沈廷芳，得桐城章法，《桐城文学渊源考》载卫晞骏：“师事沈廷芳，受古文法，亦工诗、古文词。”②修有《陵水县志》等。据卫晞骏“同年吴子信辰，深于古诗者也”③语可知，吴镇与卫晞骏为乾隆十五年（1750）陕西乡试同科举人。

吴镇任韩城教谕时，与卫晞骏常相往来。吴镇有集句诗《送卫卓少之扬州》。乾隆三十四年（1769），吴镇《松花庵律古》一书脱稿，卫晞骏为其作序，序曰：“诗之变也，《三百篇》，而汉魏，而六朝，盖与世道为升降焉。至于近体，古意浸微矣。故予教子弟为诗，俱令从选体入，防其靡也。第后学狃习声病，往往以古调为难。同年吴子信辰，深于古诗者也。其说诗，亦与予同。比秉铎余邑，思得一诱掖后进之方，乃集汉魏六朝佳句，为律诗一编。音格既叶，翻阅自易，俾从事者，即由近体之中而得古调。其嘉惠后学，可谓勤且挚已。”④

二、吴镇在山东和湖北时与胡德琳、吴森等人的交往

吴镇在山东陵县任知县时，因政事繁忙，交游不多，胡德琳是来往比较多的作家。胡德琳，字碧腴，号书巢，广西临桂（今桂林）人。乾隆十二年（1747）举人，乾隆十七年（1752）进士，授四川

---

① 吴镇：《松花庵游草》，《松花庵全集》。

② 刘声木：《桐城文学渊源考》，王水照编：《历代文话》，复旦大学出版社，2007 年，第 9202 页。

③ 卫晞骏：《松花庵律古序》，吴镇：《松花庵全集》。

④ 吴镇：《松花庵全集》。

什邡知县，乾隆二十五年（1760）任山东济阳知县，乾隆三十一年（1766）历城知县，乾隆三十四年（1769）擢济宁知州，历任升东昌、莱州、登州、济南知府等职，后被罢官，执教于曹州书院，培养后进无数。胡德琳喜修方志，每历一地，均聘任地方文人编修地方志，先后主持编纂有济阳、历城、济宁、东昌县志、州志等，为清中期著名方志学家。胡德琳为袁枚堂姐夫，善诗文，为袁枚所称道，袁枚刻其诗为《碧腴斋诗存》八卷，入《随园三十八种》。胡德琳还著有《东阁闲吟草》《书巢尺牍》《西山杂咏》《燕贻堂诗文集》等。徐世昌《晚晴簃诗汇》卷八十一录其诗四首。

胡德琳好结交文人，性耽诗书。乾隆三十七年（1772），吴镇赴任山东陵县知县，胡德琳时任东昌（今聊城）知府，两人得以认识交往。吴镇在陕西任教职时，曾写作《松花庵韵史》一书，用三言韵诗形式写历史人物逸事，以教学生。时任学使的吴绍绶专门写诗题跋，并说："信辰学博，示近所为《韵史》诗，因书其后，不足当一粲也。"①《松花庵韵史》到陵县后付梓，胡德琳为其作序。序曰："一部十七史，从何处说起，况二十二史乎？宋元诸儒所撰史学提要，历代蒙求，皆四字为句，以便儿童诵习。然不过叙一朝之治乱大纲而已。惟唐李瀚之《蒙求》诗，就《纪传》中摘取其事，琢为偶句，并以便词章之取资，而《五行志》怪异者不与焉。洮水吴信辰明府，博览群籍，兼长于诗。关中自李天生、孙豹人诸公而后，明府乃继起者也。所著《松花庵诗草》，卓然可传。暇日又取《史传》逸事，为三字韵语，凡习见者不与焉，非特童子便习，即施之酒边花下，以作谈柄，亦无不宜。至其古朴之气，虽史游《急就章》不能过也。同人怂恿，将以付梓，嘱余题其首，然此特元豹之一斑耳，他日巨制鸿篇，裒然成集，与孙李诸公并垂不朽，余又将拭目俟之。"

吴镇任兴国州知州后，与在黄州为官的吴森交往非常勤密。吴森（1734—?），字奉章，号云衣，江西南丰人。乾隆二十八年（1763）进士，乾隆三十七年（1772）选任湖北建始知县，颇有治绩，

---

① 吴镇：《松花庵韵史》，《松花庵全集》。

因反对巡抚陈辉祖增加税赋，谪戍黄州（今湖北黄冈）。黄州为苏轼谪戍之地，吴森感触颇深，作《和苏诗》150多首，声情并茂，极为感人，后归居致仕。曾主讲琴城书院、秀水书院。吴森"工诗，与东乡吴嵩梁、同邑吴应咸、南城吴照齐名，时称'四吴'。"①因游历甚广，其山水纪游之作甚多，著有《筼澜诗钞》十二卷，《和苏诗》四卷存世，《风月余谈》一卷。徐世昌《晚晴簃诗汇》卷九十二录诗8首，并称"云衣诗境清新，误去官，曾居黄冈，和东坡黄州诗百五十余首。……七律多清婉之句"②。《（同治）南丰县志》《湖海诗人小传》等有其生平资料。

吴森贬官黄州，与为官兴国的吴镇交往非常频繁。吴镇《武昌杂诗》其八专写吴森，诗曰："云衣吾族宝，（自注：名森，前建始知县）近寓武昌城。暇日寻坡老，西山处处行。携鱼人两岸，听鹤月三更。偏和黄州作，前贤畏后生。"③《戏慰云衣亡金》："罢官陶令，依人王粲，偶学韩家谀墓。五穷开户引偷儿，总只为诗魔吃醋。……借问飞游何处，朱捉公子便思归，也终恐留他不住。"此词立意新奇，王曾翼评为："奇思至理，令人绝倒，令人浩叹，令人猛省。"④吴镇另有《题石门山图次宗弟云衣（森）原韵》，似宽慰吴森任职滇南被议。乾隆五十年（1785），吴森读《松花庵律古》，并为之跋，认为集句诗虽早，但"从未有集古为律者，近松花道人创为律古，清真艳丽，若出天然，属对之工或胜原作，自有集句以来，安可无此体耶"⑤。对吴镇的律古集句诗给予了极高的评价。另外，吴森还为吴镇的诗词作了15条评点，尤见出两人交情和他对吴镇的诗歌的喜欢。

① 黄日星、姜钦云编：《江西编著人物传略》，江西人民出版社，1994年，第317页。

② 徐世昌：《晚晴簃诗汇》卷九十二，中国书店出版社，1988年影印本。

③ 吴镇：《松花庵游草》，《松花庵全集》。

④ 吴镇：《松花庵诗余》，《松花庵全集》。

⑤ 吴镇：《松花庵律古》，《松花庵全集》。

三、吴镇在湖南沅州知府任上与丁𦍕、张五典的交往

在任沅州知府期间，政事比较清闲，又受到湖湘山水的激发，吴镇在署内修建了狎鸥亭，常常与丁𦍕等人在亭中集会赋诗，兴起了沅州诗学的热潮。丁𦍕，字鹿友，湖南清泉（今衡南县）人，乾隆二十七年（1762）举人，乾隆三十九年（1774）至乾隆四十五年（1780）官湖南芷江县训导，乾隆五十五年（1790）任福建平和知县。据寻霖、龚笃清编的《湘人著述表》著录，丁𦍕著有《清沙吟草》一卷，《文钞》一卷，收入《衡望堂丛书初稿》中存世。①

乾隆四十三年（1778），吴镇任湖南沅州知府，丁𦍕时任芷江县训导，沅州府治正在芷江县，两人得以相识。吴镇在沅州府衙曾修建狎鸥亭，专用作聚会赋诗，丁𦍕亦时常参加狎鸥亭之会。乾隆四十四年（1779），吴镇编成《潇湘八景集句》，丁𦍕为之作跋，跋语说："松厓吴郡伯自临沅郡，百废具兴，尝于署中池畔构狎鸥之亭，公余啸咏。集《潇湘八景》各体诗一卷，摇毫掷简，运化天然，格老调高，味之不尽。第以诗论，已为前此咏'八景'者所未及，矧集句耶！𦍕，楚人也，每一雒诵，觉衡岳洞庭，别开生面，而诗中有画，尤恨不令宋元诸公见之。"②

吴镇在任沅州知府期间还与关陇著名诗人张五典交往密切，在罢官后得到张五典的许多资助。张五典，字叙百，号荷塘，陕西泾阳人，乾隆二十五年（1760）举人，历任山西武乡，湖南攸县、芷江，江苏上元等地知县。在任上元知县时，与袁枚、姚鼐、王昶等名家交往，饮酒论诗，赠答唱和。著有《荷塘诗集》存世，袁枚、姚鼐为之作序。徐世昌《晚晴簃诗汇》卷八十九选录其诗两首，杨鸾评其为官为诗："叙百天性淳至，素无间于家庭，故视民如赤子，而于诗之岂弟乐只，穆如清风者，往往不期而合。"③姚鼐《荷

---

① 寻霖、龚笃清：《湘人著述表（一）》，岳麓书社，2010年，第6页。

② 吴镇：《潇湘八景集句》，《松花庵全集》。

③ 转引自徐世昌：《晚晴簃诗汇》卷八十九，中国书店出版社，1988年影印本。

塘诗集序》论其诗:"取君诗而比之子建、渊明、李、杜、韩、苏、黄之美,则固有不逮者,而其清气逸韵,见胸中之高亮,而无世俗脂韦之概,则与古人近,而于今人远矣。"①评价甚高。

张五典与吴镇相识于何时不得而知,吴镇于乾隆二十五年(1760)赴耀州任学正,耀州离张五典家乡泾阳不远,两人或在此时相识。张五典《荷塘诗集》卷七有诗《寄兴国吴信辰刺史乞松花庵诗草》,此诗是两人交往最早的资料。张五典官湖南,吴镇不久也调湖南沅州知府,两人在湖南赠诗唱和颇多。乾隆四十五年(1780),张五典任沅州府芷江知县,吴镇于是年罢官,无资费还乡,曾长期寄居民房,境况极为窘促。张五典等经常资助他,"解组后,贫不能归,赖芷江新令张君荷塘及沅属绅士,俱感府君仁厚,醵钱资助。"②松厓有诗《张荷塘内阁遣伻数送酒钱,感而有作》:"索米偏沅老不禁,聊将诗酒慰抽簪。若非杂佩能相赠,几使残杯罢独斟。陇首秋云公子句,渭城朝雨故人心。须眉巾帼皆豪侠,落日苍茫见右今。"③吴镇与张五典常聚会饮酒,有《张荷塘离筵作》集句诗。吴镇离开沅州回乡,有《别张荷塘》集句诗一首,分别引王褒和江淹诗句"还看分手时处,清芷在沅湘。"④极为贴切。吴镇《松花庵诗话》著录:"张叙百(五典),泾阳举人,令永明,有《荷塘诗集》。"⑤

张五典对吴镇也极为敬仰,《荷塘诗集》中有诗多首寄吴镇,如《寄兴国吴信辰刺史乞松花庵诗草》(二首)其一:"西园诗叟(自注:张印周先生)旧除坛,为待西州吴士安。从乞一编长袖得,年深渐觉字弥漫。"⑥由此可见其对吴镇仰慕。吴镇将赴沅州,张五典时在长沙,有《闻吴信辰刺史使都下》:"云水茫茫楚天阔,争能问

① 姚鼐:《惜抱轩文集》卷四,清代诗文集汇编本。
② 杨芳灿:《松厓府君行略》,清嘉庆刻本,甘肃省图书馆藏。
③ 吴镇:《松花庵游草》,《松花庵全集》。
④ 吴镇:《松花庵律古》,《松花庵全集》。
⑤ 吴镇:《松花庵诗话》卷三,《松花庵全集》。
⑥ 张五典:《荷塘诗集》卷七,清代诗文集汇编本。

信傍寒梅。"①吴镇到湖南，张五典有诗《与吴沅州信辰》（二首）叙相见情景。吴镇《潇湘八景集句》成集后，张五典有《书吴信翁集句潇湘八景诗册》。吴镇欲赴荆州，张五典有《吴信翁将之荆州以移家见属用韵送行即宽其意》相送，吴镇回到临洮后，张五典作《怀人诗》（十二首）有《吴信辰太守》诗一首。

第四节　吴镇晚年在兰州的文学交往

在主讲兰山书院的八年时间里，吴镇以诗坛宿老的身份执掌关陇文坛。杨芳灿、王曾翼、姚颐、张世法等游宦陇右的作家，以及关陇本地的作家汇聚在吴镇的周围，形成了一个以吴镇为中心的作家群体。吴镇以关陇文坛领袖的身份，有意识地组织和领导文学活动，与他们赠诗唱和、评诗论文，为他们撰写序跋，鼓励和推扬他们的文学创作，王曾翼、姚颐、张世法等人也主动围绕在吴镇身边，评点吴镇的作品，参与编选和校订吴镇的作品，并撰写序跋，形成了关陇文学在乾嘉之际的繁荣。

一、吴镇与王曾翼的交往

吴镇与游宦关陇的王曾翼认识较晚，但相交甚深。王曾翼（1733—1794），字敬之，号芍坡，江苏吴江人（今苏州市吴江区）。乾隆二十五年（1760）进士，授户部主事。累擢至甘肃甘凉兵备道、巩昌府知府、西宁道、兰州道等，署甘肃按察使司，卒于任所，乾嘉史学家钱大昕为其撰墓志铭。王曾翼好诗，有《居易堂诗集》五卷存世。王曾翼颇有儒学修养，曾讲学兰山书院，吴镇为《居易堂诗集》写的序中称其是"江左宿儒"②，王曾翼在诗歌也多以"吴里多宿儒"为自豪。

王曾翼在西北任职十余年，晚年在福康安幕府，与吴镇关系非

---

① 张五典：《荷塘诗集》卷七，清代诗文集汇编本。
② 吴镇：《松厓文稿》，《松花庵全集》。

常密切，是吴镇晚年密友。乾隆四十三年（1778），王曾翼任甘肃甘凉兵备道。王曾翼在京城时已经知道吴镇，到兰州后得读吴镇《松花庵诗草》，但直到吴镇任兰山书院山长，两人才得以相识。"曩在京师，耳熟洮阳吴信辰先生之名。戊戌来甘，始得《松花庵诗草》而读之，乃叹名下洵无虚士。"①之前王曾翼虽未与吴镇见面，但极为佩服吴镇才学，故在乾隆五十年（1785）福康安到任陕甘总督时，王曾翼即推荐吴镇担任兰山书院山长："乙巳，使相福公开府甘肃，聘主兰山书院。盖府君品学，素为观察王芍坡先生所重。观察言之使相，故以礼币招延。"②直到吴镇赴任兰山书院讲席，两人始得相识："越岁乙巳，节相福公聘主兰山讲席，因得挹先生之议论丰采，盖恂恂笃行君子也。"③

相识以后，两人成为好友，常赠答往来，论诗评文。王曾翼随苏秀厓将军过临洮，吴镇与之相见，"金城七月秋气高，苏公按部之临洮。辕门八驹声嗷嘈，示我小照求挥毫。……雪峰作画笔砚劳，芍坡题诗追风骚。忆昨幕府虽旌旃，骑马直至昆仑尻，天山大雪风如刀。"④王曾翼在西北主要随福康安等人剿乱，亦曾征新疆青海等地，喜欢以诗纪游。乾隆五十一年（1786），王曾翼辑随军剿乱诗为《丑辰纪事诗》，吴镇为作《王芍坡先生丑辰纪事诗序》。王曾翼随福康安出新疆视察，后汇辑为《吟鞭胜稿》，吴镇又为之诗集作序。王曾翼寿辰，吴镇作《寿王芍坡先生》一诗祝寿："千古清淮水自流，琅琊门第本无俦。家临蟹舍兼渔舍，才继麟洲与凤洲。对策力能追董贾，题诗目欲短曹刘。曾依柏树趋台左，旋逐梅花赴陇头。草檄文雄惊大帅，绥边方略动元侯。五凉宦迹供凭吊，万里军书入校雠。闰厄黄杨官乍缩，威存白泽气仍遒。挥毫暂课风檐业（尝主讲兰山书院），乘传还寻月窟游（曾自新疆巡察，旋升西宁

---

① 王曾翼：《松厓诗录序》，吴镇：《松厓诗录》。
② 杨芳灿：《松厓府君行略》，清嘉庆刻本，甘肃省图书馆藏。
③ 王曾翼：《松厓诗录序》，吴镇：《松厓诗录》。
④ 吴镇：《苏秀厓副使高秋立马图歌》，《松花庵逸草》，《松花庵全集》。

道）。雨霏红厓朝挂笏，霜明青海夜登楼。湟隍地拥龙支出，鄯善民遮马足留。九曲云岚争结彩，三仙莺鹤竞衔筹。宫袍色共莱衣炜（时嗣君庶常省觐），仙沨香随鲁酒篘。野老焉知铃阁事，高人翻祝砚田秋。秦声巧附松陵集，拟倩长庚报斗牛。"①在这首诗中，吴镇对王曾翼在甘肃的事迹进行了总结和赞誉。

王曾翼对吴镇的文学才能非常推崇，王曾翼还为吴镇写了两篇序跋，乾隆五十六年（1791），吴镇的《松花庵文稿次编》脱稿，王曾翼为之作序，赞其文稿为"有乌足尽名山不朽之业"②。乾隆五十七年（1792），吴镇刊刻《松厓诗录》，王曾翼亦为之作序，序曰："其诗卓然成家，所著《松花庵诗草》《游草》《逸草》《兰山诗草》，每一编出，海内诗人争先睹之以为快，懿乎传世之作矣。"③对吴镇的诗作评价极高。王曾翼还对吴镇的诗文进行了 30 余条评点，皆能抓住吴镇文章主旨，对吴镇的作品进行肯定，如其评《马让洲诗序》一文为："简朴高古，不蔓不支。"④亦深得吴镇文章旨趣。

二、吴镇与姚颐的交往

吴镇与姚颐相识于湖南，但直到在兰州相遇，才成为论诗好友。姚颐（1727—1788），字震初，号雪门，别号雨春轩、息斋，人称息斋先生，江西泰和人。乾隆二十四年（1759）举人，乾隆三十一年（1766）进士，四十岁的姚颐以一甲第二名授翰林院编修，出典贵州乡试，做三充会试同考官，升左春坊左赞善。乾隆四十一年转右春坊右中允，左春坊左中允，升侍讲学士。长期任职于内廷，姚颐深得乾隆喜爱，乾隆四十二年（1777），姚颐提督湖南学政，始为外官。乾隆四十三年（1778），在学政任内转任侍读学士，乾隆四十六年（1781），调任山西蒲州知府。乾隆五十二年（1787），

① 吴镇：《寿王芍坡先生》，《兰山诗草》，《松花庵全集》。
② 王曾翼：《松花庵文稿次编序》，吴镇：《松厓文稿次编》，《松花庵全集》。
③ 吴镇：《松厓诗录》卷首。
④ 吴镇：《松厓文稿次编》，《松花庵全集》。

调任甘肃按察使。乾隆五十三年（1788），卒于甘肃按察使任上。

姚颐与吴镇相识于湖南。乾隆四十二年（1777），姚颐任湖南学政，乾隆四十三年（1778）一月，吴镇任湖南沅州知府，第二年即罢官回乡。两人虽有诗文来往，但同在湖南任职仅仅两年，相交不深，吴镇曾说："忆予作郡楚南，适先生以校士驻节偏沅，郊迎后曾以诗赘，而先生亦报以瑶章。顾试事匆匆，未暇徐申款曲也。迨予鼙蘤旋里，始悔冠古才人生当并世而交臂失之，从此云泥暌隔，恐终身不复相见矣。"①吴镇的遗憾于乾隆五十二年（1787）得到弥补。该年夏天，姚颐抵达兰州任甘肃按察使，吴镇正在兰山书院讲学，好友相逢，论诗作文，"会今年夏，先生奉命秉臬吾甘，政事之余，过访荒斋，辄相与极论古今诗学源流得失。而先生将锓其《雨春轩诗草》，遂以序见委。"②姚颐好论诗，喜欢讨论声律，督学湖南学政时，曾以赵执信《声调谱》教授学生，"泰和姚颐（号雪门）视学楚南时，曾以《声调谱》授人，并为之'手增评语数条，补原谱所未备'"③。吴镇对声律也有很深的研究，著有《声调谱》《八病说》两部专著。此后，两人时常过从，论诗评文，关系日密。吴镇有《上姚雪门观察》（四首），赞扬姚颐的才华，叙两人友情，如其一："匡庐彭蠡萃灵奇，秀发黄虞秀一枝。长句才华兼鲍照，大科名次并韩琦。崆峒使节今初仰，溆浦仙舟昔共移。幸有清风来吉甫，穆如先向故人吹。"④姚雪门送吴镇酒馔，吴镇有集句《姚雪门观察馈酒馔》感谢。

姚颐对吴镇诗文极为佩服，对吴镇的作品共有 23 条评点，重点在散文，仅《松厓文稿》就有 13 条。如评《许铁堂先生后集跋》一文曰："铁堂名重当时，而遗集乃籍吾松厓以传，此举此文固不徒增地下知己之感。"⑤评《寿宋南坡序》一文："文生于情，极回翔

---

① 吴镇：《雨春轩诗序》，《松厓文稿》，《松花庵全集》。

② 吴镇：《雨春轩诗序》，《松厓文稿》，《松花庵全集》。

③ 姚颐增评，吴登鸿补辑：《声调谱》引《吴氏原序》，乾隆五十六年颐云楼刊本。

④ 吴镇：《兰山诗草》，《松花庵全集》。

⑤ 吴镇：《松厓文稿三编》，《松花庵全集》。

往复之致。"①姚颐才思高深、学术博瞻，有很高的文学素养，好写诗，其诗宗苏东坡、黄山谷，颇有气势，有《雨春轩诗草》存世。吴镇《雨春轩诗序》对姚颐的诗作给予了高度评价："泰和姚雪门先生，为西江名下士，天才卓越，自少时已登大科致清要，然先生益专心古学，而于诗法尤精。……先生诗无体不备，而古诗尤高，于近体五言，胎息汉魏而转关于阮、左、鲍、谢诸家，至其得意之处，往往直逼子美、退之，七言则出入盛唐诸子而一以杜、韩为宗，至其纵横曲折，盘拗古宕，又神似髯仙、涪翁矣。夫汉人重班固而轻崔骃，梁人嗤张率而服沈约，彼徒震惊其名望耳。若略其元黄，则先生即韬晦孤蒲，而其诗固已可传，初不系乎今日之衮衮也。况乎山林台阁，其体虽殊，而诗则均归于清丽哉！"②

乾隆五十三年（1788）冬，好友姚颐去世，吴镇有诗《挽姚雪门先生》，还写有祭文，文曰："鸣呼，岁遘龙蛇，劫殃麟凤。陇水水寒，兰山雾冻。怆贤哲之云亡，忽形神之若梦。仰日光而悠悠易逝，莫系以绳；问天道而默默难言，空圆似瓮。鸣呼哀哉！……夫何今岁戊申，月冬日酉。二竖匿形，三彭腾口。卫叔宝之体本臞，颜子渊之年不寿，公既蜕支离身，予如失左右手。鸣呼惜哉！……"③祭文写得极为深情，对姚颐去世甚为痛惜。姚颐去世，吴镇以"失左右手"相喻，可见两人关系之亲密。另外，吴镇还写了三副对联《挽姚雪门观察》，其一："西江家向梦中归，莫值龙蛇悲叹；北阙恩从身后报，姑教箕尾淹留。"其二："戛五敲金，诗继武功传赤县；乘龙驾鹤，神随平仲上青城。"其三："叔夜云亡，一赋群惭追向秀；伯通已逝，五噫谁解重梁鸿。"④对姚颐一生功绩进行了定评。

三、吴镇与张世法的交往

吴镇与游宦陇右的湖南作家张世法的交往也比较多。张世法，

①　吴镇：《松崖文稿次编》，《松花庵全集》。
②　吴镇：《雨春轩诗序》，《松崖文稿》，《松花庵全集》。
③　吴镇：《代祭姚雪门观察文》，《松崖文稿次编》，《松花庵全集》。
④　吴镇：《松崖对联》，《松花庵全集》。

字平度，号鹤泉，湖南湘潭人。张世法出身书香门第，其高祖张文炳，字南麓，号质夫，以诗文名世，与王士禛等交往密切，著有《邻岳堂全集》。祖父张埴，字贡五，号香泉，雍正元年（1723）拔贡，一生沉湎于诗词，著述甚多，其《帆湘阁文集》，桐城方苞为之评点并作序，还有其他著作《帆湘阁诗集》《全舆诗话》《帆湘阁志》《帆湘阁赋》《志千集》《之万集》等。父张九键，字天门，号石园，雍正元年（1723）拔贡，曾任麻阳、泸溪教谕、隆平知县。工诗词及古文，著有《漱石园诗集》《漱石园文集》等。

张世法于乾隆二十八年（1763）中进士，曾官直隶顺天府房山知县，后任甘肃宁夏府宁夏县（今贺兰县）知县，乾隆五十三年（1788）调任甘肃华亭知县。张世法在任上以清廉勤能著称："以善辨冤狱著称。调知宁夏县，境内有汉唐惠济诸渠，溉田百万，官吏为奸，贫民苦之。张奉檄勾稽丈量，溉田维均；马厂与民地毗连，讦讼不休，张履地勘丈，事遂息；有沙丘地数百顷，民困催科，为请豁除其租。"①张世法善于诗文，著有《瞻麓堂文集》二卷，有吴镇、钱大昕序。另著有《尚书今古文杂辨》《瞻麓堂赋》《双樟园诗集》《房山县志》等。

张世法虽为湖南人，但吴镇在湖南任沅州知府时与他并未结识。到甘肃任知县后，张世法以古文求教于吴镇，并请吴镇写序，两人方得以相识交往。关于两人相识，吴镇曾有记叙："往余出守偏沅，颇览楚南之胜，水有洞庭，而山则衡岳，足极天下之大观。顾屈宋远矣，欲求一骚客文士与山水配者，而猝不可得。非楚之南少人而多石也，簿领匆匆，延访未暇耳。阅至今烟晨月夕，梦寐间犹若逢所想见者。张子鹤泉，湘潭之名进士也。簪缨累世，蔚为诗书之城。今岁拣发来甘，予始见其古文。"②自此以后，两人常互相品评论文。张世法擅长古文，钱大昕评："鹤泉起家进士，初宰顺天之房山，继宰甘肃之宁夏与华亭，皆镇静和易，异于俗吏操切武

---

① 《湖南历代人名词典》编委会：《湖南历代人名词典》，湖南出版社，1993 年，第 197 页。

② 吴镇：《张鹤泉古文序》，《松厓文稿》，《松花庵全集》。

健之为。公暇辄手一编，舆马小休，文已脱稿。归田后所得益深，读其文，品格俊洁，议论渊醇，直抒所见，而不戾于圣贤立教之旨。昌黎言'不苟为炳炳烺烺'，柳州言'参之太史，以著其洁'，鹤泉盖兼而有之。"①吴镇在《张鹤泉古文序》中评其古文："理足而能以意胜，笔力拗折，极崣屼洄漩之致。大篇则猋怒鹏骞，小品亦寒花瘦石。昔柳子参屈以致幽，参马以著洁，以鹤泉方之，洁非不足，而幽则有余矣。"②

张世法对吴镇推崇备至，不仅拿自己的文章求教于吴镇，还给吴镇的古文作了大量的评点，评价甚高。如评《寿侯明弼序》一文："有后侯芭一段，便不可废此文中争胜处也。"③评《处士王君顺传》曰："笔意高远，叙事亦见洗刷，是半山学史公而得其洁者。"④张世法擅长古文，他对吴镇古文的认识能抓住关键，对吴镇散文艺术的来源认识也很到位。乾隆五十二年（1787），吴镇《松花庵诗余》编成，张世法为之作序推扬，序曰："雕虫篆刻，壮夫不为。削木为鸢而能飞，所见者，犹有鸢也；画龙破壁而飞去，所见者，并无有龙矣。非削与画之争乎大小也。彼以人为之，而真不足此；以天为之，而其神有余也。松厓先生名重骚坛，所作诗、古文，学者奉为圭臬。近复出其新词四十首以示余，登临感遇，性情气骨，盎然流露于数千余字间，而珠联锦簇，色色鲜新，所谓万斛泉源，不择地而涌出者，天与神合，而不争乎技之大小也。"⑤

四、吴镇与诗友丁珠、江炯、周大澍的交往

丁珠，生卒年不详，字星树，安徽潜山县人，曾任皋兰、毛目知县。丁珠为袁枚学生，其诗曾得到袁枚赞赏，"丁生星树，贫如

---

① 陈文和主编：《潜研堂文集》，《嘉定钱大昕全集》，江苏古籍出版社，1997 年，第 422 页。
② 吴镇：《松厓文稿》，《松花庵全集》。
③ 吴镇：《松厓文稿次编》，《松花庵全集》。
④ 吴镇：《松厓文稿》，《松花庵全集》。
⑤ 吴镇：《松花庵诗话》卷一，《松花庵全集》。

潦水之蛙，数年前邂逅僧庵，见其咏读‘此事不知何时了，著书翻恨古人多’，先得我心，为击节久之。生而感奋，受业门下，为之讲解，进而愈工。每有吟咏，若春波之漾落花，流风之舞回雪。枚目为不易才，绝爱怜之。"①但后来，丁珠诗似乎偏离了性灵诗学，将学问入诗，袁枚《仿元遗山论诗》："星树星严七字佳，是侬提出好才华。如何一作风尘吏，一入零星考据家。"②表达了对他的不满。法式善说："丁星树（珠），潜山人，有‘艳到海棠香不得’句，为袁子才所赏。吾谓星树‘江心浪险鸥偏稳，船里人多客自孤’二语尤有理趣。"③

丁珠佩服吴镇才学，曾从吴镇游："一时名流，如杨蓉裳刺史、丁星树太令，皆从之游。"④丁珠对吴镇的诗文作品进行了大量的评点，并曾帮助吴镇校订《风骚补编》。丁珠曾任甘肃毛目知县，吴镇有《送丁星树之官毛目》集句相送，毛目县在今甘肃酒泉金塔县，离兰州尚远，吴镇集苏武、任昉、《古诗十九首》、吴均诗句"良友远别离，徒深老夫托。行行重行行，万里相思各"⑤为结尾，表达惜别之情，颇为贴切。丁珠后由兰州归乡任职，吴镇有《送丁星树南归》二首，其一："丁子高名二礼同，临行告别苦匆匆，论文我自嫌伦父，把酒君先忆皖公。松溉蓝田原是梦，（参用丁固事）鹤归华表亦成空。黄金散尽奚囊满，赢得人称小放翁。（星树诗宗剑南，人称小放翁）"⑥由题下注知，丁珠当时由知县降为丞倅，吴镇此处对他多有安慰。吴镇还另有《送丁星树旋里》《再送丁星树旋里》诗相送。

江炯，生卒年不详，字乙帆，又字鉴亭，江西南康人。乾隆三十年（1765）举人，以大挑授知县，曾官甘肃崇信、高台（乾隆四十

---

① 袁枚：《与郑时庆太守》，《小仓山房尺牍》。
② 袁枚：《小仓山房诗集）卷二。
③ 法式善：《悟门诗话》卷四，中国诗话珍本丛书影印清稿本。
④ 孙祖起撰，张维校辑：《洮阳耆英纪略》，江庆柏主编：《清代地方人物传记丛刊》（甘肃卷），广陵书社，2007 年，第 472 页。
⑤ 吴镇：《集古古诗》，《松花庵全集》。
⑥ 吴镇：《兰山诗草》，《松花庵全集》。

七年任）、镇番等知县，著有《鉴亭诗文集》等。江炯与吴镇何时交往不得而知，吴镇罢官回临洮，江炯曾到临洮拜望，吴镇有《赠江明府乙帆诗》，诗曰："空谷经年待足音，忽劳驷从远相寻。署门翟尉交游少，梦彩江郎箧笥深。五老峰尖秋挂笏，九工城上夜鸣琴。何当共饮洮河水，一笑掀髯话古今。"①

吴镇《松花庵沅州杂咏》和《松花庵潇湘八景集句》准备刊刻，江炯曾为两书作序："吴沅州之在延龄花圃也，非道非僧，有诗有酒，尝步沈韵上下平，集古唐句得五十七律，如千而属予序之。读竟，客郎宦郎，心绪茫茫，其情一揆，载赓楚调。……"②"松翁几载楚州，一麾领郡，香凝燕寝，字织龙校。刘郎竞羡诗豪，成瑨还夸坐啸。……神施鬼设，有裁云缝月之工；水到渠成，爱棘句钩章之勘。得诸心而应诸手，石亦戞而金亦鼓。衡狱逢场，洞庭张乐。青藜尚尔，当年锼甲稿之编；黄绢云何，此日署乙帆之诺。"③

江炯从知县改任家乡南康教职，吴镇有集句诗《慰江乙帆改教归南康》，另有一篇赠序《送江乙帆归南康序》："乙帆先生，西江之老宿也。由甲等乡科，挑发甘省。尝委署崇信、高台、镇番三县，皆有去思。需次五年，竟改授教职而归。宦游不遂，人皆惜之，而余独为乙帆喜。盖乙帆工文嗜学，虽在客邸，手不离书，凡问奇者，皆应接不倦，以此作吏，似若柄凿不相入。唯一毡萧散，乃可淬砺其文章以致不朽耳。昔人云：'宰相有政事之烦，神仙无利禄之养，惟词林能兼之。'然上界真人，犹多官府，玉堂视草，拘束难工，实不若苴葺阑干，反得以穷经史而化生徒也。乙帆行矣，匡庐之山可为笔架，彭蠡之水可为砚池，他日著述既成，而因折梅之便，遥寄陇头，余傥及见，尚将为君序之。"④吴镇对其改授教职，仕途不顺颇多安慰，鼓励他以文章致不朽。吴镇在该序中既是安慰江炯，也是自我仕途不顺的安慰。

---

① 吴镇：《松花庵游草》，《松花庵全集》。
② 江炯：《松花庵沅州杂咏序》，吴镇：《松花庵全集》。
③ 江炯：《松花庵潇湘八景集句序》，吴镇：《松花庵全集》。
④ 吴镇：《松厓文稿》，《松花庵全集》。

　　周大澍,生卒年不详,字雨林,又字雨甘,号湘泉,湖南长沙人。乾隆三十五年(1770)举人,曾官武陵教谕,到甘肃任过知县,后任新化教谕。著有《雨林文钞》。邓显鹤《宝庆府志》记载较详:"周大澍,字雨林,长沙人。嘉庆八年(1803)任新化教谕,学识高迈,为时名人。大澍尝历官武陵、新化教谕,甘肃知县,及终官新化,年已笃老矣。犹喜与诸生谈文,性最好客,有诣者辄强留。……在新化最久,新化人翕然从之,大澍善诗、古文,尝为县人邓显鹤作《题蓬莱阁观海图》,诗博雅可诵,显鹤又言,曾见其所为《家传》,纪国变时事甚悉,惜不得见。"①

　　据周大澍为吴镇《松花庵杂稿诗》所作跋语,知二人相识于兰山书院:"先生罢郡五年,澍始获见于兰山讲席。"②吴镇于乾隆四十五年(1780)罢沅州知府,五年则为乾隆五十年,则吴镇与周大澍相识于乾隆五十年(1785),吴镇时主兰山书院讲席。周大澍是游宦甘肃的湖南人,对曾任职湖南的吴镇仰慕之至,极为尊敬,以后学自居,《松花庵杂稿诗跋》曰:"澍,湘人也。既重贤守之流风,并志桑梓之恭敬,谨拜手稽首跋之。"③周大澍对吴镇《潇湘八景集句》的认识和评价都很到位:"且夫'诗缘情而绮靡',情触景以缠绵,沅有芷兮澧有兰。屈子所谓'沉沦放逐,离忧而不自已'者也。况一麾出乎,未竟厥施。龃龉于上官,局促于文案,浮沉于史议。自非蝉蜕宠荣,一视得失,恶知无悒悒于中者耶?今读《八景》诸诗,夷犹淡折,旷如奥如,和以天倪,动于古化,庶几'不以物喜,不以己悲'者焉。如是,奚此《八景》而已,虽举吾自中之景,粒粟藏大千世界,芥子容广大须弥,视此矣。"④吴镇与周大澍相交于甘肃,后周大澍返湖南任教,吴镇有《送周湘泉改教归长沙》集句诗相送。

---

①　邓显鹤等:《宝庆府志》,成文出版社,1975年,第1652~1653页。
②　吴镇:《松花庵全集》。
③　吴镇:《松花庵全集》。
④　吴镇:《松花庵全集》。

第七章　吴镇对关陇文学后辈的
培养和影响

　　清中期的关陇文学呈现繁荣之势，除了前中期的杨鸾、刘绍攽、胡釴、吴镇等人，到了乾嘉之际，一些作家如张翙、吴栻、刘壬、王光晟、李苞等人在吴镇的培养和提携之下开始活跃于乾嘉之际的关陇文坛。作为乾隆中后期关陇作家群的领袖，吴镇通过撰写大量的序跋、删改诗文作品、赠诗鼓励等多种方式推动文学后辈的快速成长，对他们的文学创作产生了一定的影响。

　　武威诗人张翙与吴镇为忘年交，受吴镇影响较深。青海诗人吴栻多次拜访吴镇于兰山书院，得到过吴镇的指点。刘绍攽之子刘壬早年曾随吴镇学诗，王光晟也曾拜入吴镇门下。吴镇晚年主讲兰山书院八年，培养了大量的学生，最著名的有秦维岳、李华春、郭楷等人，在吴镇的影响下，他们从事文学创作，都有著作流传。吴镇还非常重视家族文学的培育，其二弟吴鋌，三个儿子吴承祖、吴承福、吴承禧，内侄李苞，侄子吴简默等人都在他的培养之下成为作家。他们积极从事文学活动，在吴镇去世以后，掀起了一股文学小高潮，成为嘉庆时期关陇文学的重要作家。

第一节　吴镇对乾嘉之际关陇代表作家
张翙、吴栻的影响

一、吴镇对武威诗人张翙的影响

　　张翙（1748—?），字凤飏，号桐圃，甘肃凉州府武威县（今武威市）人。据《清代官员履历档案全编·乾隆朝》记载，乾隆五十年（1785）张翔调任湖北宜昌府知府时，年龄为三十八岁，则可推知张翔出生于乾隆十三年（1748）。据《念初堂诗集》第四卷《雪舫草》胡文铨跋语"岁乙卯，余守朗郡，而先生适官星沙"①知，张翔于乾隆六十年在长沙知府任上，去世应该在嘉庆年间。张翔于乾隆三十年（1765）中举人，乾隆三十四年（1769）进士及第，授户部主事，升户部郎中，后调任江西吉安知府，转任湖北宜昌知府，护理荆宜施道，后又官湖北荆州、郧阳知府、长沙知府，曾充贵州乡试副考官。著有《念初堂诗集》四卷，存诗三百余首，另有嘉庆刊本《桐圃诗集》。

　　张翔有诗名，袁枚采其《过商州》和《晚自四安开行，深夜小泊》两首诗作入《随园诗话补遗》。"为诗力追盛唐，五言尤工，沉挚于子美为近。"②吴镇在给张翔诗集作的序中对其诗歌多所肯定，"所幸者，诗随年进，而集以官成，是则吾之厚望于桐圃耳。《雪舫诗》情挚而景真，格高而韵胜，摘其合作，虽古人奚让焉。夫五凉古工诗者，陈则阴铿，而唐则李益。桐圃具此才力，而更造精微，何妨子坚、君虞之后，复有一桐圃耶。昔少陵呼卫八处士为小友，而宾诗弗传，使遇桐圃，杜更不惓惓乎？若予迟暮昏忘，此序何足重桐圃，而乃反藉以厕名。老而附骥，何幸如之，且使读《雪舫诗》者，采明珠而拾翠羽，犹想见孙伯符初渡江时也。"③吴镇也写了很多诗赞誉张翔，如《赠张桐圃主事》："老值忘年友，星郎出武威。秋槎天上近，春柳殿中榆。爱客每投辖，鸾书常典衣。朝回频枉驾，旅次亦光辉。"④此诗作于吴镇入京会试时，张翔任职户部主事。多年以后，吴镇回到甘肃任教兰山书院，张翔时任知府，吴镇有《赠张桐圃太守翔》："昔别年何壮，今逢鬓已斑。风云随处

　　①　张翔：《念初堂诗集》卷四，嘉庆刻本，国家图书馆藏。
　　②　潘挹奎：《武威耆旧传》，清代地方人物传记丛刊本。
　　③　吴镇：《雪舫诗钞序》，《松厓文稿次编》，《松花庵全集》。
　　④　吴镇：《松花庵诗草》，《松花庵全集》。

变，邱壑几人闲？归路长城外，离樽落照间。何由同塞雁，偕汝到天山。"①另有集句诗《赠张桐圃》《怀张桐圃》《访张桐圃不遇》等多首。

乾隆五十六年（1791），张翙暂居留兰州，与吴镇往来频繁。该年五月，为吴镇《松花庵律古续稿及古诗绝句》作序，序中评道："松厓先生深于古诗，兼工集句者也。所为《律古》，流播艺林。近复有《续稿》及《古诗》《绝句》三种，愈出愈奇，殆亦操觚家游戏之上乘欤！"②该年张翙还曾编选吴镇文稿为《松厓文稿续编》，并作序，序曰："尝读《松厓文稿初编》，而叹其肆力于古者深也。杨蓉裳刺史序其略曰：'松厓以诗名海内，久已脍炙人口，今读其古文，又复雄深奥衍，自成一家。比之太白、少陵、摩诘诸公，谓文集可与诗并传。'洵不诬已。顾篇帙无多，数番易尽，譬若全鼎之一脔，未足餍人咀嚼也。会今年春，复以次编示余，始知向之所示《初编》，特其嚆矢耳。夫古人精进之学，多在晚年，所谓'庾信文章老更成'也。今松厓年七十余矣，而主讲兰山，披吟不倦，从兹著作等身，与年俱进，所沾丐艺林者，正未有艾矣。是编也，又乌足尽名山不朽之业耶？爰缀数言以复之。"③张翙对吴镇的散文作品进行了大量的阅读评点，《松厓文稿》6 条，《松厓文稿次编》5 条，《松厓文稿三编》2 条，共计达到 13 条。如评《集古诗序》一文："组织自然，真如天衣无缝。"④评《李少溪进士传略》一文："写高士不多着墨，然仍避实击虚，得镜花水月之妙。"⑤皆能得吴镇文章之旨。

吴镇比张翙大二十八岁，两人为忘年之交，张翙对吴镇极为尊敬，两人常诗文往来，张翙《念初堂诗集》中有多首写给吴镇的诗，如《秦轺草》集中有《读松花庵律古诗》一首，诗前有序："吾乡吴信

---

① 吴镇：《兰山诗草》，《松花庵全集》。
② 吴镇：《松花庵律古续稿》，《松花庵全集》。
③ 吴镇：《松厓文稿次编》，《松花庵全集》。
④ 吴镇：《松厓文稿三编》，《松花庵全集》。
⑤ 吴镇：《松厓文稿次编》，《松花庵全集》。

辰先生，集六朝句为律诗，凡百数十首，裁制工整，如出己意，亦创格也，辄为是首。"①诗曰："六朝诗思丽，淘洗见精神。妙构今还古，寅批腐出新。孤成千腋贵，鲭合五侯珍。莫道拈来易，苦吟多少人。"②对吴镇的六朝律古集句甚为佩服，评价亦高，并认为同清代李友棠的《侯鲭集》同样珍贵。《漏余草》集中有《赠沅州吴信辰使君》："李杜传衣在，于今复几人。高才见夫子，腾步蹑芳尘。赊遍洞庭月，吟残湘渚春。风骚流政化，芳草亦精神。"③该诗写于吴镇沅州知府任上，把吴镇看作李白、杜甫的传承人，极为赞誉，题目后还附有小注："公有诗名。"④

二、吴镇对青海诗人吴栻的指点

吴栻（1740—1803），字敬亭，号对山、怡云道人、洗心道人，青海碾伯（今乐都）人，青海在清代时属于甘肃省管辖，与吴镇、吴镫被称为甘肃"三吴"。父吴遵文，字行一，康熙二十三年（1684）贡生，任平番（今永登）司训七年。清乾隆二十年（1755），吴敬亭补博士弟子员。乾隆三十年（1765），充拔贡。乾隆三十七年（1772），授教职。乾隆四十二年（1777），考中举人，其后屡试不第。乾隆五十三年（1788），认识著名诗人、时任西宁道台的王曾翼，第二年被其推荐入甘州苏军门幕府，四年后讲学于平番肇兴书院。乾隆五十七年（1792）回乡，从事著述，整理书稿。吴敬亭爱好文学，擅长诗、赋、杂文等创作，著有《病吟录》《自勖录》《赘言存稿》《云庵杂文》《云庵赋草》《云庵四六文》《云庵排律诗稿》等，后人吴景周辑为《吴敬亭诗文集》，于1998年刊印。徐世昌《晚晴簃诗汇》选有诗歌四首，为青海唯一入选诗人。

吴栻小吴镇二十余岁，乾隆五十年（1785），吴栻往兰山书院拜访关陇文坛盟主吴镇，以诗稿求教于吴镇，请吴镇删定并作序，

① 张翙：《念初堂诗集》卷一，嘉庆刻本，国家图书馆藏。
② 张翙：《念初堂诗集》卷一，嘉庆刻本，国家图书馆藏。
③ 张翙：《念初堂诗集》卷二，嘉庆刻本，国家图书馆藏。
④ 张翙：《念初堂诗集》卷二，嘉庆刻本，国家图书馆藏。

两人成忘年之交，吴镇以弟呼之。乾隆五十四年（1789），吴栻去甘州入苏军门幕府时经过兰州，再次拜访吴镇于兰山书院，两人论诗评文。吴栻好为诗，吴镇为其诗集写有《吴敬亭诗序》，对其诗多有赞叹："然则敬亭一生之所居游，固皆边塞之真诗也，则其骨力清刚，而感激豪宕也固宜。虽然，敬亭遭际升平，熙熙皞皞，凡从军、乘障、吊古、闺怨之作，胥无所用之，则刻画山水，庶足怡情。"最后称："敬亭之诗，非徒湟中诗也。"①吴栻在吴镇为其诗集写的序后写有评语，感激之情溢于言表："层层击虚，处处翻空，清灵之气，栩栩纸上。第愧雕虫小技，何足当燕许大笔，使落寞姓字，混于诸公之末，能无汗颜。今文在人亡，临风朗诵，益深人琴之感云。"②吴栻对吴镇非常敬仰，也非常感念吴镇的恩情，生前即求墓志铭于吴镇。

第二节　吴镇对学生刘壬和王光晟的培养

吴镇一生致力于诗学创作和格律研究，随其专门学诗的弟子也比较多，一些弟子成就卓著。如关中四杰之一刘绍攽的儿子刘壬，得到格调派代表王鸣盛的高度赞誉。寄籍山西辽州的皋兰诗人王光晟，得到性灵派领袖袁枚的赏赏，并多次参加袁枚组织的"随园"文学活动。

一、吴镇对学生刘壬的培养

刘壬（1730—?），一名廷扬，字源深，陕西三原人，刘绍攽子，监生。刘壬从小受其父刘绍攽熏陶，少能赋诗，徐世昌《晚晴簃诗汇》九十九卷录其诗一首。有《戒亭诗草》存世，著名乾嘉史学家、格调派代表王鸣盛为其作序。

---

① 吴镇：《吴敬亭诗序》，《松厓文稿次编》，《松花庵全集》。
② 吴景周注：《吴敬亭诗文集》，甘肃联大印务中心（内部资料），1998年。

吴镇与刘壬认识较早,在吴镇在陕西任教职时,刘壬已经从其学诗。之后,两人保持着长期的联系。刘壬对吴镇的诗文作品做过评点,还参与了吴镇《松厓文稿》的校订工作。《松厓文稿》在乾隆五十五年(1790)秋于兰山书院梓行,参与校订者三十人大多为吴镇的学生,刘壬在列。刘壬是吴镇和王鸣盛交往的关键人物。刘壬曾从吴镇学习诗学,亦曾拜王鸣盛为师,曾将吴镇诗集送给王鸣盛,王鸣盛读后大加叹赏,于乾隆五十六年(1791)给吴镇写了一封书信:"久耳芳名,未由接晤。幸从三原刘戒亭处,得读佳章,惊才风逸,壮志烟高。……特寄此札,以致相慕之诚。"①吴镇随即回信与王鸣盛交往。

今《松花庵全集》中保存吴镇《寄三原刘源深》等赠答作品,吴镇曾校订刘壬诗集,并作有《戒亭诗序》,对刘壬的诗作评价颇高:"源深诗颇多,余删而存者仅十之一,然如五言之'桃花山店火,柳絮石桥烟。白云家远近,黄叶路高低。入门泉乍响,过夏日犹长。风月沧江路,莺花古绛春。'七言之'司寇豸冠撑日月,仙人孤掌弄云霄。戎马间关行路远,杜鹃憔悴寄愁深。夕阳有影寒鸟集,老树无花倦蝶愁。携酒每寻残雪寺,思家独上夕阳楼。'即置之《二南遗音》,宁有愧色耶?使由是耽思旁讯不懈而及于古,又谁得而限之。九畹虽雅,不欲其子骤以诗鸣,然山玉川珠,光辉自远。一家之宝,当与天下共之矣。"②刘壬去世以后,吴镇有集杜诗为挽联:"念我能书数字至,似君需向古人求。"③

二、吴镇对学生王光晟的指点

王光晟,字立夫,号柏厓,甘肃皋兰(今兰州)人,出生于兰州,后寄山西辽州(今左权县)籍。王光晟于乾隆四十七年(1782)回到兰州,师从吴镇学诗。秦维岩《国朝画后续集序》曾提到其家

① 王鸣盛:《西沚札》,转引自吴镇:《松厓文稿三编》,《松花庵全集》。

② 吴镇:《戒亭诗草序》,《松厓文稿》,《松花庵全集》。

③ 吴镇:《松花庵对联》,《松花庵全集》。

世行迹："柏厓先生，吾兰世家子，文学簪缨，迄及四世。虽尝从大父宦山西之辽州，州人爱留之，遂着为辽州籍，而其实本兰州人也。芳行既敦，青籍不坠，啧啧人口。所著古今体诗，江乙帆、周湘泉、吴松厓诸老辈，尝以诗质之。"①历任直隶柏乡县、江苏盐城县、江宁典史及江宁知县，著有《晚翠轩诗集》《国朝画后续集》。王光晟善于书法："善八分书，喜吟咏，与狄道诗人吴镇相切劘，为诗一气呵成，中无杂句。"②《皋兰县志·人物传》有传。

吴镇和王光晟交往密切，吴镇写给王柏厓的诗歌颇多，如《答辽州王立夫》："淮水卜荡荡，青箱天下遍。君同北化鱼，复作南飞雁。迩者辱新诗，良金悉百炼。况兼八分书，瘦得斯冰善。惜哉求禄养，捧檄等曹橼。珠玉迸光芒，斯人俱贫贱。迢迢皋兰山，今古云霞变。回首望夕阳，能无桑梓恋？老非孤竹马，迷道惭闻见。做诗寄五泉，聊用酬黄绢。"③乾隆五十三年（1788），王光晟赴江宁任典史，吴镇作《送王柏厓就选》相送："王子辽州客，兰山乃旧家。乡音连蟋蟀，归梦绕蒹葭。相逢才旅社，出祖又天涯。且酌葡萄酒，兼看芍药花。橼曹君莫小，尸祝我仍奢。峻坂鸣腰囊，延津会馈珴。好藏先世帖，勿覆后人车。塞近然明俗，河通博望槎。封侯应不远，题壁待笼纱。"④《松花庵诗话》对王光晟也有介绍，并摘其《江上》诗，评为"佳甚"。⑤

在兰州时，王光晟参与了对吴镇诗文的校订，并作有评点。如评《答张佩青太史书》一文曰"婉挚"⑥。吴镇删选王光晟诗集《晚翠轩诗》，并作诗序，序中说："柏厓王子立夫，自辽州至皋兰，出其《晚翠轩诗》而求序于予，余读之，喟然而叹。叹立夫之殚心风雅为不可及，而英雄失路，桑梓关情，正不徒以闭门觅句，争名誉

① 郭汉儒：《陇右文献录》，甘肃文化出版社，2014年，第448页。
② 安维峻：《人物志·群才（一）》，《甘肃新通志》卷六十六，中国西北文献丛书本。
③ 吴镇：《兰山诗草》，《松花庵全集》。
④ 吴镇：《兰山诗草》，《松花庵全集》。
⑤ 吴镇：《松花庵诗话》卷三，《松花庵全集》。
⑥ 吴镇：《松厓文稿三编》，《松花庵全集》。

于词坛也。……今观其诗，抑何其如黄河之水汪洋曲折，而滔滔不能已也。立夫诗甚多，而未能割爱。鱼目既杂，或反混珠意者，直谅多闻之友寥寥，或知之而不敢尽言欤？予与立夫同郡世好，义难恐恩，因为删存什一，而略为校定。今摘其合作，虽置之唐人中无愧色矣。"①对王光晟的指点和鼓励颇多。

王光晟是介绍吴镇与袁枚交往的关键人物。乾隆五十三年（1788），王光晟担任江宁典史，介绍吴镇给袁枚，袁枚采录吴镇诗作入《随园诗话》，吴镇写信感谢，两人交往。王光晟在江宁任职期间，常出入随园，参加袁枚组织的文学活动。袁枚《随园诗话》补遗记载："乾隆庚戌，金陵风雅，于斯为盛。吾乡补山宫保为总督，沧江李宁圃翰林为知府，泾阳张荷塘宰上元，辽州王柏崖廪生为典史，西江陶明经莹为茶引所大使，盱眙毛俟园孝廉为上元广文，随园唱和，殆无虚日。"②

在王光晟赴江宁任典史后，吴镇和王光晟仍保持密切联系，常有书信往来。由于王光晟常应邀参加随园文学活动，遂充当了吴镇和袁枚之间的信使，并帮他们相互寄赠作品。吴镇在写给袁枚或者王光晟的诗中，常兼寄给二人，如《上袁简斋先生兼寄王伯厓少府》："子才才子近无伦，漫说中郎有后身。桔老不逾京口化，梅寒曾寄陇头春。音传鱼雁情何极，梦想湖山景未真。却羡江宁王少府，随园犹得望清尘。"③还有《贺王柏厓生子兼柬袁简斋先生》等。

第三节　吴镇对书院学生李华春、郭楷、秦维岳等人的培养

吴镇一生长期从事教职工作，从乾隆二十五年（1760）到乾隆三十七年（1772），除丁忧三年外，先后担任耀州学正和韩城教谕

---

① 吴镇：《松厓文稿》，《松花庵全集》。
② 袁枚：《随园诗话补遗》卷三，续修四库全书本。
③ 吴镇：《兰山诗草》，《松花庵全集》。

近十年，丁忧期间，还曾经在海城坐馆。在陵县知县、兴国州知州和沅州知府任上也非常重视教育工作。乾隆五十年（1785），吴镇在陕甘总督福康安的聘请下担任兰山书院山长，开始了八年的任教生涯，教授了大量学生。吴镇从事教学活动能秉承其师牛运震的教育思想，在督生课读，用力于举业之时，积极进行文学辅导，引导他们从事文学活动，培养学生的诗学才能。"吴松厓太守，得诗传于山左牛真谷，解组后，以诗授弟子，主讲兰山十有余年，故兰州诸君子率工诗。"①吴镇教授兰山书院，学生多成英才，"乙巳，受使相福嘉勇公聘，主讲兰山书院。其教人也，务崇实学，士多成立。如齹使秦觐东维岳、主政周得初泰元、刺史李元方苞、进士郭仲仪楷，其犹著者也。"②中举人者李华春、李苞等人，进士及第的有郭楷、秦维岳、周泰元三人。文学上成就颇高者更多，郭楷、秦维岳、李华春等在关陇文坛小有名气，李兆甲、武安邦等学生也都人人有集。

这些学生在兰山书院学习期间积极从事诗文写作，与吴镇以及吴镇的好友杨芳灿、王曾翼、姚颐、张翔等人唱和，积极参与吴镇的诗文作品评点，学习诗文写作技能，校订吴镇诗文作品集，其诗学理念和诗文艺术特点，受到吴镇的深刻影响。特别是李华春、郭楷、秦维岳等几位著名作家，在乾隆末年走上关陇文坛，逐渐成为关陇作家群的重要力量。

一、吴镇对李华春的培养

李华春，字实之，号坦庵，甘肃狄道（今临洮）人。乾隆四十二年（1777）举人，曾官清涧县训导，升富平县教谕，卒于任。李华春好诗，曾与吴镇、张位北、张竹斋等重联洮阳诗社。著有《坦庵诗草》《训蒙草》。李华春好为诗，"时吾州工诗者，以李敏斋、

---

① 陆芝田：《世德堂诗草序》，郭汉儒：《陇右文献录》，甘肃文化出版社，2014 年，第 496 页。

② 李华春：《吴松厓先生传略》，吴镇：《松花庵全集》卷首。

坦庵二公为最。"①《洮阳耆英纪略》记载："学问渊雅，好为诗，所著《坦庵诗草》行世，吴松厓先生曾序其诗。"②徐世昌《晚晴簃诗汇》选录其诗作四首，《盘豆驿二首》其一："疏雨生凉夕照开，高梧丛竹净尘埃。归程喜近秦关外，太华苍茫拂面来。"其二："数株高柳乱鸣蝉，一带丛芦胃晚烟。为底今宵归思切，玉娘湖上月婵娟。"③

　　吴镇与李华春有师生之谊，亦常唱和，如吴镇《河神祠古柳和李实之孝廉》(四首)，其一："河神祠庙枕洮涯，古柳参差阅岁华。不逐灰尘经浩劫，尚摇风雨动虚沙。阴浓曾覆庄生钓，漂泊难随汉使槎。昨向西倾山下过，技枝交影半龙蛇。"④另如，集句诗《赠李实之孝廉》等。吴镇对李华春的诗才和诗作多有肯定，《李坦庵诗序》认为："吾州李实之孝廉，以高才逸气，枕藉风骚，尝出其《坦庵诗稿》就正于予。予受而读之，则和平安雅，如其为人，写景撼情，悉脱凡近。"⑤该序结尾处说道："老夫耄矣，青眼高歌，非吾子而复谁望哉！夫诗无尽境，而久则愈工。故古人晚年论定，辄自悔其少作。实之年方英妙，有此基地，而更造于精微，则寸心得失，他日自能知之。姑留此赘言，以当传世之先声可也。"⑥对李华春给予了很高的期望。

　　吴镇去世以后，李华春为吴镇撰写了传记，对恩师的一生进行了总结和高度评价。李华春还曾学习吴镇的散文，并对散文作了大量评点，如评《孙桐轩传略》为："笔墨简古，法度谨严，高人行径，藉以永传。"⑦评《竹庐年谱跋》为："笔致萧疏，文情笃挚。"⑧

---

① 吴承禧：《让溪诗草序》，郭汉儒：《陇右文献录》，甘肃文化出版社，2014年，第486页。

② 孙祖起撰，张维校辑：《洮阳耆英纪略》，清代地方人物传记丛刊本。

③ 徐世昌：《晚晴簃诗汇》卷一百，中国书店出版社，1988年影印本。

④ 吴镇：《兰山诗草》，《松花庵全集》。

⑤ 吴镇：《李坦庵诗序》，《松厓文稿》，《松花庵全集》。

⑥ 吴镇：《李坦庵诗序》，《松厓文稿》，《松花庵全集》。

⑦ 吴镇：《松厓文稿三编》，《松花庵全集》。

⑧ 吴镇：《松厓文稿三编》，《松花庵全集》。

体现的是李华春对吴镇散文写作艺术的揣摩。

二、吴镇对郭楷的培养

郭楷(1760—1840)，字仲仪，号雪庄，甘肃凉州府武威县(今武威市)人。乾隆五十一年(1786)举人，乾隆六十年(1795)进士及第，不久受杨芳灿之邀主讲于灵州奎文书院，与杨芳灿过从甚密，常以诗唱和。杨芳灿自订、余一鳌补订《杨蓉裳先生年谱》乾隆六十年记载："延凉州郭雪庄进士主讲席，雪庄博学工诗。凡书院诸生，每月课文二次，时官闲无事，余偕雪庄及侯生士骧、周生为汉、陆生芝田、儿子夔生，逢诸生课期，即至书院，分题作诗，俱编入《唱和集》中。"①嘉庆六年(1801)任河南原武县知县，时年四十岁。②因不能曲意奉事上司，学陶渊明辞归，归乡后主要从事书院讲学，曾主讲于凉州天梯书院等。嘉庆二十年(1815)杨芳灿任甘肃提督，到张掖上任不久，聘请郭楷为家庭塾师，居留七年。著有《梦雪草堂读易录》《梦雪草堂诗稿》八卷、《梦雪草堂续稿》三卷等。嘉庆三年(1798)，郭楷与杨芳灿等一起纂修有《灵州志》四卷。

郭楷五岁受书，学习诗歌，《梦雪草堂诗稿自序》说："余年五岁始受书，先君子口授古人诗歌，辄跳掷欢呼之不置。厥后年日益长，性日益昏，复汩没于时文者二十载，间虽托兴为诗，率鄙浅不足道，以故随手散轶，不复捡集。"③年长专心举业，曾从学于本籍尹绾和孙俌学习经学和举业。入兰山书院师从吴镇后，尤其勤于学诗和古文，文学水平得到很大的提高。潘挹奎《梦雪草堂诗稿序》曾述其学问和诗学渊源："先生学经义于同乡孙俌仲山，学诗、古文于狄道吴镇信辰。孙、吴，故滋阳牛运震木斋弟子，传授渊源，

---

① 杨芳灿：《芙蓉山馆年谱》，北京图书馆藏珍本年谱丛刊。
② 秦国经主编：《清代官员履历档案全编·中国第一历史档案馆藏·嘉庆朝》第23册，华东师范大学出版社，1997年，第678页。
③ 郭楷：《梦雪草堂诗稿自序》，郭汉儒：《陇右文献录》，甘肃文化出版社，2014年，第514页。

其来有自。"①郭楷在兰山书院求学期间，在吴镇的介绍下，还认识了吴镇的好友杨芳灿等著名诗人，互相唱和切磋，诗歌水平提升很快，逐渐融入关陇作家群中。郭楷的诗不事雕琢，朴实自然，李于锴《梦雪草堂诗稿序》论其诗："吐言天拔，萧然尘壒之外，不事雕琢，动中自然。如玉鉴冰壶，一往清迥；又如古琴名酒，渊粹醇洁。挹之靡穷，而味之无极。"②评价颇高。郭楷曾参与吴镇诗文集的校订和评点，如评《雨墨山房跋》一文为："夷犹顿宕，神似庐陵。"③评《西谷金石印谱跋》曰："简劲。"④

三、吴镇对秦维岳的培养

秦维岳(1759—1839)，字觐东，号晓峰，甘肃皋兰(今兰州)人，父亲秦基贵为国子监太学生。秦维岳从小受到父亲熏陶，年少即有才学，乾隆四十八年(1783)中举，后入兰山书院，师从吴镇学习经史，兼及诗古文，乾隆五十五年(1790)恩科进士，选翰林院庶吉士，改授为国史馆编修，后转任都察院江南道御史，迁兵科给事中。嘉庆十一年(1806)八月任湖北盐法道，后署湖北按察使、湖北布政使衔。四任湖北乡试提调官、监试官，在任勤勉，整理盐务，裁汰陋规，修明吏治，政绩卓著，"在翰林时，所献赋颂，选入《皇清文颖》。当御史时，奏漕粮积弊，大有关于实政。任盐法道最久，弊绝风清，盐务极有起色。"⑤同时，秦维岳积极兴学，并捐献俸银创办江汉书院和勺庭书院。嘉庆二十四年(1819)因丁母忧归乡，再未出仕，乡居二十年，曾捐银创建兰州五泉书院，先后担任五泉书院、兰山书院山长，课士继承吴镇教法，重品行和文

---

① 潘挹奎：《梦雪草堂诗稿序》，郭汉儒：《陇右文献录》，甘肃文化出版社，2014年，第515页。

② 潘挹奎：《梦雪草堂诗稿序》，郭汉儒：《陇右文献录》，甘肃文化出版社，2014年，第515页。

③ 吴镇：《松厓文稿三编》，《松花庵丛书》。

④ 吴镇：《松厓文稿三编》，《松花庵丛书》。

⑤ 刘尔炘：《皋兰乡贤事略》，清代地方人物传记丛刊本。

学，"家居二十年，讲学五泉、兰山书院，阐训正学，学者宗之。"①道光十三年（1833），续修《皋兰县志》十二卷。晚年隐居兰州五泉"听雨山房"别墅，著有《听雨山房诗钞》三卷、《听雨山房文钞》《听雨山房赋钞》一卷等。

吴镇于乾隆五十年（1785）主讲兰山书院时，秦维岳已经在兰山书院学习。秦维岳《世德堂诗草序》说道："越丙申，嵇晴轩学使校士来兰，余亦补博士弟子员，遂入书院，与先生一斋讲习，欣合无间。"②由此可知，秦维岳在乾隆四十一年（1776）入兰山书院学习，乾隆五十五年（1790）中进士后，即离开兰州赴外做官。秦维岳师从吴镇的时间大约在五年左右，曾参与吴镇诗文集的校订和评点，如其评《宋母卢孺人墓志铭》一文："理质言简，能备传母仪妇道，为闺壸法，宜入列女传，为不朽之文。"③吴镇在该文中为女性不朽立言，秦维岳对老师文章的理解是非常到位的。再如评《宋育山明经夫妇合葬墓志铭》曰："今读松厓先生所作墓志铭，言皆质实，能括夫子一生行谊。岳亦不能复赘，惟抚兹松楸碣石，一再观览，不胜愀然，有衣钵之感也。"④

四、吴镇与学生文国干、李兆甲等人的交往

吴镇在兰山书院教授的学生非常多，在文学上比较突出的还有文国干和李兆甲等人。文国干，生卒年不详，字贤若，号固斋，狄道人。入兰山书院师从吴镇，后回临洮教授学生。颇有诗名，杨芳灿曾称其诗："天机澄淡，着墨萧疏，如对秋山，令人尘襟顿豁。"⑤有《竹屿诗草》（附录《文稿》）一卷，附录在嘉庆刻本《松花庵全集》传世，今国家图书馆有藏。该集有杨芳灿、李苞、吴承禧序，后有杨芳灿题诗，有吴镇、杨芳灿、李苞、李华春、武安邦、

---

① 朱允明：《甘肃乡土志稿》（三），中国西北文献丛书。
② 秦维岳：《世德堂诗草序》，郭汉儒：《陇右文献录》，甘肃文化出版社，2014 年，第 494 页。
③ 吴镇：《松厓文稿三编》，《松花庵全集》。
④ 吴镇：《松厓文稿三编》，《松花庵全集》。
⑤ 文国干：《竹屿诗草》卷首，嘉庆刻本，国家图书馆藏。

吴简默、吴承禧等诗友以及门生多人评点。吴镇去世后，文国干曾刊刻吴镇的《松花庵全集》，并附自己的作品集在后面。文国干有多首诗怀念老师，如《松花庵怀吴松厓夫子》："诗翁仙去后，仰止不胜嗟。"①《松花庵翠屏石》："松花庵里忆传经，怪石居然似翠屏。……惆怅吾师今已杳，礬林廉守共芳馨。"②

李兆甲（1767—1830），字逊（冠）乙，甘肃伏羌（今甘谷）人。因钦慕杨继盛（号椒山）自号为椒园。从吴镇学于兰山书院，喜好吟诗，屡试不第，后绝意仕进。一生以教授自娱，课士有方，门下登进士第者就有三人。著有《椒园诗钞》一卷。李兆甲学诗于吴镇，其诗颇有兴味。杨芳灿评其诗"朴老澄澹，五言高处，有储、王风味；其闲适之作，亦近诚斋、放翁小诗"。③ 李泰称其诗"无体不备，有句必新，不求工而自工，不斗巧而自巧，不拘拘于规仿古人，而自与古人合。至其出言浑厚，寓意遥深，尤未易到。"④吴镇有《伏羌公济桥歌示门人李兆甲》赞其父亲李泮池修筑公济桥的义举。

第四节　吴镇对家人后辈的影响

吴镇成长于诗书之家，祖父和父亲都是能诗善文的地方作家。吴镇继承家学传统，非常注重对家人的文学培养。在吴镇的影响和直接培养下，其二弟吴锭，儿子吴承祖、吴承禧和吴承福，侄子吴简默，内侄李苞等都能写诗。吴镇一门多诗人，是关陇地区典型的文学家族。在家人中，最优秀的是李苞和吴承禧，他们传承吴镇的文学思想，积极从事诗歌创作，在吴镇去世后，与李华春等领导洮

① 文国干：《竹屿诗草》，嘉庆刻本，国家图书馆藏。

② 文国干：《竹屿诗草》，嘉庆刻本，国家图书馆藏。

③ 杨芳灿：《椒园诗序》，李兆甲：《椒园诗钞》卷首，道光年间静虚斋藏版，甘肃省图书馆藏。

④ 李泰：《椒园诗序》，李兆甲：《椒园诗钞》卷首，道光年间静虚斋藏版，甘肃省图书馆藏。

阳诗社，评诗论文、刊刻编选作品集，继续活跃于关陇文坛，为关陇文学的发展做出了一定的贡献。

一、李苞对姑丈吴镇诗学的继承

李苞（1754—1834?），字元方，号敏斋，甘肃狄道（今临洮）人，吴镇内侄。乾隆四十二年（1777）拔贡，乾隆四十八年（1783）举人，选任为甘肃崇信县训导，乾隆五十二年（1787）升授广西阳朔知县，后转任广西罗城知县。乾隆五十八年（1793）任东城兵马司副指挥，嘉庆元年（1796）十月任四川剑州知州。后历任四川蓬州（今蓬安）知州、山东滨乐盐道同知。"以年老致仕，仕归寓锦城，日与故交好友联咏，以诗酒自娱。"①嘉庆十六年（1811），回到临洮，晚年仍从事诗学活动。李苞"性好诗，在籍与史联及、李实之诸名士，联社会诗。后出仕，公余仍多吟咏。"②著有《巴塘诗草》《敏斋诗草》。另著有《敏斋诗话》，辑有《洮阳诗集》十卷，附《洮阳集句》二卷，汇录清代前中期临洮诗人一百九十余人，其中，录吴镇诗集三卷，集句一卷，占三分之一。

李苞为吴镇内侄，从吴镇受学，从小受其熏陶。李苞《敏斋诗草序》："余家狄道州，乡之人多务于诗，前辈如张康侯（晋）、其弟牧斋（谦）、吴松厓（镇）三先生为最著。康侯、牧斋去余生远，松厓，余姑丈也，余又在弟子之列，得亲闻其绪论。"③受吴镇影响，李苞从小好诗，其诗工于五律，对仗工稳。李苞长期在南方担任官职，诗得江山之助，其山水纪游之作，名句颇多。徐世昌《晚晴簃诗汇》选录八首，摘佳句评点，并称："元方诗雅有唐音，《巴塘集》得江山之助，为菁英所萃，余亦多秀句。……皆清婉可诵"。④杨芳灿对《敏斋诗草序》的评价也是从李苞得江山之助展

---

① 孙祖起撰，张维校辑：《洮阳耆英纪略》，清代地方人物传记丛刊本。
② 郭汉儒：《陇右文献录》，甘肃文化出版社，2014年，第488页。
③ 李苞：《敏斋诗草·巴唐诗草》，续修四库全书本。
④ 徐世昌：《晚晴簃诗汇》卷一〇四，中国书店出版社，1988年影印本。

开："君诗搜幽抉异，玲珑劚削，遂因以大显其奇，固然其无足
怪。至于畿辅作吏，竽犊殷繁，犹能出其绪。余以为胸中之奇崛，
使其诗超逸秀拔，不染尘氛，信非才全养邃，有兼人之资者不
能也。"①

　　吴镇指导李苞诗学、帮助删改作品以及为诗集写序推扬，吴镇
为李苞诗集作序，指点和推扬李苞的诗学，《牵丝草序》："内侄李
子元方，少年能诗者也。多师为师，盖尝问道于予，而予殊无以益
之。近历宰阳朔、贺县，旋以忧归，乃出其《牵丝诗草》而求序于
予，意殆不在嘘张，而在商榷哉。盖阳、贺僻处粤西，去陇头八千
余里。至元方随其所历，而山川古迹，悉入讴吟，则其诗之领异标
新，而脱弃凡近也固宜。"②

　　李苞对既是姑丈、又是老师的吴镇极为尊敬，对吴镇的诗文作
品进行了仔细的阅读，并作了大量评点，对吴镇的作品非常佩服，
如评《皋兰宋氏墓碑铭》为："简老"，③评《重修五泉文昌宫募疏》
为："精炼，神道二句妙解人颐。"④评《贺福嘉勇公中堂启》一文：
"裔皇典丽，亦复情深而文明。"⑤简练是吴镇对散文的要求，李苞
在评点中使用一词，说明了他接受了吴镇的文章理念。

　　吴镇去世后，李苞刊刻了吴镇部分遗著《稗珠》《对联》《制义》
《试帖》和《文稿三编》，"松厓先师旧刻《松花庵诗草》……学者久
奉为圭臬。苞年来添刻《稗珠》《对联》《制义》《试帖》暨《文稿三编》
为续集。"⑥李苞还继续重联洮阳诗社，汇编清朝临洮地方诗人作品
为《洮阳诗集》，收录了吴镇的大量作品，并编年为集。嘉庆二十
五年（1820），临洮马士俊刊刻吴镇的《松花庵诗话》，李苞为之写
序："先师此编，崇论特识，得未曾有，而发微阐幽，具见怜才之

---

　　①　杨芳灿：《敏斋诗序》，李苞：《敏斋诗草·巴唐诗草》，续修四库全
书本。
　　②　吴镇：《松厓文稿》，《松花庵全集》。
　　③　吴镇：《松厓文稿三编》，《松花庵全集》。
　　④　吴镇：《松厓文稿三编》，《松花庵全集》。
　　⑤　吴镇：《松厓文稿三编》，《松花庵全集》。
　　⑥　李苞：《松花庵诗话序》，吴镇：《松花庵诗话》，《松花庵全集》。

盛意。洵与渔洋、随园等编分道扬镳，岂非艺林宝鉴哉！"①对既是姑丈又是老师的吴镇称誉极高。

还有侄子吴简默也受到吴镇较深的影响。吴简默，生卒年不详，字洵可，号石泉，临洮人，州庠生。"洵可，寒士也，所居板屋数间。而授徒其中，因自号板屋居士。"著有《竹雨轩诗草》《板屋吟》。吴镇《松花庵诗话》著录："从侄简默，字洵可，素工五律。……所著有《竹雨轩诗草》暨《板屋吟》各一卷，杨蓉裳刺史曾为序跋。"②《板屋吟诗草》存五律 36 首，刻于乾隆五十七年（1792），吴镇、李苞、杨芳灿都曾为之写序，杨芳灿和石渠还有题跋。

二、吴承禧等对其父吴镇诗学的继承

李华春《吴松厓先生传略》："（吴镇）子三人：长承祖，太学生，己卒；次承福，太学生；次承禧，州廪生，二君积学敦行，皆以能诗世其家。"③吴承祖、吴承福和吴承禧都能诗。吴承祖，国子监生，系承嗣过继。吴承祖存诗不多，《洮阳诗集》存诗数首。次子吴承福，字绶之，号桧亭，别号颐园，生年不详，卒于道光二十五年。国子监太学生。工诗，有《桧亭诗草》梓行。吴承福的诗名满乡里，"里人立碑曰'洮水诗人'。"④有《桧亭诗草》，文国干为其作序，序存《竹屿文稿》。王光晟称其诗"清若兰雪，爽如松风。"⑤

最能继承父志的是三子吴承禧。吴承禧，字太鸿，号小松，生卒年不详，家谱仅记载生于五月二十六日，嘉庆二十五年（1820）仍在世。廪生，以岁贡补庄浪县学训导。亦能诗，吴承禧少年聪慧，自称"以诗为业，年未弱冠，常与族兄洵可拈题分韵。"⑥著有

---

① 李苞：《松花庵诗话序》，吴镇：《松花庵诗话》，《松花庵全集》。
② 吴镇：《松花庵诗话》卷三，《松花庵全集》。
③ 吴镇：《松花庵全集》。
④ 《吴氏家谱》，家藏手抄本。
⑤ 李苞：《洮阳诗集》卷十，嘉庆四年刻本，国家图书馆藏。
⑥ 吴承禧：《让溪诗草序》，郭汉儒：《陇右文献录》，甘肃文化出版社，2014 年，第 486 页。

《见山楼诗草》二卷，《小松诗草》，《秦陇诗草》等，吴承禧能继承父志，诗书传家，杨芳灿曾为吴承禧诗集写序，其《吴小松诗集序》："临洮吴松厓先生，儒林丈人，词坛宿老。壮年出守，著次公之循声；晚岁归田，返平子之初服。言该百氏，学洞九流，尤嗜诗歌，上探骚雅。海内名公传其声誉，陇右人士奉为羽仪。……如我小松三兄者，斯其人也。盖自金铃堕地，即具凤根；异鸟入怀，弥耽慧业。子云绮岁，著灵节之铭；彦升髫龄，有月仪之制。……袁简斋先生推风雅之宗，负人伦之鉴，君以诗赘，大相赏誉。羡枚乘之生皋，喜肩吾之有信。""庭竹之什，不愧比兴之遗；陔兰之诗，别见孝弟之性。""衔华佩实，诸体并工，行墨间更有一种恬雅之气，令人躁释矜平。"①

吴承禧论诗，也继承吴镇诗学观较多，其为马士俊作的《让溪诗草序》先论为诗之根本："《记》曰：'温柔敦厚，诗教也。'然则士自束发受书，欲研究声律，非先有温柔敦厚之质，安能出风入雅哉?"接着介绍马士俊其人其诗："友人马君子千，绳武公之次子也。少好读书，惜早失怙恃，未竟其志。后以其堂叔季新公见背，因以君承嗣。马君性友孝，兼敦友谊。虽以衣食之故，奔走风尘，暇辄捻髭觅句，与朋辈晨夕唱酬，若不知其家无余赀者。余以诗为业，年未弱冠，常与族兄洵可拈题分韵，时子千频以诗见质。余已决其熏习风雅，将来可宏先业。今洵可辞世多年，君每齿及，不禁怆然，其笃于师门之谊如此，宜其诗之超然不俗也。时吾州工诗者，以李敏斋、坦庵二公为最。子千之诗，坦庵尝加评骘矣。试质之敏斋，应亦欣然，嘉叹而不以余言为过当云。"②

①　杨绪容、靳建明点校：《杨芳灿集》，人民文学出版社，2014 年，第 475 页。

②　吴承禧：《让溪诗草序》，郭汉儒：《陇右文献录》，甘肃文化出版社，2014 年，第 486 页。

第八章　吴镇的诗风变化与乾嘉
诗坛诗学风尚

　　吴镇从十二岁开始写诗，直到七十八岁去世前还在伏枕创作，在六十余年时间里未曾间断，但他的诗在刊刻时删选严格，诗歌仅留下八百余首，分别存于《玉芝亭诗草》《松花庵诗草》《松花庵游草》《松花庵逸草》和《兰山诗草》中。考察吴镇的诗歌创作历程，可以分成前、中、后三个时期，前期从求学到任韩城教谕，受西北地域文化和牛运震倡导的格调诗风的影响比较深，是诗歌风格的形成时期，诗作主要存于《松花庵诗草》中。中期从任陵县知县到沅州知府任上罢官，受湖湘等地自然山水与地域文化的影响比较大，诗风从前期的豪健苍凉走向浑厚与清丽兼具，诗作主要存于《松花庵游草》中。后期主要是晚年任教兰山书院期间，这段时间生活闲适，受性灵诗风的影响比较大，其诗抒发性灵，诗风平易而淡远，作品存于《兰山诗草》。吴镇从兰山书院回到临洮后的创作曾辑成《伏枕草》，可惜已经散佚，无法探讨。

　　吴镇以诗歌名家，在当时获得了较高的评价，如袁枚评其诗："深奥奇博，妙万物而为言，于唐宋诸家不名一体，可谓集大成矣。"①杨芳灿评："如八音迭奏，韶韵铿然，五色相宣，锦缋烂然。而皋牢百家，鼓吹群雅，浩乎无流派之可拘也。"②李华春认为："先生诗源风骚、汉魏，根柢三唐，而出入于宋元明诸作者，以故精深雅健、朴老雄浑，卓然自成一家。"③吴镇的诗歌在后世

---

① 吴镇：《松花庵全集》卷首。
② 杨芳灿：《松厓诗录序》，吴镇：《松厓诗录》卷首，《松花庵全集》。
③ 李华春：《吴松厓先生传略》，吴镇：《松花庵全集》卷首。

也得到很高的认同，李元春《关中两朝诗钞自序》认为关陇诗歌成就以李因笃、屈复和吴镇为最高，"国朝先后李天生、屈悔翁、吴信辰为最"①。徐世昌在《晚晴簃诗汇》里认为吴镇是西北诗人领袖，"松厓则才格并高，研求声律，故其诗音节尤胜。归林下后，掌教兰山书院，裁成后进，颇有继起者。当为西州诗学之大宗。"②

第一节　吴镇前期诗风与乾嘉诗坛的格调诗潮

　　乾隆前期的诗坛，格调诗风盛行。格调派领袖沈德潜早在康熙年间就在江南授徒，弘扬诗教。晚年受到乾隆赏识，成为乾隆身边的御用文人，声望日高，成一代宗主。乾隆十四年（1749）辞官养老后，沈德潜继续从事诗学活动，特别是乾隆十六年（1751）主讲紫阳书院，一时"海内英隽之士皆出其门下"③。沈德潜论诗非常推崇以李梦阳为代表的前七子，宗汉魏盛唐，主张格高调古，重视格律，追求诗歌的温柔敦厚。格调本来为李梦阳所倡导，李梦阳主张"高古者格，宛亮者调"④，讨论的是诗歌形式，沈德潜则从内容和形式两个方面进行了发展，"到了沈氏手上，只留下'调'属于形式，'格'则变为诗的'本原'，亦即'诗教'，属于内容了"⑤。沈德潜一方面重视诗歌内容的教化，一方面强调诗歌格律工整，在诗风上则要求温柔敦厚，形成诗歌的雍容典雅之美。沈德潜对于乾隆诗坛的重要意义在于代表朝廷"以规矩示人，承学者效之，自成宗派"⑥。沈德潜于乾隆三十四年（1769）去世，主持乾隆前期诗坛

---

① 李元春：《关中两朝诗钞》卷首，道光十二年壬辰守朴堂藏版。
② 徐世昌：《晚晴簃诗汇》卷九十四，中国书店出版社，1988年影印本。
③ 江潘：《国朝汉学师承记》，中华书局，1983年，第39页。
④ 李梦阳：《驳何氏论文书》，《空同子集》卷六十二，明万历三十年邓云霄刻本。
⑤ 刘世南：《清诗流派史》，人民文学出版社，2004年，第282页。
⑥ 赵尔巽等：《沈德潜传》，《清史稿》卷九十二，中华书局，1977年。

三十余年，以诗坛领袖身份影响着乾隆前期诗歌的发展方向，远在西北的吴镇因师承主张格调诗学的牛运震也深受影响。

吴镇学诗以汉魏盛唐为宗，早年在兰山书院随牛运震学诗时，就曾说："古期汉魏，近体期盛唐，合而衷诸《三百篇》，师其意不师其体，唐以后蔑如也。"①其学诗路径与格调派相似。王鸣盛也说："今松厓复崛起西陲，骨格才情，直欲上薄汉魏，下规盛唐，不特比肩空同，而可泉、浚谷，并超乘过之矣。"②从创作实践来看，吴镇前期的诗歌比较平和含蓄，有温柔敦厚之风，与格调派重视诗教传统的主张相合。另外，吴镇此时期虽然有论律诗的著作，但在创作中却没有体现出对格律的重视，这一时期的五古和乐府比较多。

一、咏史抒怀与田园生活：怀才不遇的寄托

吴镇年少成才，胸有大志。青年时便是"关中四杰"之一，得到老师牛运震、在甘诗人沈青崖、梁彬等人赞誉，但是乾隆十五年（1750）中举人后，八次科举落第，乾隆二十七年（1762）因大挑二等担任耀州学正，直到乾隆三十七年（1772）出任山东陵县知县，担任教职类闲官十余年，长期怀才不遇让吴镇的内心非常苦闷。因而，吴镇前期的咏史抒怀诗或咏怀古迹，或咏叹历史人物，不管是抒发历史沧桑之感，还是歌颂英雄的忠勇行为，甚至是对遭遇不公的同情，常含有怀才不遇的悲凉，但都体现出"哀而不伤"的诗教传统，大多写得比较含蓄委婉。如寄托之作《候马亭歌》：

> 汉武望马如望仙，恨无桂馆通祁连。汗血千载化龙去，至今候马空亭传。空亭一望连沙草，极目长天但飞鸟。君不见，子卿憔悴李陵悲，英雄尽向盐车老！③

---

① 牛运震：《松花庵诗序》，吴镇：《松花庵全集》。
② 王鸣盛：《松花庵诗集序》，吴镇：《松花庵全集》卷首。
③ 吴镇：《松花庵诗草》，《松花庵全集》。

《河西旧事》载："汉武遣贰师将军伐大宛，得天马三，感西风思归，遂顿裂羁绊，骧首而驰，晨发京城，食时至墩煌北塞山下，嘶鸣而去，此处为候马亭。"①在诗中，吴镇形象地描绘了汉武帝对天马的重视甚至膜拜之态，以及翘首盼望、迫不及待的心理，旨意归于对汉武帝重物轻人的牢骚，委婉表达盛世怀才不遇的感叹，以此来代替对汉武帝为获取宝马，穷兵黩武、劳民伤财的批判。

吴镇早有大志，喜欢歌咏英雄，如写家乡古迹的《题哥舒翰记功碑》：

> 李唐重防秋，哥舒节陇右。浩气扶西倾，英名壮北斗。带刀夜夜行，牧马潜遁走。至今西陲人，歌咏遍童叟。渔阳烽火来，关门竟不守。惜哉百战雄，奸相坐掣肘。平生视禄山，不值一鸡狗。伏地呼圣人，兹颜一何厚。毋乃贼妄传，借以威其丑。不然效李陵，屈身为国后。英雄值老悖，天道遘阳九。终焉死偃师，曾作司空否？轰轰大道碑，湛湛边城酒。长剑倚崆峒，永与乾坤久。②

哥舒翰为唐玄宗时名将，曾为陇西节度使，屡败吐蕃，在西北声望较高，其记功碑就在吴镇家乡临洮。吴镇称赞哥舒翰荡平西北、镇守边关的武功和雄壮的英雄气概，寄托了自己建功立业的愿望。同时，也表达了对其晚节不保的遗憾。

吴镇的这种愿望在现实面前更多的是一种伤感，在参观山西故关时，写下了《故关》一诗，显出遒劲苍凉的特点：

> 三晋雄关在，喉衿此地分。双门开片石，一剑倚层云。高垒烟皆熄，空山日半曛。秋风吹白草，哀角几家闻。③

---

① 乐史：《太平寰宇记》卷一百五十三，四库全书本。
② 吴镇：《松花庵逸草》，《松花庵全集》。
③ 吴镇：《松花庵诗草》，《松花庵全集》。

　　看见历史上著名的故关，吴镇感慨它虽历经沧桑，依然占据着咽喉地位，雄风不减。而关门狭隘厚重，峰高万仞，有一夫当关万夫莫开的气势。而如今历史远去，高垒亦废，狼烟不再，哀角不闻，连此时的夕阳也已经半落于山，四周寂静，耳畔只有秋风飒飒，满目衰草瑟瑟，不禁使人感慨万千。

　　再如《鞠歌行》：

　　　　倚剑望八荒，不知何故忽悲伤。黄云万里无断续，中有古时争战场。英雄一去不复返，摧颓白骨归山岗。而我徒为生六翮，憔悴不复能飞扬。君不见流光迅速如惊电，壮士一夕毛发变。①

　　秦人尚武轻死，慷慨从军，追求功业。吴镇早有大志，羡慕驰骋疆场、建功立业的英雄，心中常有能够仗剑一展抱负的侠气豪情，但无用武之地的悲哀却经常令他憔悴黯淡。

　　吴镇八次参加会试落第，又长期担任教职这样的闲官，对怀才不遇有着深刻的体验。他借咏古来抒怀，有幽怨牢骚的情绪，并不激昂愤恨，而是情感收敛而内隐。如《赋得黄金台》：

　　　　惊风走急沙，孤台郁突兀。中有千古意，立马不能发。燕昭昔下士，黄金堆日月。始隗卒收功，大道留残碣。夕阳过客尽，崦嵫浮云没。把酒酹望诸，悲歌动林樾。茫茫红尘内，骛骞竟超忽。生骏尚难求，何由别朽骨。②

　　在风沙狂掠之后，黄金台兀然地出现在诗人面前，孤独无言，正如立马踟蹰、失意不遇的诗人。想当初燕昭王建此台，重金揽士，而今却风沙满面、被人遗忘，诗人在诗中寄托了内心的伤感和怀才不遇的失落。《登楼》也是这样的作品："登楼望八荒，一上九

---

　　①　吴镇：《松花庵诗草》，《松花庵全集》。
　　②　吴镇：《松花庵诗草》，《松花庵全集》。

回肠。仆仆因何故，年年滞此乡。怀人秋草绿，吊古暮云黄。况值南飞雁，遥天又几行。"①诗人的愁绪蕴含其中。

吴镇每到一地，喜欢游览宗庙、祠堂等文化古迹，他这一时期的咏史怀古诗常和历史人物的咏叹结合在一起，咏叹对象大致相近，多为有才不能施展或不得善终者。如《汤阴岳庙》：

> 客游汤阴县，庙貌何辉煌。恂恂岳少保，气薄白日光。南宋如破屋，风雨交摧伤。绸缪尚恨晚，况自毁其墙。古称寿平格，老桧宁且康。天岂厌赵氏，和议自主张。累累众铁囚，反接大道旁。雕儿不足惜，丑哉张循王。②

吴镇过汤阴访岳飞庙，颂扬岳飞的英勇忠义，感叹岳飞有才却遭受不平，批评和议者陷害忠良。面对历史英雄，吴镇有不平之气，结尾却用"雕儿不足惜，愧哉张循王"一句带过，对愤激之情进行了消解，怨而不怒，归于温柔敦厚。

吴镇过山西，有《绵山怀古》：

> 晋文昔归国，实赖从者力。微禄必自言，五贤皆减色。介生笑贪天，怨怼良已极。股肉能几何，令君劳记忆。青青绵山上，一蛇此潜匿。云卧不可求，寒灰抱榛棘。慈母信偕隐，妒女亦矫特。至今野草花，春风愁寒食。③

该诗怀古实为怀人，帮助晋文公归国的谋士介子推曾隐居绵山，吴镇赞赏介子推孤高自洁的品格，诗中对介子推的内心不满有所感叹，但全诗整体上比较平和。

另如《扶苏祠》："传闻秦太子，放逐此山椒。白日坤霜落，青

---

① 吴镇：《松花庵诗草》，《松花庵全集》。
② 吴镇：《松花庵诗草》，《松花庵全集》。
③ 吴镇：《松花庵诗草》，《松花庵全集》。

春震木凋。狐鱼喧大泽，鹿马戏荒朝。尚忆桃花岛，燕丹憾未
消。"①感叹有才却被放逐的秦太子扶苏。如《丛台》"嬴氏逢天醉，
虚生主父才。未招轻骑射，先梦美人来。雀鷇探难饱，苕华惨不
开。鬼雄何处是，风雨满丛台。"②写一代英雄赵武灵王因宠幸美人
而做出错误决定，以致饿死。

长期不遇，理想被埋没，吴镇经常思念故乡，吴镇以《故乡
行》为题的诗有好几首，如其中两首：

> 虫蛇不在井，豺虎不在堂。枳棘不在路，祟厉不在场。胡
> 为劳我躯，年年去故乡？故乡此日好风色，雏鸡咿咿桑榆侧。
> 欲凭远梦赴乡关，坐叹行吟眠不得。君不见狐死必首邱，依依
> 桑梓令人愁。试看凌烟古图画，谁哉荡子曾封侯。③

> 故乡如故人，相别愈相亲。故人如故乡，相见还相忘。忆
> 我出门已数月，昔时杨柳今飞雪。拟跨白凤造天门，中道风摧
> 羽毛折。归来却扫旧庐园，栽花种竹随所便。我虽不及苏季
> 子，尚有城南二顷田。④

前一首写没有豺狼虎豹，没有荆棘满路，世界一片太平，明明
不相信"荡子曾封侯"，为什么饱受"坐叹行饮眠不得"的痛苦折磨，
年年离开故乡，滞留他乡？后一首写在外漂游，回到故乡的闲适，
是吴镇怀才不遇的自我安慰。事实上，虽一再受挫，此时期的吴镇
仍对功名抱有希望，不甘于隐居乡村，而故乡之思，不仅是受挫后
的安慰，还带有士大夫的理想与情操的寄托。如《耀州萧司训思归
阴平诗以留之》：

> 山居怅沉寥，市居苦尘坱。二者不可居，何处置吾党？惟

---

① 吴镇：《松花庵诗草》，《松花庵全集》。
② 吴镇：《松花庵诗草》，《松花庵全集》。
③ 吴镇：《松花庵诗草》，《松花庵全集》。
④ 吴镇：《松花庵逸草》，《松花庵全集》。

兹一亩宫，松萝杂灌莽。与君家其间，隔篱时相访。朝听松风吟，暮看萝月上。居然幽兴熟，鸡犬亦来往。便静生道心，息机结霞想。莫以云下田，逍遥理归鞅。①

《海城客馆梳理小畦蛮赋》：

小斋仅十笏，聊以架群书。斋前一丈地，借与花竹居。叠石岂在高，插篱不厌疏。欣欣看生意，翠绿连阶除。春雨未破块，微风自荷锄。稍亲抱瓮劳，顿觉心神舒。鸡冠与鸭脚，百日开有余。归期傥及瓜，葵藿已堪蔬。古今一传舍，何者是我庐。不见寄生草，绵延忘其初。②

守一亩田，开一丈地，借"欣欣看生意"，或听风吟唱，或看萝月，而顿觉心神舒缓，"静生道心"，作为一种理想审美寄托，一种士大夫宁静与情操，一种挫折中的安慰。

吴镇也写有一些诗关心百姓生活，经过太行山时，深深打动吴镇的，不是太行山外在巍峨壮观的风景，而是它曲折艰难的道路给百姓带来的灾难：

一带轮蹄迹，千秋汗血痕。阴崖闻叹息，恐是健儿魂。③

吴镇从车马留下的深重痕迹着笔，感叹太行山周围百姓为讨生活，千万年以来都这样负重走在这条艰难崎岖的道路上。继而想象这条道路上，不知挥洒多少健儿的血汗，葬送了多少年轻的生命。这是百姓为外出谋生计、讨活路，用性命铺成的道路。

二、闺怨之作：怀才不遇的另一种寄托

在诗歌中，闺怨是常见的主题之一，吴镇诗中多书写女子独守

---

① 吴镇：《松花庵诗草》，《松花庵全集》。
② 吴镇：《松花庵诗草》，《松花庵全集》。
③ 吴镇：《太行》，《松花庵诗草》，《松花庵全集》。

空房的落寞、天际识归舟的望眼欲穿，多寓有怀才不遇之思，他的闺怨之作大多写得含蓄而富有韵致。如《古意》："自从君别后，日日上高楼。高楼临汉水，遥见木兰舟。渺渺波与风，凄凄春复秋。"①清远婉转，被杨芳灿评为："神韵绝佳"②。

吴镇关注女性的命运，他意识到了女性的无助和哀怨，认为即便美丽如虞姬、西施、杨贵妃、苏小小、息夫人、绿珠等，命运也不能自主，有些还背负着"红颜祸水"的罪名。如《虞美人花》写虞姬："怨粉愁香绕砌多，大风一起奈卿何？乌江夜雨天涯满，休向花前唱楚歌。"③《越女曲》写西施："越女浣春纱，香风遍若耶。谁将麋鹿恨，说与苎萝花。"④《马嵬》写杨贵妃："倾国蛾眉葬此间，六龙西去杳难攀。汉庭祸水传犹烈，楚岫行云梦已闲。在昔罗衣曾作谶，于今香粉亦成斑。桓桓却恨陈元礼，一矢何曾向禄山？"⑤吴镇对他们的遭遇颇为同情。

但吴镇笔下的女性们却温婉含蓄，默默承受命运的不公。如《代铜雀妓》：

> 妾身似铜雀，日夕在高台。铜雀难飞去，君王岂再来。松风吹飒飒，能助管弦哀。望断西陵月，残香一寸灰。⑥

铜雀台是曹操为姬妾歌妓修筑的宫殿，吴镇借此写宫女的哀怨。

吴镇这类诗歌，赞扬女子的坚韧与隐忍，受尽煎熬而不放弃，亦不怨怒的精神。这在其《拟古》诗里体现得最明显：

> 渴亦不能饮，饥亦不能餐，倦亦不能寝，但念心所欢。所

① 吴镇：《松花庵诗草》，《松花庵全集》。
② 吴镇：《松厓诗录》。
③ 吴镇：《松花庵诗草》，《松花庵全集》。
④ 吴镇：《松花庵诗草》，《松花庵全集》。
⑤ 吴镇：《松花庵诗草》，《松花庵全集》。
⑥ 吴镇：《松花庵诗草》，《松花庵全集》。

欢复何在，咫尺青云端。岂无人所爱，子若桂与兰；岂无我所爱，子若肺与肝。斑斑海中石，文理成波澜。顽石犹变化，何论寸心丹。①

　　这首诗是吴镇对汉魏乐府诗的模拟之作，写普通女性的单相思。第一层使用排比的方式，铺写女子受爱情煎熬以至于不能食与眠，是《诗经·关雎》"辗转反侧"一词的延伸。与《关雎》相比，三个排比语言极其朴素通俗，却表现出女子在爱情面前，忘记了生命存在，是女子将爱情看得高于生命的体现。第二层仅一句话——"咫尺青云端"，急剧转折，所爱之人近在咫尺，但对女子而言，却有莫大的距离，可望而不可即。第三层写想放弃，奈何所爱之人在女子眼中，像桂兰般芬芳高洁，再也无人能替代。所爱之人也已经在心中扎根，成为她身体心灵的一部分，无法割舍。最后女子希冀能像海水冲刷顽石以留下痕迹般感动心爱之人。在这首诗中，女子想爱不能，想放弃亦不能，在徘徊犹豫中饱受煎熬，有希望却极其漫长渺茫。她的追求极其艰辛，不敢大胆热烈地主动追求，只希望能慢慢感化，再无汉魏南北朝民歌中的敢爱敢恨，果断坚决，而是柔弱压抑，理智控制自己。中国诗歌有借香草美人以寄托的传统，女性对爱情的追求，亦可看作吴镇对美好理想的追求。
　　吴镇喜欢乐府诗，"镇独好为乐府古体，岸然自负。"②《松花庵诗草》中存乐府诗多达 30 余首。这些作品或翻新乐府旧题，如《子夜歌》《杨白花》《落叶曲》《蒿里行》等；或自创新题，如《候马亭歌》《范烈女歌》《任孝子歌》等。内容也十分丰富，有的借咏史，或讽刺无道君王的醉生梦死，如《补高齐无愁曲》；或谴责逃兵，赞扬英勇的亡将，如《青螺曲》；有的感叹时光易逝，抒发壮志难酬，如《鞠歌行》；或因不遇而思归故里，如《故乡行》《思归引》；写对女性不幸遭遇同情，《越女曲》《美人黄土曲》。
　　吴镇也借乐府古题写爱情，如《懊恼曲》：

---

①　吴镇：《松花庵诗草》，《松花庵全集》。
②　牛运震：《空山堂文集》卷四。

片月沉沉下海底，梦魂飞渡三千里。博山炉里贮残香，拨尽寒灰心不死。纱窗呢呢语痴蝇，欲话相思转未能。天上冰轮如可系，愿抛飞电作长绳。①

女性的相思之心像博山炉里的残香，燃尽如寒灰，拨开发现心又不能彻底死去，只能"抛飞电作长绳"，留住时光。

再如《大堤曲》："昨岁郎归去，沿堤折柳枝。今年堤上柳，绿似送郎时。"②《落叶曲》："瑶阶月正明，绣幕风初飔。梧桐叶叶秋，落在人心上。"③吴镇这类诗借乐府表达自己的相思与孤独，寄托其怀才不遇之思。而写得最好的还是《杨白花歌》：

武都杨花愁日暮，化作晴云渡江去。白门疏柳鸟争栖，谁复念尔飘零处？连臂歌，伤情怀。杨白花，归去来。春雪明年满宫湿，杨花归来悔何及。④

《杨白花》为乐府杂曲歌辞名，北魏胡太后胁迫杨华(杨白花)秽乱，杨华惧祸出逃，胡太后因思念他而创作此曲，并令宫人日夜歌唱，甚为凄惨。吴镇此诗借胡太后和杨华故事，抛却淫秽主旨，而写历史兴亡的感叹，非常含蓄。该诗前四句对杨华惧祸远遁渡江后的处境进行想象。"白门"，即南朝首都建康的宫门；能提供落脚之地的"疏柳"，上面却是"鸟争栖"。南朝王朝更迭频繁，动荡不安。杨华到了南朝，能真的寻觅一安稳之地，躲开灾祸吗？乱朝人人自危，谁像胡太后那样在北魏时宠幸他，离开后还如此想念惦记他？句句写杨华，而句句不离开胡太后对杨华的深情，委婉谴责杨华辜负了女子的真情。因而，吴镇在诗歌的下一节采用三言两两

---

① 吴镇：《松花庵诗草》，《松花庵全集》。
② 吴镇：《松花庵诗草》，《松花庵全集》。
③ 吴镇：《松花庵诗草》，《松花庵全集》。
④ 吴镇：《松花庵诗草》，《松花庵全集》。

成句的格式，节奏短促，有力地感叹太后的多情："连臂歌，伤情怀。"并替其呼喊："杨白花，归去来。"然而，吴镇又设想，若杨华为真情感动，为报答太后真的归来，又能如何呢？"春雪明年满宫湿，杨花归来悔何及。"在天下大乱的年代，北魏王宫也浩劫频仍，胡太后尚且不能自保，杨华能不被殃及吗？在历史兴亡之中，作为个体，无法把握自己的命运。

　　乐府杂曲《杨白花》被沈德潜收入自己所编的《古诗源》，并赞叹："音韵缠绵，令读者忘其秽亵。后人作此题，失其旨矣。柳子厚一篇。若隐若露。俱佳。"①在《唐诗别裁集》里，沈德潜选了柳宗元的《杨白花》，并赞柳诗："长秋，太后所居。通篇不露正旨，而以'长秋'二字逗出，用笔在微显之间。"②沈德潜推崇乐府杂曲及柳宗元《杨白花》，是"音韵缠绵""若隐若露""用笔在微显之间"，符合格调诗学。吴镇这首诗诗句与原诗本事相扣，又翻新其意，在男女深情的基础上，寄托自己感悟和体验。且格律工整，音韵协调，和诗情相吻合。前一节以七言为主，舒缓迂徐，后一节以三言带动，急促激烈。全诗四语一转，前四语押"暮""处"韵，低落悲抑，与杨花飘落之景相联系；中四语押"怀""来"韵，高远悠扬，与热烈呼喊的节奏相连；后两句"湿""及"韵细微低落，与杨花无处安身的命运相连。吴镇这首诗符合格调派含蓄的意旨和音律的要求，得到牛运震高度评价："柳州之下，海叟之上"③。

三、自然山水与友朋赠答：对格调诗风的补充与超越

　　沈德潜格调诗学所导致的弊端也很明显，在其生前，针对格调诗学的批评已多，以后起之秀袁枚的批评责难最为有力："杨诚斋曰：'从来天分低拙之人，好谈格调而不解风趣。何也？格调是空架子，有腔口易描；风趣专写性灵，非天分不办。'余深爱其言。

①　沈德潜：《古诗源》卷十四，中华书局，1963 年。
②　沈德潜：《唐诗别裁集》卷四，上海古籍出版社，1979 年。
③　吴镇：《松厓诗录》上卷，《松花庵全集》。

须知有性灵便有格律，格律不在性情外。"①关于沈德潜格调说的弊端，朱庭珍在《筱园诗话》中的说得比较公允："沈归愚先生持论极正，持法极严，便于初学。所为诗，平正而乏精警，有规格法度而少真气，袭盛唐之面目，绝无出奇生新略加变化处，殊无谓也。"②

吴镇虽受格调派影响，但其近承牛运震，远承李梦阳，又受西北风土人情的影响，与格调派并不完全同调。吴镇的诗作，重视抒发真情实感，他的咏史、闺怨和思乡等作，都寄托很深。吴镇大量写自然山水的诗，则以描绘为主，意象疏朗阔大，带有西北豪放的特点。和亲友的赠答诗，情感浓郁，弥补了格调诗性情不足的遗憾。

吴镇身为关陇作家，写下众多描写本地风光的诗歌，如《海喇都曲》（四首）：

> 霁日走风沙，童山一带斜。城南晴雪尽，涌出碧莲花。
> 峻岭牛羊下，空山草木平。自从擒满四，闲却石头城。
> 樱桃繁雨露，埽竹净尘埃。不及灵光寺，山花处处春。
> 草短青羊卧，云深白马嘶。何如风洞里，六月更凄凄。③

海喇都即海城，在今天的平凉，吴镇在四首诗中，描写了平凉边地苍凉的风景，从大处落笔，古朴豪健。诗歌还能巧妙地将山水名胜，如莲花山、樱桃山、埽竹岭、青羊山、白马湫等融入诗中，很有特色。

对出生地临洮，吴镇十分热爱，写下了组诗《我忆临洮好》十首。

其一：

---

①　袁枚：《随园诗话》卷一，人民文学出版社，1982 年。
②　朱庭珍：《筱园诗话》卷二，郭绍虞辑：《清诗话续编》，上海古籍出版社，1983 年。
③　吴镇：《松花庵诗草》，《松花庵全集》。

我忆临洮好，春光满十分。牡丹开径尺，鹦鹉过成群。
涣涣西川水。悠悠北岭云。剧怜三月后，赛社日纷纷。

其八：

我忆临洮好，流连古迹赊。莲开山五瓣，珠溅水三叉。
蹀躞胭脂马，阑干苜蓿花。永宁桥下过，鞭影蘸明霞。

其九：

我忆临洮好，灵踪足胜游。石船藏水面，玉井泻峰头。
多雨山皆润，长丰岁不愁。花儿饶比兴，番女亦风流。

其十：

我忆临洮好，城南碧水来。崖飞高石出，峡断锁林开。
静夜鱼龙喜，清秋虎豹哀。何时归别墅，鸡黍酿新醅。①

　　该组诗以众多意象来展现临洮美丽富饶的自然及人文风光。在意象的选择上，有十分的春光、硕大的牡丹花、成群的鹦鹉、浩荡的西川水、连续不断的赛社、被雨湿润的群山、树林环抱的峡谷、风流的番女等，诗风雄厚而疏朗。
　　还有一些诗歌，富有趣味，颇有一点性灵诗的味道，如《访张薇客不遇》：

远携斗酒叩柴关，坐久松梢倦鹤还。陇上白云三万顷，主人何处看青山？②

---

① 吴镇：《松花庵诗草》，《松花庵全集》。
② 吴镇：《松花庵诗草》，《松花庵全集》。

诗描写甘肃陇地风光与人物。松梢、柴关，其间仙鹤往返，主人以青山为花园，流连其中，如神龙见首不见尾，虽未见主人，而主人的仙姿已呼之欲出。"陇上白云三万顷"的比喻，意象阔大，既描写了白云翻卷的形态，也指白云连成一片，像万顷翻过的耕地一样。且作者以农夫的心态审视，既是对自己是俗人的调侃，亦显通俗有趣，别有一番趣味。

吴镇漫游江汉之时，也有一些写景抒情的诗作，如在其经过武当山时，为武当山的风景所吸引，甚至萌发了隐居于此的念头，写下了《武当山作》六首组诗，赞扬武当山美丽多样、仙气十足的风光：

> 仙山百里见崔嵬，金顶云霞喜半开。一路野花香石涧，十年梦里似曾来。
>
> 玉虚宫殿锁烟霞，人到何须更想家。拟买平畴三十亩，自鞭白鹿种瑶花。
>
> 旋螺小径入云隈，铁索苍茫枕绿苔。斜倚栏干听暗瀑，松梢晴雨忽飞来。
>
> 胜景南岩推第一，琅邪石刻翠微中。棋亭卧看松杉色，四壁云涛万壑风。
>
> 晓登天柱俯尘寰，玉女金童左右间。一片白云如大海，银涛涌出万重山。①

吴镇性情豁达豪爽，喜欢结交友朋，他的赠答诗也深情浓郁。如《黄西圃同年》："秦川花柳楚江枫，千里相寻只梦中。管子昔曾欺鲍叔，高恢今已诀梁鸿。鹁盘木塔秋声远，驼碾冰桥岁律穷。生死知交惭我在，西华葛帔不禁风。"②吴镇在楚地思念在兰州的同学黄建中，"千里相寻只梦中"，情深意重。另如《拜别尹制台宫保》："远别龙门一啸歌，渭川烟水送渔蓑。藏书已向中郎得，悬

---

① 吴镇：《松花庵诗草》，《松花庵全集》。
② 吴镇：《松花庵诗草》，《松花庵全集》。

榻遥留孺子过。陇首云飞秋易老。吴江枫冷句难多。拟将东阁招贤意，归去深山告薜萝。"①对奖掖过自己的尹继善，吴镇深怀感激之情。

第二节　江山之助与吴镇中期诗风的转变

吴镇爱好自然山川，喜欢寻访名胜古迹，在前期的诗歌创作中，这方面的诗歌不少。任山东陵县知县后，也有一些写山东一带自然山川与文化古迹的作品。对吴镇影响更大的，是他乾隆四十一年（1776）任湖北兴国州知州到乾隆四十五年（1780）在沅州知府任上罢官，在湖湘一带生活的五年。这五年间，吴镇畅游湖湘山水和名胜古迹，体验当地民风民俗，还曾受召见经过河南、河北等地，写了大量的咏史怀古诗和山水诗。这些诗歌一方面更加符合格调诗的温柔敦厚之旨，格律也更加工整，另一方面，受到湖湘山水和地域文化的影响，个人情性的表达也在逐渐增加。诗风的变化也比较明显，浑厚深沉与清丽兼具。

一、江山之助与吴镇中期诗风的变化

影响作家诗歌风格的因素是多方面的，时代社会、个人的诗学宗尚、师承关系、地域与家族文学传统、身世经历、交游对象、地理环境等都可能会影响作家诗歌的风格形成与变化。在这些因素中，以自然山川、文化古迹、风土人情等组成的地理环境对作家诗歌风格的变化影响非常明显，文学史上常常称为江山之助。刘勰就曾以江山之助分析屈原的诗："若乃山林皋壤，实文思之奥府，略语则阙，详说则繁。然屈平所以能洞鉴风骚之情者，抑亦江山之助乎！"②孔尚任虽然没有直接说江山之助，但他揭示了"江山"对文

---

① 吴镇：《松花庵诗草》，《松花庵全集》。

② 刘勰著，范文澜注：《文心雕龙·物色》，人民文学出版社，1962年。

199

学的具体影响："盖山川风土者，诗人性情之根柢也。得其云霞则灵，得其泉脉则秀，得其冈陵则厚，得其林莽烟火则健。凡人不为诗则已，若为之，必有一得焉。"①沈德潜在总结古人诗歌与自然环境的关系时说："余尝观古人诗，得江山之助者，诗之品格每肖其所处之地。"②

吴镇诗得湖湘江山之助，首先表现在湖湘山水和文化古迹以及风土人情为吴镇提供了更多的诗材，同时，还触发了吴镇的诗心和创作灵感。吴镇任职山东陵县知县时，诗歌不多，但到兴国时，诗歌创作比较多。他说："乾隆壬辰腊月，予由教职筮仕山左陵县。既莅事，遂不复能诗。癸巳春后，始稍稍有诗来，然可存者无几矣。乙未又十月，荷蒙圣恩，升牧楚北之兴国。丙申六月，始抵任。此州案牍，十倍陵邑，而勘渠履亩，得诗较齐鲁为多，抑亦江山之助也。"③在沅州知府任上，受沅湘"江山"触动，此时的诗歌活动非常多。吴镇曾在府衙内修建狎鸥亭，与芷江知县江炯、芷江训导丁牲等人经常集会赋诗，"松厓吴郡伯自临沅郡，百废具兴，尝于署中池畔构狎鸥之亭，公余啸咏"④。不过，此时的吴镇把主要精力放在了集句诗写作上，原创的诗歌写作数量稍少。

吴镇的诗歌得"江山之助"更多的是指其诗风的发展变化，诗歌艺术更加成熟。王鸣盛是较早用江山之助论吴镇诗风变化的评论者，其《松花庵诗集序》说："盖不但钟情秦陇之灵毓，西倾诸山，河、汧诸水之秀，得其高厚峻拔之气，以振厉毫楮，抑且纵览三湘七泽，挹沣兰沅芷之芳馨，取楚骚之壮烈以为助，故诗益摆脱羁束，醹嬉淋漓，如有芒角光怪，歘射纸上，而不可逼视焉，吁亦奇矣。"⑤王鸣盛认为，吴镇的诗歌先是受到秦陇山水自然的影响，后来又得到湖湘山水与文化的熏陶，兼南北文化之所长，诗才横溢，

---

① 孔尚任：《古铁斋诗序》，《孔尚任诗文集》卷六，中华书局，1962年。
② 沈德潜：《芳庄诗序》，《归愚文钞余集》卷一，清代诗文集汇编本。
③ 吴镇：《松花庵游草序》，《松花庵全集》。
④ 丁牲：《松花庵潇湘八景诗跋》，吴镇：《松花庵全集》。
⑤ 吴镇：《松花庵全集》卷首。

很有特色。

从内容上看，吴镇在为官山东，特别是湖北和湖南期间，由于身份变化的关系，在对待历史人物和事件的时候，观念更加平和，其诗更符合格调诗温柔敦厚的要求。但另一方面，吴镇受到湖湘自然山水的影响，个人情性的表达也在逐渐增加。从诗风上看，咏史怀古诗由前期的豪健走向深沉浑厚，而写自然山水的诗则趋向清丽。江山之助带来的吴镇诗风变化，是南北文化和文学传统在他身上的融合，是浑厚与清丽兼具。这一段游宦经历，使吴镇的诗歌艺术更加成熟。

这一时期，吴镇的诗歌格律更加工整。吴镇近体诗创作相比前期大幅增加，五律、七律、五七言绝句数量都比较多，如七律《郑子产祠》："春秋子产堪王佐，循吏垂名笑史迁。遗爱宛留新五庙，闻歌幸及后三年。此乡兰芍还如锦，何泽崔蒲可作鞭。溱洧东流城邑改，生鱼犹煦废池前。"[1]再如五律《辰沅舟中》："五溪吹笛过，二西载书行。不见假柯古，空怀爱寄生。芙蓉犹未落，鹧鸪已先鸣。何日扁舟遂，飘然去住轻。"[2]均对仗工整，音韵和谐，格律谨严。吴镇还尝试创作了五排，如《沅署狎鸥亭成》："谢客游着屐，刘翁醉荷锸。偏沅郡大好，坐啸子承乏。荒圃开小池，晴岚拥长篁。茅亭置其间，鸥鸟随所狎。旁槛雪蕉展，绕堤风柳插。万丝方继蔓，蒲剑已抽匣。此地富兰茝，有苗遵令甲。……寄言海上翁，险韵请同押。"[3]另外，一些六言绝句也很有特色，如《定州》："赵北燕南重地，清风明月长亭。借问三年再过，何如一醉初醒。"[4]

二、咏史怀古诗与吴镇诗风的浑厚深沉

名胜古迹展示了人类生活的痕迹，是一个地方历史文化变迁的

---

① 吴镇：《松花庵游草》，《松花庵全集》。
② 吴镇：《松花庵游草》，《松花庵全集》。
③ 吴镇：《松花庵游草》，《松花庵全集》。
④ 吴镇：《松花庵游草》，《松花庵全集》。

遗迹，是地理环境的重要组成部分，也属于"江山"范畴。吴镇好读史书，每到一地，喜欢游览名胜古迹，考察历史文化，抒发其对历史和现实的感叹。吴镇早年到京城参加科举考试，曾游览山西等地，大挑二等后，曾南游江汉，写有一些寻访古迹之作。这一时期的咏史怀古诗，咏叹对象大致相近，多为有才不能施展或不得善终者，包括屈原、公子扶苏、岳飞、赵武灵王等人。吴镇在湖北为官和罢官回乡之时，两次途经汉口、荆州、宜昌、襄樊等地，写下了一系列访古纪游之作。咏叹对象数量变多，且更多样化。或表现对君王尊重及对其丰功伟绩的赞扬，或瞻仰忠君爱国臣子的庙宇，或参观富有成就的名臣的祠堂，或对文人才华的赞扬、不幸遭际的思考。总的来说，由前期的个人怀才不遇转为为政的思考、忠君爱国的热忱，历史文化感增强，内容浑厚，笔风趋向正统。

吴镇对历史上的一些君主加以礼赞，如过昆阳古战场，写下了《昆阳》二首诗来称赞刘秀："绿林豪客连兵起，白水真人应运昌。虎豹何知征战事，也随寻邑到昆阳。""飘风骤雨瓦皆飞，斗野元黄湿绛衣。谁使亡新先破胆，论功日角识当归。"①赞赏在汉末动荡中，东汉开国君主刘秀有胆有识，善于用兵，扫荡豪强，开创新时期，并嘲笑王莽的将军王寻、王邑有勇无谋，即便有虎豹跟随，也不堪一击。过樊山，吴镇吊念孙权："樊山临大江，草木悉葱蒨。碧眼昔来游，群臣陪广宴。辛勤刘豫州，此乐何曾见。"②碧眼为孙权的别称，吴镇对他的功业才能十分肯定。在兰考，吴镇凭吊有文学之才的梁元帝，写下《梁元帝祠》："轩辕台畔暮云黄，乌幔吟诗更可伤。今日西邻谁虐汝，数间祠屋尚萧梁。"③为后人不尊重梁元帝，不重视其诗而伤心。

这一时期，吴镇凭吊的名臣良将数量也很多，选取的对象多为忠义不怨怒者。吴镇对屈原的态度也有微妙变化，早年，吴镇大挑后漫游江汉时曾过屈原故里，有诗《屈原岗》：

①　吴镇：《松花庵游草》，《松花庵全集》。
②　吴镇：《樊山》，《松花庵游草》，《松花庵全集》。
③　吴镇：《松花庵游草》，《松花庵全集》。

小径石盘陀，牢骚尚未磨。行吟兰茝远，侧望虎狼多。风雨连三户，丹青寄九歌。招魂何处是，山鬼翳寒萝。①

吴镇对屈原极为敬仰，除了其爱国心和文学才华外，还重在屈原的不遇和自洁。官兴国时再次凭吊屈原，写下《三闾祠》：

三闾祠近楚王城，芳草年年绕砌生。雷雨若通山鬼路，丹青宜榜水仙名。西邻狼虎原无信，南浦蛟龙岂有情。莫以独醒看众醉，一樽椒酒为君倾。②

该诗则变成了劝告的口气，让其不要过于自洁。对明末曾任过狄道典史的忠臣杨继盛，吴镇非常敬佩，在诗中对他一再赞扬，在过其家乡时，写下《北河杨忠愍祠》表彰其忠魂：

北河衰柳乱鸦啼，鸣凤场中日及西。昔我家山曾放逐，在公乡里亦酸嘶。忠魂五夜依兰谷，国史千秋失兑溪。瞻拜转殷桑梓望，超然台下草萋萋。③

吴镇比较喜欢三国时期代表正统一方刘备集团的人物，经过荆州，看到关圣庙，佩服关羽的忠义：“伟矣汉中将，大哉天下神。”④过栾城，赞扬赵子龙为人谨慎，性格平顺，跟关张比毫不逊色：“顺平良将才，不独取其胆。谨慎似葛公，史无关张贬。风云入古祠，仿佛青虹闪。”⑤过涿州，吊念张飞：“关侯讽左氏，车骑更工书。文武趣虽别，古人尝有余。横矛思腕力，鼷象恐难如。”⑥赞

---

① 吴镇：《松花庵诗草》，《松花庵全集》。
② 吴镇：《三闾祠》，《松花庵游草》，《松花庵全集》。
③ 吴镇：《松花庵逸草》，《松花庵全集》。
④ 吴镇：《关圣庙》，《松花庵游草》，《松花庵全集》。
⑤ 吴镇：《赵子龙祠》，《松花庵游草》，《松花庵全集》。
⑥ 吴镇：《张益德祠》，《松花庵游草》，《松花庵全集》。

扬名将关羽爱读史书，张飞工于书法，让人看到猛将的另一面。吴镇主张博学积才，因此对孙氏集团中好学积累成才的将军吕蒙也十分赞赏："军旅通学问，阿蒙才故优。于今切齿冷，只为袭荆州。"①但因吕蒙在荆州击败了关羽，吴镇显然又不太喜欢他。吴镇比较喜欢鲁肃，认为他是忠义的英雄："指困高义重江东，咋舌追儿恽劲弓。乱世英雄轻长者，何曾长者不英雄。"②

吴镇自己也是不怨怒者，在湖南任上被罢官后，写下《解组》四首，其四：

> 官似远游客，才输新嫁娘。十年尘碌碌，一笑海茫茫。凄惋成诗妙，牢骚对酒狂。宁知葵藿性，冷暖向春阳。③

有对自己低沉心情的描写，对自己无能无为的自嘲，但没有对朝廷的埋怨。

类似的诗作还有归家后写的七古《葛衣公祠》，通过赞扬葛衣公(又作河西佣)事来表达君王之思：

> 江南杜宇影飘瞥，万里滇蜀啼不绝。群鸟相从羽毛折，夜夜三更口流血。
>
> 葛衣老子尔何人，十年饱啖松山雪。问之不答姓与名，仰天长啸中如结。
>
> 乞食来往金城市，补锅锯筒手皴裂。相逢河西鲁朱家，杵臼订交讵亲切。
>
> 堂上击筑堂下吟，瞳目佣人泣幽咽。遗骨不归中原土，西南风至烟灰灭。
>
> 允吾古祠荐松肪，铁面梗裔陪俎列。客来莫叹葛衣单，海

---

① 吴镇：《公安杂咏》，《松花庵游草》，《松花庵全集》。
② 吴镇：《鲁子敬祠》，《松花庵游草》，《松花庵全集》。
③ 吴镇：《松花庵游草》，《松花庵全集》。

枯石烂臣心热。①

　　作为诗人，吴镇对历史上的文人颇为关注，在其游览中凭吊了诸多诗人的故里或祠堂。他几次参观屈原祠堂与故里，也参观屈原弟子宋玉故居，有《宋玉宅》："赋里彩云空变化，歌中白雪自悠扬。兰台人去江天寂，尚有雄风送晚凉。"②感叹历经千年，虽已人去宅空，但以屈原、宋玉等为代表的诗人创作的骚赋，仍展示着雄风。在公安，纪念杜甫："山馆当前路，佳名杜息亭。未知千载后，词客几曾经。"③吴镇也肯定明朝公安三袁的成就："楚骚恋风雅，香草遍天涯。勿薄公安派，三袁已到家。"④在黄州赤壁，纪念苏轼："乌林一炬老瞒愁，樯橹灰飞迹尚留。人为三分争赤壁，我知两赋在黄州。风清月白常如此，遗世登仙未求求。借问临皋中夜鹤，翮苏游后更谁游。"⑤对苏轼相当喜爱，且评价极高。吴镇还拜访了明代前七子之一何景明的祠堂，写下《信阳谒何大复先生祠》："家本空同里，今来大复祠。尹邢曾自避，瑜亮究谁知。骐骥鸣先路，芙蓉泛曲池。藐姑水云在，尘秕愧侬诗。"⑥虽为吊念何景明，但处处将之与李梦龙相提并论，高度赞扬二人诗歌成就，肯定二人开格调先声，并将二人尤其是李梦阳作为自己的榜样。

　　吴镇对文人与官场也有一定的思考。在樊口，他委婉批评潘安热衷官场，但本质不坏，故诗歌仍可留传："樊口幽绝处，坡翁留五年。潘生善酿酒，爱客时周旋。附骥良不恶，千秋名亦传。"在鹦鹉洲，怀念因才高引被杀的祢衡，有《鹦鹉洲次太白韵》：

　　　　建安士气尽，焉可无祢衡。蝼蚁视曹瞒，讵知江夏名。客筵赋鹦鹉，睥睨四座英。譬彼笼中翮，犹先万鸟鸣。鸱鸮啄鸳

---

①　吴镇：《松花庵游草》，《松花庵全集》。
②　吴镇：《松花庵游草》，《松花庵全集》。
③　吴镇：《公安杂咏》，《松花庵游草》，《松花庵全集》。
④　吴镇：《公安杂咏》，《松花庵游草》，《松花庵全集》。
⑤　吴镇：《松花庵游草》，《松花庵全集》。
⑥　吴镇：《松花庵游草》，《松花庵全集》。

鹗，颠倒伤予情。孤冢寄寒洲，何时风浪平？高才世欲杀，匪彼独干刑。不见西陵土，累累野蒿生。①

祢衡是汉末的著名文人，他恃才傲物，不惧怕权贵，敢裸身击鼓骂曹操。吴镇以"高才世欲杀，非彼独干刑"，赞扬祢衡的诗才，同情他的不幸。在另一首诗中，吴镇提到同样有才奇行的甘宁，虽未被黄祖重用，亦未被害，后投靠孙权，有力对抗曹军，吴镇认为："多谢枭黄祖，差堪慰祢衡。"②伤悼之余，亦为己戒。

吴镇游宦山东、湖北和湖南期间，对仕途和人生的体验更加深刻，这些诗作借文化古迹抒发了吴镇对历史人物的感叹，格律更加精练，增加了吴镇诗作的文化内涵，诗歌更加浑厚和深沉。

三、湖湘山水与吴镇诗风的清丽

吴镇喜欢游览山水自然，前期游览关陇名胜古迹，有许多歌咏之作，重视景物的描写与刻画，带有苍凉豪放之气。到山东陵县做官时期，诗作不多，吴镇嘲弄自己忙于案牍，如坠入红尘，如《芙蓉街》："行役犹然案牍亲，寓公无处不风尘。街名雅爱芙蓉好，且作秋江画里人。"③这一时期的山水诗虽然不多，但已有转变，或展现性情，开始注重表现自己日常生活及感受，或在描写上走向细致。如《华不注》：

送客齐门东，因登华不注。肩舆避道尘，蜡屐得仙路。兹山势孤耸，怪石纷攒聚。探奇惬壮游，济胜夸老具。一笑巾笄狂，三周跛眇怒。宁知翠芙蓉，千载犹如故。白鹿逐青龙，赤松竟何处。归来归去来，九点烟光暮。④

---

① 吴镇：《松花庵游草》，《松花庵全集》。
② 吴镇：《甘兴霸祠》，《松花庵游草》，《松花庵全集》。
③ 吴镇：《松花庵游草》，《松花庵全集》。
④ 吴镇：《松花庵游草》，《松花庵全集》。

　　吴镇送人后临时起兴登山，诗歌入题便显示出闲散随意的特点。由轿辇换作步行，避开大道上的沙尘，对山行十分向往。登山期间写享受的惬意开怀，致使登山后因长期行动不便而恼怒。该诗笔墨重点在于作者的感触，而山景描写寥寥。

　　有些诗歌笔触细致，幽洁韵致，如《趵突泉》其一：

　　　　七十二名泉，泉惟趵突传。水心晴涌雪，山骨冷浮烟。翠荇流逾洁，青萍长未圆。拂衣何日遂，低首拜回仙。①

采用衬托的方法，描绘了趵突泉山冷水洁特点。

　　在为官湖北和湖南期间，吴镇写山水自然的诗歌，不仅数量大为增加，而且风格变化比较明显。受当地自然环境的影响，诗风再变为清丽，更富于神韵之美。

　　湖湘山水，神秘而瑰丽，王夫之《楚辞通释·序例》说："楚，泽国也。其南沅湘之交，抑山国也。叠波旷宇，以荡遥情，而迫之以釜嶔戌削之幽菀，故推宕无涯，而天采矗发，江山光怪之气，莫能揜抑。"②湖湘之地，山川灵秀而空蒙，山鬼精怪，神秘而浪漫。湖湘山水自屈原歌咏以来，成为诗人们的精神向往之地。吴镇先官湖北兴国、后官湖南沅州，成为幸运的诗人，诗歌得江山之助。

　　早在入湖北作兴国知州前，吴镇曾经去过湖北，第一次写下对楚地的感受。如《襄阳晚泊》："少爱秦川水，今乘楚客舟。看山双桨暮，听雨一蓬秋。渔火遥明灭，菱歌自去留。柳荫眠正好，系缆傍沙鸥。"③吴镇自小在陇川长大，热爱自己故乡的山水，如今人到中年离别故土，作客他乡，陌生不适。但楚山楚水很快吸引了他，一路在狭窄的雨棚上倾听无边的秋意，山势的变化多样甚至使他忘记了时间的流逝，不知不觉到了日暮。辽阔苍茫的江面，雨色里的群山，描写似泼墨，意境深沉开阔，有前期的疏朗之风。船泊江

---

　　① 吴镇：《松花庵游草》，《松花庵全集》。
　　② 王夫之：《楚辞通释·序例》，上海人民出版社，1975 年，第 4 页。
　　③ 吴镇：《松花庵诗草》，《松花庵全集》。

岸，看江面渔火闪烁变化，听采菱人在歌声里自由来往，沙鸥悠闲地停在船边，使作者在异乡旅途里泛起了惬意的睡意，诗风由苍凉转为温细清丽。"看山双桨暮，听雨一蓬秋。"对仗工整，称为名句。官兴国知州时再过襄阳，吴镇的心情非常放松，如《早发襄阳》：

> 一笑凌空阔，扬帆入楚都。岸花兼露摘，村酒傍烟沽。奇服骚人佩，灵光汉女珠。襄樊多古意，临发更踟蹰。①

这首诗写吴镇从襄阳出发去兴国途中所见所感。船在平阔的江面行进，站在船舷似凌空飞翔的快乐之感，扬帆入城的得意，采摘岸花的随意，助以酒兴，比起早期以楚客的身份拘束，种种都显示出吴镇此时的放松与意气飞扬。与第一次对楚山楚水的细腻欣赏不同，古代人物、神话传说也开始出现在诗歌中，表明吴镇在咏景中开始注入历史文化与风土人情内涵。在武汉，吴镇游览名胜古迹，写下了《黄鹤楼》：

> 江城风月总如斯，尚有仙楼占古堆。黄鹤倦看人醉酒，青莲应笑我题诗。十洲花谢云空返，三户烟消水不知。惆怅秦关何处是？凭栏多在日斜时。②

还有写《鹦鹉洲》：

> 鹦鹉洲前吊古坟，萋萋芳草带斜曛。风飘木叶禅如脱，沙走江声鼓尚闻。南国今传狂处士，西陵谁表故将军？啁啾七子皆笼鸟，一鹗高飞自不群。③

---

① 吴镇：《松花庵游草》，《松花庵全集》。
② 吴镇：《松花庵游草》，《松花庵全集》。
③ 吴镇：《松花庵游草》，《松花庵全集》。

对文人李白、祢衡的赞扬与悼念，化用崔颢诗句入景抒情，写景咏物中彰显历史内涵，清丽流利。而《武昌杂诗》（八首）更是借景抒情，清新流丽，意境深邃，其中四首：

> 客意含秋色，临行惨不舒。虽看衡岳雁，犹食武昌鱼。澹月窥囊橐，寒云送简书。江边古黄鹤，缥缈更愁予。
>
> 挂席雄风在，吾将涉洞庭。乾坤万顷碧，今古数峰青。月落鱼龙寂，山空草木灵。遭回南去路，屈贾旧曾经。
>
> 沅州南楚尽，溪洞入层云。耕凿三苗帖，星霜五马分。丹砂今可有？铜柱昔曾云。只恐龙标尉，观诗笑府君。
>
> 并世未相见，吾惭杨子安。遗诗人竞写，宿草月同寒。挂剑心徒切，鸣琴力竟殚。长沙先后事，鹏鸟又哀叹。①

澹月寒云，雁飞鱼美，鹤影飘渺，碧波荡漾里，青峰流转间，淡淡的忧愁中，缅怀名人屈原、贾谊，惋惜其不幸，追寻葛洪、王昌龄等的足迹，思念同为关中人且曾经宦游湘江的杨鸾，抒发了自己做好官的愿望。

吴镇去湖南沅州做官时，多写沿途的风光与闲适的心情，如《辰沅舟中》：

> 捧檄穷三楚，乘舟过五溪。孤帆山向背，双橹月东西。云水心徒切，乡园梦不迷。最怜秋已半，芳草尚萋萋。②

一叶孤帆，走在水云之间，伴着月色山影，倾听橹声，做着乡梦。诗歌如一幅清秀的山水画卷。

而《长沙舟中》：

> 清风吹客袖，凉雨送归舟。颇有江山助，而无跋涉愁。芦

---

①　吴镇：《松花庵游草》，《松花庵全集》。
②　吴镇：《松花庵游草》，《松花庵全集》。

花湘浦雪，枫叶洞庭秋。屈贾回翔地，匆匆负此游。①

虽罢官而归，途中遇见清风吹袖，凉雨相送，但在芦花赛雪的美景里行走，内心却只有遗憾，而无凄苦。诗风清丽，富有韵味。

第三节　格调与性灵的结合：吴镇晚年的诗歌艺术

性灵派领袖袁枚于乾隆十四年(1749)辞官定居江宁，开始全身心致力于诗学活动，在沈德潜于乾隆三十四年(1769)去世以后接掌诗坛，成为乾隆中后期诗坛领袖。袁枚主性灵诗学，广交南北各地诗人，名声极大："故《随园诗文集》，上自朝廷公卿，下至市井负贩，皆知贵重之。海外琉球，有来求其书者。君仕虽不显，而世谓百余年来，极山林之乐，获文章之名，盖未有及君也。"②各地诗人以能够拜访袁枚和诗作被选入《随园诗话》为幸事："四方士至江南，必造随园投诗文，几无虚日。"③性灵诗风风靡乾隆后期诗坛，形成"随园弟子半天下，提笔人人讲性情"④的局面，乾嘉诗风由格调变为性灵。孙原湘曾指出："乾隆三十年以前，归愚宗伯主盟坛坫，其诗专尚格律，取清丽温雅，近大历十子者为多。自小仓山房出而专主性灵，以能道俗情、善言名理为胜，而风格一变。"⑤蒋湘南也曾总结乾嘉诗坛局面："乾隆中诗风最盛，几于户曹刘而人李杜。袁简斋独倡性灵之说，江南北靡然从之，自荐绅先生下逮野叟方外，得其一字，荣过登龙，坛坫之局生面别开。"⑥

---

① 吴镇：《松花庵游草》，《松花庵全集》。
② 姚鼐：《袁随园君墓志铭》，《惜抱轩文集》卷十三，清代诗文集汇编本。
③ 姚鼐：《袁随园君墓志铭》，《惜抱轩文集》卷十三，清代诗文集汇编本。
④ 袁枚：《随园诗话补遗》卷八，续修四库全书本。
⑤ 孙原湘：《籁鸣诗草序》，《天真阁集》，续修四库全书本。
⑥ 蒋湘南：《游艺录》卷下"袁诗"条，光绪间刊本。

袁枚倡性灵诗风，主张诗歌抒写性灵，不蹈袭他人，写自然机趣。袁枚的诗多写日常生活琐事，抒发自己的感受和情绪，语言通俗，一些诗颇有趣味。吴镇在罢官回乡后与性灵诗人杨芳灿成为论诗好友，后来与袁枚也有诗文往来，诗学理论转变为格调与性灵的结合，诗歌写作也受到影响。吴镇晚年的诗歌重视抒发性灵，主要体现在题材选择上的生活化倾向，作品中情感的抒发更加突出而且直接，一些诗歌也颇有风趣，与袁枚的诗歌比较接近。

一、后期诗歌题材的生活化

吴镇于乾隆四十六年（1781）罢官，回到家乡后，心态发生了很大的变化。其诗作和前中期相比，更倾向于个人性情的抒写，在题材选择上也多是日常生活。

罢官以后的吴镇，经历了官场的挫折，觉得人生如南柯一梦，感慨颇多，他的这种心情在诗作里有所显现，《答售剑者》曰："宝剑光如水，森然不可亲。老来恩怨尽，将欲赠何人。"①到了晚年，吴镇再无仗剑天涯的意气风发，反觉得宝剑迸发的剑气令人生畏，心中的侠气已经泯灭。《岁晚》曰："岁晚尚淹留，寒生季子裘。壮心随日短，残梦逐年遒。雪净三条岭，云深七道沟。遥只前路去，春酒正堪篘。"②晚年的吴镇多了暮年之叹，及富贵易散，思归故里的心理。

吴镇晚年取材生活的诗作非常多，如《题黄石舟花卉二首》，其二：

> 千红万紫媚春秋，狂扫都将一轴收。识得归根原有处，寄生寒草亦风流。③

将画卷当作画里花草的故乡归宿，想象奇特有趣，富有韵味。

---

① 吴镇：《兰山诗草》，《松花庵全集》。
② 吴镇：《兰山诗草》，《松花庵全集》。
③ 吴镇：《兰山诗草》，《松花庵全集》。

对春节里屡见不鲜的门神贴画，他写下《门神次查悔余韵四首》，其三：

> 剑佩俨随鹓鹭行，经年屹立两扉旁。招魂工祝非沅楚，酣战英姿似李唐。爆竹声中阴阖辟，传柑节后渐炎凉。客来剥啄空偷眼，不信阍人要孔方。①

刚贴上去的门神像，旁有美鸟良禽相伴，威严飒爽，担负起人们辟邪的希望。而正月十五一过，便被人抛却遗忘，逐渐剥落残缺，沦落为似要收费的看门人，令人讨厌。门神像地位由高到低，对比鲜明，尤其是最后破落的形象，引人发笑，也耐人寻味。被周湘泉评为："五六独见含浑，余味曲包。"②

生活中的琐屑之事也能入诗，如《脚气连发戏为拗体》曰："子春下堂有忧色，元亮对酒无闲情"③，抒写对脚气的烦恼；《四月见燕》曰："藻井看如故，云车梦已空"④，表达归来成空的失落；《蚁斗》曰："花砌团团列蚁堆，居然蜗角战难开。老夫见尔生怜悯，曾向南柯作守来"⑤，对为点滴利益斗争不休的蚂蚁表示同情；《余今年六十七岁矣，雒诵胥忘，便拟从头读起，如儿童然，因戏用训蒙诗意二首》，则写对自己年老易忘的调侃；作《贺杨南之明府生子》，庆贺他人生子；因梦里的烦恼，作《夜梦赋诗不成，烦闷殊甚，觉而洒然，因作歌以自忏》；朋友送瓜、酒等，作有《雪门先生饷哈密瓜二首》《丁宜园送酒四首》《汤霞峰送洋菊》。晚年的吴镇诗作题材涉及日常生活的方方面面，抒写各种心绪感受，几乎无题不入诗。

吴镇晚年主讲兰山书院，讲学之余，与诗友门生饮酒赏花是其

---

① 吴镇：《兰山诗草》，《松花庵全集》。
② 吴镇：《兰山诗草》，《松花庵全集》。
③ 吴镇：《兰山诗草》，《松花庵全集》。
④ 吴镇：《兰山诗草》，《松花庵全集》。
⑤ 吴镇：《兰山诗草》，《松花庵全集》。

主要的生活。因而，其咏物诗比较多，如《折枝杏花》（二首）：

　　红杏飘飘烂午霞，折枝忽到老夫家。陇头近少江南使，此
是争春第一花。
　　胆瓶分得日边春，姑射仙姿迥出尘。竟说疏梅风格老，北
人终与杏花亲。①

表达了对早春灿烂盛开杏花之惊奇与喜爱，也写出了作者对家乡的
热爱。

吴镇喜欢牡丹花，歌咏牡丹的作品最多，如《牡丹》：

　　老来幽事颇相关，花下蓁芜手自删。最是年年惆怅处，牡
丹开日在兰山。②

《皋兰牡丹盛开，偶阅方方壶〈春晚客愁〉一绝，忽增惆怅，因
次韵六首》，其三：

　　洮水多花木，牵情是牡丹。吾园如绮绣，今日定谁看。③

六首次序井然，相互勾连。由做"客"引发思虑，叹老思临洮
故乡，回忆做官他乡。另外还有《看得春光到牡丹》："觞飞瞥见千
花落，柯烂才消一局残。"④

吴镇晚年喜欢聚众遨游山水，写作了大量的山水诗。他的山水
诗和前中期相比，也有明显的变化，语言变得平易，情感更加浓
郁，意境更加悠远。如《后五泉》（六首选三）：

---

① 吴镇：《兰山诗草》，《松花庵全集》。
② 吴镇：《兰山诗草》，《松花庵全集》。
③ 吴镇：《兰山诗草》，《松花庵全集》。
④ 吴镇：《兰山诗草》，《松花庵全集》。

前山游罢后山游，盛夏泉声冷似秋。龙口飞涎人狎见，更登龙脊俯清流。

山静犹余太古风，千章夏木翠凌空。白云满地谁能扫，应有神仙在谷中。

夜雨岩通漱玉亭，分沙漏石响泠泠。何当净洗筝琶耳，局步闲来月下听。①

吴镇偕同友人，在盛夏从前山游到后山，山静木翠，泉冷似秋，白云满地，景美赛仙境，更由夜雨泉曲想象月下泉曲，诗人的闲适心境体现得很明显。五泉山是吴镇最常去的地方，写五泉山的诗比较多，还有《李汇川雨中邀饮五泉》（二首）：

青笠红衫上五泉，水竽风铎响泠然。游人莫恨苍苔滑，妙领心光是雨天。

翠微深处起楼台，天外黄河入酒杯。看尽东川三百里，柳烟花雾绕蓬莱。②

雨中冒着危险登五泉山，看山景楼台静默，听风声泠然入耳，望黄河水花翻滚。既有朦胧迷茫的"柳烟花"，亦有雄壮的"东川三百里"，此均为雨色所助，如在蓬莱仙境，意境悠远，别有一番风味。

游《水车园》："置酒古城头，来看万里流。阿谁闲似我，水鸟在沙洲。"③诗人用简练的语言，写把酒闲坐城头，悠悠地看黄河西流，看水鸟在沙洲嬉戏，仿佛再也没有谁能像作者这样有大把的时间可供挥霍。既是表达乐趣，亦是自嘲。

除了兰州，吴镇还游览附近各地山水，如《安远坡望白石山》：

---

① 吴镇：《兰山诗草》，《松花庵全集》。
② 吴镇：《兰山诗草》，《松花庵全集》。
③ 吴镇：《兰山诗草》，《松花庵全集》。

驱马经枹罕，稂秭花满目。忽惊千里雪，遥挂万重山。雾暗宁河驿，天高积石关。东流无限水，日夜自潺漫。①

驱马闲游在明艳的鲜花丛中，抬头却惊见无垠延绵的雪山，似乎春与冬在此相伴。而河边竟然浓雾弥漫，似乎又从白天进入黑夜，景色美丽而多变。最后一句写流水，哲理意味比较浓。

《再题兴云山》：

出岫云依化石松，兴隆名字苦凡庸。不如直作兴云好，一滴滂沱待老龙。②

诗中表达对红尘纷争的厌恶，对自然山水的欣赏，一副出世闲然之态。《再题栖云山》也写这样的情感心态：

劳劳何处息尘氛，老遇名山意便欣。太华空同难再到，且来把酒对栖云。③

《长夏江村图》则羡慕农村闲散的生活：

画纸敲针事事幽，红蕖翠筱亦风流。贺兰山下炎天雪，何似江村把扇游。④

该诗写吴镇的乡居情怀，意境悠远。

二、咏史与赠答的抒情化

吴镇后期诗歌变化最大的是咏史诗。吴镇前中期的咏史之作大

---

① 吴镇：《兰山诗草》，《松花庵全集》。
② 吴镇：《兰山诗草》，《松花庵全集》。
③ 吴镇：《兰山诗草》，《松花庵全集》。
④ 吴镇：《兰山诗草》，《松花庵全集》。

多含蓄不露，后期的咏史诗则多直抒胸臆，深受性灵诗风的影响，如《读项羽传二首》，其一：

> 大宝难容暴主登，愤王才力尽阴陵。细看果是天亡汝，不在区区失范曾。①

对项羽的评价，历来较多，吴镇把项羽定位为暴主，认为他苛暴寡恩，大肆屠戮，才使得天理难容。在吴镇家乡，隋末出现了一位西秦霸王薛举。吴镇以此为题材，写下了《薛王坪歌》：

> 兰山五泉下，西有薛王坪。薛王何王坪何坪？言是薛举之先茔。忆昔隋氏乱，绿林分战争。尔举果何物？乃敢虎踞雄金城。斯时四海已鼎沸，谁复西向收橄枪。嗟尔子仁杲，乃更凶暴凌苍生。盗跖肝易脍，汲桑扇难擎。不有晋阳真人出，黄河恶浪何时平？鸷鸟旋就射，封豨亦遭烹。薛家三尺土，秋草尚纵横。至今里人每上冢，凭吊若有枌榆情。咄此兔窟与獾穴，焉用杯酒浇丛荆。兰山古，五泉清，堪齿冷，薛王坪！②

吴镇前期歌行体篇幅短小，采用比兴手法，相对含蓄。而此篇采用歌行体的长篇形式咏史，以赋为主，叙述薛举父子的事迹。薛举最初举事，开仓赈灾，体恤百姓，跟随者甚多，拥兵十几万，自称西秦霸王。他将先祖宗庙置于兰州城西南华林坪，后人称华林坪为薛王坪。薛举父子后来渐骄，尤其是薛仁杲，苛暴寡恩。吴镇在诗中痛骂薛举父子趁天下之乱，盘踞金城，凌暴一方百姓，呼吁乡人停止凭吊。吴镇以暴虎、鸷鸟、封豨、黄河恶浪，来比喻薛举父子的残暴贪婪，横霸一方，全诗一韵到底，笔力铿锵，心中对暴主的痛恨不平之气，满溢纸上。被杨芳灿评为："落笔如铸，字挟风

---

① 吴镇：《兰山诗草》，《松花庵全集》。
② 吴镇：《兰山诗草》，《松花庵全集》。

霜，李西涯乐府，有此精神，无此雄厚。"①

　　还有一些咏史诗，嬉笑怒骂，痛快淋漓，真性情袒露无遗。如《读北齐书有感》：

　　　　堪叹高欢孽种狂，敢将狗脚置君王。兰钦儿子真豪杰，尚有厨刀割虎狼。②

对北齐高欢胡作非为的感叹与痛骂，对其张狂作为的愤怒，对作为家奴却敢于将高欢之子高澄杀死的兰钦之子兰京的极尽赞赏，发泄得痛快淋漓，显示出真性情。再如《书李后主词后》：

　　　　旧日君臣礼尚存，偶谈潘佑亦寒温。却憎多口徐常侍，未得生抽烂舌根。③

　　徐铉先事李后主，后事宋太祖，并奉宋太祖之命探视李后主，进谗言引起宋太祖大怒，终杀害李后主。吴镇对不念君臣旧义、并致李后主死亡的徐铉痛骂，对真挚的李后主十分同情。被杨芳灿评为："二诗痛快人心。"吴镇甚至对神话中的人物也进行嘲弄，如《积石歌》：

　　　　羽山黄熊老无谋，万国戬戬生鱼头。圣子疏凿起积石，神工鬼斧惊千秋。天门屹立云根断，灵光闪烁飞雷电。君不见，悠悠河水向东流，自今无复蛟龙战。④

　　积石山在甘肃临夏市，相传大禹于此治水。大禹的父亲鲧偷窃天帝息壤，采取堙堵的方式治水，水愈泛滥，万民沦为鱼鳖。鲧被

①　吴镇：《兰山诗草》，《松花庵全集》。
②　吴镇：《兰山诗草》，《松花庵全集》。
③　吴镇：《兰山诗草》，《松花庵全集》。
④　吴镇：《兰山诗草》，《松花庵全集》。

天帝杀死在羽山，腹生大禹后，变作黄熊跳入羽渊。吴镇在眼里，
鲧被嘲弄为"老无谋"，显得人性化，也衬托出其子禹"神工鬼斧"
的智慧和高大，别有意趣。

吴镇晚年诗歌的抒情性体现得比较明显的，还有大量的赠答诗
作，如《上姚雪门观察》（四首），其一："匡庐彭蠡萃灵奇，秀发黄
虞秀一枝。长句才华兼鲍照，大科名次并韩琦。崆峒使节今初仰，
溆浦仙舟昔共移。幸有清风来吉甫，穆如先向故人吹。"①叙两人友
情。《赠张桐圃太守翔》："昔别年何壮，今逢鬓已斑。风云随处
变，邱壑几人闲？归路长城外，离樽落照间。何由同塞雁，偕汝到
天山。"②感叹时光流逝，而人生易老，叙及两人友情，皆是真情
实感。

三、吴镇对格调的坚持及与袁枚诗歌的比较

袁枚的性灵诗虽风靡全国，但弊端也很明显，当时和后世批评
比较多，朱庭珍《筱园诗话》曾列举袁枚性灵诗的弊病："袁既以淫
女狡童之性灵为宗，专法香山、诚斋之病，误以鄙俚浅滑为自然，
尖酸佻巧为聪明，谐谑游戏为风趣，粗恶颓放为雄豪，轻薄卑靡为
天真，淫秽浪荡为艳情，作魔道妖言，以溃诗教之防。"③朱庭珍
从儒家严守诗教的角度，对袁枚批评稍过严厉，但袁枚的诗确有浅
易空疏之弊，如《秋夜访涂长卿不值见其二子》：

> 中散园林夜色深，阮公着屐来相寻。月华照树乌鹊笑，十
> 八年前人又到。主人不在两郎迎，两郎当年都未生。出口大笑
> 问两郎，当年何处作迷藏？④

---

① 吴镇：《兰山诗草》，《松花庵全集》。
② 朱庭珍：《筱园诗话》，郭绍虞编：《清诗话续编》，上海古籍出版
社，1983 年，第 2366 页。
③ 朱庭珍：《筱园诗话》，郭绍虞编：《清诗话续编》，上海古籍出版
社，1983 年，第 2366 页。
④ 袁枚：《小仓山房诗集》卷一六。

诗写拜访友人不在，两儿郎出迎，诗如口语白话，也无新意，非常浅俗。

朱庭珍说："因其诗不讲格律，不贵学问，空疏易于效颦。"① 指出袁枚诗歌弊端的问题所在。如何避免性灵诗的弊端，吴镇选择坚持格调，是抓住了关键。吴镇长期受格调诗风的熏陶，对格律有着精深的研究，他晚年的诗歌能坚持格调，避免了抒发性灵的浅率弊端，展现出自己的个性。

首先，吴镇对格调的坚持，更多地表现在对格律的重视上。除了前面所举的一些近体诗外，此处以《寿王芍坡先生》一诗为例略作分析，诗曰：

> 千古清淮水自流，琅琊门第本无俦。家临蟹舍兼渔舍，才继凤洲与麟洲。对策力能追董贾，题诗目欲短曹刘。曾依柏树趋台左，旋逐梅花赴陇头。草檄文雄惊大帅，绥边方略动元侯。五凉宦迹供凭吊，万里军书入校雠。闰厄黄杨官乍缩，威存白泽气仍遒。挥毫暂课风檐业，乘传还寻月窟游。雨霁红垆明挂笏，霜明青海夜登楼。湟隍地拥龙支出，缮善民遮马足留。九曲云岚争结缘，三山鸾鹤竞衔筹。宫袍色共莱衣炜，仙体香随鲁酒馤。野老焉知铃阁事，高人翻祝砚田秋。秦声巧附松陵集，拟倩长庚报斗牛。②

全诗写王曾翼的一生经历和为官政绩。诗从王曾翼籍贯写起，中间重点叙述其生平事迹，对其诗歌特点和策论见解十分赞叹，最后写其逍遥生活。该诗对仗工整，如"家临蟹舍兼渔舍，才继凤洲与麟洲。"把王芍坡故籍江南水乡的特点写出，也巧妙地将具有文学成就的前贤王世贞等人嵌入，不仅赞扬了王曾翼的才华，而且赞叹江南人才辈出，可谓匠心独具。对仗中还使用双声叠韵，十分巧妙自然，"黄杨白泽用叠韵，湟隍缮善用叠韵之双声。拥龙遮马，

---

① 吴镇：《兰山诗草》，《松花庵全集》。
② 吴镇：《兰山诗草》，《松花庵全集》。

衣炜酒簌，俱用正纽。"①杨芳灿评为："对仗谨严，法律深细，非老手不能辨。"②

再如《河神祠古柳和李实之孝廉》四首，多格律工整句子，如"荫浓曾覆庄生钓，漂泊难随汉使槎"，"十围古柳何年植，三叠阳关几客题"，"高阁正逢秋水至，断桥瞥见夕阳沉"，"金缕斜飘山鬼带，翠条虚弹海神鞭"，③ 杨芳灿称之为"苍老称题，百读不厌"。④

其次，吴镇没有放弃对诗教传统的承继。吴镇晚年在兰山书院讲学，受到影响，一些生活化题材比较强的诗歌也宣传教化，如《食瓜后夜起饮酒作》以烧酒驱酸，联想到教化：

> 食瓜腹作酸，中夜欲呕泄。烧酒饮数杯，忽如汤沃雪。古人制兵刑，以补教化缺。战国用申韩，亦能见功烈。牛溲及马勃，效或参苓垆。多谢麴先生，可疏不可绝。⑤

再如《义鸡行》："书斋畜雌鸡，伏卵精且专。所生十余雏，咿喔小如拳。咒咒方哺养，忽而恩爱迁。近辄怒啄之，有如仇雠然。"⑥描写尽职尽心对雏鸡爱护有加的义鸡，赞赏禽兽亦有可取之德，"兹鸡为继母，足可丧三年。"抨击为夺位固权害子的武则天、吕雉等，表现回归正统的倾向。

还有对节妇品德的赞扬，如《题武威林节妇传后》（两首），其一："矛头淅米供朝餐，嫠妇持家亦大难。卖得糟醨三十块，怜渠辛苦办熊丸。"其二："灯下寒机月下砧，天山冰雪照人心。孙枝忽发冬青树，自是皇朝雨露深。"⑦再如《张节妇诗》："孀妇持门户，

---

① 吴镇：《兰山诗草》，《松花庵全集》。
② 吴镇：《兰山诗草》，《松花庵全集》。
③ 吴镇：《兰山诗草》，《松花庵全集》。
④ 吴镇：《兰山诗草》，《松花庵全集》。
⑤ 吴镇：《兰山诗草》，《松花庵全集》。
⑥ 吴镇：《兰山诗草》，《松花庵全集》。
⑦ 吴镇：《兰山诗草》，《松花庵全集》。

兼能孝姑嫜。芝兰萎再世，天道何茫茫。"①

第三，吴镇将他的哲理感悟融入诗歌，其诗歌更加深沉蕴藉。吴镇与袁枚的思想信仰和人生观不同，吴镇出入儒佛道三家，晚年尤其好佛道二教。袁枚不信佛道，思想上倾向儒学，但又不讲宋儒的伦理教化，而是追求个性化的人生。吴镇和袁枚思想信仰和人生观的差异，在诗歌创作中也有反映，两人同样是写生活感悟和哲理，但吴镇的诗歌将哲理延伸至各个领域，相对来说比较深沉蕴藉，如《寄年海筹》："大块鼓噫气，吹嘘遍八埏。太虚本同室，何曾别山川。君与老夫交，悠悠三十年。遥知头俱白，所恨各一天。"②取《庄子·齐物论》语，表达天地一体，而与挚友不能相见的遗憾，渗透着人生哲理。这样的作品还有《送丁宜园赴永平霖浦叔邸》："群鱼忘江湖，安能聚微波。客鸟决云霄，宁复怀旧柯。故人今别我，对酒发狂歌。"③另外一些写佛道的作品，也深有哲理，如记载南北朝志公禅师在皋兰富有传奇色彩事迹的《志公洞》："简文生日即咨嗟，早识侯景为冤家。神功莫补梁皇忏，姑与爬沙唱清梵。"④《兴云山》："但学无心出，仙梯自可登"，⑤ 在写景中体验禅意。如《盆池饮鸟》："清泠小水盆，布施同甘露。渴鸟日随缘，饮酺各飞去。"⑥则在日常生活中体验哲理。

总之，和其诗学理论的走向格调诗学与性灵诗学的结合一致，吴镇晚年的诗歌实际走向格调诗风与性灵诗风的结合，在内容上更倾向抒情，而在形式上更强调格律，二者结合在一起，使他的诗歌艺术在晚年更加纯熟。

---

① 吴镇：《兰山诗草》，《松花庵全集》。
② 吴镇：《兰山诗草》，《松花庵全集》。
③ 吴镇：《兰山诗草》，《松花庵全集》。
④ 吴镇：《兰山诗草》，《松花庵全集》。
⑤ 吴镇：《兰山诗草》，《松花庵全集》。
⑥ 吴镇：《兰山诗草》，《松花庵全集》。

第九章　吴镇的集句诗创作与清中期集句诗的繁荣

　　集句诗是指把一位或者数位诗人的诗句集为一首新的诗作，即徐师曾所说："杂集古今以成诗也。"①集句诗是否属于文学创作，吴承学先生《集句论》一文认为："从理论上说，他肯定不是那种'源于生活，高于生活'的创作，故似乎难以称之为'文学'，但实际上它又是古代文学创作中一种常见的，甚至是一些人所喜闻乐见的形式。许多文学批评论著涉及它，文学选家们也没有把他摒弃在文学的大门之外。"②吴承学先生的观点颇为中肯，古人以集句诗为文学创作，我们今天看古代文学，当遵从当时文学发展的实际。集句诗并不是简单地把他人的诗句摘过来，而是进行了重新创作，有着自己的创作规范和艺术追求，许多诗人的集句诗形成了自己的旨趣和韵味，理当属于文学创作的范畴。

　　最早的集句诗是西晋傅咸的《七经诗》，但他并未有意识提倡和创作。从晋到宋的几百年时间里，集句诗未有发展，《四库全书总目》所作《香屑集》提要："集句为诗，始晋傅咸，今载于《艺文类聚》者，皆寥寥数句，声韵仅谐。刘勰《明诗》不列是体，盖继之者无其人也。有唐一代无格不备，而自韦蟾妓女续《楚辞》两句之外，是体竟亦阙如。"③由于集句诗的写作既能显示自己的博学，又能训练自己的诗思，还能体现自己的雅趣，得到崇尚学问的宋明清三朝

---

　　① 徐师曾：《文体明辨序说》，人民文学出版社，1962年，第1464页。
　　② 吴承学：《集句论》，《文学遗产》1993年第4期，第12页。
　　③ 纪昀等：《钦定四库全书总目》（整理本），中华书局，1997年，第2352页。

诗人的普遍喜爱。有意识地创作集句诗，始自北宋石延年和胡归仁。真正进行大力创作并在艺术上取得较大成就的是王安石。在王安石的影响下，集句诗发展成一种新的文学文体，在宋代风行，著名诗人苏轼、黄庭坚、杨万里等都写有集句诗。集句诗在元代走向衰落，在明代逐渐恢复和发展，杨士奇、李东阳、李梦阳、王世贞、杨慎等著名诗人都参与创作。

清代集句诗走向全面繁荣，大量的集句诗人涌现出来，大量的集句诗集得以刊刻，各种题材和体裁也纷纷出现，创作艺术也得到全面总结。受到清代集句诗创作热潮的影响，吴镇也创作了大量的集句诗。吴镇对集句诗的写作有着明确的认识，他的集句诗特色鲜明，成就突出，特别是自创的新体式《律古》和专题集句《沅州杂咏》《潇湘八景》，在内容、体式和艺术上都达到了较高水平。从其艺术成就来看，吴镇是清中期集句诗繁荣的代表诗人之一。

然而，学术界对集句诗没有足够的重视。中华人民共和国成立后，除了台湾有裴普贤的《集句诗研究》和《集句诗研究续集》外，集句诗的研究成果非常少。直到 20 世纪 90 年代，一些学者如吴承学先生等开始认可集句诗这一诗体，撰写了一些论文。近年来，集句诗的成就和价值也在逐渐被发现，集句诗的研究渐成热点。吴镇的集句诗取得了较高的成就，但没有得到应有的关注。对吴镇集句诗的深入探讨，对于展现清代集句诗的繁荣局面，推动集句诗研究有着重要意义。

第一节　吴镇的集句诗创作与清中期
集句诗的繁荣局面

一、清中期集句诗的繁荣局面

清代是中国文学的大总结时期和大繁荣时期，诗歌在清代继唐诗、宋诗之后进入了第三个繁盛时期，大量的诗人和作品出现，各种诗体形式都得到重视。在这种情况下，集句诗也水涨船高，走向全面繁荣。和前代相比，更多的清代作者参与集句诗写作，一些文坛大家如朱彝尊、厉鹗、查慎行、王士禛等都写有集句诗，集句诗集和作品数量也大大增加（见表十二、表十三）。

表十二　　　　　　　历代集句诗发展情况统计表

朝代	诗人数	存世作品数	诗集总数	存世诗集数	备注
北宋及以前	29	203	2 种	0	—
南　宋	77	1350	约 30 种	8	—
金	10	136	—	1	—
元　朝	30	153	约 8 种	1	—
明　朝	47	1 万首以上	约 57 种	34	—
清　朝	253	5 万首以上	300 种以上	242	施端教《啸阁集韵诗全稿》多至万首

表十三　　　　　　　清代集句诗发展情况统计表

时代分期	时间	有集诗人数	存世诗集数（种）	备注
顺　康	78 年	59	58	—
雍　乾	73 年	76	76	—
嘉道咸	66 年	43	39	—
同光宣	50 年	75	69	—
合　计	267 年	253	242	—

注：1. 以上两表的数据来源于张明华、李晓黎《集句诗文献研究》和《集句诗嬗变研究》①提供的资料，并致以谢意。

2. 明清时期的诗人人数统计仅限于有集句诗集的诗人。

从统计数据来看，清代集句诗呈现全面繁荣局面，有集句诗集

---

① 张明华、李晓黎：《集句诗文献研究》，社会科学文献出版社，2012年。张明华、李晓黎：《集句诗嬗变研究》，中国社会科学出版社，2011年。

存世的作者达到 253 人，而宋金元明加起来仅有 193 人，而且宋金元的作家统计的范围更广，只要有集句诗的都在统计之列。清代存世的集句诗集数量更是达到了 242 种，是宋代到明代 44 种的近六倍。集句诗作的数量更是无法统计，仅施端教的集句诗集《啸阁集韵诗全稿》就多至万首。

顺治、康熙时期是清代集句诗的复兴时期，集句诗创作成为热潮，仅仅 78 年时间，有诗集存在的人数达到 59 人，超过明朝的 47 人，存世诗集达到 58 种，也超过明朝的 34 种。清代的集句诗在清中期的雍正乾隆两朝最为繁盛，走向顶峰。据表格反映，仅雍乾两朝有集句诗集的作家 76 人，存世诗集 76 种，诗人和作品的数量比其他时代都要多。事实上，这只是初步统计，还有大量的集句诗人和诗集没有统计到位，如西北仅仅统计了吴镇 1 人，在吴镇周围，受到吴镇影响而从事集句诗创作的诗人就有近 10 人。

吴镇身处乾嘉年间，对清中期集句诗的繁荣有着明确的认识："集句，肇于古而盛于今，仿效者几遍天下。"①其在《敦古堂集句序》也说："夫集句，权舆于宋，而大盛于今。以予所见，如黄瘤堂之《香屑》，李适园之《侯鲭》，最为杰出。"②清人对集句诗的热情远超前朝，不仅集句诗集众多，单个作家的集句作品往往达到数千甚至上万首，而且大量的诗人和诗论家表现出对集句诗的喜好，写了许多的集句诗序，对集句诗的创作和欣赏进行总结，对集句诗的价值进行肯定和推扬。

二、吴镇的集句诗创作及其对临洮集句诗人群的培育

受清代顺康和雍乾时期集句诗写作潮流的影响，吴镇也写了大量集句诗，"松厓先生深于古诗，兼工集句者也。"③吴镇的集句诗写作开始于在陕西任教职时，直到晚年任教兰山书院时还在创作编

---

① 吴镇：《竹斋集句序》，《松厓文稿》，《松花庵全集》。
② 吴镇：《松厓文稿》，《松花庵全集》。
③ 张翙：《律古续稿及古诗绝句序》，吴镇：《松花庵律古续稿》，《松花庵全集》。

集，持续时间近 30 年。在这 30 余年里，吴镇创作了大量的集句诗。吴镇集句诗集现存 8 种，共 579 首：《松花庵律古》存 164 首、《律古续稿》存 55 首、《集古古诗》存 19 首、《集古绝句》存 60 首、《松花庵集唐》存 121 首、《集唐绝句》存 44 首、《沅州杂咏》存 60 首、《潇湘八景》存 56 首，乾隆、宣统、嘉庆刻本《松花庵全集》都有收录。吴镇的集句诗数量不是最多，但在清代集句诗发展上却有较突出的成就。

吴镇现存 8 种集句诗集，作品种数在清代甚至是集句诗史上都是最多的。据张明华，李晓黎《集句诗嬗变研究》统计，现存的清代 240 余种集句诗集中，吴镇的集句诗集有 7 种（应为 8 种，漏掉了《沅州杂咏》），在清代诗人中是最多的。① 吴镇诗学汉魏六朝诗和唐诗，所以集句诗也主要集汉魏六朝古诗和唐诗，在这 8 种诗集中，集汉魏六朝古诗的诗集有《松花庵律古》《律古续稿》《集古古诗》和《集古绝句》。集唐诗的诗集有《松花庵集唐》《集唐绝句》。《沅州杂咏》和《潇湘八景》属于专题集句，选诗范围未限制，既集汉魏六朝古诗，也集唐诗。

吴镇的集句诗体式全面，有古诗、律诗、绝句，尤其还创立了集句诗的新体式：律古。《潇湘八景》涉及五言古诗、七言古诗、五言律诗、七言律诗、五言绝句、七言绝句六种，各体兼备。除了众体兼备，吴镇的集句诗题材也非常广泛。可以怀人，可以赠别，可以咏史，可以咏物，可以记事，可以祝寿，可以写田园，可以写隐逸，可以写景抒情——凡诗可写的主题都有涉及。吴镇的每首集句诗都有自己的主题，集句或与原意有关，或无关，都紧紧围绕新的主题，体现出较高的水平。吴镇爱好集句诗，精研格律，喜欢唐诗意蕴，其集句诗以博学出入汉魏六朝三唐诸家，紧扣自己的主题，写自己的情感心绪，裁剪布局，随心自如，而又妥帖自然，气韵连贯，如出己手，在艺术上不亚于其原创的诗歌。

吴镇是清代顺康和雍乾时期的集句诗创作氛围熏陶出来的集句

---

① 张明华、李晓黎：《集句诗嬗变研究》，中国社会科学出版社，2011年，第 191 页。

诗人，同时，吴镇在集句诗创作上取得的成就，本身又是乾嘉时期集句诗走向繁荣的重要组成部分。吴镇对清中期集句诗的繁荣还有一个贡献是在临洮培育了一个集句诗人群。

在吴镇的家乡临洮，集句诗写作非常盛行。吴镇说："集句……仿效者几遍天下，而吾洮人士尤喜好之。"①临洮诗人喜欢集句诗开始于清初临洮诗人张晋，张晋现存《律陶》一卷，《集杜》一卷，《琵琶十八变》（集杜）一卷，均收在赵逵夫先生整理校点的《张康侯诗草》②中，关于张晋的集句诗，张明华、李晓黎的《集句诗嬗变研究》评价较高："张晋的集句诗在内容上既有隐居生活的写照，也有易代之际的时代影子，同时还有身陷囹圄时的慷慨悲歌，不可谓不广；在形式上有集唐，有集杜，有律陶；有五律，有七律，有杂体，不可谓不丰富；而且张晋还开创了用杜甫诗句写作《琵琶十八变》的风气，不可谓不新颖。"③

到了乾隆年间，在吴镇的带领下，以洮阳诗社为中心，临洮的集句诗创作迎来了一次高潮，诗人众多，诗集纷纷刊刻，形成了一个集句诗创作群体。好为集句诗的除了吴镇外，至少还有吴锭、张克念、潘性敏、张逢壬、张竹斋、张所蕴、李华春、文国干等人，有集句诗集刊刻的有吴锭、张克念、张竹斋、潘性敏。"近洮阳集句者，玉厓而外，惟潘生清溪，及吾弟握之耳。二子之集句，吾尝序之矣。"④王淑霖《集杜》自序："集古诗自韦蟾以降，至宋荆公而尤著，近如黄瘟堂之《香屑》，李适圃之《侯鲭》，最为杰出，吾甘洮阳吴松厓先生颇好集古，其后生则而效者，潘清溪之《敦古堂》、吴握之《草堂吟》，尤脍炙人口。"⑤

吴锭因受其兄吴镇影响好集句，曾集唐人诗句为三百多篇，其《草舍吟集句》存集唐诗60首。另有集汉魏六朝古诗《梅斋律古》。

---

① 吴镇：《竹斋集句序》，《松厓文稿》，《松花庵全集》。
② 赵逵夫校点：《张康侯诗草》，兰州大学出版社，1989年。
③ 张明华、李晓黎：《集句诗嬗变研究》，中国社会科学出版社，2011年，第198页。
④ 吴镇：《张玉厓集句序》，《松厓文稿》，《松花庵全集》。
⑤ 郭汉儒：《陇右文献录》，甘肃文化出版社，2014年，第719页。

吴镇《草舍吟集句序》："吾弟握之，业医而嗜诗，其集唐约三百余篇，乃先出其《草舍吟》，五七言律各三十首，而问序于予。"①

张克念好为集句，有《张玉厓集句》，集汉魏六朝唐宋诗。吴镇《张玉厓集句序》说："洮阳积书之家，旧推唐泉张氏。至位北先生名逢壬者，尤好聚古人诗，故其诗多可传。今文孙玉厓，又以工集句，焜耀词坛，猗欤盛哉！……玉厓，寒士也，守先人之破籝，颇能荟萃诸家，而成一家之言。故凡汉魏、六朝、唐、宋之佳句，靡不渔猎。"②

张竹斋好为集句，年老仍勤于撰著，有《竹斋集句》，集汉魏六朝唐诗，吴镇《竹斋集句序》称："今翁年已七十矣，犹能涉猎汉魏、六代、三唐，推敲不倦。"③

潘性敏好诗，尤擅长集句，著有《敦古堂集句》四卷，专集唐诗，吴镇《敦古堂集句序》称其："家贫而嗜诗，出其《集唐》四卷，就正于予。"④

在边远之地的西北临洮，如此多的诗人爱好集句诗，并有诸多集句诗集刊刻，正是清中期集句诗繁荣的一个缩影。

三、吴镇对集句诗功能和价值的认识

对集句诗的认识和评价，历来态度不一。陈廷焯告诫写集句的作者："一染其习，终身不可语于大雅矣。"⑤何文焕也认为："攻乎此，去诗道益远。"⑥不喜欢集句诗的人，多以戏谑相批："山谷不喜集句，笑为百家衣。"⑦而喜欢集句诗的则认为集句诗别有机

---

①　吴镇：《松厓文稿》，《松花庵全集》。
②　吴镇：《松厓文稿》，《松花庵全集》。
③　吴镇：《松厓文稿》，《松花庵全集》。
④　吴镇：《松厓文稿》，《松花庵全集》。
⑤　陈廷焯：《白雨斋词话》卷五，续修四库全书本。
⑥　何文焕：《历代诗话考索》，《历代诗话》附录，中华书局，1981年，第814页。
⑦　潘德舆：《养一斋诗话》卷一，续修四库全书本。

趣："集句别有机杼，佳处真令才人阁笔。"①吴镇在集句诗创作上投入了大量精力，前后坚持了三十余年，他说："方家视为小巧，然此种有旨趣焉，浅尝者不得而知也。"②吴镇强调集句诗创作的旨趣，表现出对集句诗的肯定和重视。

集句诗是在宋人"以文为戏"的观念下发展起来的，游戏娱乐曾是集句诗的写作动因。"集句自国初有之，未盛也。至石曼卿人物开敏，以文为戏，然后大著。"③司马光尝以集句为戏，"司马温公为定武从事，同幕私幸营妓，而公讳之。尝会僧庐，公往迫之，使妓逾墙而去，度不可隐，乃具道。公戏之曰：'年去年来来去忙，暂偷闲卧老僧床。惊回一觉游仙梦，又逐流莺过短墙。'"④黄庭坚亦以集句诗为戏作，陈师道《后山诗话》载："王荆公暮年喜为集句，唐人号为'四体'，黄鲁直谓正堪一笑尔。"⑤其集句诗 13首，多为戏作。

对集句诗的游戏功能，吴镇是非常认可的，集句诗是"文人游戏，故无可无不可。"⑥在介绍《松花庵集唐》时说："本予游戏之作，而索观者反众，殊增忸怩。"⑦吴镇评论吴锭的集句诗："握之诗，颇略有法，今观其《草舍吟》，脉络分明，精神团结，虽寓言仙释，而句挟刀圭，时露自谑之趣，阅者亦可以绝倒已。"⑧吴锭的集句诗本身有游戏娱乐成分，可以使阅读的人"绝倒"。吴镇《张玉厓集句序》也指出："以此自娱，良足豪矣。"⑨吴镇《竹斋集句序》

①　谢章铤：《赌棋山庄词话》卷十二，续修四库全书本。
②　吴镇：《竹斋集句序》，《松厓文稿》，《松花庵全集》。
③　蔡绦：《明抄本西清诗话》，张伯伟：《稀见本宋人诗话四种》，江苏古籍出版社，2002 年，第 184~185 页。
④　陈师道：《后山诗话》，何文焕：《历代诗话》，中华书局，1981 年，第 306 页。
⑤　陈师道：《后山诗话》，何文焕：《历代诗话》，中华书局，1981 年，第 306 页。
⑥　吴镇：《松花庵集唐自序》，《松花庵集唐》，《松花庵全集》。
⑦　吴镇：《松花庵集唐》，《松花庵全集》。
⑧　吴镇：《草舍吟集句序》，《松厓文稿》，《松花庵全集》。
⑨　吴镇：《松厓文稿》，《松花庵全集》。

说张竹斋的集句诗是闲暇时候的游戏消遣之作："屡科落解，乃留意风骚，以自怡悦。今所存《竹斋集句》，盖其闲暇时消遣之作。"①

然而，集句诗的创作并非全为游戏之作，也可以是一种比较严肃的诗体。王安石的集句诗已经尝试突破游戏的定位。他的集句诗一部分是调笑嘲戏之作，还有一些是比较严肃的，如《怀元度三首》为怀人之作，《送吴显道五首》为送别之作，《明妃曲》《金陵怀古》咏史，《即事三首》记事，《春雪》《蝶》咏物，而《化城阁》《金山寺》则写景。这些诗都比较严肃，很少有调笑成分。文天祥的《集杜诗》二百首和《胡笳曲》十八首，结合自己的生活经历和心路历程写家国之恨，已不再是游戏之作。发展到明清时期，集句诗已经成为很多作家有寄托有目的的创作。

吴镇认为，集句诗和其他诗体的创作一样，也具有抒情、言志、记事、纪行、赠答等功能，除此之外，集句诗还有一些更突出的功能和价值。吴镇认为，集句诗可以采用集句的方式存古代诗人，表彰先贤："今镕金集腋，细大不捐，句存即诗存，诗存即名存，名存即人存。使古人有知，当亦无憾于泉壤也。是则余之得已而不已也夫？嗟乎！岂独律古宜然哉！"②他在《松花庵集唐诗跋》中再次强调："夫集句之有无，在诗家本不足为重轻，第三唐自大家名家而外，拈髭呕血者何限？今因单词片语，而胪列姓名，呼之欲出，或亦表章前贤之一法乎？"③

吴镇主张借集句诗来研讨诗律，以提高诗歌写作水平，故以集句诗教学生。吴镇任韩城教谕时，"思得一诱掖后进之方，乃集汉魏六朝佳句，为律诗一编。音格既叶，翻阅自易，俾从事者，即由近体之中而得古调。其嘉惠后学，可谓勤且挚已。"④陆游已经认识到集句可以提高诗歌写作水平，他在《杨梦锡集句杜诗序》中说：

---

① 吴镇：《松厓文稿》，《松花庵全集》。
② 吴镇：《律古续稿自序》，《律古续稿》卷首，《松花庵全集》。
③ 吴镇：《松花庵集唐》，《松花庵全集》。
④ 卫晞骏：《松花庵律古序》，《松花庵律古》，《松花庵全集》。

"因以暇戏集杜句，梦锡之意，非为集句设也，本以成其诗耳。"①
在陆游看来，杨梦锡集杜诗主要是为了学习杜甫，提高自己的诗歌
写作水平。借集句而温习全诗，也是学习方式之一，吴镇《松花庵
集唐自序》："爱古人而因及其句，兼有思学交致之功。"②吴镇还
说："且予老渐昏忘，因觅句而及全诗，或亦温故知新之一
法欤?"③

四、吴镇对集句诗创作方法的总结

集句诗的写作看似容易，实则困难。既需要有写诗才华，自己
要懂诗，更要有学问，熟悉历代诗人诗作。陈应申《亚愚江浙纪行
集句诗序》认为："作诗固难，集句尤不易。前辈有云：'不行万里
路，莫读杜甫诗。'一杜诗且病其难读，而况集诸家之诗乎?"④沈
雄《古今词话·词品》卷上引《柳塘词话》徐士俊话语，更是提出了
"六难说"："集句有六难，属对一也，协韵二也，不失粘三也，切
题四也，情思联续五也，句句精美六也。"⑤吴镇对集句诗的写作之
难也有明确的认识："盖诗必穷而后工，而集句之难，尤非枵腹者
能办。"⑥为了解决集句诗写作困难这一问题，吴镇提出了一系列的
创作方法。

首先，写作集句诗要读诗，要重视才学积累。吴镇《张玉厓集
句序》："夫作诗之根本，才与学而已。才赋于天，不能增减；学
则经史子集，皆宜钻研。今第读诗而作诗，固无所为诗也。然未读
诗而作诗，讵反有诗乎？又况于集句耶！玉厓，寒士也，守先人之
破箧，颇能荟萃诸家，而成一家之言。故凡汉魏、六朝、唐、宋之

---

① 陆游：《陆游集》，中华书局，1976 年，第 2108 页。
② 吴镇：《松花庵集唐》，《松花庵全集》。
③ 吴镇：《集古古诗》，《松花庵全集》。
④ 释绍嵩：《亚愚江浙纪行集句诗》，陈起：《江湖小集》，四库全书
本。
⑤ 沈雄：《古今词话·词品》卷上，四库全书存目丛书补编本。
⑥ 吴镇：《敦古堂集句序》，《松厓文稿》，《松花庵全集》。

佳句，靡不渔猎。"①集句需要广泛阅读，经史子集都要钻研，只有具备了深厚的功底，才能"荟萃诸家，而成一家之言"。由此，吴镇在结尾时再次强调："集句则必多读诗，多读诗则必多积书，意者遗金满籝，或不如断简残编之汗牛而充栋乎？教子弟者其知之。"②

其次，吴镇认为，写集句诗还需要剪裁取舍，左右逢源，变化从心。写作集句诗，在有了一定的积累之后，需要剪裁取舍。《自题律古诗后》其一曰："松古无年月，春从何处来。野花夺人眼，剪绿作新梅。"其二曰："桃李杂烟霞，含芳映日华。可怜峄阳木，雕镂作琵琶。"③《戏跋集唐绝句》其三曰："数篇今见古人诗，字字清新句句奇。采得百花成蜜后，一生吟苦竟谁知？"④集句诗需要裁剪古人佳句成新篇，产生自身的价值。如何剪裁取舍，吴镇提出了"左右逢源"和"变化从心"的原则："少之时，自以为是，无所取材，文献不足故也。及其壮也，博学于文，不知所以裁之，则不如无书，至于用力之久，根于心而后集，则取之左右逢其源。"⑤"至于集句，则笼贮参苓，囊收艺术，方不必自己出，而加减调剂，变化从心，诚于此体而三折肱。"⑥

最后，吴镇认为，集句诗在写成后在整体上要气韵联络，无迹可寻。吴镇《敦古堂集句序》评价潘清溪的集句诗："兴趣则云蒸霞蔚，属对则玉夏金春，气韵联络，无迹可寻。"⑦吴镇强调集句诗要追求对偶，要有兴趣，整首诗要"气韵联络，无迹可寻"，最后生出意境。吴镇极为重视"气韵"，他认为，一首集句诗能不能成功，"气韵"是一个很重要的标准。吴镇在修改自己的集句诗时，即以

---

① 吴镇：《松厓文稿》，《松花庵全集》。
② 吴镇：《张玉厓集句序》，《松厓文稿》，《松花庵全集》。
③ 吴镇：《集古绝句》，《松花庵全集》。
④ 吴镇：《松花庵集唐》，《松花庵全集》。
⑤ 吴镇：《集古诗序》，《集古古诗》，《松花庵全集》。
⑥ 吴镇：《草舍吟集句序》，《松厓文稿》，《松花庵全集》。
⑦ 吴镇：《松厓文稿》，《松花庵全集》。

此为准绳："因检旧稿之神气未联，而有碍声病者，复删改而增益之。"①重视气韵，其实也就是要求在集句诗的写作中，要自然而然。吴镇《张玉厓集句序》："今其所集，媲黄俪白，若出天然；写景言情，悉如自作，何其得心而应手乎！"②集句诗是集他人诗句为自己所用，不是简单地凑在一起，而是要"悉如自作"，要"若出天然"。评张竹斋集句诗："翁集句各体略备，缕金错彩，对待天然，而陶写性情，不因辞掩。"③

第二节　律古：吴镇开创的集句诗新体式

吴镇喜欢汉魏六朝古诗，又对诗歌格律研究颇深，他把两者结合起来，创立了集汉魏六朝古诗为律诗集句的新体式：律古。代表诗集《松花庵律古》和《律古续稿》在内容和艺术上都取得了较高成就。

一、《松花庵律古》

《松花庵律古》是吴镇最早写的集句诗集，存集句诗 164 首。该集刊刻于乾隆五十年（1785），但成集的时间比较早，是吴镇在韩城教谕任上为教学生从事诗歌而创作。卫晞骏在《松花庵律古序》里说得非常明白："诗之变也，《三百篇》，而汉魏，而六朝，尽矣。故予教子弟为诗，俱令从选体入，防其靡也。第后学狃习声病，往往以古调为难。同年吴子信辰，深于古诗者也，其说诗亦与予同。比秉铎余邑，思得一诱掖后进之方，乃集汉魏六朝佳句，为律诗一编。音格既叶，翻阅自易，俾从事者，即由近体之中而得古调。其嘉惠后学，可谓勤且挚已。"④此集编成以后，深得门生士子

---

① 吴镇：《松花庵集唐》，《松花庵全集》。
② 吴镇：《松厓文稿》，《松花庵全集》。
③ 吴镇：《松厓文稿》，《松花庵全集》。
④ 吴镇：《松花庵律古》，《松花庵全集》。

们喜欢："夫信辰诗每出，人争传诵。是编成，及门将付梓，以代
手抄，予因为序，其大略如此。"①吴镇的集句诗写作受到老师李友
棠的直接影响，李友棠说："（吴镇）已丑北来，偶见余《侯鲭集》，
好之甚笃。归才数月，尺素遥将，则律古诗在焉。盖集汉魏六朝人
句为近体，整雅流丽，前此未之有也。"②

《律古》内容丰富，涉及写景、咏物、纪行、赠答、题画等题
材，均能切题，借古人佳句表达自己的思想情绪，"章法谨严，文
情斐亹"③，"天然入妙，毫无缀痕"④。如《南溪访友》："阆苑秋
光暮，华池物色熏。波横山渡影，风至水回文。浴鸟沉还戏，林花
合复分。伊人傥同爱，一遇尽殷勤。"⑤吴镇用六句诗写南溪秋景，
最后两句点出主题，甚为贴切。全诗格律工整，特别是"波横山渡
影"和"风至水回文"两句，分别为梁元帝萧绎和庾丹的诗句，庾丹
为南朝梁人，《玉台新咏》存诗三首，本不甚出名，但该句与萧绎
的诗作集在一起，对仗工整，意蕴顿生，即成佳句。写景抒情如此
的诗还有《泛舟》："澹澹平湖净，舡移白鹭飞。春洲鹦鹉色，丹水
凤凰矶。山远风烟丽，桃生岁月稀。蓬莱在何处，独与暮潮归。"⑥
舟在平静宁洁的湖面上行驶，诗人悠闲地看白鹭飞落，四面悠远的
山色风物尽收眼底，岁月静好，胜似神仙。全诗营造出一种清丽淡
远而又悠闲自在的意境，丝毫看不出缀合的痕迹。

吴镇在外为官，常思念家乡，如《思归》："暂别尤添恨，思归
想石门。落晖隐穷巷，流水远孤村。衣食当须纪，亲邻自此敦。请
回俗士驾，倚杖牧鸡豚。"⑦"石门"指临洮石门山，"流水"指临洮

①　卫晞骏：《松花庵律古序》，吴镇：《松花庵律古》，《松花庵全集》。
②　李友棠：《松花庵集唐诗序》，吴镇：《松花庵集唐》，《松花庵全
集》。
③　吴森：《松花庵律古跋》，吴镇：《松花庵律古》，《松花庵全集》。
④　李德举：《松花庵律古诗跋》，吴镇：《松花庵律古》，《松花庵全
集》。
⑤　吴镇：《松花庵律古》，《松花庵全集》。
⑥　吴镇：《松花庵律古》，《松花庵全集》。
⑦　吴镇：《松花庵律古》，《松花庵全集》。

洮河水，"穷巷"指吴镇家所在的松花巷。石门、穷巷、流水意象，依次勾勒出了一幅家乡图。吴镇将不同诗人的诗句信手拈来，不仅自然得体地表达自己的思乡情绪，而且重组后的诗呈现出另外一番景象，正是天然入妙。这样的诗还有《陇水吟》："陇水流声咽，横歧数路分。飞鱼时触钓，塞马暗嘶群。清露凝如玉，遥山倒似云。力农争地利，何用李将军。"①诗以一系列意象，赞扬了陇地风景美丽，鱼多马壮，百姓勤奋安居的景象。

而赠答诗也能脱尽世俗，写友情一往情深，如《寄胡静庵广文》："驱马陟阴山，霜浓湿剑莲。诗书塞座外，桃李罗堂前。但恨功名薄，谁稀竹素传。玉门罢斥□，声教烛冰天。"②胡静庵即好友胡釴，胡釴年少多才，与吴镇并称为"关西二杰"，但一生沉沦，晚年才得教职。吴镇该诗写胡釴的穷困和对他的同情，意思连贯，情感真挚。

二、《律古续稿》

吴镇写作《律古》后，意犹未尽，任教兰山书院时又作《律古续稿》55首。关于其创作原因，吴镇自己说："集句从无律古者，予既创而为之矣，兹又续之，何也？曰：'爱古人也。'夫爱古人者，诵其诗可耳，人句而我章之，至于再三，不亦赘乎？曰：'不得已也。'"③因爱古人而集古人诗句，因不得已而作《律古续稿》。

晚年的吴镇，更精于诗律。作为续编，存诗虽然比较少，但是《律古续稿》比《律古》艺术更加成熟。对吴镇的《律古续稿》，张翔在序中用一个"奇"字评价："近复有《续稿》，及《古诗》《绝句》三种，愈出愈奇。"④如《题三原闺秀路凌波剪红斋诗后》（二首）：

奕奕工辞赋，红颜无复多。每从芳杜性，犹意采莲歌。锦

①　吴镇：《松花庵律古》，《松花庵全集》。
②　吴镇：《松花庵律古》，《松花庵全集》。
③　吴镇：《律古续稿自序》，《松律古续稿》，《松花庵全集》。
④　吴镇：《律古续稿》，《松花庵全集》。

缆回沙碛，山庭暗女萝。寂寥千载后，何处有凌波。

　　积翠远嵯峨，春风日夜过。看花言可折，对酒不能歌。云锦被沙汭，瑶琴生网罗。夫君美章句，讵减见凌波。

　　该诗赞扬路凌波工于诗赋，是闺秀中少见的优秀诗人。该诗结尾以诗人名字结尾，而且内涵丰富，非常奇妙。第一首结尾为"寂寥千载后，何处有凌波"。① 前一句是梁元帝的诗，后一句是庾信的诗，吴镇把这两句放在一起，表达的感叹发人深思，也是诗人命运的思考。第二首结尾"夫君美章句，讵减见凌波"。② 前一句是何逊的诗，后一句是刘孝绰的诗，以丈夫衬托路凌波之才。这两首不仅极为贴切，而且把人物名字嵌入诗中，难度极高，没有深厚的功底写不出来。

　　再如寄给福康安的《台湾平定喜而有作》八首组诗也是上乘之作，台湾林爽文反叛，福康安带兵镇压，吴镇听闻喜讯后集诗八首相赠，如其一："刑天舞干戚，贯日引长虹。鸟击初移树，萤光乍灭空。乘墉挥宝剑，卷帙奉卢弓。豹变分奇略，今来东海东。"③福康安回信对这八首诗进行了高度评价："台湾平定集古诗，格律精严，天衣无缝。觉白狼朱鹭，逊此鴥皇。"④"格律精严，天衣无缝"的评价极为恰当。

三、律古：集句诗形式上的创新

　　律古是吴镇对集句诗的体式创新，吴镇选唐以前的古诗句，按格律诗的要求集句成篇。吴镇对自己的律古一体创新意识非常明确，他在《律古续稿自序》中说："集句从无律古者，予既创而为之矣。"⑤友朋序跋对吴镇的集句诗体式创新及其意义也有所阐发，吴

---

① 吴镇：《律古续稿》，《松花庵全集》。
② 吴镇：《律古续稿》，《松花庵全集》。
③ 吴镇：《律古续稿》，《松花庵全集》。
④ 吴镇：《律古续稿》末尾附《福嘉勇公札》，《松花庵全集》。
⑤ 吴镇：《律古续稿》，《松花庵全集》。

森《松花庵律古跋》："集诗始于宋，而荆公采句，间及时贤。继而有集陶、集杜、集苏，皆偶一为之耳。余皆集唐，夹杂宋、元，从未有集古为律者。近松花道人创为律古，清真艳丽，若出天然，属对之工，或胜原作。自有集句以来，安可无此体耶?"①李德举《松花庵律古诗跋》："挑灯雏诵，律诗中无此品，古诗中又无此格也，岂非艺林快事哉!"②

吴镇的律古是从律陶发展过来的。明代后期，律陶已经成为许多人的喜好，如明代后期就有王思任的《律陶》、黄槐开《敦好斋律陶纂》、清初吴肃公《律陶》等。吴镇的集句诗创作最早受到同乡张晋的影响，律古直接来源于张晋的《律陶》诗集。和大多数历代知识分子一样，面对江山易代，张晋选择隐居避世，对陶渊明非常喜爱，创作了《律陶》集句。但张晋从小受到儒学的熏陶，面对满目疮痍的社会现实，内心无法做到陶渊明那样的平淡，因而，《律陶》中处处透出一种悲凉和无奈的心迹。如《有感》："去去当何极，悠悠迷所留。户庭无尘杂，日月有还周。忽值江山改，固为儿女忧。谁知荣与辱，惟见古时丘。"③吴镇从小敬佩张晋，年轻时曾读其诗集，受到张晋人品和诗风深刻影响，晚年曾收集整理刊刻张晋的诗集，并广为推荐，四处表彰。

受张晋的影响，吴镇把律陶一体推广到汉魏六朝，创立律古一体。汉魏六朝古诗不遵格律，诗多不合韵，陶渊明的诗，有些暗合音律，故才有律陶之作，吴镇集汉魏六朝古诗为律诗，难度是相当大的。吴森的跋语对《律古》评价颇高："松花兹编，时或迭见，不知唐诗多而古诗少，一出再对，愈见应变之无穷。"④吴镇精通格律，他的《律古》集句按韵目来选择句子，在格律上遵循律诗的要求，但也有所放宽，很好地解决了古诗不合律的问题，取得了较高

---

① 吴镇：《松花庵律古》，《松花庵全集》。
② 吴镇：《松花庵律古》，《松花庵全集》。
③ 张晋：《律陶》，赵逵夫校点：《张康侯诗草》，兰州大学出版社，1989年。
④ 吴镇：《松花庵律古》，《松花庵全集》。

的艺术成就，如《山斋晚眺》：

　　　日暮碧云台，纷纷飞鸟还。疏松含白水，余雪映青山。阮籍长思酒，刘伶善闭关。老夫有所爱，乘月弄潺湲。①

　　该诗的平仄是：仄仄仄平平，平平平仄平。平平平仄仄，平仄仄平平。仄仄平平仄，平平仄仄平。仄平仄仄仄，平仄仄平平。

　　该诗属于仄起式，颔颈两联对仗工整，但各句平仄并不完全合符律诗句型要求，如首联"仄仄仄平平，平平平仄平"，第二句第三字应为仄声。尾联"仄平仄仄仄，平仄仄平平"第一句第一、三个字应该为平，第二句第一个字应该为仄。另外，首联对句与颔联出句平仄相同，出现了失粘的情况。

　　另如《下第后南游江汉而归》：

　　　蝉咽觉山秋，秦人望陇头。烟霞乍舒卷，秋壑每淹留。日照苍龙阙，波摇白鳢舟。归来艺桑竹，忽似阆风游。②

　　该诗的平仄是：平仄仄平平，平平仄仄平。平平仄平仄，平仄仄平平。仄仄平平仄，平平仄仄平。平平仄平仄，仄仄仄平平。颔、颈联的对仗工整，诗中颔联、尾联的出句，也暗合拗救，第三字拗，第四字救，将平平平仄仄的类型改为了平平仄平仄。但此诗也有失粘和句型不符合平仄规律的情况。

　　关于律古在集句诗历史上的贡献，张明华，李晓黎在《集句诗嬗变研究》中说："明清集句诗在形式上最大的创新是'律古'。"③仅此一点来看，吴镇对集句诗的发展就做出了极大的贡献。

---

① 吴镇：《松花庵律古》，《松花庵全集》。
② 吴镇：《松花庵律古》，《松花庵全集》。
③ 张明华、李晓黎：《集句诗嬗变研究》，中国社会科学出版社，2011年，第257页。

第三节　吴镇的专题集句：清中期专题
集句诗的代表之一

在集句诗发展的历程中，专题集句诗是重要内容。专题集句分两种：一是某一主题的专题集句，一是某诗家的专题集句。第一种就某一主题如景物、地点、事件等而作的集句，如宋代郭适之的《梅雪集》绝句六百余篇、金代党怀英的《孤雁集句》、李简之的《莲池集句》、明代童琥的《梅花集句》等，清代如王士禛的《渔洋山人集句梅花诗》、朱廷璋《西湖百咏》等，数量众多。第二种集中集某诗家如杜甫、陶渊明等而作的集句，如孔平仲《寄孙元忠（俱集杜诗）》、文天祥《集杜诗》。清代的集杜、集陶等更多，集李、集苏等也发展起来。

吴镇的诗家专题集句不多，仅《集古古诗》里保存的集陶渊明2首、集谢灵运1首、集鲍照1首，成就也一般。但是，吴镇的主题集句诗集有两部，成就较高。

吴镇在担任沅州知府时，政务比较少，曾在署内修建狎鸥亭，与江炯、丁珏等诗友经常聚会赋诗，此时的吴镇尤其喜欢集句诗写作，编成集句诗集《沅州杂咏》和《潇湘八景》两种，以专题集句的形式咏叹湖湘山水，其内容、体制和达到的艺术水平，都让人惊叹。

一、《沅州杂咏》

韵目集句产生于托名为辛弃疾的《蕊阁集》，据张明华、李晓黎考证，实为明代中后期之作。①《蕊阁集》也由五言律诗和七言律诗两部分组成，全诗写"蕊阁"景物，写诗人隐居"蕊阁"的生活和心绪。《沅州杂咏》以韵为题，按平水韵30个韵部的名称为题目，并按韵部排序，属韵目集句诗。该集以上平声十五韵：一东、

---

① 张明华、李晓黎：《集句诗文献研究》，社会科学文献出版社，2012年，第244~251页。

二冬、三江、四支、五微、六鱼、七虞、八齐、九佳、十灰、十一真、十二文、十三元、十四寒、十五删为题，又以下平声十五韵：一先、二萧、三肴、四豪、五歌、六麻、七阳、八庚、九青、十蒸、十一尤、十二侵、十三覃、十四盐、十五咸为题，分为集古五律三十韵和集唐七律三十韵两组，共60首诗。

《沅州杂咏》与《蕊阁集》一样，也写吴镇游宦沅州的生活和心绪。吴镇居官沅州知府，既有为官一地的舒畅心情，也有宦途倦怠的情绪，如第一首集古五律《一东》："奉义至江汉，摘兰沅水东。感时歌蟋蟀，酌酒劝梧桐。下笔成三赋，停车对两童。谁知倦游者，雪鬓别关中。"①《二萧》："旅泊依村树，风丝乱百条。翠山方霭霭，文酒易陶陶。道士封君达，仙人王子乔。云螭非我驾，自得是逍遥。"②吴镇在五十八岁上任沅州知府，一路之上，感慨万千，诗兴盎然。

吴镇喜欢湖湘山水，歌咏沅州山水风情的集句也比较多，如集古五律《七阳》："携手上河梁，春风满路香。看梅复看柳，相忆莫相忘。羹饭一时熟，江山万里长。老夫有所爱，清芷在沅湘。"③诗歌轻快，表达看景不厌，如痴似醉的心情。集唐七律《十二文》："水水山山尽是云，南行直入鹧鸪群。壶觞须就陶彭泽，赋咏思齐郑广文。宝盖雕鞍金络马，粉霞红绶藕丝裙。孤帆夜别潇湘雨，林下高人待使君。"④水云之间，鹧鸪满天，景助诗兴。

吴镇常年在外为官，思乡之切在沅州时最盛。吴镇在沅州时已经五十八岁，思乡归乡之心浓郁，由此，思乡集句在《沅州杂咏》中最多。如集古五律《十四寒》："少小去乡邑，身游廊庙端。吹台望鸩鹊，甬道入鸳鸯。饮酒不得足，食梅常苦酸。逆愁归旧里，风月陇头寒。"⑤自少离去，思家望乡，内心愁苦，消除不得。如集古

---

① 吴镇：《沅州杂咏》，《松花庵全集》。
② 吴镇：《沅州杂咏》，《松花庵全集》。
③ 吴镇：《沅州杂咏》，《松花庵全集》。
④ 吴镇：《沅州杂咏》，《松花庵全集》。
⑤ 吴镇：《沅州杂咏》，《松花庵全集》。

五律《一先》："洞庭晚风急，客子忆秦川。剑拔蛟将出，山高马不前。云霞成异色，桑柘起寒烟。且对一壶酒，焉知隐与仙。"①写旅途风急天寒，浪高山险，令人畏惧，勾起了思乡之情。再如集唐七律《二冬》："一路潇湘景气浓，蘋洲北望楚山重。莫思身外无穷事，欲买云中若个峰。秋水才添四五尺，家书频寄两三封。闲来长得留侯癖，岁暮相期向赤松。"②离家愈来愈远，时间虽不是很久，但已经忍不住寄出几封家书。

韵目诗既要按韵部要求，更要写出自己的旨趣，表达诗人的思想情感，难度是非常高的。对吴镇的《沅州杂咏》，居官沅州时的好友江炯说："吴沅州之在延龄苍圃也，非道非僧，有诗有酒。尝步沈韵上下平集古唐句，得五七律如干，而属予序之。读竟，客郎宦郎，心绪茫茫，其情一揆，载赓楚调。"③吴镇借古人诗句，成功地写出自己在沅州时的心绪和感受，而又格律工整，了无痕迹，如出己手，取得了较高的艺术成就。

二、《潇湘八景》

《潇湘八景》专门咏叹"潇湘八景"。关于"潇湘八景"的由来，丁甡《松花庵潇湘八景诗跋》有介绍，"董北苑有《潇湘图》，未著《八景》。宋复古写《八景卷》，为雍熙僧所藏，其'八景'之权舆乎？嗣是，米南宫父子及马遥父，兢为斯图，兼系以诗。故自宋中叶，长沙筑'八景'之台，而随处效颦，'八景'，几遍于天下。"④"八景"分别是潇湘夜雨、洞庭秋月、远浦归帆、平沙落雁、烟寺晚钟、渔村夕照、山市晴岚、江天暮雪，历来多为诗人咏叹。吴镇自序交代了写作缘由："今海内十室之邑，一亩之宫，凡好事者，靡不有八景矣。然而潇湘之八景，则欲七之九之，而实不可也。景诗始见米南宫，而后之作者，诸体略备。予暇览楚志，忽有关生，

---

① 吴镇：《沅州杂咏》，《松花庵全集》。
② 吴镇：《沅州杂咏》，《松花庵全集》。
③ 江炯：《松花庵沅州杂咏序》，吴镇：《沅州杂咏》，《松花庵全集》。
④ 吴镇：《潇湘八景》，《松花庵全集》。

因集句以续貂焉。"①

《潇湘八景》是写景集句中的精品，共计 56 首。吴镇此集分别写八景，每一景 7 首，分集五言古诗 2 首，七言古诗、五言律诗、七言律诗、五言绝句、七言绝句各 1 首，吴镇采用各集句体对潇湘八景进行反复咏叹，组成了八景系列集句，别开生面，颇具特色。周大澍《松花庵潇湘八景集句序》说："松厓吴先生，守沅郡二年。既谢政，取潇湘八景，集古唐人句分赋之。其间五言七言、古体近体，莫不冥搜真宰，漱润群芳，噫！奇矣。"②

如写八景第一景"潇湘夜雨"，共 7 首。五言古诗 2 首，其一：

客从远方来，夕宿潇湘沚。萧萧江雨声，属听空流水。楚襄游梦去，别有仙云起。风月陇头寒，何时到故里。

其二：

言发潇湘渚，摘兰沅水东。愁霖贯秩序，波卷洞庭风。息舟候香埠，灭烛听归鸿。何以慰吾怀，樽中酒不空。

七言古诗一首：

家本秦人今在楚，风号沙宿潇湘浦。江枫渔火对愁眠，滩响忽高何处雨。蓑笠双童傍酒舡，孤灯急管复奔湍。子规夜啼山竹裂，只在芦花浅水边。

五言律诗一首：

芦苇晚风起，潇湘生夜愁。海云迷驿道，江雨暗山楼。森漫烟波涧，黉绿浦屿幽。孤灯然客梦，相伴赖沙鸥。

① 吴镇：《潇湘八景》，《松花庵全集》。
② 吴镇：《潇湘八景》，《松花庵全集》。

七言律诗一首：

　　为觅潇湘幽隐处，湖岚林霭共冥濛。雷声忽送千峰雨，巫峡长吹万里风。新水乱侵青草路，晓霞初叠赤城宫。游人一夜头堪白，未就丹沙愧葛洪。

七言绝句一首：

　　枫树猿声报夜秋，骚人遥驻木兰舟。低回似恨横塘雨，添作潇湘万里流。

五言绝句一首：

　　水色潇湘阔，逢滩郎滞留。孤灯寒照雨，人在木兰舟。①

　　这几首诗分开看，每首诗都是独立的，有自己的意思。但各体意思相近，合起来又成为一个整体，如一组集句诗，写诗人滞留潇湘，暮夜听雨，秋寒独孤，满是思乡望家的忧愁。同时，各种体式反复咏叹，这种心绪层层叠加，浓郁至极，化解不开。
　　除了写作体式的新奇之外，《潇湘八景》在艺术上也取得了很大成功，如"潇湘夜雨"这组集句所体现出的，吴镇信手拈来，而又气韵流畅，自然天成，意蕴深厚。丁牲《松花庵潇湘八景诗跋》说："摇毫掷简，运化天然，格老调高，味之不尽。第以诗论，已为前此咏'八景'者所未及，矧集句耶！牲，楚人也，每一雒诵，觉衡岳洞庭，别开生面，而诗中有画，尤恨不令宋元诸公见之。"②江炯《松花庵潇湘八景集句序》称赞其："神施鬼设，有裁云缝月之

---

　　① 吴镇：《潇湘八景》，《松花庵全集》。
　　② 吴镇：《潇湘八景》，《松花庵全集》。

工；水到渠成，爱棘句钩章之勘。得诸心而应诸手，石亦戛而金亦鼓。"①周大澍《潇湘八景集句跋》亦称赞："今读《八景》诸诗，夷犹淡折，旷如奥如，和以天倪，动与古化，庶几'不以物喜，不以己悲'者焉。如是，奚翅《八景》而已，虽举吾目中之景，无非吾意中之诗。"②

第四节　集古与集唐：吴镇的集句诗类型

一、吴镇集句诗对集古和集唐的选择

吴镇因好古人之诗而作集句诗，吴镇所好古人为汉魏六朝和唐人，李德举曾指出吴镇的诗学宗尚："吴子信辰，学有根柢，尤肆力于诗，古体直追汉魏，间效长吉，律则宗仰少陵，而出入于右丞、柳州之间，视西昆以下夷然也。"③在集句汉魏六朝和唐诗中，其集汉魏六朝古诗更多(见表十四)：

表十四　　　　　　　　　**吴镇集汉魏六朝与唐诗统计表**

类别	序号	诗集	数量	合计	备注
集汉魏六朝古诗	1	松花庵律古	164首	352首	—
	2	律古续稿	55首		—
	3	集古古诗	19首		—
	4	集古绝句	60首		—
	5	沅州杂咏	30首		集古五律30首
	6	潇湘八景	24首		五言古诗16首、七言古诗8首

①　吴镇：《潇湘八景》，《松花庵全集》。
②　吴镇：《潇湘八景》，《松花庵全集》。
③　李德举：《松花庵律古诗跋》，吴镇：《松花庵律古》，《松花庵全集》。

续表

类别	序号	诗集	数量	合计	备注
集唐诗	1	松花庵集唐	121 首	227 首	—
	2	集唐绝句	44 首		—
	3	沅州杂咏	30 首		集唐七律 30 首
	4	潇湘八景	32 首		五言律诗 8 首、七言律诗 8 首、七言绝句 8 首、五言绝句 8 首

吴镇专集汉魏六朝诗集有 4 种，专集唐诗有 2 种，另两种《沅州杂咏》和《潇湘八景》既集唐也有汉魏六朝。从集句数量来说，集汉魏六朝诗的有 352 首，集唐诗的有 227 首。由此可知，在汉魏六朝和唐诗之间，吴镇更加偏爱汉魏六朝，他说："盖学诗者，日趋便易，类多疏古而亲唐。即间有好古之士，亦耳食成言，往往过分轩轾。如爱汉魏者，则薄六朝；爱左、郭者，则薄潘、陆、二张；爱陶、鲍、三谢者，则薄梁、陈、周、隋。诸作自郐无讥，拘墟已甚，不知诗有大家、有名家，亦有未能名家，而单词片语，卓然不可磨灭者，安得举一而废百乎？"①在集唐比较盛行的年代，吴镇大量集汉魏六朝古诗，在集句诗史上是很突出的。

二、集古诗：《集古古诗》和《集古绝句》

吴镇喜欢集汉魏六朝古诗，除了前面介绍的《律古》和《律古续编》外，还有《集古古诗》和《集古绝句》两种。《集古古诗》主要集汉魏六朝古诗而成，后有杨芳灿跋语，认为吴镇："集句诗如自己出，真从古未有之奇观，允当付之剞劂，以公天下之同好者。"②该集存诗较少，仅 19 首，实为写作难度较大。吴镇《松花庵集古古

① 吴镇：《律古续稿自序》，《律古续稿》，《松花庵全集》。

② 吴镇：《集古古诗》，《松花庵全集》。

诗跋》说:"集句诗既讲章法,复求对待,似乎古易而律难。但汉魏晋宋,古句尤多。齐梁以后,率皆律句。律句不可多入古,则取材转狭,似律难而古亦不易也。"①该集赠寄之作甚多,自跋有所解释:"兹集古古诗,半属应酬之作,念既有律绝,遂复勉存此体。"②

《集古古诗》的其中一个价值在于保存了几首吴镇的诗家专题集句诗。诗家专题集句到清代已经比较发达,集陶和集杜之作甚多,而且还产生了集李白、苏轼等人的集句诗。吴镇爱好集句,却没有诗家专题集句诗集,甚为遗憾。因而,在《集古古诗》里保存的几首诗家专题集句诗,如集陶渊明2首:《望仙谣》《题杨耐谷采菊图》,集谢灵运1首《山中四时》,集鲍照1首《经五泉旧游处忽作出世想》。

《集古绝句》有五言绝句集句60首,该集三组集句组诗《台湾赏番图曲》12首、《自君之出矣》9首、《落花亭曲》8首,皆颇具特色。如《落花亭曲》八首因感叹徐后山在亡姜墓旁建花亭而作,有感而发,情感真挚。题下有序:"临汾徐后山孝廉,以教习留京。瘞其亡姬李窈于陶然亭畔,绕墓将植桃花,旁建一落花亭。余感而赋之。"③交代诗写作缘起。其三:"花树数重开,陶然寄一杯。佳人难再得,悲叹有余哀。"④此首分别集宗懔、薛道衡、李延年、曹植之作,哀叹花开花谢,佳人却离去不再,临亭酹酒,悲哀之情难抑。其五:"水逐桃花去,红霞旦夕生。幽魂泣烟草,夜月照心明。"⑤此首分别集费昶、江淹、隋挽、庾信之作,哀叹李姬魂有情不舍。其八:"竹外山犹影,茅斋结构新。寂寥千载后,定存语花人。"此首集谢朓、徐陵、梁元帝、庾信之作,赞赏徐后山的深情。此组集句诗诗意连贯,契合题旨,自然流动,已铸成新的意境,实

---

① 吴镇:《集古古诗》,《松花庵全集》。
② 吴镇:《集古古诗》,《松花庵全集》。
③ 吴镇:《集古绝句》,《松花庵全集》。
④ 吴镇:《集古绝句》,《松花庵全集》。
⑤ 吴镇:《集古绝句》,《松花庵全集》。

为佳作。

三、集唐诗：《松花庵集唐》和《集唐绝句》

唐诗是集句诗家的主要选择对象，特别是在诗学史上旷日持久的唐宋诗之争中，许多宗唐诗的人以集唐诗来显示他们的诗学宗尚，随着唐宋诗之争的白热化，这种情况在清代尤其是中期变得更加突出。吴镇诗倾向宗唐，亦好集唐诗，有《松花庵集唐》《集唐绝句》两种。

《松花庵集唐》的写作在《松花庵律古》后，也是在韩城时。吴镇《集唐自序》说："予司铎韩城，近六年矣。课士之暇，偶得五言《律古》一卷，七言《集唐》一卷。"①序写于乾隆三十六年（1771），该集则应成于此时，但其后屡有增补，直到罢官回乡途中仍有集句诗入此编，最后刊刻于乾隆五十年（1785）。李友棠说："吴子寒坐无毡，耽吟不辍，二三年间，即能选词俪句各成一编，信手拈来，殆如素习。甚矣，吴子之嗜学也。"②该集在增补中也多次删改，吴镇在自序中说："集唐则疲精费力，时或同人，然就其稍有生气者，改罢长吟，亦复不忍弃之。"③

《松花庵集唐》存诗121首，内容比较丰富，写纪游、怀古、写景、赠答等，不仅有新的主旨和情趣意味，而且已经脱形入神，生出新的意境。如《秋日游横山观》"求仙别作望仙台，松竹相亲是旧栽。黑水澄时潭底出，白云飞处洞门开。窗中早月当琴榻，座上新泉泛酒杯。诗兴未穷心更远，满山寒叶雨声来。"④诗写秋景，载诗人秋愁，情感浓郁。《郊游至一村墅水木佳甚》："暖风迟日柳初含，漱齿花前酒半酣。欲想何门跂珠履，便来兹地结茅庵。朝云暮雨长相接，水物山容尽足耽。忽忆故人天际去，断肠春色在江

---

① 吴镇：《松花庵集唐》，《松花庵全集》。
② 吴镇：《松花庵集唐》，《松花庵全集》。
③ 吴镇：《松花庵集唐》，《松花庵全集》。
④ 吴镇：《松花庵集唐》，《松花庵全集》。

南。"①写江南乡村春天景色，蕴含诗人见山水佳村的喜悦，结尾因友人未能同赏，又有一丝愁绪。诗写得非常自然，让人忘记为集句，如出己手。《姑苏怀古》："一笑相倾国便亡，芙蓉不及美人妆。山衔落照歌红盖，水咽秋声傍粉墙。艳骨已成兰麝土，蓬门未识绮罗香。吴姬缓舞留君醉，欲话姻缘恐断肠。"②此诗写"吴姬"，咏古抒怀，而又自然天成，气韵生动。吴镇好交友，其集句诗中的赠答诗是非常多的，如《寄孙仲山》四首（其一）："野渡临风驻彩旗，他乡寒食远堪悲。一春梦雨常飘瓦，二月垂杨未挂丝。对酒已成千里客，论交却忆十年时。车箱入谷无归路，逢著仙人莫看棋。"③孙仲山即吴镇同学孙俌，诗写两人友情，而今都在他乡为官，故相互勉励，情感流畅而自如。再如《寄杨山夫》："佝偻山夫发似丝，海中仙果子生迟。春城月出人皆醉，深树云来鸟不知。一饭未曾留俗客，千金无复换新诗。碧峰依旧松筠老，欲为君刊第二碑。"④杨山夫为吴镇好友杨维栋，一生穷困不得志，但好为诗，该集句写杨山夫的神态，栩栩如生。尽写两人以诗交往，切合主题。吴镇的《集唐》诗能借他人诗句，写自己的所感所想，裁剪恰当，格律工整，而又显得非常自然，许多诗都生出自己的意境，艺术上是非常成功的。

《集唐绝句》也完成于乾隆三十七年（1772）。此集名为集唐七绝，但实为七律集句，吴镇自题于乾隆三十七年的跋语说："予素不能为七律集唐句，而七律之固即予之七律也，律中属对，务避成联，而无心暗合者，亦间有之。怵他人之我先，故所集止此，而缀以绝句云。"⑤《集唐绝句》存诗较少，仅44首，内容亦涉及赠答、题画、写景、记事等。最后五首《戏跋集唐绝句》，以集句论诗，价值较大：

---

① 吴镇：《松花庵集唐》，《松花庵全集》。
② 吴镇：《松花庵集唐》，《松花庵全集》。
③ 吴镇：《松花庵集唐》，《松花庵全集》。
④ 吴镇：《松花庵集唐》，《松花庵全集》。
⑤ 吴镇：《集唐绝句》，《松花庵全集》。

晚节渐于诗律细，欲邀同赏意如何。万言不直一杯水，二十八言犹太多。

黄河远上白云间，数百新诗到华关。借问娇歌凡几转，好风吹缀绿云鬟。

数篇今见古人诗，字字清新句句奇。采得百花成蜜后，一生吟苦竟谁知？

春花秋月入诗篇，一一鹤声飞上天。若是晓珠明又定，不劳诗句咏贪泉。

自得隋珠觉夜明，凌云健笔意纵横。黄金买酒邀诗客，看取神仙簿上名。

这五首集句诗专论集句诗的写作要求、集句诗的价值和写作方法等，吴承学先生曾加以肯定："清人吴镇有《戏跋集唐绝句》五首，以集句论诗，可谓别出心裁。虽为戏笔，却可视为二十八字的集句论。"①

---

① 吴承学：《集句论》，《文学遗产》1993 年第 4 期，第 20 页。

第十章　吴镇的散文艺术与
清中期散文发展

　　清代散文普遍重视写作艺术。"清代许多作者对自己文章的艺术要求是很高的，他们十分重视研究散文的创作方法和前人的创作经验，并在实践中自觉运用。"①到了乾嘉时期，散文创作艺术进入了一个理论总结时期，以戴震为代表的汉学派、以章学诚为代表的浙东派、以阮元等为代表的骈文派与以姚鼐为代表的桐城派，从各自的立场展开对散文写作艺术的探讨和论争。"清代文章领域的汉学派、史学派、桐城派、骈文派之争亦颇为壮观。乾嘉年间，戴震、章学诚、姚鼐、阮元等纷起为某一类'文'争正宗地位，一方面表明对文章美感特征的界定尚存争议，另一方面也是特定作者群不同文化宗旨的体现。"②桐城派以义理为根本，汉学派以考据为本质，史学派以历史为内核，骈文派以骈文为正宗，虽宗旨不同，但他们对散文艺术的重视是一致的。桐城派方苞主张"义法"，刘大櫆则注重神气、音节和字句，姚鼐倡导义理、考据、辞章的统一，主张神理气味、格律声色。桐城派以辞章为主，传承唐宋八大家的古文艺术传统，成为清代文章正宗。浙东派以章学诚为代表，认为"古文必推叙事，叙事实出史学"③，更倾向于对史传叙事艺术的传承。骈文派从李兆洛到阮元，主张以追求艺术的骈文为文章正

---

　　① 王凯符：《论清代散文的繁荣及其原因》，《北京社会科学》1994年第2期，第36页。

　　② 陈文新：《论乾嘉年间的文章正宗之争》，《文艺研究》2004年第4期，第73页。

　　③ 章学诚：《上朱大司马论文》，《章氏遗书》卷九，文物出版社，1982年。

宗:"凡说经讲学,皆经派也;传志记事,皆史派也;立意为宗,皆子派也。惟沉思翰藻,乃可名之为文也。"①汉学派主张"由考核以通乎性与天道"②,借用考据法来写作散文,也是在方法上对散文写作进行的探讨。

生活于乾嘉时期的吴镇,虽然没有提出系统的散文理论,但他对散文写作也有一些明确的认识。现存《松厓文稿》《松厓文稿次编》和《松厓文稿三编》三种作品集,收吴镇散文 125 篇,《狄道州志》《狄道州志续志》等存佚文 13 篇,共计有散文作品 138 篇。吴镇的散文数量虽然不多,但却涉及论辩、序跋、奏议、书启、赠序、传状、碑志、杂记、箴铭、颂赞、辞赋、哀祭等多种文体类型。其中,序跋类作品数量最多,计有 53 篇,侧重抒情,其次是传状碑志类 27 篇,侧重写人叙事,均取得了较高的艺术成就。

吴镇的散文写作大致可划分为三个时期,可以看出其散文艺术逐步走向成熟的过程。在求学期间吴镇写的文章有十余篇,多为命题作文,如《皋兰山赋》《鸟鼠同穴辨》等,大多有纵横铺张、辞藻华丽的特点,带有模仿痕迹。中年为官时期的文章有十余篇,如《北五台山赋》《重修耀州东岳庙记》等,虽然仍有逞才的一面,但行文开始追求简练,讲究技法,逐步走向成熟。晚年任教兰山书院,文章多达百篇以上,抒情叙事,简洁高古,"自成一家"③,形成了自己的艺术风格。吴镇一生志在诗歌,不想以古文出名,但其散文在当时却产生了较大的影响。张世法说:"松厓先生名重骚坛,新作诗、古文,学者奉为圭臬。"④吴镇散文得到了杨芳灿、姚颐、王曾翼、张世法、李苞等友人和学生 50 余人的评点,评点条目达到 141 条。吴镇以纯粹的诗人身份创作散文,以诗为文,形成

① 阮元:《书梁昭明太子文选序后》,舒芜等编选:《近代文论选》,人民文学出版社,1999 年,第 106 页。

② 段玉裁:《戴东原集序》,戴震:《戴震集》卷首,上海古籍出版社,1980 年。

③ 吴镇:《松厓文稿》,《松花庵全集》。

④ 张世法:《松花庵诗余序》,吴镇:《松花庵诗余》,《松花庵全集》。

了散文的诗性特征，同时，吴镇好读史书，熟悉历史人物传记，其叙事文也写得比较出色，他的散文融抒情性和叙事性为一体。与乾嘉时期的桐城派、汉学派、浙东派、骈文派等相比，有着自己的个性特征。

第一节　吴镇的散文理论

吴镇对诗学理论有着较深的研究，对散文也有着自己的理解和认识。吴镇虽然没有散文理论著述，但他仅有的两篇序跋《张鹤泉古文序》和《芙蓉山馆文钞序》展现出他对散文以及骈文的深刻认识。另外，吴镇还对其他作家的散文作品给予了大量评点，今天能见到的有对杨芳灿《芙蓉山馆文钞》和江得符《三余斋文稿》所作评点41条，这些评点虽然比较零散，但也显示出吴镇对散文写作的一些看法。探讨吴镇的散文理论，有助于更好地把握其散文艺术特征。

一、吴镇的散文观

吴镇的序跋多是诗序，为散文撰写的序只有两篇，一篇是《张鹤泉古文序》，该序虽然字数不多，但却涉及了散文理论的重要命题，如笔力、理、意、幽、洁等，展现出吴镇对散文艺术较深的认识和体会，《张鹤泉古文序》：

> ……吁，是何洞庭衡岳，涌现笔端，而一行作吏，山水与之偕来也。余老恋潇湘，今怳若再游矣。鹤泉之文，理足而能以意胜，笔力拗折，极峥岘洄漩之致。大篇则猊怒鹏骞，小品亦寒花瘦石。昔柳子参屈以致幽，参马以著洁，以鹤泉方之，洁非不足，而幽则有余矣。寸心自知，鹤泉其然予言否耶？忆予罢郡后，自楚旋秦，尝得句云："衡山宝气凌朱雀，湘浦文心迸紫兰"，彼时漫无所指，特泛语耳，今持以赠鹤泉，不亦

可乎哉!①

吴镇散文学自韩愈、柳宗元,他说柳宗元"参屈以致幽,参马以著洁",虽然是引用柳宗元自己的话语,"本之《书》以求其质,本之《诗》而求其恒……参之《谷梁氏》以厉其气,参之《孟》《荀》以畅其支,参之《庄》《老》以肆其端,参之《国语》以博其趣,参之《离骚》以致其幽,参之太史公以著其洁,此吾所以旁推交通而以为文也。"②但也能看出吴镇对散文简洁的要求。吴镇认为张世法的古文"洁非不足",其评江得符《陆封翁八十双寿序》也说"笔力亦复高简"③,认为江得符该文简洁高古。在创作实践中,吴镇的散文作品更是追求简练,检诸家评点吴镇作品话语,常见"简明""简而该""简劲""简要""简朴高古""简老""简洁""简古""简远"等词语。

简洁是对古代传记文的共同要求,《春秋》行文极为简练,司马迁的人物传记以简洁著称,柳宗元的散文也追求短小简洁,"参马以著洁"。清代的桐城派散文也学司马迁要求简洁,方苞称简洁为雅洁,其实是讲究叙事详略得当和语言雅化的结合,方苞偏重语言之雅,他说:"南宋、元、明以来,古文义法不讲久矣。吴越间遗老尤放恣,或杂小说,或沿翰林旧体,无一雅洁者。古文中不可入语录中语,魏晋六朝人藻丽俳语,汉赋中板重字法,诗歌中隽语,《南北史》佻巧语。"④刘大櫆则强调行文之"简":"文贵简。凡文笔老则简,意真则简,辞切则简,理当则简,味淡则简,气蕴则简,品贵则简,神远而含藏不尽则简,故简为文章尽境。"⑤刘大櫆认为笔老、意真、辞切、理当、味淡、气蕴、品贵、神远都能形成简,简是对文章各方面的要求,把简提升到了文章最高境界的高

① 吴镇:《松厓文稿》,《松花庵全集》。
② 柳宗元:《答韦中立论师道书》,《柳河东集》卷三十四,四库全书本。
③ 江得符:《三余斋文稿》,乾隆刻本。
④ 姚鼐:《与张阮林》,《惜抱轩尺牍》卷三,宣统重刊本。
⑤ 刘大櫆:《论文偶记》,《海峰文集》卷首,续修四库全书本。

度。姚鼐也讲语言的雅，他说："为文不可有注疏、语录及尺牍气。"①与方苞对语言的要求一脉相承。姚鼐还强调为文不芜杂，"人之学文，其功力所能至者。陈义理必明当，布置、取舍、繁简、廉肉不失法，吐辞雅驯，不芜而已。"②是对散文简洁的要求。吴镇与桐城派的理论主张并不完全一致，吴镇也强调语言的雅化，但吴镇更多的是要求语言要典雅和有文采，吴镇的散文中时有诗歌中隽语，也有骈语，倾向于语言的诗化，并不符合桐城派对语言雅洁的要求。杨芳灿为文，才情洋溢，诗意浓郁，语言凝练而典雅，吴镇认为其文辞是非常雅的，如评杨芳灿《素兰赋》："雅洁称题。"③评杨芳灿《与黄仲则书》："措辞渊雅，是魏晋间人吐属"④，则肯定其语言的雅。评杨芳灿《与张仲雅书》也同样肯定其语言的雅，认为该文："抒词雅丽，绝似孝穆。"⑤

吴镇强调散文要有气，他肯定了张世法古文的气："洞庭衡岳，涌现笔端，而一行作吏，山水与之偕来也。"因气盛，故笔力雄健，故"理足"而能以"意胜。"气是古代散文家对文章写作的一个重要要求，对气的要求首先源于曹丕的著名论断"文以气为主"⑥。在曹丕以后，历代理论家对文章之"气"都非常关注。韩愈主张"气盛则言之短长与声之高下者皆宜"⑦，韩愈还从提高儒学修养的角度来养作家的气。刘大櫆则提出了神气说："行文之道，神为主，

---

① 梅曾亮：《姚惜抱先生尺牍序》，《柏枧山房文集》卷二，咸丰六年刊本。

② 姚鼐：《复鲁絜非书》，《惜抱轩文集》卷六，清代诗文集汇编本。

③ 杨续容、靳建民点校：《杨芳灿集》，人民文学出版社，2014年，第397页。

④ 杨续容、靳建民点校：《杨芳灿集》，人民文学出版社，2014年，第441页。

⑤ 杨续容、靳建民点校：《杨芳灿集》，人民文学出版社，2014年，第442页。

⑥ 曹丕：《典论·论文》，郭绍虞主编：《中国历代文论选》第一册，上海古籍出版社，2001年，第158页。

⑦ 韩愈：《答李翊书》，郭绍虞主编：《中国历代文论选》第二册，上海古籍出版社，2001年，第116页。

气辅之。"①把文章的神韵与气势结合起来论文章的境界。吴镇在散文的评点中也强调文章要有气势,如杨芳灿的《重修汉平襄侯祠碑记》述姜维功绩,结尾表自己志向,吴镇认为该文有气势,评为:"生余远志,神合当归。"②评杨芳灿的《顾韶阳诗词集序》:"媲黄俪白中,乃有崩云涌雪之观。大奇!大奇!"③吴镇强调学习古人为文,对气的要求也更偏重于古气,评杨芳灿《峡口禹庙碑》:"气古笔苍,真不朽之作也。"④评《灵州移建太平寺碑》:"古气盎然,大家手笔。"⑤吴镇从小受西北文化影响,为文还重悲壮苍凉之气,评杨芳灿《当亭诸烈士赞》:"悲壮苍凉,堪为国殇吐气。"⑥

吴镇认为散文主理,理足然后才能以意胜。关于散文和诗歌两种文体的辨析,古人讨论得比较多,散文和诗歌的根本区分正在于文主理而诗主情,陈绎曾《文筌序》说:"文者何,理之致精者也。"⑦叶燮认为:"诗言情,而不能诡于正,可以怨者也;文折衷理道,而议论有根柢,仁人之言也。"⑧桐城派对文章之理更加重视,刘大櫆强调散文之理:"穷理则识高,立志则骨高,好古则调高。"⑨姚鼐则言义理,并把义理、考据和辞章并称为文章三要素。

① 刘大櫆:《论文偶记》,《海峰文集》卷首,续修四库全书本。

② 杨绩容、靳建民点校:《杨芳灿集》,人民文学出版社,2014年,第411页。

③ 杨绩容、靳建民点校:《杨芳灿集》,人民文学出版社,2014年,第469页。

④ 杨绩容、靳建民点校:《杨芳灿集》,人民文学出版社,2014年,第582页。

⑤ 杨绩容、靳建民点校:《杨芳灿集》,人民文学出版社,2014年,第584页。

⑥ 杨绩容、靳建民点校:《杨芳灿集》,人民文学出版社,2014年,第427页。

⑦ 陈绎曾:《文筌序》,王水照主编:《历代文话》本,复旦大学出版社,2007年,第1226页。

⑧ 叶燮:《已畦集》卷八,长沙叶氏梦篆楼刊本,1917年。

⑨ 刘大櫆:《论文偶记》,《海峰文集》卷首,续修四库全书本。

姚鼐认为，义理是文章之首要，必须明当："人之学文，其功力所能至者。陈义理必明当。"①桐城派的义理更多地指程朱理学之义理。"天下之学，必有所宗，论继孔孟之统，后世君子，必归于程朱者。"②吴镇把理和意联系起来，认为理足然后意才胜，把重心放在了意上，避免陷入单纯求理导致的道学气。古人为文强调以意为主，萧统《文选序》认为："老庄之作，管孟之流，盖以立意为宗，不以能文为本。"③范晔在《狱中与诸甥侄书》中说："常谓情志所托，故当以意为主，以文传意。以意为主，则其旨必见；以文传意，则其词不流。"④杜牧《答庄允书》说得更加明确："凡文以意为主，以气为辅，以辞采章句为之兵卫。……苟意不先立，止以文采辞句饶前捧后，是言愈多而理愈乱。……以意全胜者，辞愈朴而文愈高；意不胜者，辞愈华而文愈鄙。是意能遣辞，辞不能成意。大抵为文之旨如此。"⑤吴镇在评点中也强调文章要以意胜，如评杨芳灿的《寄袁简斋师书》一文："作意处，姿态横生。"⑥评杨芳灿《石田子诗钞序》："清切新颖，此蓉裳作意之文。"⑦

吴镇重视散文的写作艺术，强调散文的结构布局，篇章、段落和句子之间要有转承结合、曲折回旋之势。吴镇评张世法的文章"笔力拗折，极峰岏洄漩之致"。评江得符《江氏家谱序》："后一段绰有关系，而下笔亦复周匝。"⑧即是从结构处加以评点。评江得符《陆封翁八十双寿序》："铺叙处庄重得体，回异祝嘏常辞，而笔力

---

① 姚鼐：《复鲁絜非书》，《惜抱轩文集》卷六，清代诗文集汇编本。

② 姚鼐：《程绵庄文集序》，《惜抱轩文后集》卷一，清代诗文集汇编本。

③ 萧统：《文选序》，《文选》卷首，四库全书本。

④ 范晔：《狱中与诸甥侄书》，《宋书》卷六十九，四部备要本。

⑤ 杜牧：《樊川文集》卷十三，四部丛刊初编本。

⑥ 杨续容、靳建民点校：《杨芳灿集》，人民文学出版社，2014年，第440页。

⑦ 杨续容、靳建民点校：《杨芳灿集》，人民文学出版社，2014年，第472页。

⑧ 江得符：《三余斋文稿》，汲古书屋藏版，乾隆刊本。

亦复高简。"①重视文章叙事方法和策略。评杨芳灿《大象山佛龛铭》(并序):"造句处,往往得未曾有。"②则重视文章写作中的句子和段落问题。评杨芳灿《张春溪诗序》:"序次井然,笔亦深秀。"③要求文章结构层次清晰。评杨芳灿《寄方子云书》:"笔笔生动。"④评江得符《太华图说》:"文近半山,亦有削成之致。"⑤评杨芳灿《与兄永叔书》:"议论大而非夸,其笔力则夭矫奇变,不可方物。"⑥都是强调笔法要生动,要变化多端。

另外,和其后期诗学理论抒发性情一致,吴镇也要求散文写作从肺腑中来,要有感而发,抒发真情实感,书写真性情。抒情本是诗歌的文体要求,但后来被引延入散文。自韩愈、柳宗元以诗为文,在散文中抒发情感之后,散文的抒情性就被理论家们所认可,黄宗羲说:"文以理为主,然而情不至,则亦理之郛廓耳。庐陵之志交友无不呜咽,子厚之言身世莫不凄怆。郝陵川之处真州,戴剡源之入故都,其言皆能恻恻动人。古今自有一种文章,不可磨灭,真是'天若有情天亦老'者。而世不乏堂堂之阵,正正之旗,皆以大文目之顾,其中无可以移人之情者,所谓觉然无物者也。"⑦刘熙载《艺概·文概》也说:"作者情生文,斯读者文生情。使情不称文,岂惟人之难感,在己先不诚无物矣。"⑧吴镇认为,真情实感之文才能打动读者,才是不朽之文,他评杨芳灿的《再上云楣师启》:

---

① 江得符:《三余斋文稿》,汲古书屋藏版,乾隆刊本。

② 杨续容、靳建民点校:《杨芳灿集》,人民文学出版社,2014年,第424页。

③ 杨续容、靳建民点校:《杨芳灿集》,人民文学出版社,2014年,第478页。

④ 杨续容、靳建民点校:《杨芳灿集》,人民文学出版社,2014年,第443页。

⑤ 江得符:《三余斋文稿》,汲古书屋藏版,乾隆刊本。

⑥ 杨续容、靳建民点校:《杨芳灿集》,人民文学出版社,2014年,第449页。

⑦ 黄宗羲:《论文管见》,《南雷文定三集》卷三,续修四库全书本。

⑧ 刘熙载:《艺概·文概》,上海古籍出版社,1978年。

"文从肺腑流出，自能悱恻动人。"①《再上云楣师启》是杨芳灿写给老师的书信，情感真挚，对老师的感激和敬仰流露于字里行间。《辟疆园遗集》为杨芳灿外兄顾立方兄弟之遗集，顾立方兄弟二人颇有才华，不幸相继夭殁。杨芳灿为作的序中处处透出他对顾氏两弟兄的悲痛之情，几至于"遗文入手，孤愤填膺。苟一息之尚存，誓存心之不负"②。吴镇评为："悲痛凄恻，可以不朽。"③

　　吴镇对文体理论的认识也非常深，他熟知各种文体特点，此处仅以赋为代表简述，如其评杨芳灿的《折扇赋》说："赋体物特工。"④评杨芳灿的《白雀赋》："刻画处，足敌王元美《白鹦鹉》矣。"⑤评杨芳灿的《夜明鲣赋》："题新而赋有颖思。"⑥可见，吴镇对赋体的认识是比较到位的。吴镇不仅熟知文体，而且文体观念非常通达，变体意识比较强，如其《祭马云飞先生文》不求押韵，属于祭文的变体，吴镇说："《文选》祭文，悉有韵者，但前人亦不尽拘，如魏武《祀桥太尉文》，王右军《祭墓文》，皆无韵也，今偶一用之，可耳。"⑦吴镇还能破体为文，他结合诗律和辞赋，创作了律赋一体，写有《窗竹夜鸣秋赋》一组 5 篇，同时还提出了一些写作要求，指导学生的写作。"学使将临，诸生争习律赋，其不能成章者，每多袖手，予因创为此体，以诱掖之。一韵傥通，余如破竹

　　①　杨续容、靳建民点校：《杨芳灿集》，人民文学出版社，2014 年，第432 页。

　　②　杨续容、靳建民点校：《杨芳灿集》，人民文学出版社，2014 年，第486 页。

　　③　杨续容、靳建民点校：《杨芳灿集》，人民文学出版社，2014 年，第486 页。

　　④　杨续容、靳建民点校：《杨芳灿集》，人民文学出版社，2014 年，第396 页。

　　⑤　杨续容、靳建民点校：《杨芳灿集》，人民文学出版社，2014 年，第394 页。

　　⑥　杨续容、靳建民点校：《杨芳灿集》，人民文学出版社，2014 年，第398 页。

　　⑦　吴镇：《松厓文稿》，《松花庵全集》。

矣。然此实隐括全题，又与分梳一段者不同。"①对初学者来说，律赋是比较难写的，吴镇主张"前用短句，后用长句，多用单句，少用偶句"②。对具体的句式写作也指出了写作建议。

二、吴镇的骈文观

吴镇喜欢骈文，他在乾隆五十六年为杨芳灿撰写的《芙蓉山馆文钞序》中不仅叙述了骈文发展史，从源头上为骈文正名，还说到了对骈文弊端的认识，是一篇较有价值的骈文理论文章。《芙蓉山馆文钞序》：

> 自太极生两仪，而天地人物，无不有偶，文章亦若是矣。水湿火燥，云龙风虎，文于《易》；觏闵受侮，山榛隰苓，文于《诗》；肇州封山，满损谦益，文于《书》，皆偶之端也。东汉而后，遂渐成骈体矣。沿至陈、隋，或气不足以举其辞，千手一律，气象萎薾。幸昌黎韩氏，起而反之，反之诚是也。然不学者乐其易为，则空疏之散行，弊复与堆积等。故升庵杨氏谓"假汉魏易，真六朝难"，非过言也！顾自骈体化为四六，其弊滋甚。盖胸无万卷，徒检类书，属对虽工，终同稗贩。则品骘者，但当论其文之奇不奇，不当论其文之偶不偶也！梁溪杨子蓉裳，不作今人之诗也，天才秀发，有如云蒸泉涌。而又以其余力，溢为排比之文，今《芙蓉山馆》杂著是也。既兼徐庾之长，复运韩苏之气。春饶草树，而山富烟霞，虽欲不传，其可得乎？第篇章浩瀚，采择良难，余因钞三十余通，付之剞劂。此文出，而蓉裳之诗可想见矣。如有人焉，拘体格以分轩轾，则请强迴笔端，而试与之角，吾恐其赤手仓皇，或如捕龙蛇而搏虎豹也。③

---

① 吴镇：《松厓文稿》，《松花庵全集》。

② 吴镇：《松厓文稿》，《松花庵全集》。

③ 吴镇：《松厓文稿》，《松花庵全集》。

吴镇认为，骈文讲究对偶，渊源于哲学之太极，《周易》《诗经》和《尚书》为对偶之始，亦为骈文渊源，解决了骈文的源头问题，并从源头上认可了骈文存在的合理性。

吴镇对骈文发展史中的弊端也认识得非常清楚，他认为骈文在东汉后逐渐形成，到了南陈和隋朝，就有弊端了："气不足以举其辞，千手一律，气象萎薾。"经唐宋到明朝，则弊端丛生："空疏之散行，弊复兴堆积。"骈文发展成四六文后，弊端更加严重："胸无万卷，徒检类书，属对虽工，终同稗贩。"在吴镇看来，骈文的弊端主要在于不读书而流于内容的空疏，堆积典故。

吴镇评杨芳灿的骈文"既兼徐庾之长，复运韩苏之气"，其实是主张骈散合一的，他反对"拘体格以分轩轾"。吴镇对韩愈倡导的古文运动是肯定的，认为韩愈反对古文正是革除了骈文弊端，"幸昌黎韩氏，起而反之，反之诚是也。"但骈文在唐之后并没有革除弊端，而是越来越走向衰落，再难达到六朝的水平。

关于骈文的用典，吴镇并不反对骈文中运用典故，而是反对在骈文创作中"徒检类书"。他强调胸中要有万卷书，用典才能自然无痕，故其对评杨芳灿的《上彭云楣师启》的用典评价较高："隶事虽多，喜无痕迹。"①

典雅之美是骈文审美的核心要求，吴镇不仅要求典雅之美还追求清切之美，杨芳灿的写骈文写得非常典雅，吴镇评价很高，如评《吴小松诗集序》："典雅清切，足称合作。"②评《石田子诗钞序》："清切新颖。"③评《贺方葆岩通政西征凯旋序》："典则可诵。"④

---

① 杨绪容、靳建明点校：《杨芳灿集》，人民文学出版社，2014年，第430页。

② 杨绪容、靳建明点校：《杨芳灿集》，人民文学出版社，2014年，第476页。

③ 杨绪容、靳建明点校：《杨芳灿集》，人民文学出版社，2014年，第472页。

④ 杨绪容、靳建明点校：《杨芳灿集》，人民文学出版社，2014年，第511页。

第二节　诗人之文：吴镇散文的诗性特征

诗与文是古代文学中最主要的两种文体，有着各自不同的特征。"诗与文两者并无明显正变高下之分。但相较而言，文实用性较强，适用于叙述、说理、议论，范围较广，而诗则偏重抒情。所谓文以载道，诗以抒情。在形式上文更自由、流畅、平易，而诗仍受句式、押韵的限制，诗体重含蓄、凝练、典雅。"①但古代作家大多诗文兼擅，诗人有文集，而文家也有诗集，他们在诗文创作中，往往自觉或不自觉地借鉴两种文体的写作艺术，破体为文，形成以诗为文或以文为诗的现象。以诗名家的作家易于以诗为文，以文名家的更擅长以文为诗，他们借用另一种文体破体为文，往往能在文体的创新上取得良好的效果，推动着文学的发展。

吴镇一生致力于诗歌创作，以诗名家，其诗人的思维和语言，对抒情性的重视，对篇章结构的把握，意境的营造，都自觉不自觉地影响到散文写作。以诗为文，使其散文的内容、形式甚至文境的营造都走向诗化，其散文形成了明显的诗性特征。杨芳灿在《松匡文稿序》中揭示了吴镇散文的这一特点："松匡先生以诗名海内，其流传者脍炙人口久矣。近出其古文示余，间作六朝骈体，亦复清真流走，古藻离披。先生谦然自下，不欲以文名，余谓太白、少陵、摩诘，咸有文集与诗并传。虽文名稍以诗掩，而其佳处，有韩柳诸大家所不能到者，此中消息，惟识微者知之耳。因汰其应酬之作，厘为一卷，丽而则，隽而雅，其诗人之文欤。"②在杨芳灿看来，吴镇以诗人身份写作散文，形成"丽而则，隽而雅"的诗性特征，是典型的"诗人之文"，自有其佳处与价值。

---

① 吴承学：《中国古代文体形态研究》，中山大学出版社，2000年，第369页。

② 吴镇：《松匡文稿次编》，《松花庵全集》。

一、以诗为文与吴镇散文的诗性特征

古人有较强的尊体意识，强调作文之前首先要辨析文体，"文莫先于辨体，体正而后意以经之，气以贯之，辞以饰之。"①但在实际的创作活动中，各种文体之间又有互相借鉴和融合，破体为文的现象比较普遍。钱锺书先生说："名家名篇，往往破体，而文体亦因以恢弘焉。"②吴承学先生说得更加具体："破体，往往是一种创造或者改造。不同文体的融合，时时给文体带来新的生命力。"③秦汉至明清，一些散文家在进行散文创作时，都或多或少选择以诗为文，借鉴诗法来改造散文文体，不断推动散文的发展。司马迁的《史记》曾学《诗经》和屈诗，刘熙载说："其恻怛之情，抑扬之致，则得于《诗三百篇》及《离骚》居多。"④韩愈、柳宗元是以诗为文的典范，钱穆先生说："二公于运诗入文之微意，盖有默契于心，不言而相喻者。"⑤宋人继承韩愈、柳宗元以诗为文的传统，重视散文的艺术性，散文在宋代获得了新的发展。明清时期，散文艺术发展已经非常成熟，作家们在追求文体创新时，往往借鉴诗歌的写作艺术和审美理论。桐城派是典型的例子，梅运生先生说："桐城派的始祖方苞是以文鸣世的，但却极少作诗，甚至'绝意不为诗'。其后继者刘大櫆、姚鼐和方东树等，不但继承了桐城古文的衣钵，继续以文鸣世，而且兼善为诗。他们沟通了诗与文的关系，把诗艺移植到古文中来，推进了古文的创作，丰富和发展

---

① 转引自徐师曾：《文体明辨序说·文章纲领》，人民文学出版社，1962 年，第 80 页。

② 钱锺书：《全汉文》卷一六，《管锥编》第三册，生活·读书·新知三联书店，2001 年，第 67 页。

③ 吴承学：《中国古代文体形态研究》，中山大学出版社，2000 年，第353 页。

④ 刘熙载：《艺概·文概》，上海古籍出版社，1978 年。

⑤ 钱穆：《杂论唐代古文运动》，《中国学术思想史论丛》卷四，安徽出版社，2004 年，第 49 页。

了古文的艺术经验。"①

以诗为文也为理论家们所认可，刘勰是最早从理论上认可文体相互借鉴的，他说："夫设文之体有常，变文之数无方，何以明其然耶？凡诗赋书记，名理相因，此有常之体也；文辞气力，通变则久，此无方之数也。"②又说："契会相参，节文互杂，譬五色之锦，各以本采为地矣。"③刘勰的观念对后世以诗为文产生了重要影响。明确肯定以诗为文的是晚唐的司空图，他在《题柳柳州集后序》中说："愚观文人之为诗，诗人之为文，始皆系其所尚。既专则搜研愈至，故能衔其功于不朽。亦犹力巨而斗者，所持之器各异，而皆能济胜以为勍敌也。……尝睹杜子美《祭太尉房公文》、李太白佛寺碑赞，宏拔清厉，乃其歌诗也。"④司空图对李白和杜甫以诗为文是比较赞赏的，认为诗与文之间能相济胜。宋人陈善也说："韩以文为诗，杜以诗为文，世传以为戏。然文中要自有诗，诗中要自有文，亦相生法也。文中有诗，则语句精确；诗中有文，则词调流畅。"⑤认为诗与文可以互相借鉴，改善了语言效果。姚鼐也主张以诗为文，他说："诗之与文，固是一理。"⑥他还说："诗文皆技也，技之精者必近道。"⑦诗与文可以互相借鉴。

以诗为文，借鉴诗法为文法，可以增加散文的抒情性和艺术性，增强散文的审美效果，形成散文的诗化特征。"以诗为文，是历代散文家们普遍采用的创作手法。他们往往像写诗一样结撰散文，精心取象，妙用比兴，强化抒情，调协声律，锤炼语言，营构

---

① 梅运生：《古文和诗歌的会通与分野——桐城派谭艺经验之新检讨》，《安徽师大学报》1986年第1期，第18页。

② 刘勰著，范文澜注：《文心雕龙·通变》，人民文学出版社，1962年，第519页。

③ 刘勰著，范文澜注：《文心雕龙·定势》，人民文学出版社，1962年，第530页。

④ 《全唐文》卷八〇七，中华书局，1983年影印本。

⑤ 陈善：《扪虱新话》上集卷一，丛书集成初编本。

⑥ 姚鼐：《惜抱轩文集后集》卷三，清代诗文集汇编本。

⑦ 姚鼐：《惜抱轩文集》卷六，清代诗文集汇编本。

意境，使中国散文诗情洋溢，诗意盎然，呈现出显著的诗化倾向，具有突出的诗性特征。"①以诗为文就是散文作品在内容上如诗歌一样抒发情感，在艺术上借鉴诗歌的句式和声律艺术营造散文境界，最后形成散文的诗性特征，即"诗人之文"。

吴镇一生好诗如命，尤其喜欢汉魏六朝唐诗，又精研诗律，具备以诗为文的前提条件。而且，吴镇熟知文体理论，文体观念非常通达，还善于创新文体，他在集句诗写作中创造了律古，在散文写作中创造有一组律赋《窗竹夜鸣秋赋》。另外，吴镇有以诗为文的自觉意识，他在《张鹤泉古文序》中说："柳子参屈以致幽，参马以著洁。"②柳宗元是唐代以诗为文的典型代表之一，柳宗元的散文也的确学屈原而具有幽静之美，此语说明吴镇是认同"以诗为文"的。因此，吴镇能自觉以诗人之心，用散文来抒情，以诗法为文法，他的散文抒情气息浓郁，语言精练而富有诗意，意境深远，呈现着明显的诗性特征，是清人以诗为文的代表之一。相对而言，吴镇以诗为文更多地体现在诗集序跋和一些抒情性文体之中。吴镇的序跋有53篇，接近散文总数的一半，绝大多数是诗集序跋。吴镇的序跋多借诗歌的抒情笔调，在语言、结构、声律和境界营造上对诗法有所借鉴，具有突出的诗性特征。另外，一些抒情性文体如祭文、辞赋，以及叙事文体如传状、碑志等，也都有较强的诗性特征。

二、性情之文

以诗为文，首先就是要引入诗歌的抒情性，在散文中抒发情感。诗歌偏重抒情，而散文要求载道，偏重记事说理。元好问在《杨叔能小亨集引》中说："诗与文特言语之别称耳，有所记述之谓文，吟咏性情之谓诗，其为言语则一也。"③但诗与文本来同一，曹

---

① 杨景龙：《试论"以诗为文"》，《文学评论》2010年第4期，第24页。
② 吴镇：《松厓文稿》，《松花庵全集》。
③ 元好问：《遗山先生文集》，四部丛刊本。

丕《典论·论文》指出："文本同而末异。"①独孤及之子独孤郁《辩文》说："是故在心曰志，宣于口曰言，垂于书曰文，其实一也。"②所以散文学习诗歌抒情，也是可以的。洪亮吉《北江诗话》曰："诗文之可传者有五：一曰性，二曰情，三曰气，四曰趣，五曰格。"③在洪亮吉看来，诗文相通的首先就在性情相通上。周容说得更加明确："性情者，诗与文之枢与轴也……故人有性情，而诗文归于一致矣。"④章学诚也主张散文要抒情，他说："凡文不足以动人，所以动人者，气也；凡文不足以入人，所以入人者，情也。气积而文昌，情深而文挚，气昌而情挚，天下之至文也。"⑤

吴镇的散文既传承载道的传统，坚持散文的应用性功能，又在散文中抒发性情。吴镇的散文是无意为之，正由于无意为之，故是其真性情的显现。郭楷《松厓文稿三编序》认为："有意为文而文古，文古矣，人未必古也。无意为文而文古，不独其文古也，性情风气靡不古矣。规孟贲之目，不可以为勇；效西子之颦，不可以为悦；仿子云相如之辞，而遂可以为文哉？盖古貌者，古心之蠹也。楷读先师松厓先生文，辄嗒焉忘其为文，如与先生笑语于一室，性情风气无不遍省，此岂有意拟为如此之文耶？盖其高简真粹之气，随在皆是，偶触于文而不知其所以然也。"⑥在郭楷看来，吴镇的文章都是"偶触"而得，无意为之，文如其人，是其"性情风气"的再现。

在理论上，吴镇主张散文要抒发真情实感，作家要写性情之文。在创作实践中，吴镇的文章也多抒发情感。序跋的主要功能是

① 曹丕：《典论·论文》，郭绍虞主编：《中国历代文论选》第一册，中国古籍出版社，2001年，第158页。

② 《全唐文》卷六八三，中华书局，1983年影印本。

③ 洪亮吉：《北江诗话》卷二，续修四库全书本。

④ 周容：《与史立庵》，周亮工：《尺牍新抄》一集，丛书集成初编本。

⑤ 章学诚：《史德》，《文史通义》第一册，上海书店出版社，1988年，第64页。

⑥ 郭楷：《松厓文稿三编序》，吴镇：《松厓文稿三编》，《松花庵全集》。

介绍他人和自己的作品："序跋类，他人之著作序述其意者"①。
但吴镇的序跋于他人著作之意的叙述用笔不多，却常常借以抒发友
情、亲情、师生情，以及自己的心绪感悟，写成了纯粹的抒情文
字。如《杨山夫诗序》：

> 　　往余薄游姑汾，获交诗人襄陵杨山夫，具言其友浮山张荆
> 圃者，三晋之君子也。余因重山夫，而想见荆圃之为人。近需
> 次京师，始与荆圃相见，如平生欢，而山夫已为古人矣。山夫
> 隐而贫，荆圃仕而显，其出处不同，而其嗜山水则同。山夫典
> 衣而醉，荆圃列鼎而食，其丰啬不同，而其喜交游则同。山夫
> 之诗，清刻而坚瘦，荆圃之诗，爽朗而高华，其格调不同，而
> 其近风雅则同。余因重荆圃而益重山夫之为人与其诗也。山夫
> 既殁，荆圃之子菊坡，即山夫弟子也，遣人具赙往吊，兼取其
> 师之遗稿而归。今荆圃详加订正，梓而行之，亦足慰良友于泉
> 下矣。忆余赠山夫诗，有"水木为庐舍，诗文作子孙"之句，
> 山夫颇加叹赏。今荆圃表章其遗诗，是西华葛帔，不劳广论于
> 绝交也。其可以悲也夫！其可以感也夫！②

　　该序论诗仅一句话，大部分文字都在追述与杨山夫、张荆圃的
交往和友情，以及杨山夫和张荆圃之间的友情，怀念去世的杨山
夫，全序是一篇纯粹的叙友情的至情之文，结尾一"悲"一"感"，
把全文情感引向高潮。
　　为李苞诗集撰写的《牵丝草序》，则是一篇亲情洋溢的文章：

> 　　刘越石之诗，庐子谅能酬之；梅圣俞之诗，谢景初能次
> 之。风雅之交，毗连姻娅，斯亦儒林之韵事矣。然得失在寸
> 心，终无假借。内侄李子元方，少年能诗者也，多师为师，盖
> 尝问道于予，而予殊无以益之。近历宰阳朔、贺县，旋以忧

---

① 曾国藩：《经史百家杂钞》卷首《序例》，四部备要本。
② 吴镇：《松厓文稿》，《松花庵全集》。

归，乃出其《牵丝诗草》，而求序于予，意殆不在嘘张，而在
商榷哉。盖阳、贺僻处粤西，去陇头八千余里。元方随其所
历，而山川古迹，悉入讴吟。则其诗之领异标新，而脱弃凡近
也，固宜。夫前人之论诗详矣，约而言之，则近骚者诗高，近
文者诗卑。唐宋之关，实分于此，元方勉之哉！游览多，则诗
之境界宽；推敲久，则诗之格律细；别择严，则诗之门户真，
其流传必远矣。彼登高作赋者，乃可以为大夫，则授之以政而
能达，固蘐经之教也。然则牵丝之草，其元方之羔雁乎？一官
而成一集，予日望之。①

　　李苞是吴镇内侄，亦从学于吴镇。吴镇在该序中，对既是学
生、又是内侄的李苞全是发自内心的勉励和指点。全序没有直接抒
情，但字里行间，处处透出关切和殷切的希望，亲情浓郁。
　　为同学江得符撰写的《三余斋诗序》则专门写同学之情，也是
一篇抒情至文：

　　　　乾隆戊辰，山左牛真谷师主讲兰山书院，一时才俊云集，
而皋兰人文尤盛。其能诗者，黄西圃(建中)孝廉而外，群推
两江。两江者，一为幼则(为式)，一即右章(得符)也。……
殆至昨岁之冬，而右章讣音，竟至洮阳矣。悲夫！右章家素
裕，因仕而贫。余尝哭以诗云："江子修文竟不还，白云迢递
阻河关。希夷蜕处留残奕，只合将身葬华山。"盖恐麦舟乏助，
而旅榇之难归也。及予今夏游兰，则右章业已返葬，而嗣君
舟，复出其《三余斋诗》，属余校定，余益读而悲之。右章嗜
酒而耽奕，其为诗，初不经意。既铎华阴，课士暇，枕藉风
骚，兼以名岳当轩，荡胸豁目，日事吟哦，遂臻妙境。今其
诗，安雅和平，味之不尽，有识者自能欣赏，不待予言之数数
也。嗟乎！友朋聚散之难，忽忽如梦。忆予庚子冬，自楚旋
秦，道经岳庙，右章盛设酒馔，遍沾妻孥，酒酣耳热，谈及三

――――――――――

　　① 吴镇：《松厓文稿》，《松花庵全集》。

十年前同学时事，其豪爽尤夫昔也。今西圃墓草久宿，而右章亦作古人。余离索情殷，虽欲委运颓心，而悠然自忘其老，岂可得哉。……①

全序大量篇幅回忆兰山书院同学往事，叙述与江得符等同学的友情。该序写于江得符去世后不久，全文如一篇纪念文章，于江得符的诗，则用"今其诗安雅和平，味之不尽，有识者自能欣赏，不待予言之数数也。"一语带过。序文末尾发出感叹："今西圃墓草久宿，而右章亦作古人。余离索情殷，虽欲委运颓心，而悠然自忘其老，岂可得哉。"情深意重，确实如姚颐评语："情真故深，如卫洗马言愁，憔悴婉笃。"②

一些序跋既写他人的生活遭际，也抒发自己的人生感受，情感激荡而深沉。如给王柏厓写的《晚翠轩诗序》：

柏厓王子立夫，自辽州至皋兰，出其《晚翠轩诗》而求序于余。余读之，喟然而叹。……予与立夫，同郡世好，义难怂恿，因为删存什一，而略为校定。今摘其《合作》，虽置之唐人中，无愧色矣。夫古人之文，与年俱进，而不以名位之高下，增减声华。立夫年今五十矣，气力尚强，正值高达。夫学诗之日，使由此忘其故我，而更造精微。彼李顾之新乡，常建之盱眙，孟郊之溧阳，虽官职微末，曾何损于诗人。况立夫高才雅度，更可自致于青云乎？立夫勉之哉。官不必大，惟其称；诗不必多，惟其工。他日所积既厚，可以光祖先而传奕禩，辽州人曰："是吾立夫之诗也。"兰州人亦曰："是吾立夫之诗也。"予傥及见，当更为君序之。③

王柏厓曾师从吴镇学诗，吴镇在这篇序中宽慰五十岁仍不得志

① 吴镇：《松厓文稿》，《松花庵全集》。
② 吴镇：《松厓文稿》，《松花庵全集》。
③ 吴镇：《松厓文稿》，《松花庵全集》。

的王柏厓，以李颀、常建、孟郊官微而成诗家，鼓励他从事诗歌创作，处处充溢着师生之情。吴镇长期科举不第，担任教职近十年，该文对王柏厓的宽慰也是自己的人生感受和体验，全文情感深沉。

序跋之外的其他文体，抒情性也非常强。祭文属于抒情文字，但容易写得空洞，流于形式。吴镇的祭文有《代祭姚雪门观察文》《祭马云飞先生文》《代祭萧母张孺人文》《代祭吴古余侍读文》等，数量虽然不多，但却情感真挚，如《祭马云飞先生文》：

> 呜呼！瀼瀼者白露耶，灿灿者黄花耶。携酒入门，景物无恙，而三壶斋主人，忽忽已作古人矣。呜呼哀哉！某等与公相交不一，有数年交者，有二三十年交者，有自孩提以至没齿交者。要之皆爱公敬公，而望公之贵且寿，不意公之遽逝者也。然竟不起悲夫。公髫年游泮，弱冠而食饩，屡试冠军，学使者每器重之。尝两赴秋闱不遇，遂乃优游醉乡，以岁荐食于家。呜呼，其命然耶？公饮酒不拘朝暮，尤不择冷暖醇漓，举杯便尽，若灌漏卮。或四座起舞蹁跹，群辩蜂起，公则不见不闻，默然独醉。既醉，则出户便旋，不辞而去。呜呼，公其有酒德者与？公于今年之六月，接司训保安之命，捧檄而喜，竟赴玉楼。人或以不及赴任为憾，然首蓿寒官，迢迢二千里外，与其沉疴道路，而旅榇他乡，何如偃仰首邱，而从容正寝之为乐乎？呜呼！公亦可以无憾矣。公有弟某，未读书而能知大义，经营丧事，悉能尽礼。抚养公妻子，尤无毫发之虞。地下修文，公更可以瞑目。但念某等，相从半世，不忍分离。近日薄虞渊，山阳笛起，问黄公之酒垆，能勿过车而腹痛哉。絮酒之奠，聊抒寸忱，公其如生前豪饮为快。呜呼哀哉，尚飨。①

该祭文不追求押韵，属于祭文的变体。吴镇自己说："《文选》祭文，悉有韵者，但前人亦不尽拘，如魏武《祀桥太尉文》、王右

---

① 吴镇：《松厓文稿》，《松花庵全集》。

军《祭墓文》,皆无韵也,今偶一用之,可耳。"①文虽无韵,但对友人因不遇而溺酒的同情惋惜,对其辞世不能自抑的伤悼,悲凉之气贯穿全文,令人读后心生伤感。

吴镇的碑志和传记也写得很有情感,如《殉难训导杜凤山碑》写杜彩骂回乱殉难:"盖循化逆回猖乱,猝至河州,士民多号泣登陴,从官守卫。既而以众寡不敌,兼黑夜雾雨交作,城遂陷。时走避者皆免,而君独具衣冠,诀妻子,端坐家中。贼至,大骂不屈,遂身被三枪而死,君诚烈丈夫哉!"②作者以沉重笔调为杜彩作传,悲痛之情溢于言表,而对忠义行径的崇敬之情也处处流露。《烈女范香姐传》写范香姐自杀:"烈妇抚棺号恸,誓以身殉。两家亲眷劝谕百端,且慰以为夫继嗣事,烈妇泫然曰:'夫有后,儿益瞑目矣,亲老孤孱,自有伯叔在也。'因仰天大哭,绝而复生。越三日,竟呕血绝粒,多吞苦杏仁而死,枝阳之人无不哀伤。"③字字血泪,读之悲痛不已。

即使是应酬之文,吴镇也能避免空洞,以情为文,作性情之文。如《寿宋南坡序》,全文别开生面,不写寿宴,却尽述两人交情,吴镇认为自己此文:"词无枝叶,惟缕述交情。"④是有意为性情之文的,姚颐评该文:"文生于情,极回翔往复之致。"⑤深得其旨。文章还借写宋绍仁之宦游事迹写其性情,亦是抒发自己的宦海感受,增加了情感的深度。

三、以诗法为文法,营造文境

以诗为文,更重要的是借鉴诗法为文法,营造散文文境。诗与文在艺术上的相通为散文写作借鉴诗法提供了条件,刘基说:"文与诗生于人心,体制虽殊,而其造意出辞,规矩绳墨,固无异

---

① 吴镇:《松厓文稿》,《松花庵全集》。
② 吴镇:《松厓文稿》,《松花庵全集》。
③ 吴镇:《松厓文稿次编》,《松花庵全集》。
④ 吴镇:《松厓文稿次编》,《松花庵全集》。
⑤ 吴镇:《松厓文稿次编》,《松花庵全集》。

也。"①指出了诗与文在创作艺术上并无区别。谢榛也认为诗与文在创作艺术上是相通的,他说:"《余师录》曰:'文不可无者有四:曰体,曰志,曰气,曰韵。'作诗亦然,体贵正大,志贵高远,气贵雄浑,韵贵隽永。四者之本,非养无以发其真,非悟无以入其妙。"②借诗法为文法,主要是借鉴诗歌语言、声律等艺术,营造含蓄蕴藉的境界。郝敬《艺圃伧谈》说:"诗与文异:文主义,诗主声;文体直,诗体婉;文之辞即志,诗之志或非辞;文有正志无反辞,诗无邪思有旁声。"③胡应麟指出:"诗与文体迥不类:文尚典实,诗贵清空;诗主风神,文先理道。三代以上之文,庄、列最近诗,后人采掇其语,无不佳者,虚故也。"④吴镇借用诗法为文法,注重锻炼诗化的语言,借用诗的结构形式,声韵和谐,作品或含蕴隽永,或壮阔浑厚,形成散文的境界之美,其散文展现出明显的诗化特征。

诗歌语言的特点是含蓄凝练,严羽在《沧浪诗话》中说得非常明确:"语忌直,意忌浅,脉忌露,味忌短。"⑤明初苏伯衡甚至以语言是否凝练来区分诗文,认为:"言之精者之谓文,诗又文之精者也。"⑥吴镇精研诗学,重视炼字炼句,其诗歌语言也得唐诗含蓄凝练,吴镇在写作散文时,不自觉地就把炼字炼句的习惯运用于散文写作中。吴镇的散文有的直接化用诗句,如《王芍坡先生吟鞭胜稿序》:"是非徒雨雪杨柳,感行道之迟迟也。"⑦直接化用《诗经·小雅·采薇》中的诗句。有的直接用诗化语言,如《陆杏村诗草跋》:"才思之不群,而游览之尽兴。""上下数千年,纵横一万

① 刘基:《苏平仲文集序》,《诚意伯文集》卷十五,四库全书本。
② 谢榛:《四溟诗话》,人民文学出版社,1961年,第33页。
③ 周维德编:《全明诗话》第四册,齐鲁书社,2005年,第2882页。
④ 胡应麟:《诗薮》,上海古籍出版社,1958年,第125~126页。
⑤ 严羽:《沧浪诗话·诗法》,何文焕:《历代诗话》,中华书局,1981年,第694页。
⑥ 苏伯衡:《雁山樵唱诗集序》,《苏平仲文集》卷五,四库全书本。
⑦ 吴镇:《松厓文稿》,《松花庵全集》。

里。"①皆如诗语。《爱菊堂诗序》："鸣周成长临洮，足未出数百里外，此其游览者隘；砚田糊口，终身作落寞书生，此其倡和者又稀。"②亦得诗歌语言之妙。《李氏家谱跋》："仪公之后，散居兰郡。昭穆既远，渐同路人。"③则如四言诗语。吴镇的散文如诗歌一样追求炼字，语言非常精练生动，在《张建瑶庐墓记》一文中，吴镇写帮张建瑶守墓三人在看见张建瑶半夜慰劳而来，忽然不知所往后的反应："三人者毛发俱竖，且惊且惧且疑之。"④以"惊""惧""疑"三字写尽三人神态，非诗家炼字不能达到。

　　吴镇的散文还直接以诗句入文，这些诗句的运用增加了文章的诗意之美。如《三余斋诗序》："右章家素裕，因仕而贫。余尝哭以诗云：'江子修文竟不还，白云迢递阻河关。希夷蜕处留残奕，只合将身葬华山。'"⑤以诗句体现对江右章怀才不遇的同情。《张鹤泉古文序》："忆予罢郡后，自楚旋秦，尝得句云：'衡山宝气凌朱雀，湘浦文心迸紫兰'，彼时漫无所指，特泛语耳，今持以赠鹤泉，不亦可乎哉!"《杨山夫诗序》引吴镇赠杨维栋诗："水木为庐舍，诗文作子孙。"⑥这些序跋中引用的诗句并非是为了展现诗人的诗歌艺术，而是有助于抒发情感，与文章主旨相符合，增加了文章的诗意。其他文体中也有诗句的引用，如《养蜂说——题〈吴紫堂传〉后》题诗："桑柘绿荫重，鸡肥社酒醲。爱伊风俗好，割蜜不伤蜂。"⑦

　　吴镇论诗宗唐，诗追求唐诗意境之美，其散文也注重境界的营造。关于散文境界营造之法，古人也多有探讨，柳宗元曾借屈诗为文境，林纾《韩柳文研究法》说："文有诗境，是柳州本色。"⑧吴

---

①　吴镇：《松厓文稿》,《松花庵全集》。

②　吴镇：《松厓文稿》,《松花庵全集》。

③　吴镇：《松厓文稿次编》,《松花庵全集》。

④　吴镇：《松厓文稿次编》,《松花庵全集》。

⑤　吴镇：《松厓文稿》,《松花庵全集》。

⑥　吴镇：《松厓文稿》,《松花庵全集》。

⑦　吴镇：《松厓文稿次编》,《松花庵全集》。

⑧　林纾：《韩柳文研究法》,商务印书馆,1934 年,第 120~121 页。

镇也认可柳宗元散文借屈诗的幽静之境："参屈以致幽"。① 吴镇的序跋借诗歌起兴法，入笔甚远，形成壮阔的境界，如《王芍坡先生吟鞭胜稿序》从声教入手，落笔极远大："天之下，地之上，皆诗境也，然声教所阻，则讴歌遂阙焉。若夫声教远矣，殊方绝域，睹记皆新。"②全文境界已出。由新疆之诗写到王曾翼之诗，结尾又归到诗歌的教化作用："采民风，以宣圣化。"③首尾呼应，意境壮阔而浑厚。《王芍坡先生丑辰纪事诗序》则从回族历史写起，入题更远："色目人之来中国，盖自元时，非唐所留之花门也。"④然后叙述回族的汉化，然后大量篇幅写甘肃回乱，之后才说到王曾翼的诗，最后点出诗教主题："试持此诗归，而细为之讲贯，则蠢兹两变，足戒千秋，翁岂仅以诗教教回人哉！"⑤全文境界宏阔。《秦中览古序》从秦风入题："雍州，诗薮也。二南无论，已即秦风之蒹葭，识者谓其风神飘渺，在三百篇中当为第一。迨至汉唐，益多古迹，更仆难数矣。"⑥起笔较远，境界也非常深厚。

除了序跋之外，吴镇的其他文体也注重境界的营造。祭文多是应酬文字，很难写出真情，艺术上也很难出彩，但吴镇的祭文却能借用诗法来营造深邃的境界，如《代祭姚雪门观察文》：

> 呜呼，岁遘龙蛇，劫殃麟凤。陇水冰寒，兰山雾冻。怆贤哲之云亡，忽形神之若梦。仰日光而悠悠易逝，莫系以绳；问天道而默默难言，空圆似瓮。呜呼哀哉！惟公系分虞舜，家住泰和。彭蠡泽远，匡庐灵多。髫年而彰令望，壮岁而掇巍科。视草纶扉，则学士如墙而聚睹；征文垅碣，则贵人采石而光磨。呜呼贤哉！既而受命九重，衡文三楚。博采楩楠，兼收兰杜。钟谭之伪体悉裁，屈宋之逸才俱取。高秋挂笏，哦诗开屿

①　吴镇：《张鹤泉古文序》，《松厓文稿》，《松花庵全集》。
②　吴镇：《松厓文稿》，《松花庵全集》。
③　吴镇：《松厓文稿》，《松花庵全集》。
④　吴镇：《松厓文稿》，《松花庵全集》。
⑤　吴镇：《松厓文稿》，《松花庵全集》。
⑥　吴镇：《松厓文稿三编》，《松花庵全集》。

嵝之云；凉夜推篷，把酒听潇湘之雨。呜呼壮哉！夫政事文章，本无异旨，然儒林循吏，各有适宜。公才兼备，圣主凤知，故由郡守，旋莅监司。三晋云山，放衙而悉归俯仰；五陵裘马，行部则共颂委蛇。呜呼难哉！甘省极边，新疆初辟，民命所关，提刑是责。公拥麾幢，兼巡邮驿。人鲜覆盆，马忘衡轭。用能使河西父老，就红日于双春；陇右儿童，戴青天于三尺。呜呼信哉！至若雍凉锁钥，连率所操；相臣秉钺，予始代庖。守专制之一方，难辞重任；获周咨之五善，实赖贤僚。公聪明而正直，匪攀援而上交；譬大川之共涉，须舟子之邛招。呜呼幸哉！夫何今岁戊申，月冬日酉，二竖匿形，三彭腾口。卫叔宝之体本臞，颜子渊之年不寿。公既蜕支离身，予如失左右手。呜呼惜哉！且夫群生蠢动，大化迁流。冥灵虽久，终等蜉蝣。公秩登三品，名满九州。杜工部之诗，李邕早识；王右军之字，庾翼先留。人生如此，抑又何求。呜呼然哉！惟是北阙云高，西江道远。不见诸郎，空余小阮。风喧木塔，叹旅榇之畴依；月照香炉，怅铭旌之未返。属在同寅，伤情讵浅！兹者官师悲悼，士庶号呼。羊叔子之碑尚存，泪流不尽；李卫公之柩将去，梦感非虚。谨陈菲奠，聊当生刍。惟公灵爽，鉴我唏嘘。呜呼哀哉，尚飨。①

姚颐为吴镇晚年好友，两人私交甚深，该文用"呜呼哀哉""呜呼贤哉""呜呼壮哉""呜呼难哉""呜呼信哉""呜呼幸哉""呜呼惜哉""呜呼然哉""呜呼哀哉"九组短语连缀全篇，分别写姚颐的才学、受命四方、政事文章、西北百姓的拥戴、与吴镇的友情、获得的声誉和功劳，借鉴诗歌反复咏叹的写作方法，回环往复，清晰地展示了姚颐一生的行迹和功绩。文章结构新颖而不板滞，悲痛之情绵延不尽，境界层层开拓，绵延浑厚，是一篇不可多得的优秀祭文。

吴镇还巧用赞语，延伸文章之境，如《处士土君顺传》赞语：

---

① 吴镇：《松厓文稿次编》，《松花庵全集》。

"松厓居士曰：予少游名山多矣，顾尤独爱太华、武当，尝谓奇秀非他比。及观处士所自跋山图，抑何其不约而同也。然处士一布衣，乃能裹粮杖策，遍采天下奇胜，而予东至齐鲁未登岱，南游楚未登衡山，仕宦之羁人，固不如渔樵哉？"①《处士王君顺传》主要写王君顺好游山和接济两件事，文中略写晚年好游名山，并为之绘图，用大量篇幅写救投水少年一事，但赞语中又不提救人事一字，而以王君顺自跋山图发议论，拓展了文章境界，结尾发出"仕宦之羁人，固不如渔樵哉"的感叹，引人深思，文章余味不尽。

吴镇的散文结尾往往看似闲笔，却余味不尽。如《李少溪进士传略》结尾："鹤在野而声闻，鸿渐逵而仪吉，宜乎秦山陇水，人人心有一少溪也。"②余味无穷。《张杞轩墓表》结尾："他若蝶梦蓬蓬，或超仙界，则事涉恍惚，予不敢言之也。"③言之未完，引读者联想。《处士王君顺传》结尾："郭观察朝祚，尝题其小照，称曰：'隐君而王'。合阳太守特表其间，曰：'孝友传家'。今其子孙世宝之。"④看似闲笔，却包含更多内容。江炯评为"闲远"⑤，深得文旨。

吴镇营造的文境如诗境，这在一些小品文中体现得比较突出，如《雨墨山房跋》写李南若家塾雨墨山房："雨墨山房者，内兄李南若昆仲之家塾也。居远市井，座余烟霞，花竹相参，禽鱼自得，信乎不出门庭，足揽游观之胜也。"落笔却写李南若"笔墨之外，澹然一无所好"，"视子之怀铅握椠，而奔走于四方者，其劳逸为何如也？向风挥翰，为之慨然！"⑥该文寥寥数语，如诗如画。吴镇用诗歌语言，简洁之中蕴含着无穷韵味，意境深远。郭楷评："夷犹顿

---

① 吴镇：《松厓文稿》，《松花庵全集》。
② 吴镇：《松厓文稿次编》，《松花庵全集》。
③ 吴镇：《松厓文稿次编》，《松花庵全集》。
④ 吴镇：《松厓文稿》，《松花庵全集》。
⑤ 吴镇：《松厓文稿》，《松花庵全集》。
⑥ 吴镇：《松厓文稿三编》，《松花庵全集》。

宕，神似庐陵。”①安维岱评：“简远有味。”②颇得其文精髓。而《九华亭跋》写亭子周围环境：“时绿竹丹枫，映带左右，洋菊数十本，烂熳阶前，洵秋色之佳处也。”③语简而韵浓，亦如诗境，李存中评为“绰有幽致”④。

吴镇还把诗律和辞赋结合起来，创立了律赋《窗竹夜鸣秋赋》五篇，更是诗意浓郁，意境深远。如第三篇《又》(得夜字)：

> 岁既华，春又夏。序当秋，昼复夜。琼树蝉喑，银河鹊驾。爰有宾朋，同浮杯斝。既徙倚乎明窗，复徘徊于曲榭。忽闻窸窣之声，迸出筼筜之罅。淅沥兮箨摧，飕飗兮韵泻。笙竽发籁，新声都在千竿；户牖成林，远梦忽回三舍。于是怨女愁吟，羁人悲咤。陋促织之啾啾，厌毕逋之哑哑。疏影则风枝雨叶，似素娥奔月之光来；高鸣则戛玉敲金，如青女为霜之令下。然则凄凄切切，作赋者人皆称吉水之欧；古古今今，题诗者谁不忆宣城之谢。⑤

该律赋写夜晚，采用递进的形式，由三三、四四相对到四六，甚至更长句子的属对，工整中富有变化，一韵到底，节奏感强，显出典型的诗化特征，并营造出清婉的诗境之美。

吴镇以纯粹的诗家身份写散文，把诗人的性情注入散文写作中，写性情之文，并以诗法为文法，把诗歌意境的营造方法运用于散文意境中，其散文呈现着明显的诗性特征，是典型的“诗人之文”。和桐城派相比，吴镇以诗名家，尤其精研诗律，又工集句，诗歌功底相当深厚，文受诗影响更大也更加自然，诗化特征也更浓郁。

---

① 吴镇：《松厓文稿三编》，《松花庵全集》。
② 吴镇：《松厓文稿三编》，《松花庵全集》。
③ 吴镇：《松厓文稿次编》，《松花庵全集》。
④ 吴镇：《松厓文稿次编》，《松花庵全集》。
⑤ 吴镇：《松厓文稿次编》，《松花庵全集》。

但诗与文毕竟是两种文体，破体为文并不容易，柳宗元《杨评事文集后序》："文有二道：辞令褒贬，本乎著述者也；导扬讽谕，本乎比兴者也。著述者流，盖出于《书》之《谟》《训》，《易》之《象》《系》，《春秋》之笔削。其要在于高壮广厚，词正而理备，谓宜藏于简册也。比兴者流，盖出于虞、夏之咏歌，殷、周之《风》《雅》，其要在于丽则清越，谓宜流于谣诵也。兹二者，考其旨义，乖离不合。故秉笔之士，恒偏胜独得，而罕有兼者焉。"①柳宗元把文称为"著述"，把诗称为"比兴"，在他看来，诗与文二者源流不同，体制有别，作者往往偏擅其一，很难二者兼长。李东阳《镜川先生诗集序》也说："诗与文不同体，昔人谓杜子美以诗为文，韩退之以文为诗，固未然。然其所得所就，亦各有偏长独到之处，近见名家大手以文章自命者，至其为诗则毫厘千里，终其身而不悟。"②吴镇一生用力于诗，无意为文，文虽形成了自己的特点，也有一定的影响，但成就仍然无法与诗相比。

第三节　叙事之文：吴镇散文的叙事特征

本文所说的叙事文体，主要指包含传状、神道碑、墓志铭等以写人记事为主的传记文。较早对叙事文体进行界定的是宋人真德秀，他在《文章正宗·纲目》中指出："叙事起于古史官，其体有二：有纪一代之始终者，《书》之《尧典》《舜典》与《春秋》之经是也，后世本纪似之；有纪一事之始终者，《禹贡·武成》《金縢》《顾命》是也，后世志记之属似之。又有纪一人之始终，则先秦盖未之有，而于汉司马氏，后之碑志事状之属似之，今于书之诸篇与史之纪传，皆不复录，独取《左氏》《史》《汉》叙事之尤可喜者，与后世序传志之典则简严者，以为作文之式。"③真德秀所说的叙事文体

① 柳宗元：《柳河东集》卷二十一，四库全书本。
② 李东阳：《怀麓堂全集文前稿》卷八，嘉庆八年茶陵重镌本。
③ 真德秀：《文章正宗》卷首，四库全书本。

主要包括碑志、传状等。姚鼐则把叙事文体分为两类，一为传状类，一为碑志类，属于传状的主要有传记、行状，属于碑志的主要有神道碑、墓志铭。但晚清桐城派领袖曾国藩《经史百家杂钞》则将列传、墓表、墓志铭、行状、家传、神道碑、事略、年谱等叙事的文体统称为传志文，来裕恂《汉文典》也将此类文体称为传记文。学界也多用传记文涵盖传记、碑志等叙事文体，如吕薇芬先生和徐公持先生在《中国古代传记文学浅论》一文中把收集在诗文集中的传记文学称为杂体传记，并说："所谓杂体传记，主要指碑诔、传状、自传三大类作品。"①

吴镇的传记文主要有碑志和传状两类，传状有 11 篇，碑志有16 篇，共计 27 篇，是除了序跋之外最多的文体。吴镇的传记文大多写地方普通人物，突出小人物的传奇行为、性情风貌和品德功绩，颇具传奇色彩，结构谨严，叙事简练。在老师牛运震的影响下，吴镇的传记文深得司马迁史传叙事艺术笔法。牛运震好《史记》，著有《空山堂〈史记〉评注》一书，侧重论司马迁的叙事艺术。吴镇在牛运震的培养下也好读史书，尤其喜欢《史记》中的历史人物传记。在散文写作中，吴镇把司马迁的写作艺术借鉴到自己的叙事文体写作中，形成了其散文明显的叙事特征。

一、司马迁的史传叙事与吴镇叙事文的艺术渊源

传状和碑志等叙事文体源于司马迁的《史记》，基本上是古人的共同认识。明初宋濂说："世之论文者有二：曰载道，曰纪事。纪事之文，当本之司马迁、班固；而载道之文，舍六籍吾将焉从？"②顾炎武《古人不为人立传》说："列传之名，始于太史公，盖史体也。不当作史之职，无为人立传者。故有碑，有志，有状，而无传。……自宋以后，乃有为人立传者，侵史官之职矣。"③认为

---

① 吕薇芬、徐公持：《中国古代传记文学浅论》，《文学遗产》1983 年第4 期，第 30 页。
② 宋濂：《文原》，《文宪集》卷二十六，四库全书本。
③ 顾炎武：《古人不为人立传》，《日知录》卷十九，四库全书本。

碑、志、状都由司马迁史传而来，而传原为史家所作，宋以后文人
私家作传较多。来裕恂《汉文典》也说："传纪类者，传、纪、录、
略、行述、行状、神道碑、墓志铭等是也。诸体与列传同，惟互为
详略耳。古代有传纪而无碑铭，自史学衰而传纪多杂出，亦自史学
衰而文集多传纪，于是碑铭成为专体。其材料，则全用录、略、行
状、行述，与作传纪同焉也。此类以事迹切实，言论简质为贵。"①
由此可见，文人传记源于史家之传记体，也即源于司马迁《史记》
中的传记。以韩愈、柳宗元等为代表的唐宋八大家把《史记》作为
散文的学习典范后，历经宋、元、明、清各朝，传记类叙事文体都
从《史记》中学习叙事技法。清代的传记文因史学家的重视，更得
《史记》叙事艺术之精义。最明显的是浙东派散文，浙东派散文代
表作家如全祖望、万斯同、章学诚等人本是史学家，他们的散文借
鉴司马迁史传叙事笔法，擅长传状、碑志等叙事文体的写作，推动
了叙事文体的发展。而桐城派也重视学习《史记》，他们的传记文
也同样学习《史记》的叙事艺术。

　　清人特别是乾嘉时期的史学家和文学家对传记文体的研究非常
深入而系统，特别是热衷于《史记》叙事艺术的综合研究，这些研
究为清代叙事文体的创作提供了强大的理论支撑。俞樟华、房银臻
的《集成与转型：清代传记理论的发展》一文指出："清代出现了一
些传记理论方面的总结性著作，对从《史记》以降史传著作的编写
经验和得失优劣进行了系统而全面的梳理与总结。如牛运震的《读
史纠谬》、钱大昕的《廿二史考异》、王鸣盛的《十七史商榷》、赵翼
的《廿二史札记》对前代史传著作进行了逐一评论，带有综合研究
的性质，而吴见思的《史记论文》、王又朴的《史记七篇读法》、牛
运震的《空山堂史记评注》、汤谐的《史记半解》、邱逢年的《史记阐
要》、邵晋涵的《史记辑评》等，则是对《史记》的评论，具有比较专
门和深入的特点。他们的评论涉及面十分广泛，探讨了史传文学的
编撰体例和源流变化、材料的搜集和处理、传主的选择和确定、人

---

　　①　来裕恂：《汉文典·文章典》，王水照：《历代文话》，复旦大学出版
社，2007年，第8620页。

物的描写和刻画，以及结构布局、叙事笔法、语言艺术等问题。可以说，有关史传文学写作的所有问题，在清代都有认真的研究和讨论。"①

吴镇的老师牛运震对《史记》叙事艺术的研究是清代《史记》叙事研究的典型代表。牛运震是清朝极有成就的史学家，有《空山堂史记评注》十二卷、《读史纠谬》十五卷等史学著作。《空山堂史记评注》从文学角度对《史记》进行一句一段的评析，然后对整篇意旨进行阐发，侧重总结《史记》的义理阐发和写作方法，影响极大。

牛运震年少就究心史学，三十岁正式开始史学研究。据《与董景伯书》②一文介绍，牛运震在三十岁时，通考《三国志》等史书，并开始评鉴《史记》等史籍。据牛运震年谱记载，乾隆七年（1742），任职秦安四年后，诸事稍顺，"政炼心闲，将锐心精诣于述作之事，金石图、三代遗书、诗删、文选、二十一史纠谬诸书皆略有头绪，粗立纲纪。"③由此可知，牛运震在秦安任上已经致力于史学研究，《读史纠谬》第一卷《史记纠谬》即开始写作于此时。《史记》评注也成初稿，其《寄鞠谦牧札》说："志铭当是史传之遗，须勘合。有汉班、马二书，出入而上下之要，以高简古穆、结构自然为宗，体格方进而益上，否则不足以传，即传亦不足以久。来作尚是，宋人大家欧、曾诸人变体，彼皆于班、马拾皮谷，而我又于彼诸人齐糟粕，恐因之靡而俱下，且沿而失其真也。篇中闲有窜入时近语者，亦有惨淡经营用意，太过处，异日更有点评细本寄去，并以求教摘益。"④结合文义可知，此处所言点评细本当为《史记评注》初稿。该文说道"阔别六年"，而且称"赴京尚无机会"，可知该文写作于官秦安的第六年，即乾隆九年（1744）。"《史记评注》成书于设教晋阳书院之时，改定于归乡之后。但早在平番任上，已有了点评

① 俞樟华、房银臻：《集成与转型：清代传记理论的发展》，《中国社会科学报》2012 年第 253 期。

② 牛运震：《空山堂文集》卷一。

③ 蒋致中：《牛空山先生年谱》，《民国丛书》（第四编），上海书店出版社，1989 年。

④ 牛运震：《寄鞠谦牧札》，《空山堂文集》卷二。

细本送人，想来此书是长期讲学研究的结晶。"①此处所言有误，点评细本应在官秦安时写成。在平番任上，牛运震继续从事史学研究。乾隆十四年，牛运震在兰山书院讲学，继续研究史学，《答野石梁公》："半载以来，熟复经传史册，益复有得。识解才思，都进于前。"②由此可知，吴镇师从任平番知县的牛运震时，牛运震已经写成《史记》评点本，并在教学中不断修改。

吴镇对史书特别是《史记》人物传记的独特爱好，以及由此形成的散文叙事特征，离不开老师牛运震《史记》叙事研究的直接影响。吴镇师从牛运震五年，深受牛运震考订史书和评注《史记》的影响，一方面喜欢通读历代正史，一方面喜欢史书中的人物传记，特别是《史记》的人物传记。吴镇虽然没有从事史学研究，但写有历史人物诗传《韵史》一书，该书辑成于吴镇任教韩城之时，为三言咏史诗集，是吴镇读史书时所悟所感，所咏叹历史人物故事，皆取自从《史记》到《明史》的正史记载，其凡例中明言："是编取材皆本正史，不敢经山海而志齐谐也。至咎征冥契，必有关儆戒者始收之。其海盗海淫，而千古尤称佳话者，皆所不录。"③吴镇受老师牛运震从文学角度研究《史记》影响，取材皆自正史，多咏叹历史人物韵事。另外，晚年吴镇讲学兰山书院时，还写有《稗珠》一册，稗珠为四言诗集，诗以野史和笔记中的人物或事件为题，笔多涉传奇神怪之事，题下注有来源书名，部分作品页眉有自注。该书与《韵史》一取材于正史，一取材于野史笔记，二书虽是游戏之作，但也可见吴镇的史学功底和史学观念。由此可见，吴镇熟知《史记》叙事艺术，喜欢史传人物和传奇故事，这为吴镇学习司马迁的史传叙事艺术奠定了良好的基础。

二、吴镇传记文的叙事特征

司马迁"善序事理"，班固在《司马迁传》中说："然自刘向、扬

---

① 牛运震著，崔凡芝校释：《空山堂史记评注校释》前言，中华书局，2012年，第2页。

② 牛运震：《空山堂文集》卷一。

③ 吴镇：《松花庵韵史》，《松花庵全集》。

雄，博极群书，皆称迁有良史之材，服其善序事理，辨而不华，质而不俚，其文直，其事核，不虚美，不隐恶，故谓之实录。"①刘知几说："史之称美者，以叙事为先。……观子长之叙事也，自周以往，言所不该，其文阔略，无复体统。泊秦汉已下，条贯有伦，则焕炳可观，有足称者。"②刘熙载说："《史记》叙事，文外无穷，虽一溪一壑，皆与长江、大河相若。"③牛运震对司马迁的叙事艺术极为佩服，"太史公叙事层次结构，实有匠心惨淡处，非意到即及，随手为之者，特出之无迹耳。"④司马迁的传记写作往往选择传奇色彩较浓的事件，详略得当，叙事简洁而曲折，讲究章法结构，善于以细节描写，凸显人物典型性格，达到形神兼备的效果。司马迁史传叙事艺术对吴镇的影响是多方面的，主要表现在人物和事件选择时突出传奇色彩、注重文章的章法结构和法度、追求叙事的简洁三个方面。

1. 传奇色彩

司马迁写人物传记，在叙事中写人，往往选奇人，写奇事，采摭轶事，赋予人物极强的传奇色彩。吴镇的人物传记也注重选择奇人奇事，即使是普通人也注重选择轶事，文章带有较强的传奇色彩。如《打虎任四传》：

> 打虎任四者，渭源农夫也，而家实居狄道。父死于虎，四乃习为鸟枪，誓杀百虎以报父仇。凡捕虎，必结队。枪发，则二人持叉以御或连发。否则，能随烟起处擭人也。四初与人偕，后则只身往迹虎。每遇之，则一枪立毙，盖得其要害云。四本杀虎以复仇，久而成业，秦陇猎人争师之。每邻邑有虎暴，必来迎四。四偕其门人往，虎无不得者。收其牙皮，岁足

---

① 班固：《司马迁传》，《汉书》卷六十二，中华书局，1962年。
② 刘知几：《叙事》，《史通》卷六，四库全书本。
③ 刘熙载：《艺概·文概》，王水照：《历代文话》，复旦大学出版社，2007年，第5548页。
④ 牛运震著，崔凡芝校释：《空山堂史记评注校释》，中华书局，2012年，第619页。

代耕。而厚谢者，或至得一虎而钱数十缗(谓之命价)，诸猎徒无不求假焉。俗云："活虎之睫毫，能照人畜本相。"四尝枪虎倒地，气犹苶然(怒貌，出《庄子》)，遽拔其毫以照人，竟了无所见，乃知俗言妄矣。四自少至老，计所杀已九十九虎而不能满百，乃裹粮入深山，结巢以俟。忽一虎咆哮至，枪不及发，四几为所噬。俄而云雾晦冥，若有神人呵虎去，兼责四过杀者。乃归而焚香、沥酒，告其父灵，并戒儿孙弟子，世世勿复与虎仇也，遂溘然寝虎皮而逝。事在康熙、雍正间，至今狄渭士夫，犹有谈打虎任四者。①

该文为打虎传奇人物任四作传，以"奇"成文，任四本是一普通农夫，为父亲报仇而立志杀百虎，练就了一身杀虎本事，技艺高超，只身打虎，一枪立毙，已是一奇；任四能以此为业，教授徒弟，享名秦陇，为一奇；任四杀虎九十九只却不能满百，为一奇；用老虎睫毫照人，为一奇；杀第一百只而为虎噬，为神人相救，事更奇。该传记传奇色彩浓厚，得司马迁史传笔法，张世法评为："睫毫一段，妙。不能满百，及再勿杀虎，更妙。此法从《史记》得来。"②姚颐认为："事奇，文亦奇，笔力直逼柳州。"③该文被李元春选入《关中两朝文钞》，民国著名学者、散文理论研究专家王葆心也极为欣赏，并选入其《虞初支志》中。

如《处士王君顺传》：

皋兰有处士曰王君顺者，殁数十年矣。近予乃闻其轶事，因追为之传。君顺名鸿孝，少以家贫学贾，然暇辄就人问字，久而不懈，遂博览群书。性勤俭，凡经营三十余年，始有田数十亩，梨枣数百株。是时，长子某、次子某，俱补县学生，食饩；少子理，亦能继贾业。君顺遂尽举家事而付之，曰："吾

①　吴镇：《松厓文稿》，《松花庵全集》。
②　吴镇：《松厓文稿》，《松花庵全集》。
③　吴镇：《松厓文稿》，《松花庵全集》。

老矣，安能日日为若等马牛乎?"于是，登华岳、上参山，探幽穷阻，展迹遍南北。所遇名胜，必请良工绘图以归，而自为说其后。尤好藏书，所积几充栋，旁及琴棋、丹青、诸玩，皆各得其旨趣。凡与君顺交者，咸谓君顺韵士也。君顺自奉俭约，而能拯穷困。尝独游河滨，见一他乡少年将投水者，急止而询之。则为主库者收得债百金，而不幸遗失。君顺恻然良久，曰："勿忧也。"遂引至酒肆，自为立百金券，授之，曰："我家在某处，明日持券来，吾偿汝矣。"少年愕然，不敢受。喻之意，乃涕泣而袖之。诘旦，少年至，君顺持券示诸子侄，曰："此吾故人子也，久负其债，当速偿。"诸子侄皆奉命唯唯，少年遂受金，拜谢而去。及君顺殁后数年，前少年复至，则泣拜祠堂，倍还前金，而具言其故。诸子侄恍然，乃知向券之所由来也。君顺年八十卒。郭观察朝祚，尝题其小照，称曰："隐君而王"。合阳太守特表其闾，曰："孝友传家"。今其子孙世宝之。①

该文开头交代，文章因闻王君顺轶事而作，起笔即展示了传奇性。王君顺年少因家贫经商，但全传却不写经商事，而是重点写其传奇轶事，王君顺老而穷尽名山，并请良工绘图，自缀解说，其行为已超出常人。特别是救投水少年一段故事，颇具传奇色彩。

又如《张建瑶庐墓记》：

张建瑶，字西池，狄道人也。少因贫废书，遂服贾以养其亲。及家渐裕，纳粟入国学，将以慰父母桑榆之望。既而父卒，母犹健。建瑶身系独子，念母老而己亦有年也，汲汲顾景，求所以娱母者无不至。家有后园，广栽花竹，母乐而安之，晨羞夕膳，胥就此焉，适志承欢，足代斑衣之舞也。后其母年九十卒，建瑶竭心力以供丧具，人皆称之。然哀毁过度，渐不支矣。建瑶卜窀穸北郊，母既葬，因庐其旁。逾三月，忽

---

①　吴镇：《松厓文稿》，《松花庵全集》。

心动，乃留同伴者三人守墓，而身暂还家。迨夜半，三人者皆鼾睡矣。建瑶忽至庐，蹴三人曰："起！起！君等寒乎？吾甚感也。"三人者怪而问之曰："君来何速！且城门之启何早耶？"建瑶不答，长吁出庐外，忽焉不知所往。三人者毛发俱竖，且惊且惧且疑之。诘旦，使一人进城告建瑶，比入门，闻号咷，则建瑶已早卒矣。盖建瑶归家后，即设酒脯以祭其母，已与其子友端同馂余矣，忽困顿，遂不起。问其属纩之时，正墓门慰劳三人之时也。吁，异哉！三人者，王长福、贾来世、苟加喜，皆佣助守庐，而传说于人人者。此乾隆五十四年，十一月十六日夜半事也。

松崖老人曰：建瑶性好花木，转棵接枝，颇得其妙。盖虽居市井，而闲情逸致，有足多者。至于死不忘亲，而精诚所聚，遂示现于幽明人鬼之关，可谓奇矣。彼孟笋姜鱼，生前孝感，似未若建瑶之孤魂凄怆，而月暗风悲，犹依依于抔土也。①

该文写张建瑶与同伴三人一起为其母守墓，因感身体不支回家，半夜去世。但同伴却在半夜看见他来到坟前，又"长吁出庐外，忽焉不知所往"。其事件甚为奇特。全文也抓住"奇"字为文，赞语中认为"死不忘亲，精诚所聚，遂示现于幽明人鬼之关，可谓奇矣"，突出张建瑶的品德。

吴镇的杂记也多以史笔记传奇之事。如《秦王川石青洞记》：

金城、允吾之界，有旷野焉。周围约八百里，其名曰秦王川，川名不可考。或曰："薛举窃据时所名也。"或曰："秦王平仁杲后，遣兵略地至此，故名之。"然岁远无征，姑存其名可矣。川有洞，岈然洼然，内产石青，居人呼为石青洞。川敞洞幽，时形灵怪，每清晓辄见城郭、楼台、人马、旌旗之状，若海市。然土著者不以为异也。噫，以斯幻方登州，则彼水此

① 吴镇：《松崖文稿次编》，《松花庵全集》。

285

陆，此尤奇矣。惜予足茧兰山，未得一往观焉，而文章其变态也，因遥为之记，以俟好奇如东坡者。①

吴镇未至其地，听传闻而作，突出其灵怪，传奇性也非常强。

2. 法度谨严

司马迁写人物传记，善于谋篇布局，脉络清晰，秩序井然，而且叙事曲折，手法多样，善于采用问答等叙事方法。吴镇的传记文也重视文章谋篇布局，结构严谨，叙事曲折而有法度，亦得司马迁史传叙事笔法。如《张兑峰传》：

> 张兑峰，名宣威，西宁人也。其家世袭指挥，至兑峰而废，遂隐于医。性至孝，父老而病寒，兑峰朝负之出而夕负之入，溷厕必与俱。有失职指挥王宝者，其父老友也，贫甚。兑峰每邀至家，与其父饮食谈笑，或至累数月终无倦意，盖养志也。兑峰家于乡而医于城，父殁，母老在家，馈问尤勤。每冬夏衣成，先以遗母，而以母旧衣衣其婺姊之嫁鲍者，岁岁皆然。尤友爱，有堂侄曰英曰杰者，皆孱弱无能人也，惑妇言而求分爨。兑峰诲之，不从，乃自留山田数亩。而尽以全业畀之。人皆感动，然家计亦由此萧条矣。兑峰本业医以养生，然贫者多，不受其谢，间有赢余，辄以济人，人咸呼为张佛云。张本故家，罢职后，臧获犹众，兑峰曰："吾一穷医耳，力难汝豢，且无所役汝，何用汝世世子孙为吾仆乎？愿去者听，不者悉归宗复姓，与良人齐。"兑峰年七十三而卒。卒之日，语其子达曰："吾一生未蓄长物，无以遗汝，《功过格》《感应篇》，乃为善之津梁，不可不三复也。"遂端坐瞑目而逝。达，字文通，以孝行显，其事实载《西宁志》中。②

该文为医者张兑峰作传，写其家世，写孝父，写亲养父亲老

① 吴镇：《松厓文稿次编》，《松花庵全集》。
② 吴镇：《松厓文稿》，《松花庵全集》。

友，写事母，写友爱侄儿，写济世，写遣散家仆，写临终遗言。共八个方面，一一写来，从容不迫，看似没有章法，实则统一于赞语中点出的"善事"二字，秩序井然。写八个方面的善事，但笔法又不同，如写孝父，则写"朝负之出而夕负之入"。写奉母则每年"每冬夏衣成，先以遣母"。写济人则用虚法仅写人称"张佛"，写遣散家仆则用语言劝说。避免了平铺直叙，一样面目。姚颐评点该文为"参差有法"①。

如《李少溪进士传略》：

> 李玩莲，字青葉，会宁人也。家近邑北之八眼泉，山水清幽，因自号曰少溪，或亦称西麓云。其先世业儒，至少溪而显，然终不仕。初，乃翁尔华者，名诸生也。少溪以父为师，而尽得其家学，遂中乾隆壬辰进士，盖百余年来枝阳所仅见者。少溪初谒选，以归班县令，需次于家，迨临截取时，以亲老，力求终养，后遂优游林下，家食终身。或曰："少溪乐闲静者也。家有田园，颇能自给，故不仕。"或曰："少溪知止足者也。书生之愿，登科已毕，故不仕。"或曰："少溪量才力者也。民社之寄，惧弗能胜，故不仕。"或曰："少溪恋庭闱者也。父母既没，谁为禄养？故不仕。"之数说者，于少溪之意旨，吾未知其果有合耶。然少溪之逸韵高风，要堪不朽。嗟乎！仕以行义，君子之常。第士或汲汲求官，而一行作吏，究亦无所短长。以视少溪之萧然物外，讵不贤哉！鹤在野而声闻，鸿渐逵而仪吉，宜乎秦山陇水，人人心有一少溪也。②

文章开头写李玩莲家族世世代代为儒生，直到李玩莲才考中进士，寄托了无数人的厚望，但吴镇笔法一转，却写李玩莲选择"优游林下，家食终身"。李玩莲因何不仕，引起多人猜想，吴镇却不直接写来，而是以虚写实，写他人的种种猜测。全文叙事曲折多

---

① 吴镇：《松厓文稿》，《松花庵全集》。
② 吴镇：《松厓文稿次编》，《松花庵全集》。

变，但秩序井然。

再如《孙桐轩传略》述私塾孙桐轩，写其善教学，善治家，善躬耕，善豪饮，一件一件铺排开来，层层写去，秩序井然，步步深入，尽显孙桐轩高古之性情，李华春评为："笔墨简古，法度谨严，高人行径，藉以永传。"①

司马迁在《史记》的人物传记中，有许多人物对话，通过问答体式来推动叙事发展，展现人物性格，并含蓄表明自己的态度。如《白起王翦列传》："或曰：'王离，秦之名将也。今将强秦之兵，攻新造之赵，举之必矣。'客曰：'不然。夫为将三世者必败。必败者何也？必其所杀伐多矣，其后受其不祥。今王离已三世将矣。'"②司马迁借问答对话表达王氏三世为将，杀戮过多，必然失败的观点。牛运震《史记评注》认为司马迁"收结王氏，三世而著将兵者，后世之报，特以'或曰'、'客曰'设为问答以发明之。叙事兼断语，而不见论断之迹，笔法妙绝"③。采用问答方式既避免了平铺直叙，又含蓄地表达了自己的论断和态度。吴镇也善于用问答式来为人物立传，如前引《李少溪进士传略》一文，写进士李玩莲甘为隐士的原因，吴镇并未直接加以阐释，而是引用多人对话："或曰：'少溪乐闲静者也。家有田园，颇能自给，故不仕。'或曰：'少溪知止足者也。书生之愿，登科已毕，故不仕。'或曰：'少溪量才力者也。民社之寄，惧弗能胜，故不仕。'或曰：'少溪恋庭闱者也。父母既没，谁为禄养？故不仕。'之数说者，于少溪之意旨，吾未知其果有合耶。然少溪之逸韵高风，要堪不朽。"④避免了文章的平铺直叙，又以问答代替论断，给读者留下思考的空间，既突出了李玩莲的隐士性情，又增加文章的叙事效果。

其他文体如序跋，也写得曲折多变，跌宕起伏，如序跋《草舍

---

① 吴镇：《松厓文稿三编》，《松花庵全集》。
② 司马迁：《白起王翦列传》，《史记》卷七十三，中华书局，1982年。
③ 牛运震著，崔凡芝校释：《空山堂史记评注校释》，中华书局，2012年，第413页。
④ 吴镇：《松厓文稿》，《松花庵全集》。

吟集句序》：

> 吾弟握之，业医而嗜诗。其集唐约三百余篇，乃先出其
> 《草舍吟》，五七言律各三十首，而问序于予。握之诚好事哉！
> 夫诗之道与医通。文烦意晦，即八病之在膏肓；绪密思深，即
> 六脉之分尺寸。至于集句，则笾贮参苓，囊收芝术，方不必自
> 己出，而加减调剂，变化从心，诚于此体而三折肱。其于医
> 也，思过半矣。握之诗，颇略有法，今观其《草舍吟》，脉络
> 分明，精神团结，虽寓言仙释，而句挟刀圭，时露自谑之趣，
> 阅者亦可以绝倒已。抑古之名医多矣，然能诗者，恒不数见。
> 曩皋兰刘渭卿，工诗而精医，秦安胡静庵赠以诗曰："万言挥
> 秃颖，八口系空囊。"予尝读而壮之。今二友墓草皆宿，而于
> 吾弟复见之，讵不快哉！然则审音之君子，观于集句，而握之
> 之诗可知，即握之之医，亦略可想见云。①

该序先写自己的二弟吴锭虽为医生却好集句诗，自然引入论诗
道与医道，突然一转折为论集句，回转到吴锭的集句诗。接着荡开
去写能医而又能诗者，引出同学刘渭卿，以及胡釴赠诗，怀念友
人，最后又回到吴锭的集句诗，结尾引出吴锭医术之猜想。全文曲
折多变，但紧扣诗与医二字，不觉散漫。正如姚颐所评："自成邱
壑，正复循览无穷，非坒山勺水之比。"②而张世法也认为："起法
双立，中间单入，而诗之道与医通，串合绝无牵强。通篇结构，亦
精严得法。"③

3. 叙事简洁

司马迁的传记叙事，柳宗元以洁相论，方苞说："子厚以洁称
太史公，非独辞无芜累也，明于义法，而所载之事不杂，故其气体

---

① 吴镇：《松厓文稿》，《松花庵全集》。
② 吴镇：《松厓文稿三编》，《松花庵全集》。
③ 吴镇：《松厓文稿》，《松花庵全集》。

为最洁也。"①吴敏树《史记别钞》评："从来良史记事，第一论识，而柳子之评史公曰'洁'，真是高眼看透，学者但能从有会无，即详知略，则于序事文占胜步矣。"②可见，司马迁的传记简洁主要是叙事简练，详略得当。

吴镇散文的一个显著特点是非常简洁，吴镇的传记文篇幅都比较短，以普通人为主，多是应酬之作，但能抓住细节，写得详略得当，简洁流畅，突出碑主品德。吴镇散文的简洁不仅源于工诗炼字形成的语言简洁，而且还源于其学司马迁史传笔法而形成的叙事简练，事约而义丰。如《余子杰小传》以二百余字为余启雄为传，叙事非常简练：

> 余翁启雄，字子杰。恩贡讳伯建，字鼎轩公之长子也。少从父读书东峪之山庄，学未成而力农。农复不能自赡，乃归城中旧居，以制香为业。今余氏红香，远传千里，洮阳鬻名香者数十家，皆不及也。以此，家赀日厚，而仰事俯畜，颇能如意焉。初，翁本儒家子，儿孙绕膝，常以书香之绝续为忧。后长子璨、次子佩，皆能继其贾业。而三子瑾，字昆山者，少年游泮，兼以工八分书，有闻于时。皆翁为之延师教诲，而供给不倦之力也。翁产本中人，而性好施予。有舅孙某者，客死金城，翁扶柩而归葬，兼抚其遗孤。至于恤懿亲、教子侄、修族谱、焚债券，种种美意，至今乡里犹能言之，后年八十二岁，无疾而终。③

李苞评该文为："简洁。"④传主余启雄以制香为业，吴镇在该传中"余氏红香远传千里"写其制香技艺，而写恤懿亲、教子侄、

---

① 归有光、方苞：《归方评点史记·终侯周勃世家》，光绪二年武昌张氏校刊本。

② 吴敏树：《史记别钞》卷下《项羽本纪》，清同治刊本。

③ 吴镇：《松厓文稿》，《松花庵全集》。

④ 吴镇：《松厓文稿三编》，《松花庵全集》。

修族谱、焚债券种种美意，竟一笔带过，更多笔墨写余启雄延师教子成才、性好施与之事，详略选择得当，突出了传主的品行和德绩。

如《张杞轩墓表》：

　　尤孝友，当逸翁之殁，日夜哭泣，目为之昏。母老多疾，躬亲汤药者，十余年如一日。其事二兄尤谨，而当锦泉病剧，尝焚香吁天，求减算以益兄年。已而锦泉病愈，人皆异之。其友爱诸弟、偅胥视此。治家严而有恩，感及臧获。至于建祠堂、置祭田、构学舍、延名师，凡承先而裕后者，皆杞轩一人任之，锦泉兄弟但拱手唯唯耳。杞轩好读性理，兼阅道藏，种竹栽花，颇翛然有出尘想。喜作书，尝仿松雪香光。间以其余闲，旁及卜筮星相。而于医道尤精，有求诊者，随手立愈，然未尝受人一钱，以故名重公卿间。①

以一段话勾勒张杞轩孝友、治家、好读性理书、喜道家、好书法、卜筮、星相以及精医道，简洁流畅。所述虽然都是普通事，但详略得当，并不觉得琐碎。

前引《处士王君顺传》也是详略得当、叙事简练的典型之作，全文为商人王君顺立传，略写其生平经商事迹，却选其轶事大书特书。先写其游山绘图事，一转而用大量笔墨写立券付金故事，详细描绘事件经过，刻画其神态语言，惟妙惟肖，人物性格品行自然显现。张世法认为："笔意高远，叙事亦见洗刷，是半山学史公而得其洁者。"②姚颐认为："王君出色处，在立券付金一事，传中亦极力摹写。而前路只闲闲叙次，至赞语却专就好游发论，绝不照顾付金事，是神明于龙门之法者，外人未许问津。"③龙门即司马迁，半山为王安石。张世法、姚颐两人评点也都点出该篇学自司马迁史传

① 吴镇：《松厓文稿次编》，《松花庵全集》。
② 吴镇：《松厓文稿》，《松花庵全集》。
③ 吴镇：《松厓文稿》，《松花庵全集》。

笔法。

《西僧报本碑》更是仅有一百二十九字：

> 紫霞阁西僧啥唎者，俗姓卫，缁黄中孝义人也。自幼出家，靡所系恋。惟此一抔黄土，乃其父母之佳城。啥唎身既为僧，犹能展墓。恐一旦寂灭，樵采莫禁。故师弟议建此碑，欲使空门眷属，岁岁清明拜扫云。嗟乎，佛不忘亲，人宜报本。观啥唎之用心，知盂兰之教远矣。乌哺羔乳，此即度脱之梯航。众高足世世遵之，即劫灰飞尽，此碑毋相忘也。①

碑文为僧人作传，不写传主事迹，且别开生面写建碑缘由，以八字"佛不忘亲，人宜报本"点出主旨，是简洁中的精练。

吴镇的其他文体，如序跋等也写得简洁。如《李坦庵诗序》：

> 吾州李实之孝廉，以高才逸气，枕藉风骚，尝出其《坦庵诗稿》，就正于予。予受而读之，则和平安雅，如其为人，写景摅情，悉脱凡近。吁！君其李氏中诗人之一哉！盖自仙风指树，下逮有唐，陇西姑臧之裔以诗鸣者，不可胜数。而白仙、贺鬼，尤为千古之无双。即近代之献吉，本朝之天生，亦绝无而仅有者也。实之溯宗风以为家学，则麓山洮水，行将树北地、频阳之帜。老夫耄矣，青眼高歌，非吾子而复谁望哉？夫诗无尽境，而久则愈工。故古人晚年论定，辄自悔其少作。实之年方英妙，有此基地，而更造于精微，则寸心得失，他日自能知之。姑留此赘言，以当传世之先声可也。②

白仙指盛唐李白，贺鬼指中唐李贺，献吉指明朝李梦阳，因李梦阳籍贯庆阳，古为北地郡，又以北地代称，天生指清初李因笃，因李因笃家住频阳，因以频阳代称。吴镇写李白、李贺、李梦阳、

---

① 吴镇：《松厓文稿》，《松花庵全集》。
② 吴镇：《松厓文稿》，《松花庵全集》。

李因笃，以极为简练之笔，勾勒出一部李氏文学史。吴镇从宗风写到家学，以此勉励李华春。张翔评为："空处着笔，包涵愈远。"①

吴镇散文的简洁和桐城派的雅洁有相似之处，但也不尽一致。方苞主张雅洁，为文更倾向雅正，吴镇则更倾向简练，方苞要求不可用诗语，但吴镇却用诗语，并大量引用诗句入文。刘大櫆的散文闳肆有余，但简略太过而粗疏，李慈铭说："桐城刘大櫆诗文皆不能成家，其文尤乏佳处，虽稍有气魄而粗疏太甚。"②李祖陶对此也有所不满："惜抱翁为望溪再传弟子，其刊落与望溪同，又变为遥邈幽深，不易窥测。所作序记，寥寥短幅，无大波澜，淘汰销融，淡之又淡，传志大人物，亦只以一段了之，以视嘈杂之篇，洵萧然而绝俗矣。然而力浑于神而终觉力怯，气敛于味而终觉气单。"③吴镇的散文也有篇幅短小，但并不粗疏。吴镇的简洁既源于诗歌语言的精练追求，又源于学习史传笔法而得的叙事简洁之法，两者融合，形成其散文的简洁精练。

三、以文存史：吴镇对地方历史文化的书写与保护意识

传记文的写作目的主要是记人写事，以传于后人。"传者，传也，记载事迹以传于后世也。"④由于史家作传关注的多是显贵名宦，选录的人物有限，唐以后文人私传增多，以文存史逐渐成为文人写作传记文的主要目的。清代散文家非常重视以史存文，清初江山易代，一些作家借写传记来存明史。魏禧主张："文章之体，万变而不可穷莫如传。司马迁、班固尚矣。吾尝谓传以传其人、纪其事，故详密者，史之体也。班氏为正，子长极文章之工，则阙然众矣。吾传布衣独行士，举其大而已。仕宦政事足取法，得失关国家故者，必详书，不敢脱略驰骋、求工于吾文已也，盖以为信史之藉

---

① 吴镇：《松厓文稿》，《松花庵全集》。
② 李慈铭：《越缦堂读书记》，中华书局，2006年，第747~748页。
③ 李祖陶：《读惜抱轩文书后》，《迈堂文略》卷一，续修四库全书本。
④ 徐师曾：《文体明辨序说》引《字书》，王水照主编：《历代文话》，复旦大学出版社，2007年，第2124页。

手云尔。"①强调传记要传其人、纪其事，以文存史。浙东派以史学家身份为散文，非常重视传记、碑志等叙事文体，以文存史，如邵廷采"复访求宋元以来遗民轶事，为记传以传之"②。清初作家的以文存史，有着较强的民族意识。乾嘉时期，学术发达，汉学之外，史学研究成为热潮。随着社会的稳定和文化高压政策，清初以文存明史的观念逐渐淡去，补充史志和保存地方历史文化成为传记文以文存史的主要目的。

吴镇的散文创作主要集中在任教兰山书院期间，作为关陇文学领袖，吴镇有很强的表彰先贤和保存地方历史文化的愿望。吴镇强调以诗存人，他的散文创作，特别是传记文，也有以文存人、以文存史的目的。正史传记是人物传记散文的大宗，但没有为普通平民立传的传统。司马迁的《史记》开创的传记体，虽然有少数平民入传，如农民起义领袖、侠客、孝子、烈女等，但都有卓越的行迹。更广大的普通百姓，进入地方史志的机会也不多，其事迹和功德大多湮没无存。地方作家撰写的人物传记和碑志等作品，为普通平民百姓立传，正好可以弥补不足，存地方历史。吴镇的传记文多涉及各行各业的普通人，有在家相夫教子的女性，有一技之长的医生、制香师、画师、商人，有隐居不仕的进士，也有回乱中慷慨赴死的普通知识分子。他们都是普通平民，大多没有进入地方史志的资格，吴镇为他们作传写碑，记录他们的传奇轶事，表彰他们的德行功绩，以文存史，补充了地方史志的不足，也为地方保存了大量的历史资料。

女性传记和碑志是吴镇以文存史的典型代表。吴镇对女性极为尊重，他认为女性对教育与地方文化发展的作用非常大，他们的言行更应该得到记录和表彰。"《达生编》，辞简理周，最有功于济世。……予谓：'为人父母者，不可不知《达生编》。'然而父知之，尤不如其母知之，果也。平时讲贯妇女习闻，而大家贤媛，复能转

---

① 魏禧：《传引》，《魏叔子文集》卷十七，清代诗文集汇编本。
② 龚翔麟：《文学邵念鲁墓志铭》，邵廷采：《思复堂文集》卷首，清代诗文集汇编本。

相告语，则广裙钗之识见，即可助天地之生成。"①由此，吴镇为女性撰写的传记文多达 7 篇，几占传记文的一半，有《烈妇香姐传》《文母陈孺人墓志铭》《李母刘孺人墓志铭》《孔母王孺人墓志铭》《宋母卢孺人墓志铭》，《李公达夫妇墓志铭》和《宋育山明经夫妇合葬墓志铭》为夫妻合葬墓志亦写到女性。地方志书中虽然有列女和孝女等传记，但都非常简略，吴镇的女性传记文可补地方志书之写女性节孝的不足。如《范烈妇香姐传》记范香姐殉夫事：

> 烈妇范香姐，会宁县儒家女也。祖明经樟，以尚义好客，有闻于时。父绍泗，亦明经，生二子及香姐烈妇。然祖父钟爱烈妇，尤过于儿郎。烈妇幼聪慧，年十余岁，其祖父为谈古《列女传》，如曹娥、缇萦等事，辄眼酸出涕。稍长，习女红，颇臻精妙。家有园亭，为枝阳之冠，每花时，姊娌娣姒咸日涉焉，烈妇独不往也。曰："女子当刺绣成花耳，何必戏逐蝶蜂，自荒针黹。"迨年十九，适邑庠张生世甲，孝而且贤，舅姑称之。比作妇数年，邻里从未闻其笑语也。后世甲不幸遘疾卒，烈妇抚棺号恸，誓以身殉。两家亲眷，劝谕百端，且慰以为夫继嗣事，烈妇泫然曰："夫有后，儿益瞑目矣，亲老孤孱，自有伯叔在也。"因仰天大哭，绝而复苏。越三日，竟呕血，绝粒，多吞苦杏仁而死，枝阳之人无不哀伤。时邑令李公某，闻而义之，寻以石峰挽饷，未及申闻。后逾六年，邑令石公德麟，始援例详请旌表，而兼为作传。予嘉石之意，而病其辞之枝也，爰撮其要而直书之。近闻烈妇嫂和氏，殉其夫生员世弼，亦吞苦杏仁而死，殆学于烈妇者也，然愈惨矣。

范香姐殉夫之志，殉夫之法，在古代烈女中都是典型，其事迹可入史书《列女传》。吴镇此传因病知县写的传记"辞之枝"而写，有自觉存史的目的。

如《文母陈孺人墓志铭》也是颂扬女性品德的一篇传记文章，

---

① 吴镇：《松厓文稿次编》，《松花庵全集》。

侧重写传主在丈夫去世后教子持家：

> ……后牧庵捐馆，时孺人年三十六矣。而孤子铭，方小弱，即汝箴也。余二幼女，及家中数口，皆嗷嗷待哺，其势孔棘。孺人则健持门户，左支右绌，凡其殡葬姑舅而婚嫁子女者，靡不周到，然艰难亦备历矣。既而汝箴遵母训，读书游泮，亲友议为孺人，具呈请旌。第以寡居时年过三旬，格于例不果，然至今乡里，率皆称文节妇云。嗟乎！士君子砥行立名，尚有早暮，况巾帼乎？夫伯姬待姆于衰年，敬姜论劳于晚岁。古贤媛之卓然不朽者，祇取其德耳、才耳、苦节耳，有功于宗祐后嗣耳，岂必尽桃李之芳春，然后标松筠之劲节哉！……①

吴镇从小丧父，由母亲延师课读辅导成才，因而，对如自己母亲一样的女性更加敬仰。文母陈孺人的经历与吴镇母亲相似，在丈夫去世后艰难支撑着家庭，供养其子汝箴读书求学。中间一段议论文字，既是赞誉文母陈孺人，也是赞誉自己的母亲，于女性之不朽的阐发极为精当。

吴镇还有 4 篇为姓氏始祖撰写的碑志：《上营任氏始祖墓志铭》《宋氏始祖墓碑》《上营任氏祖茔碑》《皋兰宋氏墓碑铭》，以简练之笔述其祖系，彰显祖德，述一族之事，以存族史，如《宋氏始祖墓碑》：

> 皋兰宋氏，其先河南南阳府唐县人也。始祖指挥公，明初以武功膺世职，后随肃庄王至兰，遂家焉。传十余世，咸袭指挥，兼以百户为守卫。瑜淮弗化，而迁地能良，簪金藉绮，人皆荣之。然皆恪守宪纲，垂为家法，能于职而亢于宗，皋兰阀阅，遂推宋氏矣。明社既屋，世职遂废。然宋氏积累既深，停蓄愈盛，至我圣朝，而人文蔚起，以学行著者，往往而见。南

---

①　吴镇：《松厓文稿次编》，《松花庵全集》。

宫失位，而宝在诗书；东陵去侯，而瓜延俎豆。宋氏子孙，宁可量哉！……①

该碑于祖系叙述比较简略，重点写宋氏祖德，彰显宋氏功绩。

除了写地方普通人物的日常生活外，吴镇也有一些涉及时事的文章，如《殉难训导杜凤山碑》一文写回乱，写杜彩的忠义之事。该文既表彰杜彩的忠义之举，也记下了当时回乱的景况，是一篇典型的存史之作。

吴镇重视地方文化建设，写了一些保护历史文化古迹的文章，保存了大量地方文化历史资料，如《重修接引殿记》《重修魏文贞公祠堂记》《重修昆卢阁记》《募修奎星阁疏》《重修五泉文昌宫募疏》《重修耀州东岳庙记》《牧伯呼延公设复洮阳书院碑记》《重修超然台书院碑记》等。

另外，吴镇的序跋也注重地域文学史的阐述，亦属于以文存史。序跋对一个地方的地域文学传统构建发挥着重大作用。"在集序的范围内，将地域文学传统的追溯与建构有意识地作为一种文学表现手法或文章结构方法，在宋代已见端倪，元代稍有滋长，至明清方兴盛。"②吴镇是地域作家，有着比较强的地域文学传统建构意识，他的序跋撰写也有着明确的地域文学传统的建构意图。如《三余斋诗序》开头就介绍兰州的文学盛况："乾隆戊辰，山左牛真谷师主讲兰山书院，一时才俊云集，而皋兰人文尤盛。其能诗者，黄西圃(建中)孝廉而外，群推两江。两江者，一为幼则(为式)，一即右章(得符)也。"③《李坦庵诗序》则说陇西李氏文学发展："盖自仙风指树，下逮有唐，陇西姑臧之裔以诗名者，不可胜数。而白仙、贺鬼，尤为千古之无双，即近代之献吉，本朝之天生，亦绝无

---

① 吴镇：《松厓文稿次编》，《松花庵全集》。
② 徐雁平：《"地域文学传统的建构"成为一种文学叙写方法——以明清集序为研究范围》，《中山大学学报(社会科学版)》2013年第1期，第32页。
③ 吴镇：《松厓文稿》，《松花庵全集》。

而仅有者也。"①勾勒出从李白、李贺到李梦阳，再到李因笃的发展史，对李华春承继传统提出了要求。《雪舫诗钞序》指出五凉工诗的传统："夫五凉古工诗者，陈则阴铿，而唐则李益。桐圃具此才力，而更造精微。何妨子坚、君虞之后，复有一桐圃耶。"②《吴敬亭诗序》提出了"湟中之诗"的概念，意在构建湟中诗歌的传统。《萝月山房诗序》借序跋叙述洮阳诗社的发展史。《秦中览古草序》则对秦中诗歌传统进行了概述，并提出了自己的担心："夫海内诗家，今多远祖少陵，近师北地两公，因皆秦产，而所为秦中之诗，终少于他方，游览多而桑梓反遗，鹑野龙山，能勿惆怅也耶。"③

　　顾炎武说："文之不可绝于天地间者，曰明道也，纪政事也，察民隐也，乐道人之善也。若此者，有益于天下，有益于将来，多一篇，多一篇之益矣。"④吴镇的散文虽然篇数不多，但其叙民情，述乡人，记文事，倡德教，重视保存地方历史文化，以文存史，自有其价值意义，当"多一篇，多一篇之益矣"。

----

① 吴镇：《松厓文稿》，《松花庵全集》。
② 吴镇：《松厓文稿次编》，《松花庵全集》。
③ 吴镇：《松厓文稿三编》，《松花庵全集》。
④ 顾炎武：《日知录》卷十九，四库全书本。

结　语

　　吴镇是乾嘉时期关陇作家群的核心作家，在乾隆中后期逐渐成长为关陇文坛领袖，在他的推动之下，关陇文学在乾嘉之际走向繁盛。

　　从新发现的《松厓文稿三编》《松花庵诗话》等资料可以看到，吴镇的文学创作比较全面，诗、词、骈文和古文皆有创作，诗学理论也比较突出。在其生前，吴镇就被认为是关陇文学的代表和领袖，青年时就与刘绍攽、杨鸾、胡釴并称为"关中四杰"。在乾隆中后期，当刘绍攽、杨鸾、胡釴相继去世以后，吴镇成为关陇文坛领袖。当时，吴镇的诗文创作成为文学后辈学习的典范，杨芳灿、张翙、吴栻等诗人以及学生王光晟、刘壬、李苞、郭楷、秦维岳等都曾向他学诗，受到吴镇诗风的深刻影响。但吴镇在乾嘉文坛获得的名声与其成就不符，主要是因为他长时间偏居西北，晚年才得到袁枚、王鸣盛等人的推扬。吴镇去世以后，他的影响和价值逐渐显现，徐世昌《晚晴簃诗汇》在总结清代诗歌时把吴镇誉为关陇诗坛领袖。李元春《关中两朝诗钞》在总结明清两朝关中诗歌的发展时，把吴镇和李因笃、屈复并称为清代关陇文学成就最高的诗人。但后世对吴镇仍然缺少关注，对其与乾嘉文坛的关联以及在其中的影响更是缺乏认识。

　　通过梳理吴镇重结洮阳诗社，主讲兰山书院期间的文学活动，以及考察他和牛运震、刘绍攽、胡釴、李苞、王曾翼、姚颐、张世法等三十多位关陇本地和游宦关陇作家的交游情况，可以看到吴镇在此期间通过赠答唱和、书院文学活动、洮阳诗社活动、诗文评点、序跋撰写以及作品编选刊刻，鼓励诗友、奖掖后进，将自己的诗文理念传达给诗友和后学，使得无论是生长于关陇，还是游宦关陇的作家都聚集在他的周围，形成了探讨和创作诗文的浓郁风气，推动和形成了关陇文学的繁荣。尤其是通过梳理吴镇与乾嘉性灵派领袖袁枚及其弟子杨芳灿、格调派代表之一的王鸣盛的交流，可以看到吴镇与乾嘉主流文坛的关联紧密，他既能吸取袁枚等人"独抒性灵"的长处，又能避免其弊病，形成融会性灵派和格调派的诗学理论与创作倾向。在地域文学蓬勃发展的清代，吴镇的这种文学交游活动也是在将关陇文学推介给主流文坛，当时及后来对吴镇的认识和评价，代表了主流文坛对关陇文学的认识和评价。

通过对吴镇诗歌、集句和散文的专题研究，吴镇的文学创作有着自己的艺术特色，取得了较高的成就，应该在乾嘉文坛得到应有的认可和地位。吴镇一生以诗歌写作为志向，他的诗在内容上抒发性情，在形式上格律工整，意境悠远，融格调与性灵之所长，取得了较高的成就。吴镇爱好集句诗，他的集句诗题材广泛，体式完备，裁剪随心，工巧自然，意境悠远，尤其是创立了集句诗新体式律古，创新了专题集句诗写法，培育了临洮集句诗人群，为清中期的集句诗繁荣做出了较大的贡献。吴镇以诗为文，其诗性散文创作抒发真情，借鉴诗法为文法，注重营造文境，在乾嘉文坛颇具特色。他的散文还吸收司马迁《史记》的史传叙事艺术，法度谨严，行文简洁。乾嘉时期，和其他地域文学相比，关陇文坛相对沉寂，受到的关注也不多，吴镇的诗文创作以及取得的成就在一定程度上弥补了乾嘉文学地域版图上西北缺失的状态。

不过，我们也要客观地看到，吴镇的文学创作存在着明显的不足。由于大部分时间偏居西北，吴镇和主流文坛的交流受到限制，晚年虽然和袁枚、王鸣盛、杨芳灿等人交往，但与主流作家的交往面还是比较窄，反映到他的创作中，表现为诗文作品的视野也还不够宽阔。另外，由于吴镇一生致力于诗歌创作，学术积累不够深厚，其诗文作品的题材选择相对单一，思想内容也缺乏深度。与乾嘉主流作家相比，差距还是比较明显的。因此，我们不能把他拔得太高。总之，本文认为，吴镇是一位值得关注的重要作家，他不仅是乾嘉关陇文学的领袖，而且应当跻身乾嘉文坛名家的行列，得到应有的关注和地位。

附录1：吴镇家族谱系图

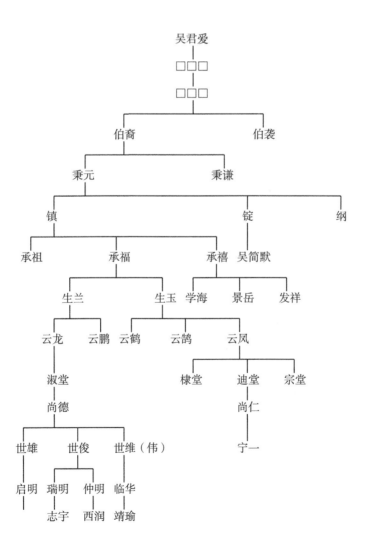

附录 2：吴镇年谱简表

吴镇年谱简表

民国时期，王文焕曾编有《吴松厓年谱》，所据资料为乾隆刻本《松花庵全集》，收集作品和传记等资料并不全，所述事件较为简略，亦有诸多错漏，本简谱在王文焕《吴松厓年谱》的基础上，据新发现的嘉庆刻本《松花庵全集》中的六种首次刊印的作品集、清刊本《皇清诰授朝议大夫湖南沅州府知府显考吴镇府君行略》（杨芳灿代作）、手抄本《吴氏家谱》，以及其他相关地方史志资料，并广泛参阅吴镇诗友门生等人的作品，考订而成，今附录于后。

康熙六十年辛丑（1721） 一岁
四月二十二日，吴镇生于甘肃狄道（今临洮）菊巷旧第。生而颖异，母梦得夜明珠，故取名名昌，后吴镇仰慕元代吴镇改名为镇。

康熙六十一年壬寅（1722） 二岁

雍正元年癸卯（1723） 三岁

雍正二年甲辰（1724） 四岁

雍正三年乙巳（1725） 五岁

雍正四年丙午（1726）　六岁

雍正五年丁未（1727）　七岁
父吴秉元于该年卒，吴镇于是年由母魏氏口授经义，并延师课读。

雍正六年戊申（1728）　八岁

雍正七年己酉（1729）　九岁

雍正八年庚戌（1730）　十岁

雍正九年辛亥（1731）　十一岁

雍正十年壬子（1732）　十二岁
吴镇于此年解声律，开始作诗，得神童名声。

雍正十一年癸丑（1733）　十三岁

雍正十二年甲寅（1734）　十四岁

雍正十三年乙卯（1735）　十五岁

乾隆元年丙辰（1736）　十六岁

乾隆二年丁巳（1737）　十七岁
吴镇入临洮府学读书，学使周雨甘补其为博士弟子员。

乾隆三年戊午（1738）　十八岁
吴镇在临洮府学读书。

乾隆四年己未（1739）　十九岁

吴镇在临洮府学读书。

乾隆五年庚申（1740）　二十岁
吴镇在临洮府学读书。

乾隆六年辛酉（1741）　二十一岁
吴镇在临洮府学读书。
学使嵩茂永主持岁科，吴镇获第一，得充拔贡。吴镇充拔贡后欲以明经谒选，因沈青崖规劝多读书而放弃。
从是年起，吴镇在西北名声渐起，得到时任陇右的重要官员和诗人陈宏谋、尹继善、沈青崖等人赞赏。并与三原刘绍攽、潼关杨鸾、秦安胡釴三人一起，被时人称为"关中四杰"。

乾隆七年壬戌（1742）　二十二岁
吴镇入兰山书院读书，师从盛仲奎先生。

乾隆八年癸亥（1743）　二十三岁
吴镇肄业兰山书院。

乾隆九年甲子（1744）　二十四岁
吴镇肄业兰山书院。

乾隆十年乙丑（1745）　二十五岁
吴镇肄业兰山书院。

乾隆十一年丙寅（1746）　二十六岁
时牛运震任平番（今甘肃永登县）知县，吴镇往平番拜牛运震为师，读书于平番县署中。

乾隆十二年丁卯（1747）　二十七岁
吴镇从牛运震学于平番。

秋，吴镇曾参加乡试。

乾隆十三年戊辰（1748） 二十八岁
秋，牛运震因收万民衣一事罢职，冬返兰州，吴镇随师返回兰州。

乾隆十四年己巳（1749） 二十九岁
夏，师牛运震担任兰山书院主讲，吴镇也再入兰山书院。一时陇右才俊云集于兰山书院，有同学七十多人，吴镇常与同学论诗评文，也与在兰名士梁彬、阎介年等人唱和诗文。

夏，陕甘学使官清溪案临兰棚组织考试，三百人参加岁试，吴镇名列第一。

十月，在同学的鼓励下，吴镇第一部诗集《玉芝亭诗草》刊刻于兰山书院，牛运震为作诗序。

乾隆十五年庚午（1750） 三十岁
六月，牛运震辞书院讲席东归。吴镇正在西安参加乡试，于西安迎接并相送。

牛运震自西安东归时，吴镇独自在灞桥等候未至，投诗相赠，牛运震有《灞桥留别门人吴镇》回赠。

秋，吴镇中举人。李友棠、汤稼堂为其中举时老师。

乾隆十六年辛未（1751） 三十一岁
春，吴镇赴京参加会试，不第而归。此后，吴镇参加八次会试，均落第。

乾隆十七年壬申（1752） 三十二岁
吴镇在家乡，重联洮阳诗社，乡人爱好风雅者皆加入，临洮诗学风气极盛。

乾隆十八年癸酉（1753） 三十三岁
吴镇乡居。

乾隆十九年甲戌（1754）　三十四岁

吴镇赴京会试，与襄陵徐储、钱塘孙珠、应城程大中、临潼刘云阶常在京城为文酒之会。

返乡途中，吴镇过山西拜会老师牛运震，时牛运震主讲晋阳书院。并游览山西各地，得与襄陵诗人杨维栋等交往。

乾隆二十年乙亥（1755）　三十五岁

吴镇乡居，好友胡釴有诗赠寄。

乾隆二十一年丙子（1756）　三十六岁

吴镇乡居。

乾隆二十二年丁丑（1757）　三十七岁

吴镇第三次参加会试，落第而归。

是年前后，幼子和妻史恭人相继亡故，时间不可确考，依王《谱》系于此年。

乾隆二十三年戊寅（1758）　三十八岁

吴镇乡居。

正月二十二日，恩师牛运震去世。五月，吴镇得讯息，有诗《哭牛真谷师》。

乾隆二十四年己卯（1759）　三十九岁

吴镇乡居。

乾隆二十五年庚辰（1760）　四十岁

春，参加会试。

吴镇四次会试不第，依例赴都大挑，列为二等，以教职用。

夏，曾南游安徽、江汉之地，在均州（今湖北丹江口市）坐馆，教授生徒。

乾隆二十六年辛巳（1761）　四十一岁

春，吴镇入都参加恩科会试，下榻同学梁济瀍寓所，有《梁静峰郎中下榻夜作》。梁济瀍为其作《松花庵杂稿四书六韵序》。吴坛等友人朝夕倡和，纵谈千古。

乾隆二十七年壬午（1762）　四十二岁

夏，授耀州学正。吴镇在耀州学正任上常与学生谶集，赋诗论文。

乾隆二十八年癸未（1763）　四十三岁

吴镇在耀州学正任。常与刘绍攽诗文往来，刘绍攽为吴镇《松花庵诗草》作跋。

该年，母魏太恭人去世，丁忧回乡。狄道知州呼延华国聘参修《狄道州志》，志成，被推为名志。

乾隆二十九年甲申（1764）　四十四岁

吴镇因生计就馆海城（今宁夏固原海原县）。

五月，《声调谱》脱稿。

乾隆三十年乙酉（1765）　四十五岁

吴镇在海城。

乾隆三十一年丙戌（1766）　四十六岁

吴镇服阕，补授韩城教谕。学使吴绥诏对吴镇极为赏识，逢人说项，品题推介。

乾隆三十二年丁亥（1767）　四十七岁

吴镇在韩城教谕任。

友胡釴任高台训导，吴镇有诗《寄胡静庵》相赠。

乾隆三十三年戊子（1768）　四十八岁

吴镇在韩城教谕任上。
冬，学使吴绶诏返京，吴镇有诗相送。

乾隆三十四年己丑(1769)　四十九岁
吴镇仍在韩城教谕任。
该年曾入京会试。
十一月，吴镇《松花庵律古》一书脱稿，卫晞骏为之作序。

乾隆三十五年庚寅(1770)　五十岁
吴镇仍在韩城教谕任。

乾隆三十六年辛卯(1771)　五十一岁
吴镇仍任韩城教谕。集句诗集《律古》和《集唐》完稿，吴镇有自序。
春，入京参加会试，常于张翙官邸饮酒论诗。
秋，友人胡釴去世，吴镇有诗挽之。
该年，毕沅开始组建幕府。吴镇曾入毕沅幕府。

乾隆三十七年壬辰(1772)　五十二岁
是年，吴镇在陕甘总督勒尔谨、陕西布政使毕沅的推荐下升任山东济南陵县知县。
七月，吴镇入京，住韩城会馆，《集唐》编成，吴镇自作跋语。李德举作《松花庵律古诗跋》。
九月，李友棠为《松花庵集唐诗》作序。
十月，吴坛为其诗集作序。
十二月十九日，在西安参加毕沅组织的苏东坡生辰祭祀赋诗活动。
十二月，吴镇赴陵县。

乾隆三十八年癸巳(1773)　五十三岁
吴镇在陵县任，居官处事，恪守儒教，以仁慈为主，士奉为师。
是年，《松花庵韵史》付梓，胡德琳作序。

乾隆三十九年甲午（1774）　五十四岁

吴镇在陵县任。八月，寿张人王伦起义，死难者众。面对乱局，吴镇神情镇定，有《哀沈寿张齐义》《哀陈堂邑枚及其弟武举元樑》《哀刘丞希寿》《哀方尉光祀及其姪义》《哀吴训导琛及其姪文秀仆王忠》《寿张贼警喜官兵至》《槛军行》等系列诗作悼念死难贤者，记乱兼补史实。

九月，王伦起义被镇压，吴镇悯念百姓苦难，联络同僚劝说上司不要牵连无辜，经审理辨别，解救了三百多人。

秋，吴镇充乡试同考官，解元赵东周等出其门下。

该年，吴镇因捕获邻境大盗有功，得时任山东巡抚徐绩上奏朝廷，朝廷命其回任，以同知题补。

乾隆四十年乙未（1775）　五十五岁

闰十月，吴镇因特旨升任湖北兴国州（今湖北阳新县）知州。

乾隆四十一年丙申（1776）　五十六岁

春，吴镇由陵县启程赴兴国任。

六月，吴镇始任兴国知州。

乾隆四十二年丁酉（1777）　五十七岁

吴镇在兴国任，勤于政事。剖断狱讼，整治水利，重视教育，表彰先哲，敦励后学，士风渐变。政事之余，不忘吟诗。

吴镇为民申冤，曾帮忙断邻境年久冤狱，惩治豪强，百姓拥护。

六月，吴镇解饷赴京面圣。十月，吴镇回到兴国。来往途中，吴镇寻访名胜古迹，凭吊古人，诗作颇多。

十二月，辑成《松花庵游草》，自作序。

乾隆四十三年戊戌（1778）　五十八岁

闰六月，吴镇再因特旨由兴国知州升任湖南沅州府知府。

八月十五，吴镇在武昌，自作《松花庵集唐诗跋》

秋，吴镇自武昌启程赴沅州。

乾隆四十四年己亥（1779） 五十九岁

一月，吴镇抵沅州任。吴镇在沅州政简刑轻，百姓安居，政事清闲。在署衙建狎鸥亭，与芷江知县江炯、芷江训导丁牲等人吟诗不断。

十二月，写景专题集句诗集《沅州杂咏》《潇湘八景集句》等相继脱稿。江炯为作《松花庵沅州杂咏序》和《松花庵潇湘八景集句序》。丁牲也为作《松花庵潇湘八景诗跋》。

乾隆四十五年庚子（1780） 六十岁

春，因属芷江县讳盗一案受到牵连，被素来有隙的湖南巡抚李湖参奏罢官。虽有惆怅，却也自适，友人劝其活动上官以复职，吴镇却志在归乡，予以拒绝。

罢官后，无资费还乡，吴镇曾长期寄居民房，境况极为窘促。友人芷江新任县令张荷塘经常资助，吴镇有诗《张荷塘内阁遣伻数送酒钱，感而有作》。

冬，吴镇启程旋里，乘舟历沅水而上，携书画数卷，沅石数方。

行至汉口，有同乡商人欲凑千金为吴镇捐复官职，吴镇以精力不支力辞。

沿汉口西上，至襄樊时，沅州士人遣人请题无水亭额。

途经华阴，遇兰山书院同学江得符，曾与诗酒盘桓。

十二月，吴镇回到临洮。

乾隆四十六年辛丑（1781） 六十一岁

吴镇家居临洮，重结洮阳诗社，尝与乡友饮酒谈诗，春秋佳日，遨游山水名胜。

三月，循化回民苏四十三起义，吴镇协助乡勇守城。友人部选南郑训导河州杜采殉难，吴镇作《殉难训导杜凤山碑》表彰。

该年吴镇曾前往兰州，与杨芳灿相识，两人定为忘年交。

乾隆四十七年壬寅（1782） 六十二岁

吴镇家居，王光晟来访，并拜入门下学诗。

同学江得符卒，吴镇有诗哀悼。

乾隆四十八年癸卯(1783)　六十三岁

吴镇家居。

该年，吴镇曾游兰州，为江得符诗集作序。

乾隆四十九年甲辰(1784)　六十四岁

吴镇家居。

四月，甘肃伏羌县回民田五等起义，友人杨芳灿时为伏羌知县，曾带领军民抗击守城，受到朝廷嘉奖，入京朝觐，吴镇有诗送之。

乾隆五十年乙巳(1785)　六十五岁

在王曾翼推荐下，陕甘总督福康安聘吴镇为兰山书院山长，开始了八年任教生涯。

吴镇以师道自处，每见福康安独常揖，得福康安敬重。

是年，吴森为作《松花庵律古》跋。

乾隆五十一年丙午(1786)　六十六岁

吴镇主讲兰山书院。

三月，周大澍拜访吴镇于兰山书院，并为作《松花庵杂稿诗跋》。

六月，杨芳灿选评《松花庵逸草》成，吴镇作自序。

七月，辑成《松花庵诗余》。杨芳灿为作《松花庵诗余》跋。

秋，辑成《松花庵文稿》，杨芳灿为作序。

是年，王曾翼辑成《吟鞭胜稿》，吴镇为之作序。

是年，在湖南沅州知府任上认识的姚颐任甘肃观察使，两人时常过从，吴镇为其诗集作序。

乾隆五十二年丁未(1787)　六十七岁

吴镇主讲兰山书院。

春，张世法为作《松花庵诗余序》。

乾隆五十三年戊申（1788） 六十八岁

吴镇主讲兰山书院。

春，学生王光晟赴江宁任典史，吴镇有《送王柏厓就选》相送。王光晟到江宁后拜访袁枚，经王光晟介绍，袁枚得读吴镇诗作，并采吴镇诗十首入《随园诗话》。六月，整理刊刻《声调谱》及《八病说》，吴镇自作序。

十月，友人年景鹤遣子持诗集赴兰山书院，吴镇帮忙删定诗集，并赠诗鼓励。

冬，友人姚颐卒，吴镇有祭文《代祭姚雪门观察文》，另有诗《挽姚雪门先生》及对联。

乾隆五十四年己酉（1789） 六十九岁

吴镇主讲兰山书院。年近七十，虽诗渐少，但精神颇佳。

四月，辑成《松花庵律古续稿》，吴镇自为序。

是年，王柏厓寄袁枚《随园诗话》给吴镇，吴镇得读《随园诗话》，知道自己诗作被收入袁枚《随园诗话》中，心情比较激动。

是年，得时任甘肃观察使周眉亭资助，刊刻讲学课本《风骚补编》，袁枚弟子丁珠参与校订。

是年，为吴敬亭诗集作序。

乾隆五十五年庚戌（1790） 七十岁

吴镇主讲兰山书院。

春，吴镇致信袁枚，感谢袁枚采其诗入《随园诗话》，至此，两人书信往来，赠诗唱和。

三月中旬，《兰山诗草》稿成，杨芳灿从灵州来兰山书院，并为吴镇作诗序。吴镇与之读袁枚《随园诗话》。

五月，吴镇为内兄李南若之妇，高足李苞之母刘孺人作墓志铭。

十月，莫逆之交陈东村为母亲作寿，吴镇为作寿文。

是年，吴镇学生秦维岳进士及第。

乾隆五十六年辛亥（1791）　七十一岁

吴镇仍主讲兰山书院。

二月，《松花庵文稿次编》脱稿，王曾翼为之作序。

三月，接到袁枚回信并答之，并和袁枚《除夕告存诗》十首。

四月，好友赵怀亭为吴镇画《看花图》，吴镇有诗并作序记此事。

五月，友人张翙为《律古续稿》作序。吴镇为杨芳灿文稿作序，杨芳灿亦为吴镇诗集作序。

夏，患脚气欲回临洮，在陕甘总督勒保的恳切挽留下留任。

冬，福康安征卫藏，好友杨揆同行，吴镇赋诗《送杨荔裳中书揆从军》送别。

乾隆五十七年壬子（1792）　七十二岁

吴镇仍主讲兰山书院。

一月，吴镇为乡人马绳武《偷闲吟》作序。

春，收到著名乾嘉史学家、格调派代表王鸣盛书信，随即回信，与之交往，并请其为诗集作序。

春，吴镇为张翙《念初堂诗集》作序。

是年，汇集吴镇诗歌的选本《松厓诗录》由杨芳灿编选，袁枚为吴镇《松厓诗录》作序。

是年，吴镇为吴简默《板屋吟》作序。

乾隆五十八年癸丑（1793）　七十三岁

吴镇仍主讲兰山书院。

五月，张翙在兰州，为吴镇作《松花庵律古续稿及古诗绝句序》。

秋，得风痹疾，辞归临洮。吴镇任兰山书院院长八年，教授门生无数，成就颇高者，不下数十人，比较著名的有进士秦维岳、郭楷、周泰元，举人李华春等人。

是年，好友王曾翼书来问疾，寻卒，吴镇有诗悼念。

乾隆五十九年甲寅（1794）　七十四岁

吴镇乡居养病，但仍吟咏不废，有诗集《伏枕草》。

乾隆六十年乙卯（1795）　七十五岁

吴镇乡居。

三月，袁枚八十大寿，吴镇的儿子吴承禧代父写祝寿诗。

五月初八，吴镇前往金陵，拜访袁枚于随园。

五月十五日，吴镇再次拜访袁枚于随园，袁枚烹猪头待客。

嘉庆元年丙辰（1796）　七十六岁

吴镇乡居。

嘉庆二年丁巳（1797）　七十七岁

正月十二日，吴镇病重，召集儿子于床前安排后事，并交代请杨芳灿撰写墓志。

正月十三日，吴镇病卒，门人私谥文惠先生。

三月初八日，葬于北郊祖坟。杨芳灿代撰《行略》，并作《神道碑》和《像赞》，李华春为撰《传记》。其事迹入《清史列传·文苑传》。

附录 3：吴镇著述概述

吴镇一生致力于文学，勤于著述，作品数量达三十二种。乾隆刻本《松花庵全集》收录作品共十九种，分别是：《松花庵诗草》《松花庵游草》《松花庵逸草》《松花庵诗余》《兰山诗草》《松花庵律古》《律古续稿》《集古古诗》《集古绝句》《松花庵集唐》《集唐绝句》《韵史》《沅州杂咏》《潇湘八景》《四书六韵诗》《声调谱》《八病说》《松厓文稿》《松厓文稿次编》。嘉庆刻本《松花庵全集》增加了六种：《松厓文稿三编》《松花庵诗话》《制义次编》《松厓试帖》《松厓对联》《稗珠》，共有二十五种。吴镇求学兰山书院时曾刻印诗集，题为《玉芝亭诗草》。任教职时，曾参编《耀州志》和《狄道州志》。任教兰山书院时，编选刻印教材《兰山课业风骚补编》。在辞去教职之前，杨芳灿编选其部分诗作成《松厓诗录》。据杨芳灿《吴松厓先生行略》称，还有《古唐诗选》等藏于家。从兰山书院回临洮后，吴镇仍然从事诗歌写作，汇集成《伏枕草》。

现将这三十二种作品概述如下：

1.《玉芝亭诗草》，吴镇第一部诗集，共有诗 69 题 78 首，刊刻于乾隆十四年（1749）。该集经过牛运震删改，前有其师牛运震序，序存《松花庵全集》卷首，题为《松花庵诗草序》。据序后"真谷镌社"篆字阴文印记知，此诗集当为牛运震主持刊刻。

2.《松花庵诗草》，辑成于乾隆二十八年（1763），刊刻于乾隆三十七年（1772）。《松花庵全集》卷首载有乾隆三十七年吴坛和陈鸿宝的序，正文后有刘绍攽写于乾隆二十八年的跋语。乾隆、嘉庆和宣统版本《松花庵全集》均收入作第一册，分为两卷，版式一样，内容相同，系同一底本。所录作品多为早年所作，部分作品和《玉芝亭诗草》相同。《松花庵诗草》在刊刻前屡有增补，所收诗晚至乾隆三十七年，如《挽胡静庵先生》写于乾隆三十六年（胡鈇去世于乾隆三十六年）。该集最后一首为《自题壬辰诗后》，乾隆壬辰年为乾隆三十七年。

3.《松花庵游草》，辑成于乾隆四十二年（1777）。前有吴镇写于乾隆四十二年的自序，时吴镇五十七岁，正在湖北兴国州知州任上。序中介绍自己任山东陵县知县时诗少，而任兴国知州后诗渐多，由于楚北人士喜欢其诗，故删存一册。则《松花庵游草》所录作品主要是任山东陵县及湖北兴国州之时的作品。《松花庵游草》所录诗作有写于湖南沅州知府任上和罢官后回乡的诗作，则该集在乾隆四十二年成集后屡有增补。

4.《松花庵逸草》，辑成于乾隆五十一年（1786）。前有吴镇写于乾隆五十一年的自序，吴镇时任兰山书院山长。吴镇对作品要求严格，删掉诗歌颇多。据吴镇自序可知，该集所录作品为吴镇自删而杨芳灿又选出来的作品，有杨芳灿、丁星树、刘绍攽等人的评点。

5.《松花庵诗余》，共收词 42 首，辑成于乾隆五十一年。前有张世法作于乾隆五十二年（1787）的序，后有杨芳灿作于乾隆五十一年的跋。张世法评吴镇词："登临感遇，性情气骨，盎然流露于数千余字间，而珠联锦簇，色色鲜新，所谓万斛泉源，不择地而涌出者，天与神合，而不争乎技之大小也。"①杨芳灿跋语认为其词："裁云缝月，妙合自然，刻楮镂冰，意惟独造。有稼轩之豪迈，兼白石之清疏，此诗家之最上乘也。"②评价极高。该集有杨芳灿、王曾翼、姚颐等人评点。

6.《兰山诗草》，辑成于乾隆五十五年（1790）。此集为杨芳灿所选，前有杨芳灿作于乾隆五十五年的序，序言："松厓先生主讲兰山课士之暇，辄为诗歌以自娱。藏之箧笥，如东束马。余适牧灵武间，岁来兰时得晤对先生，出一卷见示。"③可知该集为吴镇讲学

① 吴镇：《松花庵诗余》，《松花庵全集》。
② 吴镇：《松花庵诗余》，《松花庵全集》。
③ 吴镇：《兰山诗草》，《松花庵全集》。

兰山书院时所作诗歌汇集，该集编成后也屡有增补，收入了乾隆五十五年至乾隆五十七年（1792）的诗作，最后一首《题马绳武偷闲吟》作于乾隆五十七年。是集亦有杨芳灿、王曾翼、姚颐等人评点。

7.《松厓诗录》上下卷，杨芳灿编选，是吴镇所有诗歌的选刊本，刊刻于乾隆五十七年（1792），前依次有王曾翼、袁枚、王鸣盛、杨芳灿序，均题为《松厓诗录序》，以及《松花庵诗草》等著作序六篇，后附有多人题跋节录。正文页眉有姚颐、杨芳灿、王曾翼等多人评点。

8.《松花庵律古》，存集句诗 164 首，为任韩城教谕时教士子所作，是吴镇最早的集句诗集。成书于乾隆三十四年（1769），最后刊刻于乾隆五十年（1785）。前有乾隆三十四年卫晞骏写的序，后有乾隆三十七年（1772）李德举的跋语和乾隆五十年（1785）吴森的跋语。

9.《律古续稿》，存集句诗 55 首，为任教兰山书院时作。辑成于乾隆五十四年（1789），刊刻于乾隆五十六年（1791）。前有乾隆五十四年吴镇自序，以及张翔写于乾隆五十六年的序。

10.《集古古诗》，存集句诗 19 首，刊刻于乾隆五十六年。该集无序，后有杨芳灿跋和吴镇自跋。

11.《集古绝句》，存集句诗 60 首，刊刻于乾隆五十六年，无序和跋。

12.《松花庵集唐》，存集句诗 121 首。辑成于乾隆三十六年（1771），刊刻于乾隆四十三年（1778），后有增补，乾隆五十年（1785）续刻。前有李友棠写于乾隆三十七年的序和乾隆三十六年吴镇自序，后有乾隆四十三年吴镇跋语。

13.《集唐绝句》，存集句诗 44 首。成书于乾隆三十七年，刊刻于乾隆四十三年。

14.《沅州杂咏》，存集句诗 60 首，辑成于任职沅州知府时，刊刻于乾隆五十一年。此为吴镇居官沅州知府时所作集句韵目诗，每首皆以平水韵目为题。前有江炯写的序。

15.《潇湘八景》，辑成于任职沅州知府时，刊刻于乾隆五十一年。前有吴镇自序和江炯写的序，后有乾隆四十四年丁甡和乾隆五十一年周大澍跋。另附有乾隆五十三年（1788）年景鹤题诗 4 首。此集句诗专咏潇湘八景：潇湘夜雨、洞庭秋月、远浦归帆、平沙落雁、烟寺晚钟、渔村夕照、山市晴岚、江天暮雪。

16.《四书六韵诗》，存诗 20 余首，为吴镇教授学生学习试帖诗而作。前有乾隆二十六年（1761）梁济瀍所写序，后有吴镇自记。《四书六韵诗》《沅州杂咏》和《潇湘八景》收入《松花庵全集》时合称为《松花庵杂稿》。

17.《松厓文稿》，存文 48 篇，吴镇文章实为 44 篇，另有 4 篇为其子侄应试文。杨芳灿选编于乾隆五十一年（1786），后又增补至乾隆五十五年（1790），刊刻完成于乾隆五十六年。前有杨芳灿写于乾隆五十一年的序，文后附有杨芳灿、姚颐、王曾翼等友人评点。最后附有校订人士 30 人。该集前 20 余篇按文体编排，后面十余篇编排文体相对混乱，应为增补作品。

18.《松厓文稿次编》，存文 41 篇，张翙选编于乾隆五十六年（1791），刊刻于该年。选文未按文体编排，所选文章主要是乾隆五十一年到乾隆五十六年间作品。前有王曾翼写于乾隆五十六年的序，文后有张翙、姚颐、王曾翼等友人以及学生的评点。

19.《松厓文稿三编》，存文 40 篇，杨芳灿编选，吴承禧补充编辑，李苞刊刻于嘉庆二十四年（1819）。所收文章大部分是乾隆五十六年至乾隆五十九年之间的作品，还有一些吴承禧补充收集的吴镇之前的作品。前有郭楷写的序，文后有杨芳灿、张翙、李苞等人评点。

20.《声调谱》，据前乾隆五十三年自序，受赵秋谷《声调谱》影响而作，专门研讨律诗声调，多举杜甫等诗为例。后附有"乾隆甲申榴月，吴镇同里王元□、李尚德校阅"字样，可知写成于乾隆二十九年（1764）。

21.《八病说》，专评梅圣俞《续金针诗格》，并论及"四声"，以按语形式研讨律诗声律问题，后举王融等 7 首诗作为例，附有朱彝尊《查德尹编修书》和李渔《笠翁诗韵例言》一则。书后有李华春跋语。王曾翼《松厓诗录序》指出吴镇："晚年诗律愈细，著《八病说》阐前贤所未发，若有神解独得者。"①据此知，《八病说》为吴镇主讲兰山书院时所作。

22.《松花庵诗话》三卷，马士俊刊刻于嘉庆二十五年（1820），前有嘉庆二十五年李苞序，后有嘉庆二十四年（1819）马士俊写的跋和嘉庆二十五年李华春写的跋。《松花庵诗话》多载唐人诗作和陕甘籍诗人的评点和轶事，记载交往诗人也比较多。

23.《制义次编》，李苞刊刻于嘉庆二十四年，目录仅存一页，有应试文章 15 篇，正文各篇后有牛运震等人评语。

24.《松厓试帖》，杨芳灿选编，李苞刊刻于嘉庆二十四年，该集为吴镇试帖诗集，正文前有"临洮吴镇信辰著，梁溪杨芳灿蓉裳选"字样。

25.《韵史》，辑成于吴镇任教韩城之时，刊刻于乾隆三十八年（1773）。前有胡德林序、《韵史凡例》，后附有吴绥诏 4 首题跋诗。此集为三言咏史诗，取材皆自正史，是吴镇读史所得所悟之作，多咏叹历史人物韵事，页眉有注。吴镇自言以三言诗为集者尚无，此为其创体。

26.《稗珠》，李苞刊刻于嘉庆二十四年，吴镇讲学兰山书院时撰写，后有吴承禧的识语。该集为四言诗集，取材多以稗史、玄怪小说和笔记中的人物或事件为题，题下注有小说笔记书名，部分作品页眉有自注。

27.《松厓对联》，杨芳灿选，吴承禧编辑，李苞刊刻于嘉庆二十四年，后有李苞写的跋和吴承禧的识语。

28.《兰山课业风骚补编》两册，分为《楚辞》《古诗》和《唐诗》三种，前两种合为一册，后一种为一册。吴镇任教兰山书院时编选教材，刊刻于乾隆五十四年，周眉亭资助刊刻并撰写辑论，丁珠参与校订，部分作品页眉有评点。

29.《古唐诗选》，杨芳灿《松厓府君行略》记载有《古唐诗选》藏于家，《吴氏家谱》记载："又有《古唐诗选》诸稿藏于家待梓。被

---

① 吴镇：《松厓诗录》。

城陷焚毁。"①《松花庵诗话》等梓行于嘉庆二十五年，则《古唐诗选》于是年仍在。《吴氏家谱》记载吴镇孙子吴生兰事迹说："卒于同治二年八月二十七日，因城破殉难于家。"②《古唐诗选》因城陷被焚，应为此时。

30.《伏枕草》，据杨芳灿《松厓府君行略》记载，吴镇从兰山书院回临洮后仍然从事诗歌创作，有集《伏枕草》，今不存，或与《古唐诗选》一起被焚。

31.《续耀州志》，《续耀州志》由时任耀州知州汪灏主修，钟研斋纂，乾隆二十七年(1762)刊。吴镇于乾隆二十七年夏任耀州学正，时《耀州志》将成，吴镇曾参加后期编写，《吴氏家谱》载："《耀州志》《狄道州志》，已梓行。"③《续耀州志》卷九"艺文志"载吴镇文两篇：《北五台山赋》和《刺史汪公重修东岳庙记》。

32.《狄道州志》，呼延华国主持，吴镇纂修。乾隆二十六年(1761)吴镇丁忧居家时参修，乾隆二十八年(1763)刊本。该志在当时颇为有名，"旋丁魏太恭人忧，扶榇回籍。州牧呼延公请府君修州志若干卷，条理秩如，甘省推为名志。"④

---

① 《吴氏家谱》，家藏手抄本。
② 《吴氏家谱》，家藏手抄本。
③ 《吴氏家谱》，家藏手抄本。
④ 杨芳灿：《松厓府君行略》，清嘉庆刊本，甘肃省图书馆藏。

主要参考文献

一、史志类

[1] 司马迁：《史记》，中华书局，1982 年。

[2] 班固：《汉书》，中华书局，1962 年。

[3] 刘向辑录：《战国策》，上海古籍出版社，1985 年。

[4] 范晔：《宋书》，四部备要本。

[5] 令狐德棻等：《周书》卷一，中华书局，1971 年。

[6] 刘昫等：《旧唐书》，中华书局，1975 年。

[7] 欧阳修、宋祁等：《新唐书》，中华书局，1975 年。

[8] 杜佑：《通典》，中华书局，1988 年。

[9] 赵尔巽等：《清史稿》，中华书局，1977 年。

[10] 王钟翰点校：《清史列传》，中华书局，1987 年。

[11] 中国人民大学清史研究所：《清史编年》，中国人民大学出版社，1985 年。

[12] 顾祖禹：《读史方舆纪要》，商务印书馆，1937 年。

[13] 欧阳忞：《舆地广记》，四川大学出版社，2003 年。

[14] 张维屏辑：《国朝诗人征略》，续修四库全书本。

[15] 李元度辑：《国朝先正事略》，续修四库全书本。

[16] 钱仲联主编：《中国文学家大辞典》，中华书局，1996 年。

[17] 秦国经主编：《清代官员履历档案全编》，华东师范大学出版社，1997 年。

[18]《甘肃乡土志》，中国西北文献丛书本。

[19] 安维峻：《甘肃新通志》，中国西北文献丛书本。

[20] 呼延华国：《乾隆狄道州志》，中国方志丛书本。

［21］联瑛：《宣统狄道州志续志》，中国方志丛书本。

［22］张彦笃：《洮州厅志》，中国方志丛书本。

［23］陈士桢：《兰州府志》，中国方志丛书本。

［24］黄建中：《乾隆皋兰县志》，中国方志丛书本。

［25］秦维岳：《皋兰县续志》，道光刻本。

［26］刘尔炘辑：《皋兰乡贤事略》，清代地方人物传记丛刊本。

［27］潘挹奎：《武威耆旧传》，清代地方人物传记丛刊本。

［28］孙祖起撰，张维校辑：《洮阳耆英纪略》，清代地方人物传记丛刊本。

［29］邵力子：《陕西乡贤事略》，清代地方人物传记丛刊本。

［30］钱实甫编：《清代职官年表》，中华书局，1980年。

［31］秦晖等：《陕西通史：明清卷》，陕西师范大学出版社，1997年。

［32］江庆柏等编：《清代人物生卒年表》，人民文学出版社，2005年。

［33］杨芳灿：《吴松厓先生神道碑铭》，嘉庆刻本，甘肃省图书馆藏。

［34］《吴氏家谱》，家藏手抄本。

［35］杨芳灿：《杨蓉裳自订年谱》，北图珍本年谱丛刊本。

［36］蒋致中编：《牛空山先生年谱》，上海商务印书馆，民国二十二年。

［37］王文焕：《吴松厓年谱》，《民国丛书》（第四编），上海书店出版社，1989年。

［38］郑幸：《袁枚年谱新编》，复旦大学博士论文，2009年。

二、作家作品类

［1］吴镇：《松花庵全集》，乾隆刻本，甘肃省图书馆馆藏。

［2］吴镇：《松花庵全集》，嘉庆刻本，甘肃省图书馆馆藏。

［3］吴镇：《松花庵全集》，宣统刻本，中国西北文献丛书本。

［4］吴镇：《松花庵诗集》，四库未收书辑刊本。

［5］吴镇：《松花庵诗集》，故宫珍本丛刊。

［6］吴镇：《松花庵诗集》，清代诗文集汇编本。

［7］吴镇：《松厓诗录》，乾隆五十七年刻本，甘肃省定西市安定区图书馆馆藏。

［8］刘勰著，范文澜注：《文心雕龙》，人民文学出版社，1962年。

［9］韩愈：《东雅堂昌黎集注》，四库全书本。

［10］柳宗元：《柳河东集》，四库全书本。

［11］元好问：《遗山先生文集》，四部丛刊本。

［12］苏伯衡：《苏平仲文集》，四库全书本。

［13］宋濂：《文宪集》，四库全书本。

［14］刘基：《诚意伯文集》，四库全书本。

［15］李东阳：《怀麓堂全集》，嘉庆八年茶陵重镌本。

［16］李梦阳：《空同集》，四库全书本。

［17］胡缵宗：《鸟鼠山人小集》，四库全书存目丛书本。

［18］钱谦益：《牧斋有学集》，上海古籍出版社，1996年。

［19］魏禧：《魏叔子文集》，清代诗文集汇编本。

［20］叶燮：《已畦集》，长沙叶氏梦篆楼刊本，1917年。

［21］邵廷采：《思复堂文集》，清代诗文集汇编本。

［22］牛运震：《空山堂文集》，清代诗文集汇编本。

［23］牛运震著，崔凡芝校释：《空山堂史记评注校释》，中华书局，2012年。

［24］戴震：《戴震集》，上海古籍出版社，1980年。

［25］王鸣盛著，陈文和主编：《嘉定王鸣盛全集》，中华书局，2010年。

［26］钱大昕：《嘉定钱大昕全集》，江苏古籍出版社，1997年。

［27］方苞：《望溪先生文集》，续修四库全书本。

［28］刘大櫆：《刘大櫆集》，上海古籍出版社，1990年。

［29］袁枚著，王英志主编：《袁枚全集》，江苏古籍出版社，1993年。

［30］袁枚：《随园诗话》，续修四库全书本。

［31］姚鼐：《惜抱轩文集》，清代诗文集汇编本。

［32］姚鼐：《惜抱轩尺牍》，宣统重刊本。

［33］章学诚：《文史通义》，上海书店，1988 年。

［34］毕沅：《灵岩山人诗集》，清代诗文集汇编本。

［35］刘绍攽：《九畹古文》，清代诗文集汇编本。

［36］刘绍攽：《经余集》卷二，清代诗文集汇编本。

［37］杨鸾：《邈云楼集》，四库未收辑刊本。

［38］胡釴：《静庵诗钞》，嘉庆八年刻本。

［39］杨续容、靳建民点校：《杨芳灿集》，人民文学出版社，2014 年。

［40］杨芳灿：《芙蓉山馆师友尺牍》，上海文明书局尺牍丛刻本，宣统三年。

［41］姚颐：《雨春轩诗草》，乾隆五十二年刻本。

［42］王曾翼：《居易堂诗集》，续修四库全书本。

［43］孙原湘：《天真阁集》，续修四库全书本。

［44］江藩：《国朝汉学师承记》，中华书局，1983 年。

［45］王豫：《群雅集》，四库全书存目补编本。

［46］张五典：《荷塘诗集》，清代诗文集汇编本。

［47］江得符：《三余斋文稿》，乾隆刻本。

［48］张翔：《桐圃诗集》，嘉庆刻本，国家图书馆藏。

［49］刘壬：《戒亭诗草》卷首，乾隆刻本，国家图书馆藏。

［50］李苞：《敏斋诗草》，续修四库全书本。

［51］郭楷：《梦雪草堂诗稿》《续稿》，中国西北文献丛书本。

［52］李兆甲：《椒园诗钞》，静虚斋藏版，道光年间刊，甘肃省图书馆藏。

［53］郭麐：《灵芬馆杂著三编》，清代诗文集汇编本。

［54］郭麐：《灵芬馆诗话》，续修四库全书本。

［55］吴仰贤：《小匏庵诗话》，续修四库全书本。

［56］况周颐：《惠风词话》，人民文学出版社，1960 年。

［57］刘熙载：《艺概》，上海古籍出版社，1978 年。

［58］张晋著，赵逵夫校点：《张康侯诗草》，兰州大学出版社，1989 年。

［59］许铁堂著，李成业校注：《铁堂诗草》，敦煌文艺出版社，

2003 年。

三、目录与作品选集类

［1］纪昀等：《钦定四库全书总目》（整理本），中华书局，1997 年。

［2］张维：《陇右著作录》，中国西北文献丛书本。

［3］郭汉儒：《陇右文献录》，甘肃文化出版社，2014 年。

［4］孙殿起编：《贩书偶记》，上海古籍出版社，1999 年。

［5］孙舜徽：《清人文集别录》，中华书局，1963 年。

［6］上海图书馆编：《中国丛书综录》，上海古籍出版社，1982 年。

［7］钱仲联等：《中国文学大辞典》，上海辞书出版社，2007 年。

［8］王绍曾主编：《清史稿艺文志拾遗》，中华书局，2000 年。

［9］柯愈春编著：《清人诗文集总目提要》，北京古籍出版社，2001 年。

［10］李灵年、杨忠主编：《清人别集总目》，安微教育出版社，2001 年。

［11］蒋寅：《清诗话考》，中华书局，2005 年。

［12］张寅彭：《新订清人诗学书目》，上海古籍出版社，2003 年。

［13］萧统：《文选》，四库全书本。

［14］《全唐文》，中华书局，1983 年影印本。

［15］沈德潜：《古诗源》，中华书局，1963 年。

［16］沈德潜、周准编：《明诗别裁集》，上海古籍出版社，1979 年。

［17］沈德潜：《清诗别裁集》，乾隆二十五年教忠堂刊本。

［18］刘绍颁：《二南遗音》，四库全书存目丛书本。

［19］李苞：《洮阳诗集》，嘉庆刻本，国家图书馆藏。

［20］李元春：《关中两朝诗钞》，清道光刻本。

［21］李元春：《关中两朝文钞》，清道光刻本。

［22］曾国藩：《经史百家杂钞》，四部备要本。

［23］姚鼐：《古文辞类纂》，续修四库全书本。

［24］王先谦：《续古文辞类纂》，浙江古籍出版社，1998 年。

［25］徐世昌：《晚晴簃诗汇》，中国书店出版社，1988 年影印本。

［26］邓之诚：《清诗纪事初编》，上海古籍出版社，1984 年。

［27］钱仲联：《清诗纪事》，凤凰出版社，2003 年。

［28］张宏生等：《全清词》，南京大学出版社，2012 年。

［29］沈粹芬等：《清文汇》，北京出版社，1996 年。

［30］何文焕：《历代诗话》，中华书局，1981 年。

［31］丁福保：《历代诗话续编》，中华书局，1998 年。

［32］王夫之等：《清诗话》，上海古籍出版社，1978 年。

［33］郭绍虞：《清诗话续编》，上海古籍出版社，1983 年。

［34］王水照：《历代文话》，复旦大学出版社，2007 年。

四、研究著作类

［1］梁启超：《近三百年学术史》，中国人民大学出版社，2012 年。

［2］钱锺书：《管锥编》，生活·读书·新知三联书店，2001 年。

［3］钱穆：《中国学术思想史论丛》，安徽出版社，2004 年。

［4］陆宝千：《清代思想史》，华东师范大学出版社，2009 年。

［5］郭绍虞：《中国文学批评史》，上海古籍出版社，1979 年。

［6］王运熙、顾易生主编：《中国文学批评通史》，上海古籍出版社，1995 年。

［7］褚斌杰：《中国古代文体概论》，北京大学出版社，1984 年。

［8］吴承学：《中国古代文体形态研究》，中山大学出版社，2000 年。

［9］宁俊红：《20 世纪中国古代文学研究史（散文卷）》，东方出版中心，2006 年。

［10］张健：《清代诗学研究》，北京大学出版社，1999 年。

［11］蒋寅：《清代诗学史》，中国社会科学出版社，2012 年。

［12］严迪昌：《清词史》，江苏古籍出版社，1999 年。

［13］严迪昌：《清诗史》，浙江古籍出版社，2002 年。

［14］刘世南：《清诗流派史》，人民文学出版社，2004 年。

［15］曹虹：《阳湖文派研究》，中华书局，1996 年。

［16］张仲谋：《清代文化与浙派诗》，东方出版社，1997 年。

［17］颜建华：《清代乾嘉骈文研究》，光明日报出版社，2011年。

［18］张兵等：《文化视域中的清代文学研究》，人民出版社，2013年。

［19］刘声木：《桐城文学渊源撰述考》，黄山书社，1989年。

［20］张明华、李晓黎：《集句诗嬗变研究》，中国社会科学出版社，2011年。

［21］张明华、李晓黎：《集句诗文献研究》，社会科学出版社，2012年。

［22］葛承雍：《秦陇文化志》，上海人民出版社，1998年。

［23］雍际春主编：《陇右文化概论》，甘肃人民出版社，2005年。

［24］马宽厚：《陕西文学史稿》，中国文学出版社，2003年。

［25］聂大受：《陇右文学概论》，兰州大学出版社，2007年。

［26］甘肃社科院编：《甘肃历代文学概览》，敦煌文艺出版社，1999年。

［27］李鼎文、林家英、颜廷亮：《甘肃古代作家》，甘肃人民出版社，1984年。

［28］赵越注释：《松花庵诗余注释》，定西教育学院，1985年。

［29］赵越注释：《吴镇诗词选注》，甘肃人民出版社，1992年。

［30］赵景泉：《明日黄花》，大众文艺出版社，2012年。

五、论文类

［1］冉耀斌：《吴镇诗词研究》，西北师范大学硕士论文，2004年。

［2］师海军：《明中期关陇作家群研究》，西北大学博士论文，2010年。

［3］冉耀斌：《清代三秦诗人群体研究》，南京师范大学博士论文，2012年。

［4］李美乐：《〈晚晴簃诗汇〉之乾嘉诗卷研究》，上海大学博士论文，2014年。

［5］杜运威：《杨芳灿及其诗词研究》，宁夏大学硕士论文，2014年。

［6］魏郁：《吴松厓和袁简斋》，《西北文化》1947年创刊号。

［7］元鸿仁：《甘肃清代诗人吴镇》，《甘肃社会科学》1981 年第 1 期。

［8］吕薇芬、徐公持：《中国古代传记文学浅论》，《文学遗产》1983 年第 4 期

［9］惠尚学：《吴镇与袁枚》，《西北师院学报》1984 年第 2 期。

［10］梅运生：《古文和诗歌的会通与分野——桐城派谭艺经验之新检讨》，《安徽师大学报》1986 年第 1 期。

［11］赵仁珪：《苏轼"以诗为文"论》，《文学遗产》1988 年第 1 期。

［12］吴承学：《集句论》，《文学遗产》1993 年第 4 期。

［13］王凯符：《论清代散文的繁荣及其原因》，《北京社会科学》1994 年第 2 期。

［14］吴承学：《评点之兴——文学评点的形成和南宋的诗文评点》，《文学评论》1995 年第 1 期。

［15］陈文新：《论乾嘉年间的文章正宗之争》，《文艺研究》2004 年第 4 期。

［16］冉耀斌：《吴镇诗学思想初探》，《西北师范大学学报》2004 年第 5 期。

［17］王克生：《吴镇生平与创作探微——兼及关于本土作家的研究》，《甘肃理论学刊》2005 年第 6 期。

［18］王玉媛、王英志：《论沈德潜诗歌复古论对明七子复古论的修正与完善》，《江苏社会科学》2009 年第 4 期。

［19］冉耀斌：《吴镇散文初探》，《语文知识》2009 年第 1 期。

［20］杨景龙：《试论"以诗为文"》，《文学评论》2010 年第 4 期。

［21］袁枚著，王英志整理：《袁枚日记》，《古典文学知识》2011 年第 1 期。

［22］徐雁平：《"地域文学传统的建构"成为一种文学叙写方法——以明清集序为研究范围》，《中山大学学报(社会科学版)》2013 年第 1 期。

后　记

　　本书是我的博士论文，困扰于各种俗务，未及出版，至今八年有余。八年沧桑，学术未有长进，论文也没有完善修改，但毕竟耗费了许多心血，今勉力面世。以下仅附以博士论文后记代为后记：

　　　　因为从小家境贫寒，总伴随着一些不幸和无奈，但我又是非常幸运的。在求学的不同阶段，总能遇到一些好老师，如小学时的杨燕老师、初中时的李华平老师、高中时的黄奇志老师、大学时的黄萍老师，他们给我学业上的指导、生活上的关心帮助，促使我不断向前行走。
　　　　后来到兰州大学读硕士，又遇见了对我特别关爱的导师宁俊红先生。师从先生的三年时间里，她对我学习上的诸多教导、生活上的许多照顾和关心，至今历历在目。毕业后，先生仍常提点，使我坚持学术之路至今。再次承蒙先生不弃，忝列门墙攻读博士，给先生增添了更多麻烦。先生于我期望比较高，但由于我基础较弱，又生性愚钝而懒惰，学业进展缓慢，至今未得先生满意，甚为遗憾。先生对学生要求极其严格，治学非常严谨。先生于论文把关极严，多翻易稿方能成文。先生于学生非常尽责，多次指导修改小论文和毕业论文，大到框架结构，小到字句推敲，甚至标点符号，令我非常感动。其治学精神和方法将影响我一生，成为我宝贵的学术财富。还有学科组的庆振轩先生、雷恩海先生、敏春芳先生，以及胡颖先生、曾维刚先生，他们以丰厚的学识和宽广的视野指导于我，影响于我，多次给我撰写的论文提出建议。复旦大学的蒋凡先生和西北师大的尹占华先生，高龄中辛勤审阅我的论文，指导良多。论文虽然撰写完成了，但良师给我的教导将受用无穷。

要感谢的实在太多。父母不远千里，放弃熟悉的家乡生活，从江南来到陌生的西北，帮我照料孩子，至今没有适应西北的气候和环境，却没有任何的抱怨。我的妻子曹艳华，不仅承担了所有的家务和子女的养育，还是我的优秀助理。她与我同为古代文学的研究生，功底比较扎实，不仅帮忙录入和校勘吴镇的作品，修改校对我的毕业论文，还经常与我讨论学术问题，给我提供了许多思路。三年时间，我的女儿从五岁长到八岁，如今已在小学二年级。放学时，常常在校门口翘首待我；放假时，常常提出做游戏的要求。这些希望经常落空，不过她非常懂事，抱怨之后总说以后多陪她就行了。小儿子已经长到半岁，在他的一哭一笑中，压力和焦虑减缓许多，遗憾的是抱他的时间太少。三年时间，我于家庭亏欠太多。

同门对我的帮助也特别大，首先要感谢的是吴永萍博士给我查阅和复印资料，师弟李敏博士帮我校对全文，提出了许多修改意见，师妹郑静来往于师大和省图帮我复印资料，苏清元、李爱贤、徐婧等师弟师妹们也给了我很多鼓励和支持。三年时间里，常和曾贤兆博士、牛思仁博士纵论人生，讨论学问，相互鼓励，互相扶持。还有同学黄勇军、焦皓、丁桃源、程瑶、张小花等博士，东南学术的郑珊珊博士，也给了我很多支持和鼓励。三年艰辛岁月，因为有你们的相伴，变成了愉快的时光。

另外，还要感谢国家图书馆、甘肃省图书馆、定西市安定区图书馆等给我提供了许多重要的资料，特别是省图的贾秀珍老师、安定区图书馆的冯哲馆长以及古籍室的张荣秀老师帮我复印吴镇的著作，还有吴镇的后人吴世维老人，给我提供了《吴氏家谱》等珍贵资料，对毕业论文的撰写提供了极大的帮助。

三年时间，过得既充实，又非常忙碌。再次求学，安静下来读书写文章，是难得的享受和充实，而想到发表论文和撰写毕业论文的任务，又倍感压力和焦虑。而今，回头望去，充实也罢，焦虑也好，都是人生之中难得的经历，难得的财富，且行且珍惜。

最后，本书最终得以出版，还得到很多人的关心和帮助，在此一并感谢。感谢怀化学院科研经费的资助，感谢怀化学院党委副书记、校长董正宇教授的支持和鼓励，感谢怀化学院副校长周小李教授、姚劲松教授等学校领导的关心和帮助，感谢科技与地方服务处长的欧阳跃军教授、副处长宋庆恒教授以及所有处室同事两年多来的关心和支持，感谢文学与新闻传播学院所有领导和老师、学科负责人夏先忠教授和向彪教授、古代文学学科所有同仁的鼓励和帮助。还要感谢武汉大学出版社编辑任仕元、龙子珮，在他们的辛苦努力下，此书才得以顺利出版。

杨齐于二〇二四年八月一日